有爱的青春陪伴者

夜雪旅人

俗夏 著

四川文艺出版社

图书在版编目（CIP）数据

夜雪旅人 / 俗夏著. -- 成都：四川文艺出版社，2025.3. -- ISBN 978-7-5411-7187-1

Ⅰ.I247.5

中国国家版本馆 CIP 数据核字第 2025GS2170 号

YEXUE LÜ REN

夜雪旅人

俗夏 著

出 品 人	冯 静
责任编辑	梁祖云
特约编辑	周 贝
装帧设计	罗晓芸 姜 苗
责任校对	段 敏
出版发行	四川文艺出版社（成都市锦江区三色路 238 号）
网　　址	www.scwys.com
电　　话	0731-89743446（发行部） 028-86361781（编辑部）
排　　版	长沙大鱼文化传媒有限公司
印　　刷	长沙鸿发印务实业有限公司
成品尺寸	145mm×210mm　　开 本　　32 开
印　　张	10.5　　字 数　　411 千字
版　　次	2025 年 3 月第一版　　印 次　　2025 年 3 月第一次印刷
书　　号	ISBN 978-7-5411-7187-1
定　　价	42.80 元

版权所有·侵权必究。如有质量问题，请与出版社联系更换。0731-85071461

目录

THE TABLE OF CONTENTS

夜雪旅人

001　第一章
　　　陌生的重逢

025　第二章
　　　格查尔鸟与自由

049　第三章
　　　26号桌

077　第四章
　　　完美面具

108　第五章
　　　如果我反抗

135　第六章
　　　苓茵，不要做噩梦

161　第七章
　　　疤痕

YEXUELÜREN

目录

THE TABLE OF CONTENTS

夜雪旅人

192	第八章 苓茁平安
216	第九章 变故
252	第十章 八年的空白
285	第十一章 未完待续
311	番外一 初雪的夜和迁徙的旅人
318	番外二 婚后二三事
326	番外三 雪一定会下

YEXUELÜREN

第一章 陌生的重逢

岭安市川江大道，车流不息，一辆白色路虎穿梭其中。

许苓茴握着方向盘，左手抵着额头，神色不耐，方同明先前一阵聒噪让她头疼不已，现在换了个周旦。

"方总说了，下个月10号前要交稿，你腾点时间画啊。"

"去年合作的江总给你送了张私人画展的邀请函，去吗？"许苓茴半晌不答，周旦以为她没听见，又问一句。

这种应酬，不在她的工作范畴内。

"不去。"

她的回答在意料之中，周旦在平板电脑上划去这一事项，说："陈小姐的画昨天取走了，但她没见到你人，说想再见你一面，你什么时间可以，我安排一下。"

红灯亮起，许苓茴踩下刹车，说："我自己联系。"

"行，还有……"

"周旦，打开电台。"

她的脸色有些严肃，周旦最怕她这样的语气和神情，背后冷不丁地冒汗。他旋开按钮，主播正在播报新闻。

绿灯亮起，许苓茴发动车子。

周旦靠回椅背，知道她不想再听工作，便关了平板电脑。

听着电台里的播音腔，周旦玩笑似的说："我说，你好歹也是个艺术家，就不能听些钢琴曲什么的，陶冶一下情操？"

许芩茴终于转动脖子，看向他："安静点，吵得我头疼。"

周旦翻了个白眼，闭上嘴。

车开出川江大道不久，电台突然出现"刺啦刺啦"的噪音，持续五秒，被一道冷冷的男声替代。

"警方现进入海湾大桥追捕逃犯，请广大市民暂时不要上桥。已经在桥上的市民，请避开车牌号为岭 E·999AA 的黑色奥迪。"

重复三遍，男声一遍比一遍冷硬。

许芩茴眉头轻蹙，方向盘在男声落下的瞬间，侧过一点角度，她望向前方宽阔的大道。

周旦扯着安全带，紧张得结巴："我们没有上桥吧？"

"已经上来五分钟了。"

"那我们现在怎么办？靠边停？"

"停哪儿？"

"那怎么办？"

许芩茴踩下油门，不动声色地加速，直到看到蓝底白字，她放慢速度，问周旦："是那串数字吗？"

周旦云里雾里："什么？"

"是那辆车吗？"

周旦看过去，激动得弹起来，头撞到车顶，被安全带拉了回去。他说："没错，就是那辆！"

许芩茴渐渐加速。

周旦后知后觉，惊恐地看向她："你想做什么？"

许芩茴话锋一转："我觉得我的画室，缺了面锦旗。"

周旦双目一睁，心下有了猜想，瑟缩地说："锦旗是吧，明儿我就给你定做去，你别乱来啊。"

许芩茴侧眸睨他，让他坐稳。

周旦立刻抓紧车顶的把手，额上冷汗直流，咬牙切齿道："许、芩、茴！"

"坐稳，我的车技，你放心。"有意让他放松，许芩茴调侃，"什么时候，助理可以直呼老板的名字了？"

"现在是纠结这个的时候吗？"周旦咆哮，她的车技是无可挑剔，可那是平时玩乐，现在是赌命！但怕影响她，他只好沉默，死死抓住把手，一脸视死如归。

许芩茴轻笑，专注地看着前面的路，怕被奥迪车主发现，换了条道追上去，两车之间相隔百来米。

刺耳的警笛声响起，警车上桥。周旦缩着肩膀往后看去，四辆警车离他们几百米远，中间还有一辆黑色的越野车。这种警力，那个奥迪车主应该是个重犯。

"芩茴，警察来了，我们先撤吧。"

许芩茴瞄一眼后视镜，警车离他们还远着呢。海湾大桥没有其他出口，从另一个方向包抄根本来不及。

"等他们追上来，人都逃走了。"

周旦气急败坏："他们万一有枪怎么办？"

"我的车窗换过，喻初说防重物。"

"重物包括子弹吗？"

"她没说。"见快靠近奥迪，许芩茴再次换道，与那辆车平齐，"坐稳。"

周旦面如死灰，死死地攥紧把手。

许芩茴握紧方向盘，向左猛地一转，车头撞向奥迪的右车门，所幸路虎车身重，这一下也只是轻微颠簸。

奥迪车主反应过来后加速。

许芩茴紧咬不放，追着奥迪车的车尾，踩离合换挡，直接撞上它的车尾，奥迪车打转了几秒。

"周旦，他们还有多远？"

周旦满头大汗，咬紧嘴唇往后看，说："还有一百多米。"

许芩茴往右转动方向盘，想超车在前面拦住奥迪车，视线一晃，看见一个快速向他们车身飞来的小型物体。

方向盘刚转向左侧，又猛地向右转，车子甩出一个漂亮的弧度，那物体"嗞"地擦着车门而过。因这突然的转向，两人身体向右倒，许芩茴踩住刹车，车子在旋转180度后晃动着停下。

安全带将往前弹出的人往回拉，坐稳后，许芩茴抬脚踩上油门，开出一段，再次撞上奥迪车车尾，余光瞥见警车的影子，她才慢慢降下速度，放松紧绷的双肩。

不消一分钟，警车围堵了奥迪车。隔着车窗玻璃，许芩茴看见持枪的警察，迅速地逼近奥迪车，将里面的人围住。

都是在刀尖上舔血的角色，穷途末路，不惜以命相搏，赌一线生机。为首的逃犯，左手臂有一大片青色文身，和最后头的一个同伴打了个眼色，下一秒将身边一个手下推向警察的枪口。一招声东击西后，他一个翻转扫腿，卸下了离他最近的一个警察的枪，两人立时在地上扭打起来。

身后的警员见状，连忙上前帮忙，拦住逃犯一再进攻的拳头，两三下解开两人的纠缠，反钳住文身男人的手，把他按在地上，拖出挨了几拳的同事，向后方撤离。

警员正要给逃犯铐上手铐时，文身男人突然偷袭，反扣住手铐，砸向警员的脑袋,又趁其不备,勾住他的脖子,另一只手抽出他身侧的枪,抵上他的额头,同时大喊:"都别过来,不然我崩了他!"

警员们不敢妄动,纷纷停在原地,举着枪对准文身男人。

"哔——"紧张的气氛里,横空插进一声刺耳的鸣笛。几名警员警觉地往后看,才发现桥的另一边,停着一辆黑色路虎。文身男人虽没回过头,但也被这声响分去一点注意力。

疏忽的几秒,让他右边肋骨挨了重重一脚,等他反应过来,手被来人折了一下,手枪落地,人质被解救了。又一脚,他被人踢倒在地,吐出一点血沫,还没来得及擦,脸上刮过一阵迅猛的风,下一秒,他的脖子被人钳制住。

文身男人舔舔嘴角的伤口,忽地笑出来,语气不甘:"白述年,又输你一次。"

白述年一声不吭地拧过文身男人的肩膀,膝盖顶在他背上,拿出手铐。谁知文身男人使阴招,脑袋往后猛地一掷,白述年迅速躲开,文身男人却留有后手,没被禁锢的脚用力往上踢向白述年的背,白述年没躲过,趔趄了几步。文身男人抓住机会,翻身起来,挥拳而出,直冲白述年面门。白述年利落地躲过,一拳劈向文身男人的手腕。

文身男人躲开这一拳,白述年的下一脚紧随其后踹出。被踹到的文身男人吃痛,也抬腿狠狠一踢,攻击白述年腰侧。白述年闪身躲过的同时,在文身男人的膝盖上又落了一脚,文身男人半跪在地上。白述年左手抓起文身男人的手,用巧劲往后一拧,卸了他的胳膊,右手掏出腰间的枪,黑漆漆的枪口顶上对方的后脑勺。

文身男人痛苦地发出叫喊时,白述年才开口说出第一句话:"覃照,把人铐走。"

抓捕行动完成,警车鸣笛离开,留下几个警员疏散桥上的交通。

白述年张着手掌,活动手指,确定没有大碍才挥了挥放下。头一抬,看见中间车道上,停着的一辆路虎,和旁边倚着车门的女人。此刻正好日落,女人被笼在光影里,时明时暗,瞧得不真切。白述年看了一会儿,当她转过来,他看清了她的脸。他神色微变,让覃照过去招呼。

刑警队的几人都拥上去。

许克和董力走在后面,见是一个女人,不由得惊叹:"居然是一个女人?车开得那么猛。"

他们离得不远,许芩茴耳尖,听到这句评价,勾着笑看向他们,淡声问:"女人开车不能猛吗?"

许克和董力一噎,说不出话来,只盯着她看。女人生得好看,身着黑色长裙,加重冷漠感,在落日晚霞里,带着笑,却不那么真情实意。

覃照连忙上来打圆场:"当然能,你别听他俩瞎说,糙爷们啥都不懂。这位小姐,怎么称呼?"

许苓茵看了一圈留下来的四个人,除了那个和人打了一场,现下靠着越野车的人板着脸,沉默不语外,其他人都和她有对话。视线回到覃照的身上,许苓茵报出名字。

覃照朝她敬了个礼:"许小姐好,我是岭安市公安局刑警队副队长覃照,感谢您在危急时刻帮我们拦住车,给我们争取了时间,抓住罪犯。您的车技,实在叫人折服。"

"不客气。警民合作,应该的。"

"许小姐有受伤吗?"

许苓茵往后瞥一眼周旦,说:"没受伤,就是吓着我助理了。"

覃照忙上前去扶住周旦,关切地问他有没有事。

许苓茵重新将视线落回黑衣男人身上,饶有兴趣地看了片刻,想起拦车前同周旦说的,半开玩笑地问:"警官,协助警察抓犯人,能给颁发锦旗吗?"

白述年余光瞥到许苓茵是面向他站着,意识到那话是问自己。他抬头,撞入许苓茵眸中,对视片刻,朝前走来,回答:"可以。"

"什么时候可以拿?"

"你留个联系方式,做好了来取。"

许苓茵笑着道谢,报出自己的手机号。

白述年点头,叫来覃照:"记下许小姐的号码,锦旗做好通知她。"

覃照掏出手机:"好,许小姐您再说一下。"

许苓茵重新念一遍。

"好,记住了,到时通知您。对了,忘记给您介绍了,这是我们队长,白述年。"

白述年。许苓茵在心中默念这个名字,又去瞄面前的男人,一身冷硬气息、不苟言笑的人,倒取了个挺文气的名字。

她伸出手,五指并拢,朝向白述年:"白警官好。"

白述年低头,目光落在她纤细的手指上,他搭上去,轻轻握住,手指冰凉,微微有些湿润。几秒后,他松手,朝她颔首:"谢谢你的帮忙。"随后看向覃照,喊了一句,"收队。"

"白警官。"许苓茵叫住他,在一群荷尔蒙气息十足的男人里,清亮的嗓音格外突出。

白述年侧过身子,问她还有什么事。

许苓茵打开车门,弯腰进车里,拿出几张创可贴,说:"你手受伤了。"

白述年看一眼自己破皮的左手,收下她的东西,语气同先前从电台里流出来的一样冷:"谢谢。快离开吧,注意安全。"

剩下三个男人朝许苓茵颔首,迅速上了车。

黑色越野车消失在海湾大桥，桥上车流恢复正常，许苓茜站了一会儿，直到车道后方传来鸣笛声，她才回过神，对周旦说："上车吧。"

上了车，许苓茜看一眼还惊魂未定的周旦，愧疚地问："没事吧？"

周旦系安全带的手还有些颤抖，一阵后怕："虽然你车技很牛，但是，要惜命。"

许苓茜不合时宜地笑了出来："下个季度给你买辆车，自己开。"

周旦惊恐地摇头，他在车上她都这样……他说："我还是盯着你比较好。"

许苓茜无所谓地耸一下肩。

周旦靠着窗平复心情，短短几十分钟内，经历一场惊险的阻截拦车，看了一场警匪对峙，也算是人生两大"传奇"经历了。但在其中，他发现一件意想不到的事。他刚才，似乎在许苓茜身上感受到一股悲伤情绪。思索许久，想探究这股情绪的源头，直到下了海湾大桥，车子行驶方向与许苓茜家相反，他还没想出个究竟。

他看着车窗外倒退的景物，问："我们这是去哪儿？"

"峡山。"

他惊讶："现在？"

"嗯。"

"你疯了吧，你才开过一场！"

"手痒。"

"疯了，真是疯了。"他摸出手机，点开通讯录。

许苓茜以眼神制止他："别给喻初打电话。"

"那你别去。"

许苓茜置之不理："到地方你把车开走。"

"许苓茜，你不怕死吗？"刚才拦车一事，周旦对她的忍耐已达极限，也顾不得上下级的关系。

许苓茜目视前方，沉默不答。

峡山位于岭安郊外，早些年有富商在上面修建了赛车场，对外开放，加入的人多是职业赛车手和爱好者，比较正规。

许苓茜经由朋友介绍，成为会员，一个月固定跑三次。这个月只跑了两次，但先前拦车的惊险不亚于环山赛车，周旦想起在她身上感受到的莫名的悲伤，实在不放心她再去跑，苦口婆心劝了一路。奈何人油盐不进，愣是听了他一路的聒噪。

到了地方，许苓茜下车，看也不看周旦。

峡山脚下有一家汽修店，兼改装赛车，是许苓茜的朋友开的。进店，店里只有一个男人，是喻初的徒弟向云合。

许苓茴四处张望："喻初呢？"

向云合指着拐弯处："在后面和客人定方案。"

许苓茴点头，看了一圈，没找着自己的车："我的车呢？"

"在车库。"

"麻烦你帮我开出来。"

向云合和她确认："现在？"

快六点，入秋，天黑得早。

许苓茴点头："现在。"

向云合见她一副"不要废话"的模样，也不敢在她眼皮子底下去告诉喻初，只好到仓库提车。车开到店门口，许苓茴已经在等着了。向云合拔了钥匙下车，递给她。

许苓茴拍了拍车前盖，问："有帮我改过吗？"

"改了。引擎上改成涡轮增压，换了空气滤清器、排气管和避震器，动力系统、进排气系统和底盘，目前都是最高配置。"

许苓茴满意地点头："辛苦了。"

她拉开车门，微一矮身，被周旦抓住胳膊："天都快黑了，要跑明天再来，晚上多不安全！"他喉咙快冒烟了。

许苓茴拄着车门，好笑地看着周旦："往常我玩，你怎么没这么多话？"

周旦一面暗暗给向云合使眼色，一面回答她的话："你也不看现在什么时候。再说了，海湾大桥上那场，还不够刺激吗？"

"周旦。"她挑起眼尾，唇上口红颜色稍淡，与天边残阳却是相得益彰，"我想开。"

劝不动，周旦气呼呼地甩开她的手，破罐子破摔："行，那我陪你跑。"

许苓茴嗤笑一声，刚刚他发抖的样子，历历在目。她问："不怕了？"

"怕，但谁叫我老板是个疯子，一起疯好了。"

许苓茴拍拍他的肩膀："周旦，赛道上，我的副驾驶，只坐两种人，我的男人和不怕死的人。"

被下了套，周旦知道拦不住了，尽量拖延时间，只盼着喻初能快点出来管管许苓茴。

许苓茴灵活地躲开他的阻拦，上车，关锁，踩油门，一气呵成。周旦还没反应过来，红色的车"轰"一声冲了出去。

瞧不见车尾巴了，喻初才小跑出来，见不到许苓茴，问："人呢？上去了？"

周旦的气还没散，话音闷闷的："没走多久。"

他把先前在海湾大桥上发生的事告诉喻初，喻初听完，脸色一变，看向旁边的人："云合，把我的车开出来。"

"好。"

向云合开了喻初的路虎，从驾驶座上下来，换喻初上去。

"周旦，你在这儿等，人下来了就给拦住。"

"好，你小心点。"

"师父！"向云合喊住她，"我和你去。"

隔着车前玻璃，喻初看向浓眉紧皱的高大男人，思忖片刻，朝他点头。

向云合利落地上了车。

喻初自从十八岁生日后考到驾照，车龄近十年，开车的猛劲，和许苓茴相比，只多不少。

许苓茴一路高速，蜿蜒的盘山路，在她的方向盘下，稳如坦途。

赛道开了半程，喻初终于看见许苓茴的车，追上去，却见车子在一个转弯口变了方向。

旁边的向云合一惊，不太确定地问："那条路，是往断崖口？"

喻初放缓速度，转弯跟上："许苓茴不要命了！"

她一路紧追，不停地按着喇叭，提醒前面的人停下。她笃定许苓茴知道是她，但许苓茴没停下来。

再过五百米就是断崖口，被人称作生死路。断崖口前三百米是一段很陡的下坡路，一旦刹不住车，连车带人直接冲出断崖口，摔落山下，人不死也残。以往出过事故，掉下去的，几乎都丧了命。

喻初心里焦灼，将方向盘捏得很紧，却不得不放慢速度。车上还坐着个向云合，她赌不起。

快到下坡口，她看见红色保时捷急速滑下，速度不见半点下降，半程路用了三秒不到。过了一半路程再刹车，风险已然很高，然而那车依旧不要命似的，狠狠往前冲。

距断崖口约莫五十米，车还没停下。喻初疯狂按喇叭，双手死死攥住方向盘，青筋暴起。突然，极其刺耳的摩擦声在空旷的山中回响，被不断拉长，奏成一曲孤勇的乐章。

"苓茴！"

"喻初！"

喻初狠狠踩下刹车，脑袋直往方向盘上撞去，向云合扑过来护住她。

一红一黑两辆车停在断崖口，分外刺眼。

喻初推开向云合，带着满身怒火，拉开保时捷的门，把驾驶座上的女人扯下来。她平时修车惯了，手劲很大，许苓茴的胳膊被她攥紧，"嘶嘶"地喊疼。

喻初把人按在车门上："疼？你还知道疼？命不想要也别死在我眼前。"

向云合拉拉喻初的衣角，让她不要把话说得太狠。

许苓茴嘴上喊着疼，脸上却笑着，讨好地说："我惜命呢，怎么舍得死。"

喻初丢下许苓茴的手，惊吓加盛怒，她喘不过气来，手掌压着胸膛深呼吸。

许苓茴连忙扶住她，被她推开又靠过去，直到把人胳膊紧紧抱在怀里，伸手轻拍她的胸膛："别气，我只不过是想试试你给我改装得怎么样。"余光瞥到向云合已默默站到喻初身后，帮她拍着后背顺气。

喻初瞪着许苓茴："你是对我没信心，还是对自己过分自信了？"敢开断崖口这段路。

"就是对我俩都有信心，才敢开。"

喻初神色认真："许苓茴，这是最后一次，再有一次，你的葬礼我都不会去。"言指断崖口飙车，却又不止这场惊险。

许苓茴见喻初认真了，收起嬉笑，保证道："不会有下次了。"

喻初的脸色这才好转，她偏头，对向云合说："云合，你把我的车开下去，我和她一辆。"

向云合："好。"

喻初把许苓茴赶去副驾驶，自己坐上驾驶座，倒车离开断崖口时，她还有些后怕。但除去害怕，不得不说，许苓茴那一场，开得极为漂亮。就是她上手，也未必像许苓茴一样。

她没忍住，问："什么时候踩的刹车？"

许苓茴回想起踩刹车的那一瞬，现在还能感觉到脚底的麻意，说："三分之二出一点的时候，刹车踩到底。"

喻初的脸又黑了："距离记这么清楚，之前没少开？"

许苓茴摇头，苦笑："之前哪敢，我做过记号。"

喻初哼一声，不理她。

到了山下，远远就见周旦在店门口来回走。

许苓茴交代："别和他说。"

喻初侧眸打量了她一下。

许苓茴："他知道了，方同明就知道了，等下又要唠叨。"

方同明现在把她当摇钱树，明里暗里说过，让她不要跑车，万一伤到手，是一辈子的事。

许苓茴置若罔闻。

两人下车，周旦立马迎上来。见是喻初开的车，他将许苓茴从上到下检查一遍，着急得连声音都变了调："受伤了？有没有事？"

许苓茴好笑道："受伤了我能完整地走下来？"

周旦"呸呸"几声，无奈地说："你能不能对自己好点？"

许苓茴脸上的笑容僵硬了一瞬，随即恢复正常："我对自己很好。"

她给自己最舒适的房子，最喜欢的职业，最烧钱的爱好，最随意的生活。她对自己，从来都是好的。

许苓茴拿过喻初手里的钥匙，递给周旦："车你开回去，我今晚和喻初住，明天来接我。"

"行。"

周旦给喻初做了下口型，让她照顾一下许苓茴。

喻初点头。

许苓茴进店，轻车熟路地走到喻初的房间。开车的时候不觉得累，现在放松了，才发觉后背上的汗把黑裙浸湿，上半身酸痛得很。

喻初的房间很大，是旧仓库改造的。许苓茴每次跑车都会在喻初这儿住上一晚，房间里有三分之一的东西是她的。

她放了一浴缸水，撕了张面膜敷上，闭着眼睛泡澡，脑子却十分清醒。

她想到一个小时前那场生死赛车，想到海湾大桥上惊心动魄的追捕，想到那个表情和衣服一样冷硬的男人。她蜷起身子，双臂上起了鸡皮疙瘩。还没来得及想象更多，她的脑袋被人轻轻抬起。

喻初垫了块厚毛巾在她脑袋下，说："这样睡着，也不怕明天头痛。"

许苓茴没有睁开眼，慢慢弯起嘴角："喻初，我背上酸。"

喻初的手沿着她的肩头往下按，嘴上却没好气："活该。许苓茴，你能耐挺大啊，又是和罪犯当面硬碰硬，又是在断崖口飙车，胆儿这么肥呢。"

许苓茴舒服得双眉舒展："哪能啊，在桥上，我还怕见不到你了呢。"

喻初的手在她腰间停住，问："那在断崖口呢？"

许苓茴却不答话了。

沉默许久，喻初问："苓茴，在断崖口，你是不是真的想……"她没敢说出那个字。

许苓茴依旧没回话。

喻初知道，许苓茴不会骗她，但许苓茴一直在沉默。良久，浴缸里的水都凉了，喻初等到许苓茴的答案："不是，只是发泄情绪。喻初，我没那么傻。"

早晨七点半，刑警队。

覃照接完一个电话，神色紧张地看向白述年："白队，光华小区发生命案。"

白述年放下手中的早餐，说："走。"

光华小区是岭安最贵，也是安保最好的楼盘，出现命案，还是第一次。

白述年一行人到达现场时，警方已拉上警戒线。线外围着一些居民，交头接耳，探着脑袋往里瞧，还有两个记者。他们出示证件，绕过警戒线。

现场警察见到他们，喊了声"白队"。

"什么情况？"

"死者女性，致命伤口在腹部，水果刀刺入，初步判断是他杀，死亡时间在今天凌晨一点至三点之间。死者双臂上有一些划痕，怀疑死前和人发生过争执。屋内贵重物品没有丢失，应该不是入室盗窃。"

警员说完，示意白述年进去看看现场。

白述年点头，戴上手套进屋。

他一面往里走，一面观察着室内的布局。玄关处的鞋柜上，摆满了女人的高跟鞋，最底层有一双不属于女人的大号拖鞋。

往里走，客厅正中央的墙上，挂着一幅油画。象牙黑的背景色，中央是一朵折枝的鲜艳红玫瑰。白述年走近了瞧，玫瑰的枝上有许多细小的刺，折下的花蕾下方有几瓣花瓣，每一瓣都不见枯萎，鲜艳如血。

画的最下方，有黑色字迹的落款：

HUI

白述年在画前驻足许久，盯着斜体的三个字母，久久不动，直到覃照喊他一声，他才回过神，迈步离开。

第一案发现场是死者的房间。

她躺在床上，赤身裸体，在他们赶到之前，她的身体已经被盖上白布。

白述年掀开白布一角，入眼便是女人满是掐痕和指印的脖颈和锁骨，什么原因造成的，他心里有数。他盖上白布，从女人腹部处拉开白布，看到上面的伤口。刀口很深，能看到被剖开的血肉，身下的床单被染成红色。

他将白布盖好，直起身问："死者的资料找到了吗？"

覃照拿着一个平板电脑上前："找到了，死者名叫陈漫，三十岁，自由职业者，陵江人，父母健在，独生女，二十二岁时毕业于岭大，之后一直在岭安生活。"

"人际关系呢？"

"资料显示，陈漫是独居，人际关系比较简单。有一个男人隔三岔五会出现在这间公寓，具体身份还没核查。初步判断，两人应该是男女朋友关系。"

"还有其他人吗？"

"有。半年前，陈漫认识了一名画家，叫许苓茴。许苓茴……"覃照念着这个名字，似有几分熟悉，片刻，他想起来，"白队，这个许苓茴，不就是……"

白述年眉头紧皱，盯着平板电脑上的那张照片。

"覃照，让董力和许克找一趟那个男人。你跟我一起，去找许苓茴。"

"好。"

许苓茴在喻初那儿吃完早饭，才和周旦回市里。

车开到三杏里，许苓茴拎包下车。

周旦降下车窗，在后面喊："好好休息，记得联系一下陈小姐。"

许苓茴点头。她回到家，快速冲了澡，换上一条墨绿色的丝绸睡衣。

她在三杏里买了上下两层楼，打通建成一座小复式，一楼为起居室，二楼作工作间和卧室。

到国外读书时认识了方同明，靠画画赚得第一笔钱，生活不那么拮据后，她开始弥补自己过去的潦倒，除了玩车，最爱的就是酒。她在一楼客厅的左边，设了整整一面壁橱，上面摆满了各式各样的酒。

　　她开了瓶红酒，倒了浅浅一杯，一饮而尽。想起周旦的嘱咐，她给陈漫拨去电话。

　　陈漫是她半年前认识的客户。因陈漫买下她一幅不甚满意的画作，两人脾性又相似，便逐渐熟识。

　　那是一幅油画，象牙黑的背景色，中央一枝火红鲜艳的玫瑰，但玫瑰折了枝，掉了花瓣。许苓茵在收尾时，多画了一瓣花瓣，便打算丢弃。工作室的员工不清楚状况，以为是她的新作品，放到了展厅。被来买画的陈漫看见，当即便订下了，还提出想见一见作者。

　　许苓茵见到陈漫，才知道那幅有残缺的画被她买去了。说清缘由后，陈漫不但没有退货，更加表现出她对画作的喜爱。

　　她说："残缺怎么了？残缺不能是一种美吗？"

　　许苓茵说可以，但觉得对方奉承的成分居多。而她多数时间不苟言笑，还自带艺术家迷蒙的神秘感，说出的话，在旁人看来，颇有分量。

　　陈漫相信了，说要交她这个朋友。此后每个月，陈漫都会买一幅许苓茵的画。

　　两人的联系逐渐频繁，许苓茵不喜私下和客户有往来，但陈漫是例外。

　　不是因为陈漫一直买她的画，而是陈漫一直买她废弃的画稿。画稿的主体是完成的，都是细枝末节出了差错，被追求完美的作者丢弃。

　　陈漫说她是过于挑剔，不允许自己犯错的人。

　　许苓茵听到这话，并没有反驳。她就是要完美，就是要让任何人挑不出错，这样，错的人就不会是她。

　　电话打了好几个，没人接，最后自动挂断。许苓茵转而给陈漫发微信，问她见面时间和地点。见半天没回，许苓茵喝完杯里的酒，起身往二楼走。

　　二楼楼梯左边是整个屋子最大的房间，她的画室。推门进去，里面漆黑一片，没有一丝光亮。

　　她喜欢在昏暗的环境里创作，所以挂上了三层厚重的窗帘，在工作的地方放置了两盏灯。一盏是落地灯，一盏安在画架后方的墙上，是暗黄色调和白色调。

　　画架上是她刚动笔的新画，只有十分之一浅浅的轮廓，画架的右边，是另一片黑暗。

　　许苓茵脱下鞋子，光脚走过去，趾甲上的红色花瓣，在黑暗中开出嗜血的美。

　　她打开灯，灯光照在墙上。墙上挂满了画，各种画法，素描画、油画、水粉画，每一幅都是同样的大小，同样的内容。

　　最中间那幅油画，是她三天前挂上去的，但她并没有完成。

她打开颜料罐，调了一种和墙上油画相近的颜色。

她伏在墙上，以一个怪异的姿势，小心翼翼地给那幅画做最后的补充。笔刷在画的右上方轻轻描过，如同对待一件珍稀物品。

她无声无息，如同即将枯死的藤蔓，上方惨白的灯光照着她裸露的皮肤，前方另一道暗黄的光，似穿过她的身体，与那白光博弈。

突然响起的声音让沉浸在自己世界中的人一颤，最后一笔，落笔出错。笔刷停在离纸面几毫米处，她的手却好像失了力，颜料盘打翻在地，颜料溅在她的小腿上。

她盯着画错的那处地方，眼睛不眨，最后被酸涩逼出了眼泪。直到那点眼泪干涸，门铃声还没有停。

她赤脚，下楼开门，门外是两名不速之客。

"许小姐好，我们又……见面了。"瞥见穿着单薄的人，覃照红了脸，打了招呼后默默移开视线。

白述年站在覃照身旁，见人出现，他往右跨一步，挡住覃照："许小姐，先去添件衣服吧，天凉。"他脸没红，音色也没变。

许苓茴并不觉得自己这身有什么不妥，但看到覃照的反应，还有面前这位看到她如此模样，帮她遮掩着却眼神游移的人，想想还是先去添件外衣吧。

她敞开门，将人迎进来："两位警官请进来坐会儿，稍等片刻。"

她披了件长款针织开衫下来时，两人已在沙发上正襟危坐。她走进厨房，倒了两杯茶出来："两位请喝茶，让你们久等了，不好意思。"

覃照俯身接过："谢谢许小姐。"

许苓茴坐在他们左手边，眼睛往他们周身瞟。

覃照正想问话，看到她四处探究的眼神，先问道："许小姐，在找什么吗？"

许苓茴又伸长脖子往他们身后望，瞧不见东西："锦旗。"

覃照一愣，敢情她以为他们是给她送锦旗来了。

覃照摸摸后脑勺，不好意思地笑："抱歉，许小姐，今天来不是为了昨天海湾大桥上的事。"

"哦。"她的心情低落下去，"我说嘛，锦旗哪会那么快做好。"

覃照应声："快了，明天就好了。"

许苓茴："那两位警官，今天找我有什么事吗？"

覃照拿出一张陈漫的照片："许小姐，认识陈漫吗？"

"认识，她是我的客户，也是我的朋友。"许苓茴心里升起不好的预感，"她怎么了？"

"今早有人报案，陈小姐死于家中。"

"死？"许苓茴猛地站起，一阵眩晕袭来，又重重摔回沙发上，缓过神后，她紧紧攥着胸前的衣服，呼吸急促起来。

"许小姐?许小姐?"覃照被吓住，一脸无措，还没反应过来，便被身边的白述年推开。

白述年单膝跪在许苓茴身旁，扶起她坐好，掰开她攥着衣服的手，握在自己掌心，另一只手贴在她后背，一下一下慢慢地拍着。

"别急，慢慢呼吸，一、二、三，呼气、吸气。"

许苓茴攥紧白述年的手，跟着他的口令深呼吸几次后，才慢慢平静下来。

见她放松了，白述年端起自己的茶，递至她嘴边："喝点水。"

许苓茴就着他的手，小小抿了几口后，说："不要了。"

白述年将茶杯放回。

许苓茴靠着沙发，抬眼看向面前的人。白述年回头，落入她湿漉漉的双眸中，她眼角有些红，面色泛白。他移开眼："许小姐，没事吧?"

几乎是瞬间，许苓茴收起适才袒露出的不合时宜的无助，将手从白述年手中抽出，撑着坐直。她低头理头发的同时，也理清自己的情绪，再抬头时，已是发病前的冷淡表情。

发病过后，她的声音有些轻："抱歉，我患有轻微的哮喘病，平时不碍事，一紧张就会犯，吓到你们了。"

她看着白述年，道了声谢。

白述年坐回去，看了她一眼，说："不用谢。"

而目睹全程的覃照，只觉自家队长一系列动作，未免太过熟练了。没来得及细想，被许苓茴打断。

"你们刚刚说，陈漫，死了?"

"是。"覃照观察着她的反应，生怕她再受刺激，"许小姐最后一次见到她是什么时候?"

许苓茴回忆片刻，回答："应该是上个月，她找我订画，不对，上周五我们也见过一面。前天她来拿这个月的画，但我们没见上。我助理说她想约我，两个小时前我给她打过电话，她没接。我不知道她……"

覃照点头，接着问下个问题："许小姐和陈漫认识多久了?"

"大半年。"

"那许小姐知道陈漫的感情情况吗?"

许苓茴突然沉默。

覃照重问一遍："陈漫有男朋友吗?"

半响，许苓茴摇头："她……"

覃照看向白述年，得到白述年的示意后，他将陈漫的死因陈述一遍。他这次说得很慢，生怕她再发病。

覃照说的同时，白述年在一旁观察着许苓茴。听到覃照的描述时，她身上愤怒的情绪在放大，又逐渐转变为不解，尤其是在听到陈漫身上一身伤的时候。

但白述年没有从她的表情中，看出半分震惊。

覃照说完，白述年问："许小姐，你认识倪舰吗？"

许苓茴见过倪舰一次，在陈漫买第二幅画时。她们约在一间茶室，因陈漫对画作的解读，与她的作画初衷相似，两人交谈甚欢，忘了时间。

倪舰电话打来时，天色已泛黑。接完电话的陈漫，将手机随手一扔，问许苓茴待会儿怎么回去。

"自己开车。"许苓茴察觉到陈漫变化明显的情绪，问，"你呢？"

"有人来接。"

茶室的地址有些偏，许苓茴陪陈漫等到倪舰出现，才驱车离开。

透过后视镜，许苓茴看见倪舰为陈漫披衣，亲吻她，打开车门，手护着她的头顶，让她上车。但全程，陈漫没有露出过笑。

此后，许苓茴再没见过倪舰，但听过这个名字许多次。陈漫第三次来买画时，向许苓茴道出她和倪舰的关系。

那天下着雨，她们靠窗而坐，陈漫的脸色，如窗外的阴暗天气。

陈漫说："他不是我男朋友。"大抵觉得许苓茴能理解她的话外意，她没有过多解释，但做好了受许苓茴鄙夷的准备，可令她意外，许苓茴只淡淡"哦"一声，随后说了句"没关系"。

陈漫却自嘲地笑："不觉得我很虚伪吗？一边拿着别人给的钱，一边在这里和你大谈艺术。"

许苓茴饮完杯中的茶，说："艺术与感情无关。"

"我买你画的钱，都是他给的。"

"我只管做生意，钱怎么来的，我不在意。"

"艺术家都像你这么清醒吗？"

许苓茴淡笑一声："被迫清醒。"

不知道是许苓茴哪句话，触发了陈漫倾诉的欲望，她径自说着，许苓茴安静地倾听。

"我大三认识他，当时他来我们学校捐奖学金，我从大一开始拿他设立的奖学金。那晚校方安排我们吃饭，他很绅士，也很温柔，我主动要他的微信，他答应了，最后送我回学校。自那天起，我们开始交往。

"遇见他之前，我没谈过恋爱。这样一个成熟温柔、张弛有度的人，用他的阅历和人脉帮着刚踏入社会的我，理所当然地成了我的心上人。不知道从哪天起，我们像其他情侣那样，做每一件情侣会做的事。他性格很好，从不发脾气，有时面对我的无理取闹，也只是笑着说一句'漫漫乖，是我的错'。我以为他爱惨了我，才会事事迁就我、包容我，我的要求，他无所不应。毕业那年，我才知道，他结过婚。

"我很生气，质问他时，他毫不在意地说'漫漫，我并没有承诺过你什么'。

是的，我们连正式在一起的话，都不曾说过一句。我无法接受当一个第三者，哪怕他和他妻子貌合神离。我提出分手，他答应了，说尊重我的选择，也随时欢迎我重新回到他身边。

"我换了城市，找了新工作。再次和他遇见，是在一次应酬上，我们互相装作不认识，但饭局结束时，他倒在我面前，胃出血。我送他去医院，他助理需要应付别的工作，没办法照看他，托我照顾一晚。

"我一开始拒绝，让他助理去找他妻子。但他助理说，他妻子不会管他的任何事。我承认，那一刻我心软了，留下照顾了他一晚上。第二天他醒来，对我说，'漫漫，回来吧，我需要你'。他说这话时，我甚至认为那一年里他的消瘦，是因为我。

"他和我讲清楚了他和他妻子的婚姻，是商业联姻，各玩各的。我不敢问他，要我回去，是不是真的喜欢我，我只问了一句，能不能离婚。他说很难，但他会尽力。我知道自己没有放下他，也愿意再信他一次。我辞了职，和他回到岭安。他买下光华小区的房子，让我住在那儿。我重新找了份工作，我们相安无事地过了三年，三年里，他对我依旧很好，但他没有离婚。

"对他心灰意冷，是有一次他带着他妻子出席宴会，我也在场，僵硬地叫着倪先生、倪夫人。三年了，我变得越来越敏感，生怕有一天，被人知道我是破坏别人婚姻的小三。我再次提出分手，但这次他没有答应。僵持一个月后，他妥协了，说愿意放我走，但他相信，我一定还会回去。

"在岭安工作三年，我升职两次，不甘心放弃，所以留下了。但我没有想到，他让我回去的手段，会那么卑鄙。他散布了我们在一起的消息，甚至发出我们的亲密照，我在公司受到排挤，上街被人骂，被人网暴，我没有等来他妻子的质问，而是等来了公司的辞退。

"被公司辞退后，我回到老家，可他还不肯放过我，老家的人也知道了我们的事。我爸妈很生气，他们教了一辈子书，无法接受我做出这样的事。我坦白和他已经断了，今后也不会再联系，我爸妈才消气。但是流言太可怕了，小镇子上人传人，可我无法辩驳，那些事，我实实在在地做过。为了不让我爸妈难办，我离开了家，但我知道无论我走到哪儿，他都会跟着我，所以我破罐子破摔，回了岭安。

"回到岭安，我找不到工作，我所有的积蓄都留给我爸妈了，最后在咖啡馆当服务生。没有钱，只能住那种很差的房子，那些地方治安不好，有次差点出事，他出现了，又把我带回去。

"我不想再过那种躲躲藏藏的生活，也不想每天提心吊胆，我妥协了。哪怕多年来，他无数次和我说过，他爱我，但他真的离不了婚。哪怕他妻子知道我的存在，甚至支持我和他在一起。哪怕他对我，真的像对妻子一样好，我还是没办法忘记，我是一个见不得光的第三者。

"苓茵,我不想再过这样的生活了,可我该怎么办。互联网有记忆,它记住了我耻辱的过去,却不肯给我机会。"

该怎么办?许苓茵也回答不了她。世间万种苦,每个人尝的都不一样。能解决的,只有自己。只是许苓茵没有想到,她的结局是这样。

"我只见过倪舰一次。"

白述年接着问:"按你的描述,日常相处中,倪舰对陈漫很好?刻意散布两人关系的消息,也是想逼陈漫回来?"

许苓茵笑了,眼神却是冷的:"什么是好?欺骗她是对她好?为了留住她不择手段是对她好?让她受尽指责谩骂是对她好?让她丢了命是对她好?"

涉及公事,白述年的神情颇为严肃:"我们现在并没有证据证明,倪舰就是凶手。"

许苓茵冷哼,下逐客令:"那这就不关我的事了,该说的我都说了,两位警官还是尽早将案子查清楚吧。"

被许苓茵客气地送出门的两人,面面相觑。

覃照摸着脑袋上刺刺的短发,憨笑:"这许小姐,情绪还挺多变的。"

白述年侧眸,冷冷地瞥了他一眼。覃照一头雾水。

到了停车场,未等覃照上车,白述年先发动了车子。

"哎,老白,我还没上车呢。"

白述年降下车窗:"你去找许克他们,把倪舰带回局里。"

"哦,收到。"覃照愣愣地应着。等到白述年将车开远了,他才意识过来,不就一通电话的事嘛,干吗把自己丢在这儿!他再往前看去,车子已经瞧不见影了。

送走客人的许苓茵,神色呆滞地坐在地上,回想着认识陈漫以来的大半年,听她讲述她的感情,听她对自己画作里那些悲伤成分的阐释,好似把她这些年的不幸都一一看过。

后来她们联系的次数变得频繁,陈漫以她最轻松、最无负累的姿态面对许苓茵,一起聊天的时候,看画作的时候,她都是笑着的。但无论她笑得多开心,许苓茵总能在那些笑容里,捕捉到几分苦涩。

许苓茵在她身上,仿佛看到了自己。想到这儿,许苓茵心口又是一窒。赛车、喝酒都没能触发的病,却因旁人的事而发作,许苓茵苦笑,暗道自己的心还是不够硬。

她起身,在抽屉里翻找,许久没吃药,那些瓶瓶罐罐早已不知丢在何处。最后在杯架上,两个杯口向内扣的位置找到一瓶药。

她胡乱地咽下两颗药,也不喝水,任由苦涩在她舌尖蔓延。她仰面躺在地上,底下铺着毛绒地毯,但还是不够暖和,她裹紧针织衫,蜷起身体。

"许苓茴,你吃药不用喝水的吗?"恍惚间,耳边响起这句话,好似回到那个上午,简陋的校医室,他站在病床边,板着脸关心她。她睁眼四处看,眼中只有她精心挑选而今却充斥着冰冷的家具。

她又呆坐许久,直到一通电话划破宁静。屏幕上闪现着三个字,她厌恶地扫过一眼,不愿意接。

那人似乎知道她的情绪,一次又一次地打来。

比忍耐,许苓茴不输任何人,但不接电话,许岁和会来找她。

她烦躁地按下接听键,点开免提:"苓茴,是我。"

许苓茴不回她的废话。

许岁和径自说着:"下周末是微姨的生日,爸爸说想办个宴会给微姨庆生。微姨……她好久没见你了,到时你来,好不好?"

面对许岁和商量式的口吻,许苓茴拒绝得很彻底:"不去。"

"苓茴,微姨一直很想你。前几年,你借口在国外念书,没能回来,这两年回来了,你又说工作忙,微姨已经三年没见过你了。苓茴,你就当让微姨开心一天。"

许苓茴终于开口回话,语气却嘲讽得很:"她有你们这对好儿女,已经笑得合不拢嘴了,不需要我。"

话落,许苓茴挂断电话,将手机关机。她软着身子,重新倒在地上,药的苦涩从嘴里蔓延至她心上。

白述年坐在监控室,观察覃照和许克对倪舰的审讯。

在商场混迹多年,无论是表情管理,还是表达方式,倪舰都表现得天衣无缝。大概知道警察把他的底都摸透了,他很坦白,将涉及陈漫的事一五一十地交代了。他否认陈漫是他杀的,但承认,陈漫手上的划痕,是他们争执时他不小心抓的,她脖子上的伤,也是他造成的。

白述年盯了全程,除了偶尔眉头轻蹙,没有其他表情。

董力深知白述年的脾性,越没有表情事越大。

董力小心翼翼地问:"老大,有什么问题吗?"

白述年紧盯屏幕,屏幕里的人温文尔雅,不着痕迹地和覃照打太极,一脸云淡风轻,没有丝毫伤心。

"我和覃照早上询问了许苓茴,照她的表述,倪舰对陈漫应该有感情,但一个多小时的审讯里,他没有表现出半点伤心,甚至一副事不关己的样子。你觉得这样一个人,会……"白述年思考该用什么词来形容倪舰对陈漫的感情,"很偏执地喜欢陈漫吗?"

董力猜测:"他是不是装的?还是那个许苓茴说谎了?"

"她不会。"白述年极快地接话。

"谁？"

白述年却沉默了。他重新看回监视器，覃照、许克已经出来了。

见覃照、许克进来，董力迎上去："怎么样？"

覃照："他很谨慎，每句话都抓不住漏洞，要么人不是他杀的，要么他伪装得太好了。"

白述年问："鉴证科那边怎么说？"

董力："还没回复。"

话音落下，手机响起，是鉴证科的。

董力和那边说了几句，挂了电话后告诉白述年："鉴证科那边说，匕首上只有陈漫的指纹，但从伤口痕迹来看，不是陈漫自己刺入的。"

覃照："难不成还有第三人？"

许克："我们查了光华小区的监控，除了外卖和快递，事发当天只有倪舰进出过陈漫家。但前两天她住的那栋楼线路换新，不排除凶手提前潜伏这种可能。"

董力："陈漫的人际关系比较简单，基本没和谁结过怨。会不会是倪舰的太太，嫉恨她破坏他们的婚姻伺机报复？"

覃照："我们去找过倪舰的太太，陈漫死后第二天，她才从国外回来，随行助理一直跟着，可以证明。另外，就像许小姐所说，他太太对陈漫并不介意，甚至默许这件事存在。"

许克："现在来看，倪舰的嫌疑比较大。"

几个人一筹莫展。

良久，白述年出声："覃照，放人吧，再找人跟着他。"

"是，白队。"

"给许苓茴打个电话，让她来趟警局。"

覃照问："问话吗？"

白述年往屏幕上看："锦旗不是做好了吗，让她来领，顺便问几个问题。"

送走倪舰，覃照给许苓茴打了好几个电话，都是关机。

见白述年出来倒水，他说："许苓茴的电话一直打不通，关机状态。"

白述年握着杯子的手慢慢收紧："看着时间，多打几次。"

覃照点头："你说，倪舰会不会对她……"

"不会。"白述年冷静地分析，"陈漫没什么朋友，大半年来只有许苓茴一个走得比较近，这时候倪舰对她下手，不是不打自招？"

"那电话怎么打不通？"覃照喃喃自语。

"大概是有事吧。"白述年往茶水厅走去，迈出几步，又停住，转身说，"还是别打了，她的身份，来警局不合适，找个时间，再上趟她家。"

许苓茴在地上睡了一夜，醒来时，浑身冷得发抖。

她跌跌撞撞地跑到二楼，放了一浴缸热水，温度很高，被冻了一晚上的手脚逐渐回暖。泡了一个多小时，皮肤被泡红，她才披衣下楼。

门铃从她换衣服那会儿响到她下楼。这个点来找她的人只有周旦，许苓茴不紧不慢地去开门。周旦进来，许苓茴懒懒地躺上沙发，用毯子把自己裹住。

"你干吗呢，按了那么久门铃才来开门？"周旦等了十几分钟，生怕被对门当作流氓轰走。

"洗澡。"她的声音中透着浓浓的鼻音。

"你昨晚不在家吗？我在门口等了好久。"

"在睡觉。"

周旦见她一副恹恹的样子，手探上她的额头，掌心有些热："病了？"

许苓茴疲惫地翻个身："不知道，头痛。"

周旦起身帮她找药，老妈子似的啰唆："都跟你说入秋了，穿暖和点，你就不听，露胳膊露腿的，现在好了。"

盯着她吃完药，又抱了床被子给她盖上，让她发汗，周旦这才说出来意。

周旦小心措辞，生怕一个不经意触动她的情绪："昨天有个姓许的客户，来买画，是你年初画的那幅《鹿》。"

周旦自跟在许苓茴身边起，许苓茴就和他说过，她的画，不卖给姓许的。

许苓茴猛地睁眼："叫什么名字？"

周旦注意着她的情绪变化："许岁和。"

病态尽数被收起，此刻的她，像是被触到逆鳞，浑身是刺："不卖。"

"好好好，不卖，你别激动，注意身体。"周旦坐到她身边，给她掖好被子，细心安抚着，"我和方总说过了，你不做姓许的生意。"

许苓茴冷哼："方同明那个守财奴能答应？"

"他精着呢，你现在是他的摇钱树，他怎么敢因为一幅画得罪你。"

许苓茴轻蔑地笑一声，随后说："周旦，把那幅画收回来。"

"好。"

"以后她再来，让她走。"

周旦有些为难："卖不卖画我们说了算，可客人要来，我们不好赶吧？"

许苓茴眉头一皱，嘴角刚动，周旦立马说："好好好，让她走，你别急，当心身体。"

周旦见她情绪和缓了一些，便岔开话题："我去给你买些吃的，想吃什么？"

许苓茴摇头，药生效了，她晕乎乎的。

"成，我看着买，你睡会儿。"

周旦拿了钥匙出门，刚出楼道口，正对面的停车位上停着一辆黑色越野车，车牌号 X 打头，他看着眼熟。

等他买完东西回来，停车位上空荡荡的。

电梯到了许苓茴住的楼层，他才想起来，昨晚来给许苓茴送东西，在同一个地方，他也看到了一辆黑色越野车，他离开时，越野车还在。

周旦走出电梯，在想许苓茴最近是不是得罪了什么人，被人给盯上了。

他想着等会儿告诉她，让她警惕一下，一开门，就见许苓茴扒着沙发扶手呕吐，他吓得丢下东西，过去将人扶住。隔着毯子，周旦都能感受到她身上滚烫的温度，顾不得地上的污秽，他将人连毯子抱起，直奔医院而去。

许苓茴是受凉引发的胃肠型感冒，医生安排好病房，给她挂上水。周旦在一旁守着，见她面色苍白，病中仍紧锁的眉头，担忧得不行。

他给喻初打去电话，喻初那儿有客户，走不开，让他先守着，结束了她马上过来。

周旦盯着吊瓶，吊完三分之二，热度渐渐退了，人不再那么迷糊，干燥的双唇在动，说要喝水。

周旦借了隔壁床的热水壶，转身出了病房门，被一个男人迎面撞上。

男人道歉："不好意思。"

周旦看着男人的脸，有些熟悉，他回忆片刻，迟疑地问："白警官？"

"是我。"白述年礼貌地朝周旦颔首。

"白警官怎么在这儿？"

白述年抬起左手拎的东西，轻轻晃动："看个朋友。你呢？"

"我老板生病了，刚住进来。"怕白述年不理解，周旦解释，"就是那天帮你们拦车的那人。"

白述年皱眉："怎么突然生病了？昨天早上见面还好好的。"

"昨晚着凉了，今天起来又是发烧又是吐的。"周旦说着，注意到白述年话里的关键词，"白警官，昨天和苓茴见过？"

"嗯，有个案子需要找她问话。"

"案子？什么案子？她怎么没和我说？"

白述年微伸脖子，往他右侧的病房门看："可能来不及说吧。"

周旦问："是什么案子？"

白述年将案情简要告知周旦。

周旦大吃一惊，表情满是不解："怎么突然就……我们三天前还见过的。"

白述年只说案子还在调查。

周旦往右瞄了一眼，许苓茴还躺着没动静，他说："那白警官现在要问吗？她还没醒。"

"等她醒吧。"

"那白警官稍坐会儿，我去打点水。"

"好。"

见周旦走远，白述年走进病房。

三人间，许苓茴住最里面靠窗的一张床。

白述年走到床尾，单手撑着床后的铁杆，垂眸望着床上的人。他呆站了片刻，直到床上的人因刺眼的光线，双眉紧锁，眼尾皱出细纹，他才回过神来，将床边的帘子拉上，挡住光亮。

人逐渐睡得安稳。没多久，她又皱起眉，干巴巴的唇嚅动着，白述年靠近去听，她在喊"水"。

旁边桌子上的水杯是空的，白述年向邻床的病人讨要一杯，坐在床边，拿了一根棉签，先将她干燥的双唇沾湿，又将吸管递至她唇边，让她含住。他低声说："水来了。"

许苓茴下意识地开始吮吸，将大半杯水喝得精光。

他放回杯子，伸手探向她的额头，温度微高。

吊瓶药液滴得很慢，顺着输液管看向她的手背，上面印着一圈瘀青。

他盯着那片瘀青看，被电话铃声打断。

是覃照，说还没联系上许苓茴，问他怎么办。

白述年瞥了一眼床上的人，低声回道："不用打了，她在医院。"

周旦打完水回来，白述年坐在病房外面的椅子上。

"白警官，她还没醒，您要不给我个联系方式，等她醒来我再告诉您。"

"好。"

留了白述年的联系方式，周旦将人送至楼梯口，折返回病房时，见许苓茴已经醒了，盯着天花板看。

周旦拉开椅子坐下，问："醒了，有没有哪儿不舒服？"

许苓茴摇头。

周旦倒了一杯水，说："你刚刚喊着要水，我打回来了，起来喝点。"

许苓茴脑袋微微一侧，视线转移到桌上的一次性杯子上。

周旦疑惑："怎么了？"

许苓茴吞咽一下，细长的颈子微动，话对着周旦说，眼睛却一直盯着杯子："周旦，陈漫死了。"

喻初下午四点抵达医院，许苓茴还在睡，周旦在一边守着。工作室有些事需要处理，周旦便把许苓茴交给喻初，他明天再来。喻初应下，把保温盒放到桌上。大概一小时后，许苓茴才醒来。

喻初将她扶起来，塞了个枕头在她腰后："你这体质越来越不行了，去年还能和我冬泳，这才入秋，就病一场。"

许苓茴疲惫地笑："老了，不服不行。"

"差点以为你今年六十七。大好年华,说得这么丧气。"喻初打开带来的保温盒,"给你熬的粥,喝一点?"

许苓茴点头,一整天没吃东西,手脚发软。

喻初:"周旦工作去了,今晚我守夜。"

"又不是什么大病,不用守。"

喻初偷偷瞟了她一眼:"不守我怕明天找不着你人。"

许苓茴不喜欢医院,前两次生病住院,还没好全就躲回家去了。

"你不用看店吗?"

"云合在,他帮我看。"

许苓茴打趣道:"你那徒弟,好歹也是岭安的理科状元,你好意思让人家天天埋在你那堆车轱辘里?"

喻初白了她一眼:"我又不是不发他工资。"

"人家随便当个家教,工资都比你开得高。"

"上赶着操心人家的工资呢?"

许苓茴笑眯眯道:"我操心你。"

喻初瞪了许苓茴一眼,许苓茴便将话收住。

等许苓茴喝完粥,喻初将东西收好,无意间碰到她的手。热粥喝了没用,她的手还是一片冰凉。

喻初灌了个暖水袋给许苓茴焐手,将椅子拉近些,压低声音问:"我听周旦说,你一个客户出事了?"

许苓茴低低地"嗯"一声。

"警察找你问什么话?"

"她和她男……"许苓茴停住,不知道用什么词来形容那个男人。

喻初和许苓茴默契满分,知道她想表达什么。

"你觉得会是他吗?"

"觉得?"许苓茴笑着摇头,"我只见过那个男人一次。"

"周旦说,你来医院不久,有个警察要找你问话。明天大概也会来,问什么说什么,不要给自己惹麻烦。"

"我知道,也没有什么麻烦可惹的。"

喻初见许苓茴神情淡然,表现得毫不在意,但知道她就是这样的人,冷漠留给外人,悲伤留给自己。她曾说过,陈漫是她所有客户里,最能读懂她作品的人。

许苓茴伸出右手食指,在被子上虚虚移动,像是在描什么轮廓:"喻初,我要给她画一幅画。"

"画什么?"

"格查尔鸟。"

终于飞出困住她的无人之境,寻到自由,了无牵绊。

"好,想画什么画什么。"

"喻初。"

"嗯。"

"她很勇敢。"

喻初握住许苓茴的指尖:"离开需要勇气,活下去也需要。勇敢的人很多,你也是。"

"是吗?"

"当然,你是我认识的,最勇敢的人。"

第二章 格查尔鸟与自由

许苓茴在医院住了一晚,第二天醒来,精神好了许多。

周旦一早赶过来,换喻初回去休息。许苓茴收拾好,就让周旦打电话给白述年。等了半个多小时,他们才过来。

覃照一进门,就给许苓茴道歉:"许小姐,真不好意思,你还病着,就要你配合我们工作。"

许苓茴脸色还泛白,挂着浅浅的笑,穿一身简单的病号服,清冷美人的韵味更重:"没事,今天好很多了。"

"对了,我们今天还给你带东西来了。白队!"覃照往后,朝白述年招手。

白述年将卷起的锦旗展开,拉出柜子,把锦旗挂在一角:"给你送锦旗,那天辛苦了。"

"见义勇为,人民卫士。"

许苓茴看过去,八个烫金大字印在深红色的绸缎上,似乎发着光。

"'人民卫士',这四个字,重了些。"

白述年垂眸,视线落在她的发顶上:"不重。"

覃照接话:"哪里重了,桥上那么多人,要不是你,不知道会发生什么呢。"

许苓茴收回手,藏进被子里,对周旦说:"收起来吧。"又看向白述年,"白警官,有什么想问的,问吧。"

三人间，还有一床病人在，白述年问："方便吗？"

"没什么不方便的。"

"好。"

白述年拉出一张椅子，坐得离她不远，与她平视："最后一次见陈漫，她有什么奇怪的行为，或者有什么事发生吗？"

"我们最后一次见面，是上周五。她每个月都会找我买一幅画，上周见面，我的画还在收尾，她就约了下一幅。但这次约画，和之前不一样，她给我定了内容……"

许苓茴突然停住，先前的不解好似豁然开朗。

白述年追问："什么内容？"

许苓茴回忆着那天的场景，声音与记忆重叠："格查尔鸟。"

"格查尔鸟？"

"所以，她早就打算好了？要去追寻她的自由吗？"她低声呢喃着，头发垂至一侧，遮住她陷入迷茫的神情。

——"你敢吗，许苓茴？"

——"苓茴，你要逼死我吗？你敢吗？"

——"许苓茴，你这些年，躲在国外，你敢回去见他吗？你敢不敢？"

她敢吗？她不敢的。

喻初说她勇敢，但其实不是，她胆子小得很，不然当初不会狼狈地离开岭安，也不会躲在国外，连回来都偷偷摸摸，不敢让人知道。如今有点成绩回来了，她也依旧畏缩，小心翼翼，连说声"好久不见"都不敢。

陈漫说她是最有天赋的画家，是画家中最出色的赛车手，她的生活，在平静与刺激中切换，不像自己，一潭死水。

但许苓茴知道，她远没有陈漫说的那样肆意飒爽。

她不如陈漫。

见许苓茴陷入自己的情绪中，白述年连忙高声喊她："许苓茴？许苓茴？苓茴！"

许苓茴突然攥紧了被子，双肩猛地抖一下，脑袋迟缓地晃一下，似乎在找什么，有些手足无措："白……"

她喊出一个字，喉间却像是被什么卡住，发不出声。

白述年的身体往前倾了点角度，轻声说："许苓茴，你还好吗？"

"抱歉，我……"她撩起头发，往后扯一下，头皮一阵疼，"我走神了。"

"还能继续吗？"

她压住起伏的心跳，咬着唇说："能"。

"好，继续，如果身体不舒服，随时告诉我。"

许苓茴点头。

"为什么画这幅画，她有说吗？"

"没有。"

"还记得其他细节吗？"

许苓茴费力思索着，过去一周，她记得不大清楚："那天她穿得很素净，也没有化妆，我们照例在茶室见面，那天她还很开心，说父母愿意接她电话，也愿意用她买的东西了。对了，她涂了指甲，左手，不，右手涂了红色，左手是绿色。准备她那幅画时，我发现，这两种颜色，是格查尔鸟的颜色。她和她父母的关系，有……"

白述年未问完的问题，被帘子外一句突兀的"苓茴，妈妈来看你了"打断。他注意到，许苓茴前一秒的迷茫难过，在听到这道女声后，迅速化为冷漠。

林微拉开帘子，嘴里嘟囔着："大白天，怎么还拉上帘子了？"入眼是立在许苓茴身旁守护神似的两个男人。

"你们是？"

覃照刚要回话，被许苓茴抢先："朋友，来看我的。"

覃照笑着朝林微点头，白述年微一颔首，便侧过身子，留个后背对着她。

林微热络地朝他们道谢："噢，苓茴的朋友呀，麻烦你们了。"

与母亲许久未见，许苓茴也不显亲热，语气疏离地问她："有事吗？"

林微嗔怪地睨许苓茴一眼："瞧你这话说的，女儿住院，我这个做妈妈的，还不能来看看了？"

林微走近病床，俯下身想握许苓茴的手，被许苓茴躲开，她也不在意："你出国这几年，和妈妈都生疏了，回来了也不去看我，下周我生日，你也不打算去。你姐姐亲自出马都请不动你，我不得来看看，到底是什么事，让我们许大画家这么忙。"

许苓茴也不看她，冷淡地吐出话："时间地点发给我，我会去。"

林微原以为要费一番口舌，没想到她这么快便松口，当即高兴了："下周三晚上，地点就选在你以前最喜欢的一家酒店，妈妈记得，你最喜欢他们家的 Nanaimo Bars（纳奈莫条，一种加拿大甜品），这次做这道甜点的厨师，是从加拿大请来的，味道我试过，不差。"

"还有吗？"

"还有什么？"

许苓茴下逐客令："没有的话，先回去吧。"

"噢，没什么事了。对了，苓茴，饿不饿呀，妈妈给你……"

许苓茴立刻拒绝："不饿，不用，周旦，送她回去。"

在几个年轻人面前，被自家女儿下了面子，林微面上挂不住，也不好说什么，依旧端着慈母模样，起身整理衣襟，对他们说："那我就先走了，大家下周要是没事，就和我们芩茴来凑个热闹。人老了，热闹点也高兴。"

白述年罕见地不作声，覃照尴尬地应下，周旦则听许芩茴的话，将人送出去。

林微一面往外走，一面打量病房的环境，言语里数不尽的嫌弃："周旦是吧，我们芩茴好歹也是许家二小姐，怎么能和别人挤三人间呢。你回头和医院说说，让他们给换个单间，不然芩茴住着不舒服。"

周旦连声应好。

"你盯着她多吃点东西，太瘦了，她爸爸看到，要心疼的。"

"好。"

"还有啊，下周记得提醒她，让她早点到……"

林微的声音远去，留下三人，陷入一片死寂，

良久，白述年先出声："还能继续吗？"

许芩茴抬眸看他，双眸清澈，但先前面对林微的冷漠还没有剥离，周身像落了层霜："不能，我累了。"

"好，你先休息，我们明天再来。"

"白警官，还是等我身体好了，让周旦给你们打电话吧，不浪费你们时间。"

"也好。"

白述年收拾好东西，和覃照离开。

去停车场的路上，覃照一直在沉默，直到坐上车，白述年发动车子了，他才问："白队，你和许小姐之前认识吗？"他总觉得两人之间有种说不清道不明的联系。

"不认识。"白述年踩下油门，疾驰而去。

周旦送完林微回来，许芩茴坐在病床上，神色呆滞。他坐到她面前，扯了扯她的袖子："我把阿姨送走了。"

"嗯。"她掀开被子下床，拿上挂着的衣服，"周旦，去办出院手续吧。"

周旦跟在她身后说："可医生说，还要观察一晚。"

"没事，拿点药就好。"

她睡了一天一夜，精神不该是疲倦的，但此刻，周旦却觉得，她是靠一股劲撑着。

他顺着她的意："好，你去换衣服，我去办手续。"

今天降温，凉风徐徐。医院大门前的西府海棠结了果，浅粉红色的花瓣错落有致地包裹着果实，指头大一个，状似樱桃。偶吹过一阵大风，花果扑簌簌

掉了一地。

许芩茴一身单薄，吹了风，忍不住缩了缩脖子。周旦还没来得及给她拿衣服，便将那天裹着她的毯子当成披肩，围在她肩上。

好在她模样好，身段也美，学了多年艺术，有一种旁人难以企及的独特气质，休闲的衬衣长裤，搭上一条烟灰色毯子，也别有一番韵味。

两人上车。

周旦小声问："送你回家？"

许芩茴脑袋靠着窗："去工作室。"说完拉高毯子，闭眼睡觉。

方同明的工作室开在岭安艺术展览中心，在那一片挑了个安静的地方，起了个许芩茴看不懂的名字，叫镜銮。

刚定名字时，许芩茴问过他什么意思。

方同明也答不出个所以然来，只说这两个字格调高，一般人看不懂，有艺术家的神秘感。

许芩茴无语地瞥他一眼，回了两个字："矫情。"

到达工作室，许芩茴让周旦随便找个位置停车，她不准备久留。

方同明在工作室，见到许芩茴时很是惊讶："来打卡？"

许芩茴望着墙上的画，懒懒地瞅他一眼，回："来打劫。"

"哟！"方同明来兴趣了，丢下手中的文件起身，"来说，看上人还是画了？"

许芩茴没有搭理他，径自沿着展厅逛起来，方同明跟在她身侧，保持着不远不近的距离。

走了大半圈，许芩茴突然停下，目光落在前面的油画上。灰蓝主色调，局部是赭石色和墨绿。画的主体是一对母女，母亲高大，撑着伞，女儿瘦小，躲在母亲身侧，半个身子在伞外。雨很猛，雨水溅在女孩大腿处，女孩只留了个侧脸，那侧脸上满是水。

画的名字叫《我想要一把伞》。

"这幅画，是谁画的？"

方同明知道她眼睛毒，能让她驻足看上一分钟，不会是一般的画。他扬扬得意，暗喜自己的眼光和她不谋而合。

"上个月新签的画家，怎么样，还不错吧？"

许芩茴赞赏地点头："是不错的。"

她八岁拿画笔，大学主攻油画艺术，在知名设计学院待了六年，看过的画不计其数。一幅画的线条、构图、色彩、意境，只消几分钟，她便能看出个大概。

许芩茴让工作人员把画取下来，装好，回头对方同明说："画我要了，这个作者可以好好培养，花点心思。"

方同明倚着空空的墙壁,见她来去匆匆的样子,一脸玩味:"还真是来打劫的?"

许苓茴将毯子往上拉了拉,留给他一个后脑勺:"钱从我下个月的工资里扣。"

方同明笑眯眯的,目送她离开工作室。

见不着人了,他拿出手机拨号:"每个月多交一幅画可以吧?再给你一成,每个月给我三幅。"

林微五十岁生日,许怀民包下鹿鸣酒店两层,给她庆生。来宾大多是许怀民生意场上的朋友,还有想要和许家搭上亲事的年轻男女。

许岁和原本在门口替父母迎接宾客,看见林微在里面朝她招手,她和服务员叮嘱几句,便朝林微走去。

许岁和:"微姨,怎么了?"

林微怜爱地摸摸她束起来的鬓发:"岁岁,一大早忙到现在,辛苦你了。"

许岁和搭上林微的右手,林微右手腕上戴着一只碧绿色玉镯,她依稀记得,母亲生前也曾戴过同一样式的玉镯。

她移开视线,转而落在林微保养得当、红润光泽的双颊上:"不辛苦,微姨,应该的。"

林微凑近,靠在她耳边悄声说:"你也别光顾着接待客人。今天来了许多年轻小伙,你看看有没有合适的,让你爸爸给牵个线。"

许岁和摇头,笑着拒绝:"微姨,我还不急。"

"都快三十了,还不急。"

"爸爸年纪大了,我想多帮帮他。"

林微欣慰地笑,末了又叹气:"还是你懂事,不像苓茴,学的东西都帮不上忙,家里的大梁啊,还是得靠你和晏清来挑。"

"苓茴喜欢就好,您别逼她。"

林微一顿,脸色微变:"我怎么会逼她,也逼不了她。这丫头,现在有主见得很。对了,她来了吗?"

上次的通话不欢而散后,许岁和没再联系上许苓茴,也劝不了许苓茴出席宴会。她抱歉地和林微解释:"苓茴说,她正好赶上事,估计来不了,但她让我和您说生日快乐,还托我帮您买了生日礼物。"

林微:"不对呀,我那天去找她,她明明答应过会来的。"

许岁和惊讶:"您去找过苓茴?"

"对,上周五。"林微不放心,"我给她打个电话去。"

许岁和拦不住林微,只好让人盯着,见到二小姐就告诉她。

宴会开始,许岁和被拉去应酬,却一直心不在焉,眼睛时不时地往大门口瞄。约莫过了半小时,服务员过来告诉她,有位小姐来了,在偏厅。

许岁和放下酒杯,向客人道歉,提起裙摆往偏厅走去。

今天算是正式的场合,许苓茴却穿得很随意,一身通勤装扮。她放下方形礼盒,向林微道祝福,嘴里全是美好的祝词,语气却平静得像是背书,没有起伏。

林微见她终于愿意出席自己的生日宴会,却是这么一副公式化的模样,不由得有些委屈:"苓茴,你避开妈妈这么多年,难道真的要把妈妈当陌生人吗?"

许苓茴从前最怕林微露出一副委屈的样子,她会觉得,林微经历的一切不幸,都是由自己而起。所以每当林微展现自己的无助,她就会折掉一身反骨,听从顺服。这样的招数,林微百试不爽,而从前的许苓茴,全盘照收。

许苓茴别开眼,不去看林微示弱的模样:"要是真把你当成陌生人,我今天就不会来了。"

"苓茴……"林微悲伤欲泣。

"礼物在那儿,你喜欢就收着。"撂下这句,许苓茴转身欲走,瞧见站在门边的许岁和,她脚步也没停。

经过许岁和身边时,许苓茴被她拉住:"苓茴,既然来了,就陪爸爸和微姨吃个饭吧,他们很想你。"

"不必。"

许岁和攥紧许苓茴的手:"苓茴,微姨这些年一直在念叨你。"

"哦?"许苓茴嘴角泛起一抹嘲讽的笑,"一年几次?一次?两次?"

"苓茴!"许岁和看向林微,林微的脸色果然变得难看,"就吃个饭,我们一家人。"

"是啊,我们一家人。"

这道声音一响起,还在拉扯的两人,身体皆是一僵。

许苓茴的肩膀不自觉地颤抖,后背慢慢冒出冷汗。她盯着许岁和的眼睛,里头的情绪由嘲讽变成不解,哪怕强行忍着,最后还是泄露出微不可察的惧怕。

许苓茴突然用力,挣开许岁和扣住她小臂的手。

"一家人?"许苓茴死死咬着下唇,刺痛往心头钻,她尝到血腥味,"许岁和,你打的好算盘啊。"

许岁和语无伦次地解释:"不是,苓茴,我不知道……"

她们僵持着,身后的林微却惊呼:"晏清,你什么时候回来的?怎么也不告诉微姨一声。"

许晏清一身高定西装,双手插兜,缓步朝他们走近。

他先看向许怀民，喊了声"爸"，随后拥住林微的肩膀，说："这不是想给您个惊喜嘛，回来陪您过生日。"

先前被许苓茴刺激的委屈被许晏清两句话哄好，林微笑出来，拍着他的肩膀："还是晏清有心。"

"我给您带了礼物，让司机带回去了，等回家给您看看喜不喜欢。"

"你送的，微姨当然喜欢。"

许晏清安抚好林微，便朝着许苓茴和许岁和走去："我的礼物再好，肯定也比不过苓茴。你说是不是？苓茴。"

他停在她身后，身上的味道和八年前一样，许苓茴沾染半分，就觉得肮脏无比。她下意识地想逃离，但理智告诉她，不可以后退。她不是八年前的许苓茴，也不会任人扼住喉咙。

她转身，对上那双曾让她觉得明亮，后来又让她坠入黑暗的眼睛，她在他眼中的倒影里，瞧见自己满是恨意的双眸。

"想看看我送了什么吗？"

许苓茴没想等他回答，径自走过去，拆开礼盒，将上了画框的画拿出来。

她招来一个服务员，让人把画拿正，面向他们一家子。

"这幅画不是我画的，但我很喜欢，叫《我想要一把伞》。你觉得怎么样，妈妈？"

她很多年没喊过这两个字，现下喊出来，嘲讽的语气，却是给了林微当头一棒。饶是他们不懂油画，但这么明显的意象，他们也能猜出几分。

许苓茴从来就没想过，要好好赴这场宴会。他们要给她难堪，她就加倍还回去，反正她孑然一身，什么也不怕。

她挑衅地看着许晏清："怎么样？你的礼物，该是比我的好吧？"

原本热闹和气的场面，被几个小辈搞得一团糟。许怀民怕被人看了笑话，让服务员放下画出去，然后对着人一顿呵斥："今天是你们妈妈的生日，要闹什么？"

对着两个女儿，他不好发火，只好将矛头指向许晏清："许晏清，你一回来就搞这些幺蛾子，不好好过日子，不能安生是吧？都是一家人，闹什么闹？"

许晏清可担不起这罪名，收起懒散模样，哄着两位老人："爸，我可不敢。我这不是想着走了这么久，趁着微姨生日，给你们一个惊喜。和苓茴，我们也是闹着玩的，你说是不是，苓茴？"

许苓茴并不搭理他。

许怀民："外面还有客人在，我们不能失了礼数。岁岁，你先出去看着。"

许岁和应声，临走之前看一眼许晏清，颇具警告意味。

三个孩子中，许怀民最不亲近的就是许苓茴，对她亏欠也最多，每次和她说话,他都带着小心翼翼的讨好:"苓茴啊,既然来了,就陪你妈妈吃个饭吧,过会儿再走。"

许苓茴看着这个眉眼和她有几分相似的人,他对她一向是温和的,但他的温和中没有强大,没能够给人庇护。也不对,他的庇护,全都给了其他人。

在这个满是许家人的屋子里,许苓茴几乎待不下去,他们的每一句话,每一句挽留,都让她觉得虚伪。

"不必了,我今天来,也只是走个过场。"她裹紧风衣,大步朝外走。

"苓茴。"林微在身后喊她,声嘶力竭,"你非要这么对妈妈吗?"

许苓茴充耳不闻,迈大了步伐。

拉开偏厅的门,她直奔出口,被人突然回身,洒了一身红酒,白衬衫染红了一大片。那人连连道歉,许苓茴躲开他伸过来给自己擦衣服的手,头也不回地离开。

大厅外有一条长廊,许苓茴穿着高跟鞋,每一步都迈得很用力。在里面发泄的情绪还没消散,以至于她并没有在意周围的环境。直到走到一个转角,她被人拽住,用力往角落里拉。

她被吓住,鞋跟不稳,脚踝崴了一下,呼救声被一只大掌捂了回去。

"苓茴,这么多年不见,一回来就给我来了个下马威,本事见长啊。"

是许晏清。

许苓茴慌乱地挣扎,使劲去掰那只要让她窒息的手,掰不动,她转而屈起手肘,去攻击那人的腹部。许晏清实打实地挨了一下,闷哼一声,一个反身,许苓茴被他掼在墙上。

他用了力,撞上墙壁的瞬间,许苓茴痛得眼眶泛泪。

许晏清低头,靠近她几分:"这就痛了?刚刚说那些话,怎么不想想我会痛、微姨会痛?许苓茴,这些年,你变得这么自私了吗?"

许苓茴昂起头,愤恨的眼神,似是要将他千刀万剐。她提起膝盖,攻击他的下盘。

这么几分钟,他被她打到两次,许晏清不怒反笑:"苓茴,进步了。以前的反抗,可没这么有力。"

许苓茴挣扎着,低吼出声:"许晏清,你给我滚!"

"滚?我们这么久不见,不好好聊聊?"

许苓茴深呼吸几次,迫使自己冷静下来,她四处张望,见到两三米远处有摄像头。

"许晏清,这里有监控,你敢动我,你猜,你的亲姐姐会不会放过你?"

许晏清赞赏地笑:"苓茴,你真是长大了,知道拿我姐来压我。有监控是吗?那就去没监控的地方好了。"

"许晏清,你放开我!"

见离监控越来越远,许苓茴心里的恐慌愈渐加深。她挪动着手腕,揪住他的小指,用力往后掰,抬起脚,尖锐的鞋跟往他腿窝处踢。

两个人体脆弱的地方受到攻击,许晏清膝盖一弯,手中的力气也卸去大半。

许苓茴抓住机会,拔腿往长廊跑。

许晏清缓过来一阵痛痹,在后面不紧不慢地追,甚至语气轻松地提醒前面的人:"今天这一层都被爸包场了,你以为你能找到谁?"

许苓茴崴了脚,根本跑不快,好不容易跑到长廊,却被地毯绊倒了。她双手撑地,艰难地站起来,往回望,见许晏清快追上了,一心急,脚下还没踩稳,脚踝一疼,又倒下去。但这次,一双宽大温热的手扶住了她。

许苓茴没来得及看人是谁,只是拼命靠近他,央求着:"带我走,麻烦你带我走。"

而下一瞬,来人硬气十足又夹着款款温情的声音,让许苓茴的恐惧散去大半:"苓茴。"

许苓茴仓皇地抬眸,终于将无助尽数袒露在他面前:"白述年。"

他拥住她的肩膀,将大半个人搂在怀里,慢慢扶起来,神色温柔,语气也温柔:"别怕,我在。"

白述年将许苓茴的脑袋压在他胸膛,掌心盖在她眼睛上,示意她闭眼。

他再度抬头,方才的温柔褪去,取而代之的是平日里的冷冽和从警多年练就的威严。

他高出许晏清半个脑袋,俯看许晏清时,自带沉重的压迫感:"这位先生,不顾他人意愿,强行以各种手段限制他人自由,是犯法的。"

"犯法?"许晏清做恍然大悟状,"我忘了,这是国内。"

白述年眼似利刃,盯着他似刀刃入肉:"既然知道,那别犯。"

许晏清没有半点紧迫,伸手指了指他怀中的人:"但你抱着的人,是我妹妹。我带妹妹回家,总不是犯法吧?"

怀中的人重重拉了一下白述年的衣角,身体僵硬。

白述年安抚地轻拍她的手臂:"带妹妹回家,要这么凶?"

许晏清游刃有余:"她和我爸妈吵了一架,情绪不稳,我来安慰安慰。"

白述年取出手机,解锁,打开电话一栏:"既然这样,我们不如让警察来处理?"

许晏清笑着举起双手,做投降状,言语间全然是一个哥哥和妹妹的玩闹:"行,她不回去就算了,要去哪儿随她。"

白述年放回手机,换了只手搂人,低头问:"能走吗?"

许苓茴点头。

"好，我带你离开。"

两人刚迈出几步，身后的许晏清，拖长了声音问："敢碰我们许家的女儿，你叫什么名字？"

白述年脚步一顿，被许苓茴抓住手腕："别理他，先走。"

"好。"

两人消失在长廊，许晏清拨出个电话，眼底掩着等待猎物的欣喜："查一下监控里带二小姐走的人。"

白述年带许苓茴回了自己的公寓，原是想送她回家，问她时，她避开他的目光，没有回答，他只好将她带回清橡居。

下车时，许苓茴扶着车门，才勉强支撑自己不倒下去。

白述年看出她的异样，绕过来扶住她："怎么了？"

许苓茴指着右脚："崴到脚了。"

白述年皱起眉，蹲下去检查她的脚踝，轻微红肿。他转过身，双手往后抬起："上来，我背你。"

在车上被压下去的眼泪，此刻又蓄满了眼眶。掉下来一颗，她连忙擦去，又将湿润的手背擦干，弯腰趴在他背上。

白述年稳稳地将人托起，脚步踏得缓慢。

许苓茴双手交叠，挂在他脖子前，想减轻一些他的负担。

想起警队没找她的几天，许苓茴问："你不是去找陈漫的父母了吗？"

她出院后，白述年找她问过两次话，最后一次，她提议从陈漫父母身上下手。

她一个没学过刑侦的人都知道，白述年又怎么会不知道。他们找到陈漫父母的联系方式，但每次都没能说出完整的话，电话就被二老挂断。十几通电话里，他们只说，就当没有过这个女儿。就之前许苓茴说陈漫最后一次和她见面，提及陈家二老对陈漫的态度有所松动，现在不该是这样的反应。

无奈之下，他只好和覃照亲自走一趟，顺便将二老带过来。陈漫的后事还没有办。

"早上回来的。"

"有什么线索吗？"

"陈漫和她父母的关系很差，这些年联系不多，最后一次是她死前三天，像你说的，有所缓和。但不知怎的，小县城又有人议论起这件事，关系再次变僵。"

"是倪舰做的？"

"在查，杀人的嫌疑他现在也没有洗清。"

许苓茴安静下来。过了一阵，她轻轻叹息，又问："她的后事，谁办？"

"倪舰本来想操办，但她父母来了，估计不会让倪舰插手。"

再问下去，就涉及案子机密了，许苓茴自觉地让话题停留在这里。

没了两人的一问一答，周遭的空气都沉静下来。许苓茴这才发觉，白述年走的是楼道。

脚步声和他轻微的喘息声，在空荡的楼梯间，格外清晰。

楼梯间装的是声控灯，他们到一层，灯亮一层。

许苓茴抬头，望着上面黑漆漆的台阶，在酒店里恐慌的情绪，被每一盏亮起的灯，消解大半。他这样背着她，迈上一级一级台阶，就像他带着她，从黑暗走向光明。

不知在哪一层的楼梯间，白述年推开门，走出楼道。

外面的光线明晃晃的，让许苓茴的眼睛有些不适。

她闭上眼睛，下巴慢慢靠向白述年的脖颈，感触到皮肤的温热，才问一句："白述年，你今天，怎么会出现在那儿？"

"和人谈事。"

许苓茴却慢慢弯起嘴角，眼睛有一瞬温热。

白述年家是密码锁，他放下许苓茴，伸手按了密码。他没有半点遮掩，四个数字落入许苓茴眼中。

屋子很整洁，没有其他花里胡哨的装饰，是很明显的单身男人独居室。

白述年扶她在沙发上坐下，让她等会儿，他去找药油。

周遭有一种让人安心的气息，整理好情绪，许苓茴给许岁和拨去电话。

那边很快接通，许苓茴开门见山地说："去看今天的监控，管好你弟弟，让他离我远点。"

许岁和立马反应过来，向她道歉。

对许岁和条件反射似的道歉，许苓茴有些疲乏："许岁和，我不是八年前的许苓茴了，他再敢对我做什么，就是赔上自己，我也会把他送进去。"

她挂了电话，将手机丢到沙发上，抬眸瞧见站在她面前的白述年，手里拿着一瓶红花油。

白述年目光沉沉，看了许苓茴几秒，移开视线，但他来不及收起的情绪，被许苓茴看透大半。

他若无其事地坐到她身边，旋开瓶盖，倒了几滴药油在掌心："把脚抬起来。"

许苓茴脱掉鞋，慢慢抬起右脚，朝白述年伸出右手，说："我自己来吧。"

白述年捏住她的指尖，把掌心的药油，抹在她掌心。

许苓茴控着力道，将药油涂抹在伤处，一圈一圈地打着旋，直到将脚踝搓热。两次下来，热度让脚踝的疼痛退去些许。她抽了纸巾擦去掌心的油腻，将纸团按住，道谢："白警官，今天谢谢你帮了我。"

白述年一怔，随即反应过来，她的道谢是正常的："不客气。"

"我让我助理过来接我吧，今天麻烦你了。"

"不用我送你吗？"

"不用了，你刚回来，还是好好休息吧。"她在微信上给周旦发了定位。

等待的半个小时里，白述年给她煮了两个鸡蛋。剥好的蛋在白瓷碗里，晶莹剔透。白述年把装了酱油的蘸碟一起放下，和她说不好意思，不常在家做饭，只有鸡蛋。

许苓茴摇头，拿起一个鸡蛋，蘸了酱油，一口咬下三分之一。鸡蛋的香气和酱油的咸香，让她空了一天的胃开始蠕动。她吃了一个，想拿第二个时停住，抬头看白述年："你不吃吗？"

"我不饿。"

她将另一个也吃了。

"还饿吗？我下楼去给你买点别的？"

许苓茴鼓着腮帮子摇头，把嘴里的蛋黄咽下去，说："不饿了。"

"好。"他倒了一杯热水，放在她手边。

氤氲的热气散在两人中间，对面白述年的面容在水汽中有些模糊。她摸着杯壁，热气自掌心传向她整个身体，勾出她埋藏多年的回忆。

"我以前有个朋友，每天早餐他都会给我带水煮蛋，再装点酱油。他知道，我干吃水煮蛋会吐，所以每次都会准备酱油。"

雾气慢慢散去，白述年的脸又清晰起来。

他微低着头，一言不发。

"他对我很好，但我后来想起时，才发现，我对他一点都不好。白警官，有句话说，道歉有用的话，还要警察做什么。那你说，我和他道歉，会有用吗？"

白述年依旧沉默，许苓茴也没再说下去，安静地等待他的答案。良久，她看到他嘴角微动，却没能听到他的声音。

周旦的电话打来，中断了两人间的沉默。许苓茴挂断电话，发了微信给他。

她弯腰把鞋子穿好，接着喝光杯里的水，还有些烫，舌尖上一疼。起身时，她再度向白述年道谢。

白述年也跟着她起身："我送你下去。"

"好。"

两人沉默着，坐电梯下楼。

走出大厅，她推门时，被白述年叫住："许苓茴，有事的话，一定要报警，不要逞强。"

许苓茴背对着他，回了句："我会的。"然后一瘸一拐地坐上副驾驶，拉好安全带,蜷缩在座椅上。

周旦知道她今天去了她母亲的生日宴会,心情应该是不大好。但她带着伤回来,他忍不住多问了句:"脚怎么了?"

许苓茴的声音闷闷的:"崴了一下。"

周旦注意着路况,瞥一眼她的双脚:"要去医院看看吗?"

"不用。"

"那送你回三杏里?"

"去喻初那儿吧。"

"你疯了!"周旦一听就急了,将车开到一边,踩下刹车,劈头盖脸一句,"脚都这样了还玩什么车?"

许苓茴侧眸,脸上的疲惫肉眼可见:"我去她那儿睡。"

周旦提起的心落下,重新发动车子。

车开到峡山下,周旦扶着一瘸一拐的许苓茴进店时,喻初正在忙。她听到声响,回头瞧到许苓茴的模样,眉心一皱,朝员工们打了个手势,放下东西朝两人走来。

"怎么了这是?"

许苓茴让喻初靠近些,抬手搭上她的肩膀:"崴脚了。"

喻初按住许苓茴的腰,接过她倚过来的大半个身体:"去医院看过了吗?"

"涂了药,不想去。"

接到周旦的眼色,喻初没再追问:"就一晚,明天必须去。"

许苓茴不情不愿地答应。

周旦晚上还要赶回市里办事,匆匆和许苓茴交代了一些工作上的事后,便驱车离开。

车开离峡山,驶进大道。这个点,从峡山方向回市里的车并不多。周旦瞄了眼后视镜,后面只有一辆黑色的越野车。

越野车的路程和他的一致,两人一前一后地开着。经过一个红灯,越野车停在周旦后头。

周旦看了会儿后视镜,车型有些熟悉。他蓦地想到什么,凑近去看车牌。数字和字母是倒像,但第一个字母X,他看得真真切切。

周旦大腿一拍:这辆车,不就是前几天停在许苓茴楼下的那辆吗!

上次他就在猜测这辆车是不是刻意跟踪许苓茴,今天看来,八九不离十了。

不知道对方的底细,周旦不敢轻举妄动,只默默记下这个车牌号。红灯转绿时,他也不急,缓慢地启动车子,想让越野车冲上来,好看看里面那人的样子。

谁知越野车老老实实地跟在他后头,周旦不到30km/h的时速,后面那人也能忍受,不鸣笛,不变道。

最后却是周旦先不耐烦了，一面提速，一面换了旁边的道。越野车却在这时猛地加速，很快超过周旦。待他反应过来，只能瞧见路灯下，越野车模糊的影子。

周旦气得砸一下方向盘，刺耳的喇叭声在空旷的路上回响。

喻初忙到晚上十点，回到房间，就见许芩茴埋头在自己的梳妆桌前，不知道在捣鼓什么。

喻初把外卖摆上桌子，喊了许芩茴几声，问她在干吗。

许芩茴放下手里的东西，伸了伸腰。她保持这个姿势两个小时了，脖子和背都酸得很。

她抬起右脚，单腿一蹦一跳地到喻初那儿，倒在沙发上，说："调色，这两天要把给陈漫的画画好。"

她在喻初这儿存放了许多颜料，有时候在喻初这儿住，闲着没事就调色，时常把喻初的梳妆桌弄得乱七八糟，后来索性给桌子重新上了色。

喻初看到她花花绿绿的手指，嫌弃地皱眉："你这手，怎么吃东西？"

许芩茴像被训了的孩子，低眉顺眼的："哦，那我去洗。"

"算了算了，你那脚，别瞎蹦跶，等着。"

喻初打了盆热水，顺带拿了瓶洗手液出来。

许芩茴把手泡进热水里，没有半点"寄人篱下"的自觉，嘴里调侃着喻初："小徒弟今天做什么让你开心了，这么温柔？"

喻初正把鸡骨架放到一次性餐盘里，闻言折断一条骨头，笑眯眯地看着许芩茴："你希望折哪儿？"

许芩茴想起上次被喻初捏到的地方，好几天瘀青和酸痛才消下去。她识相，不和喻初的手劲斗，默默闭了嘴。她洗干净手，套上一次性手套，拿了鸭脖开始啃。

喻初问她要几罐酒。

"明天要干活，不能误事，三罐吧。"

喻初无语地朝她翻白眼："怕误事还喝酒？"

"我喝啤酒和喝水没差，不喝也行。"

确实，她的酒量，三罐冰啤不算什么。喻初拎了一打出来。

见她喝了两罐，情绪不像下午来时那样沮丧，喻初才敢问她："脚是在你妈生日宴会上伤的？"

许芩茴拿酒的手一顿，随即猛灌了一口，低低地"嗯"了一声。

"谁弄的？"

许芩茴脸色骤变，眼神狠厉到似乎要将那人剐了："许晏清。"

喻初一惊："他回来了？许岁和知道吗？"

"我不知道。"

提起许晏清，喻初也是一脸厌恶："他怎么还有脸回来？"话落，她看向旁边极力压着情绪的人，担忧地问，"他没对你做什么吧？"

许苓茵捏瘪手里的空罐，丢向一边："没来得及。"

"许岁和阻止了？"

许苓茵嗤笑一声："不是她。"

"苓茵，报警吧。"

许苓茵摇头："他没有对我造成实质性伤害，没有证据。而且，你知道的，我早就不想向任何人求助了。"

"但现在不是八年前了。"喻初脱下一次性手套，握住她的手，"我们成年了。"

许苓茵的情绪变得激动，声音也不自觉地拔高："我们当时没有求助吗？"

"苓茵，当时我们没有脱离学生身份，在其他人眼里，无论多少岁，我们都是小孩子。"

那些人，有深厚的学识和丰富的阅历，却是那么无知和浅薄。孩子的话，在他们眼里，永远是小打小闹。

许苓茵回握喻初的手，又单手开了罐啤酒："你放心，这一次，我不会再忍了。我以为许岁和会把他藏一辈子，回来了也好，有些账，该好好算算了。"

白述年回到清橡居，接近凌晨一点。他从局里回来，和队里的人讨论了一宿案子。

秋夜里，风已经有寒冬的刺骨，吹在身上，让人不禁发抖。

这个点，地下车库没有人走动，只有几盏昏暗的白灯，安静得有回声。

白述年状似疲惫，手往后伸捏着脖子，一副提不起精神的样子，被手挡住的右眼却锋利得很，往周围扫。

从警多年，白述年有普通人不及的警觉和灵敏的听觉。自他下车的那一瞬，就听到车库里有窸窸窣窣的声音。起初他以为是被风吹动的袋子，直到走过一盏灯，见到一抹若有似无的影子。

他知道自己被人盯上了。

他若无其事地往前走，拐弯时极快地闪到柱子后，顺手抄起立在一旁的木棍。

片刻，七八个蒙着黑色头套的人出现，其中一个朝柱子这边走来。白述年瞧准时机，一棍子打中那人的小腿。

那人哀号一声，倒在地上抱着小腿。剩下的几个人闻声，都围上来，手里拿着刀子。

白述年一面注意他们的动作,一面往右边移动。他用力将脚下一个塑料瓶踢向他们,随后往右边一跃,打开消火栓箱,拉出里面的消防水带,缠在手上。

几个人将他围住,锋利的刀子闪着光。

白述年独自一人,却并未落下风。他寒着脸,以审讯犯人的口吻问:"谁让你们来的?"

"收拾你的人!"

刀锋微转,齐齐朝白述年而去。

第二天,被喻初揪起来去医院时,许芩茴半梦半醒。昨晚原本不想多喝,后来和喻初说到兴头上,她愣是把喻初冰箱里存的酒喝光了。

许芩茴卷着被子,挑起衣领闻了闻自己,一身酒味。她掀开被子,脚刚沾地就疼得摔下去。她揉了揉眼睛,去看右脚。喝了酒,原本不严重的扭伤,今天整个脚踝都红肿了。

喻初见她半天没出来,进屋来看。见她一副酒没醒的样子,喻初头疼得很,丢了套衣服给她:"马上洗漱,去医院。"

医院里人潮涌动,喻初扶着人,小半天才走到挂号处。她扶腰喘气,觉得带着许芩茴,行动格外不便,打着商量:"要不我去给你买把轮椅,这么走,太费劲了。"

许芩茴也被人挤得难受,点头让喻初去买。

前面还有几个人,许芩茴找了个座儿坐下,百无聊赖地看着挂号单。来回看了几遍,有些无聊,她抬头看了眼显示屏,想看看还要多久,却意外地看到一个人。

覃照,手里捏着一沓单子,往住院区那边走,行色匆匆。他健步如飞,看起来不像是生病的样子。

许芩茴心口突然有些闷,不知道是不是先前被人挤的。怕犯病,她转向人少的一边深呼吸。沉闷的感觉淡去些,她正想追上覃照,喻初回来了。

喻初拍着轮椅坐垫,示意许芩茴坐上去:"来,坐这个,没人跟你抢道。"

"嗯。"许芩茴坐上去,伸长了脖子,往住院区的方向看去。

喻初注意到她的目光,问:"看什么呢?"

"没什么。"

或许是他家里人生病呢,许芩茴在心里想。

做了一通检查,右脚扭伤,喝酒引起血管扩张、皮下肿胀。许芩茴挨了医生一顿数落,灰头土脸地由喻初推着,到取药区等候取药。

喻初早上没吃东西,忙活了几个小时,脑袋发晕:"你在这儿等一会儿,我去买点吃的。"

喻初一走,许苓茴便缓慢转动轮椅,眼睛在四周探寻。因长时间在昏暗的环境里画画,她有轻微近视,远处的景物她看得不是很清,于是只好眯起眼睛,往取药区看。

她看得入神,没注意到身旁走近一个人。

那人在她背后,拍一下她的肩,以不确定的语气问:"许小姐?"

许苓茴一愣,随即转动轮椅,但她第一次用,技术生疏,转弯时被卡住,轮子硌着动不了。她尴尬地扭头,喊一声:"覃警官。"

覃照不知道在轮椅哪儿拨动了一下,轮椅的轮子又能正常转动了。

"许小姐,你的腿怎么了?"

"崴了下脚,嫌麻烦,干脆坐上轮椅了。"

"看过医生了吗?"

"看了。你呢,哪里不舒服吗?"

他们站在过道上,挡了前后的路,覃照把她推到一排座椅旁,自己坐在她边上:"不是我,是白队。"

许苓茴按着轮椅的两边扶手,身体条件反射似的要站起来,随后被她的克制往回拉:"白警官?他怎么了?"

覃照不知道是不是自己的错觉,他在这句正常不过的问候中,听出了不同寻常的紧张,但他没时间细想,说:"白队昨晚回家被人偷袭了,后腰和手臂各被划了一刀。"

许苓茴放在腿侧的手慢慢收紧:"严重吗?"

"手臂上的不严重,皮外伤,腰上的有些深,缝了七针。"

"是谁做的?他是警察,怎么有人敢袭击他?"

覃照心上一阵凉,无奈地摇头:"就因为是警察,死对头才多。白队虽然受了伤,但他的身手可不是盖的,八个人都被抓住了。我过去时,他们都被白队拿消防水带绑着呢,别提多狼狈了。"

他话中有对白述年的崇拜,但许苓茴想象不出,他顶着伤,将那些人制伏的场面。八个都是不把命当命的人,他怎么打赢的?

她想到那天在海湾大桥上,他与罪犯凶险的搏斗,心头的沉闷感又来了。

她突然抓住覃照的胳膊,问:"我能去看看他吗?"

覃照见她乱了神,讶然道:"当……当然可以。"

白述年是在将人制伏后,才发觉自己挨了两刀的。他从容不迫地先给自己止血,再打电话给覃照,让他带人把这伙人押回去。

做完这些,他疲惫地倒在驾驶座上,休息一会儿,才独自驱车来医院缝针。

覃照收完尾来找他时,他刚缝完腰上的伤口,侧躺着闭眼休息。

"做笔录了吗?"他额上有汗,麻药过了,疼出来的。

覃照绞了把毛巾,给他擦汗:"做了,这些人都是之前有案底的。"

"幕后主使呢?"

覃照摇头:"问不出来。原先我和许克他们怀疑是倪舰派来的,被我们查烦了想给我们个警告,但后来又觉得不可能,这个时候,动作越少越好,倪舰不至于这么蠢。但那些人,没供出主谋,大概对方给足了钱,袭警罪名,也不致死。"

白述年听案子和听戏似的,仿佛受伤的不是自己,好半响才"嗯"了一声。

覃照:"白队,你最近,有和人结仇吗?"

白述年眼睛睁开一条缝,看了他一眼又闭上:"干我们这一行的,哪天不和人结仇?"

覃照叹一声气:"也是。行,你先睡会儿,我去给你拿药。"

"好,辛苦,拿完药回去休息吧,我自己可以。"

覃照走后,白述年扶着没伤到的另一边腰,慢慢平躺。他睁着眼睛,看着天花板,神色由刚才的事不关己变得严肃。

做警察,最不缺的,就是和人结怨。从警校毕业,他干这一行快六年,大大小小的怨结了不少,但还是头一次被寻仇。

海湾大桥上那场追捕,那个团伙被他们端了,就他们掌握的情报来看,不大可能是漏网之鱼来找他寻仇。也不排除是以前折在他手里的人,但这些年他经手的案件实在不少,一时半会儿也理不清。

思绪理到一半,覃照回来了,进病房就招呼他。除了那大嗓门,白述年隐约听到车轱辘声。他侧头,望过去,和许苓茴撞了个正着。

"白队,我遇到许小姐了,她听说你受伤,过来看看你。"

白述年意外她的出现,自己又是一副胡子没刮,脸没洗的乱糟糟模样,一时间手足无措,撑着床板起身,牵扯到伤口,疼得倒回去。

"你别乱动。"许苓茴转着轮椅上前,出手阻止他,让他安分地躺着。

白述年垂眸望向她缠着绷带的右脚踝,又看一眼轮椅,有些不解,她昨天明明还能自己下楼。

"怎么就坐上轮椅了?"

许苓茴没了在覃照面前的尴尬,坦荡地回:"懒得走。"

"脚今天更肿了?"他的视线重新落回她大了一圈的脚踝上。

"嗯。"

"喝酒了?"

许苓茴眉一蹙,下意识地侧头去闻身上的味道。

白述年极轻地笑一声："别闻了，没味。"

许苓茴熬夜后微红的眼睛直直地盯着他，她有些恼，恼他一身伤躺在这儿，还能云淡风轻地笑。

白述年被她盯着，不自然地移开视线。

覃照见这两人的互动，既不像初见时那样陌生僵硬，也不像他们上门找她问话时，公事公办的样子，反而有一种说不清道不明的熟稔和赌气，仿佛谁先低头，就落了下风。可明明，白述年和他说过，他们之前并不认识。

口袋里的手机响动，打断覃照的猜测，他和两人打了声招呼，出去接电话。

许苓茴转动着轮椅再往前，将二人间隔的距离拉近。她前倾着身体，想去看白述年的伤。腰上的伤被病号服盖住，只能瞧见一点白色绷带的边缘。手上也缠了绷带，袖子被捋到伤口上面。

"知道是谁做的吗？"她这样问着，心底却隐隐有了猜测。

白述年说："不知道。"

"不是抓住人了吗？"

"审不出来。"

许苓茴捏着手指，把指尖都捏白了。她沉默了一会儿，迟疑地问："是他吗？"

白述年却装傻："谁？"

她将那个名字碾在齿间："许晏清。"

白述年看着她，眼眸里藏着复杂的情绪："现在还不清楚，但你别做傻事。"

许苓茴眸中的红色深了些："我……"

"白队，问出来一个了！"覃照兴奋地跑进来，全然没注意到两人微妙的氛围。

白述年截住他的话："覃照，过后再说。"

覃照不解："啊？"

许苓茴深深望了白述年一眼，随后落寞地笑了笑，转过轮椅："覃警官，既然不方便说，那我就先走了。"

"别啊。"覃照伸手拦住她，她是来看望白述年的，还伤着脚，覃照说什么也不让她独自离开，"也不是什么机密，不碍事。"

他装作没看到白述年的眼色，将许克汇报的一一说出来："许克说，那个人只知道雇主的要求，不知道雇主是谁。就给了一张照片，说给这个人一个教训。照片是在闭路监控上打印下来的，许克查到，那是鹿鸣酒店的监控。"

"鹿鸣酒店？"许苓茴腾地从轮椅上站起来，右脚踩不稳，她身体摇晃了几下，扶住床头的桌子，这才稳住。

覃照忙过去扶她："许小姐，怎么了？"

许苓茴拂开他的手:"没事,我还有事,先走了。"

白述年拉住她的手,急切地问:"你要去哪儿?"

许苓茴挣开白述年的手,说:"白警官你好好养伤,我去拿药。"她像是忘了轮椅的存在,一瘸一拐地朝外走。

覃照推着轮椅来追她,让她坐上去,她看不到似的,之前在病房内压抑的怒气随着脚上的痛一点点加深。

覃照不明所以,跟了许久,被她一句冷漠的"别跟来"喝住,生生停住脚步。

他望着逐渐远去的身影,不知道要不要跟上去,呆站了一会儿。白述年追上来,问:"人呢?"

覃照指向前方:"走了。"

"快追上。"

覃照撑着白述年,继续往许苓茴离开的方向追。

病房的走道还没走完,遇上来寻许苓茴的喻初。

白述年停住脚步,看着人,久久不出声。

喻初看着一身病号服的人,突然了然了许苓茴前阵子的不对劲。她望着久违的人,惊讶,却只淡淡一笑:"白述年,好久不见。"

白述年点头回应她的问候:"喻初。"

喻初挑眉:"以前都是喊'小白'的,现在叫全名,倒有些不习惯。苓茴呢?"

白述年没答,视线追随着许苓茴离去的方向。

坐上出租车,许苓茴给许岁和拨去电话:"你在哪儿?"

得到对面的回复后,她让司机往时代建筑开,又问:"许晏清呢?帮我个忙,现在,让许晏清立马去公司,再准备一份股权转让协议书,乙方是你。"

时代集团是许家两代人的产业,林微和许怀民离婚时,得到2%的股份,许苓茴拿到5%,后来他们复婚,林微将股份又转回给了许怀民。现在的时代集团,由许岁和坐镇,持有15%的股份,其中5%是她生母关琳过世前转让给她的。

许岁和是许怀民亲自教出来的,商场上杀伐果断,回归家庭,是孝顺女儿。外人都赞,许怀民教女有方。但许苓茴一直在想,如果他们知道,许怀民还有她这个女儿,这句"教女有方"会不会收回。

到了时代建筑,许苓茴直奔许岁和的办公室。大概是许岁和事先嘱咐过,一路上没人拦她。有员工见她腿脚不便,想去扶她,被她一个"生人勿近"的眼神逼退。

许苓茴推门的动静很大,引得员工纷纷侧目。

进去，许晏清坐在沙发上，见到她来，有些震惊。他疑惑地看向许岁和，却被许岁和略过。

见许苓茴直朝许晏清而去，许岁和率先迎上去，站在两人中间："苓茴，你的脚怎么了？"

许苓茴不答，眼睛死死盯着许晏清。

许岁和知道她是冲许晏清而来，尽力调和："你找晏清什么事？我们坐下慢慢说好不好？"

"慢慢说？"许苓茴摇头，冷笑，"说不了。"

许岁和抓住她的胳膊，试图阻拦："苓茴，晏清犯了错你告诉我，我帮你……"

"岁和姐。"许苓茴突然示弱，声音低下来，"你帮过我，我不想你为难。"

许岁和突然没了阻拦的理由。她记忆里的许苓茴，是个极坚强的人，即便困难再大，也不轻易服软，就连当初找她帮忙，也是走到不得已的境地。这是多年后，许苓茴第一次以姐姐称呼她，但她知道，许苓茴是以这声姐姐，央求她后退。许苓茴从前从不屑于和她、和许家任何人掺上半分关系。

许岁和忍着泛酸的眼眶，往右侧退了几步。

没了许岁和的阻拦，许苓茴直逼许晏清而去。脚上的痛在盛怒下似乎消失不见，每一步都踩得坚实。她摔下杯子，捡起一块碎片，锋利的边缘划伤了手，但她毫无察觉。

许晏清看着一反常态的许苓茴——没有恐惧，不复冷静，像一只被逼上悬崖的孤狼，在黑夜里嘶鸣低吼，而后，怀着同归于尽的心，决绝地拖着敌手，坠落高崖。这是他从未见过的许苓茴。

如果只有他们两个人，许晏清有把握制住许苓茴，但许岁和在，他多少得示弱。他装作被吓住，直往后退，退至许岁和的办公桌，许苓茴突然一个猛扑，将他压倒在桌上。她的力气前所未有地大，他的胸有成竹转为震惊，一时间失了反抗，待回过神来，他已经挣脱不开。

许苓茴拎起他的领子，攥成一团。将碎片的尖角抵上他下巴，随后，轻贴着他的脸部轮廓，慢慢上移。她手上的血，滴落一滴在许晏清的脸颊上，黏稠的红色，鲜艳而刺目。

"许……许苓茴，你想做什么？"

许苓茴感受到他话里的颤意，突然笑了："许晏清，你也会怕吗？我以为你什么都不怕呢！"

许晏清的睫毛不自觉地颤了颤。

许苓茴冷笑："既然会怕，当初把我关进房间，在门口听着我求救的时候，欺负我，把我逼得走投无路的时候，怎么不想想我也会怕？你会怕，怎么不想想,啤酒瓶划伤他的眼睛,他差点瞎了的时候,他也会怕?怎么不想想,那两刀,落在他身上的时候,他也会怕?"

等不及再去激起他的恐惧,许苓茴手起手落,身下的人发出哀号。

许晏清忍着疼痛,厉声喊:"许苓茴,你这个疯子!"

"是啊,我疯了。"她笑出来,"早在八年前,我就该疯的,让你逍遥了八年。"

"你碰我,我反抗不了,因为他们偏袒你,把我当小孩子。你碰他,他没法反抗,但我会——替他讨回来。"

许晏清一手捂着右眉骨,血从指缝渗出来,狼狈至极,怒目而视:"为了一个男人,许苓茴,你真是疯了,我可是你哥哥,出了事,你怎么和微姨交代?"

"哥哥"两个字,彻底触发许苓茴的恨,她反手又扇了他一耳光。

"哥哥?你不配。"她从他身上起来,将杯子碎片狠狠丢到他身上,"许晏清,你可以去报警,我不介意陪你进去待几年。"

许苓茴不再看他,转身向许岁和走去,慢慢收起一身锋利的刺。

身后狼狈的人却扶着桌子站起来,突然大喊:"许苓茴,你以为替他还了这两下,你们之间,就能有回旋的余地吗?不可能!"

许苓茴的脚步顿住。

许晏清大笑起来,因为他准确戳中许苓茴的命门:"那是他亲妈,他不像你,冷血无情。许苓茴,你说我无耻肮脏,我承认,可你又好到哪儿去?你犯了错连认都不敢认,只敢灰溜溜地躲到国外。你想和他重修旧好?做梦!"

"许晏清!"许岁和跑过来,隔开他和许苓茴,抬手给了他一巴掌,"闭嘴。"

许晏清不可思议地瞪着许岁和,却不敢违抗,恨恨地别过脸去。

除了先前片刻的停顿,许苓茴没作其他反应,好似没听到他这些话。她背对着许岁和,只问:"股权转让协议书,你准备了吗?"

许岁和回答:"准备了。"

她把许晏清拉到自己的办公椅上,取了抽屉里的协议书。

许苓茴用干净的手接过协议书,翻到最后一页,直接用手指上的血盖了章,还给许岁和:"许岁和,我自愿,将持有的时代集团5%的股权转让给你。"她忽然觉得很放松,笑着说,"从今以后,我和许家,和林微,真的没有任何关系了。"

"苓茴!"许岁和料到许苓茴想做什么,她想劝阻许苓茴,不要一时冲动,做出令自己后悔的事。

许苓茴拦住她的话:"许岁和,如果没有许晏清,我会很愿意叫你一声姐姐。可惜了,我没那个福气。"

许苓茴用右手推开门,拖着一瘸一拐的右脚,缓慢离开,而许岁和在许苓茴转身的瞬间,隐忍多时的眼泪,顷刻落下。她也没有福气有许苓茴这个妹妹。

离开时代建筑，许芩茴漫无目的地走在林荫道上，游魂一般。

秋风很凉，她忍不住瑟缩，明明入秋不久，风吹得像是冬天快来了。来吧，她想，冬天来了，岭安就能下雪了。

在国外读书那几年，每次搬家，她都会幻想回岭安生活，努力工作，买一套房子，其中一间房做画室和音乐室。冬天下雪了，她在窗前画雪景，他在她身后研究乐谱。等她画好了，他会弹着吉他，为她唱歌。雪下大了，他们出去散步、玩雪，再满身湿漉漉地回家。

她抬头，恍惚间以为飘雪了，伸手去接，似乎有白色与冰冷落在她掌心。她落下一滴泪，望着天空说："白述年，下雪了。"

泪眼蒙胧中，先前的白色全都不见，有个声音在喊她："芩茴。"

许芩茴朝前望去，白述年站在离她两米远的地方。他还穿着病号服，只在外面套了件风衣，见她视线完全落在他身上，他慢慢朝她走来。

看见她在渗血的手，他拿了纸巾帮她擦："怎么伤的？伤口很深。"

许芩茴却只流泪，说不出半个字。

"哭什么？"他抬起左手，扯到伤口，又换了右手，擦掉她脸颊上的眼泪。

她还是不答，右脚这时传来明显的痛感，支撑不住她继续站着。她慢慢坐下去，靠着白述年的小腿。

白述年也蹲下来，弯腰时拉扯到腰侧的伤口，刺痛又灼热，但他将腰弯得更低，好让自己可以抱住她。

许芩茴趴在他手臂上，他弯起手肘，圈住她，另一只手在她背上轻抚。

和白述年重逢以来的故作陌生，许晏清那一番直击她命门的话，八年来的漂泊无依和愧疚，都在这一刻化作涌流不尽的眼泪。

这是她哭得最痛快的一次，在无人的街头，在爱人的怀里。但她口中，却在一遍遍道歉："白述年，对不起，是我害了你妈妈。对不起，对不起。"

八年前，他母亲病重，医疗费沉重，她本可以借给他，但一切都迟了。

白述年轻轻拍她的背，哄小孩一般，眸色温柔，没有半点怨恨："芩茴，你没有对不起任何人。"

第三章
26号桌

八年前。

是夜，KASA 的店牌，在老街上亮起。

这是一家音乐餐厅，坐落在岭安十大老街之一的南泗街。与普通餐厅不同，店内主营菜系多样，口味地道。它于夜晚摇身一变，变成音乐 Club，老板挖掘了一些风格各异的乐队及歌手，不少人奔着这些而来，氛围稍显狂放，因此对来客稍有限制。

白述年在 KASA 的后台，坐在高脚椅上擦拭他的吉他。

员工老欧过来，拍一下他的肩，随即从他肩后变戏法似的拿出一杯苏打水："Hey, boy, 你的苏打水！"

老欧是店里的乐队歌手，平日里和人打招呼的方式十分嘻哈。

白述年拨动琴弦，弹了个音，以示感谢。

老欧坐上他身后的吧台，问："老板答应让你上台了？"

"嗯。"

"生日快乐。"

白述年弯唇一笑："谢谢。"

"待会儿我先上，帮你把场子热起来。"

白述年举起杯子："谢谢。"

前台有欢呼声响起，老欧上台了。快节奏的歌和几段 b-box，将刚开始的场子完全点燃。

五分钟后,伴奏停下来,老欧带着轻喘,说:"今天我一个好哥们正式登台,他是个小帅哥哦,请大家多多支持!欢迎我们小白带来一首 Rolling In The Deep 吉他弹唱。"

白述年将桌上的苏打水饮尽,背着吉他上台。这是他第一次上台单独表演,此前未满十八岁,老板不让他单独露面,只让他当其他驻唱的伴奏。

老欧把场子热起来后,台下的人停了品酒闲聊,纷纷将目光锁定在台上。

几十道目光汇聚,让白述年乱了呼吸,以至于忘了自我介绍,也忘了介绍曲目,径自弹唱起来。

There's a fire starting in my heart
Reaching a fever pitch it's bringing me out the dark
Finally I can see you crystal clear
……

他的演唱不同于原版,低沉又略带磁性的音色,配上木吉他流水般的声音,唱出了一种孤高和坚毅。一曲过后,他愣愣地立在原地,左手还压在琴弦上,直到在掌声中,身后打算随时救场的老欧提醒他要致谢时,他才背着吉他起身,僵硬地在话筒中道出"谢谢"。

回到后台,他一摸脖子,大冷的天,紧张得出了一层汗。

老欧兴冲冲地过来,庆祝他第一次登台成功:"掌控全场的感觉怎么样?"

白述年说实话:"有点紧张。"此前他都是站在灯光比较暗的位置,给驻唱伴奏,观众瞧不见他,他没有心理压力。

老欧拍拍他的肩:"多上几次就习惯了。"

白述年点头,放下吉他,想换身衣裳去前台帮忙。小应突然跑进来,将一沓百元钞票拍在桌上,说:"述年哥,26号桌给了小费,让你再唱一首英文歌!"

小应名叫应景,比白述年小些,两人从小玩到大。小应如今没有继续读书,在 KASA 工作,白述年来这儿,也是他介绍的。

老欧点了下钞票,塞进白述年的口袋里,给他竖起大拇指:"不错啊小白,小粉丝来了。"

白述年看着白色衬衣口袋里映出来的红色,有些不知所措:"这,不好拿吧?"

老欧:"有什么不好拿的,咱凭才艺吃饭,不丢人!"

白述年笑了笑,点头收下,重新背上吉他上台。

小应跟在他身后,和他分享八卦:"听说26号桌是预留桌,只供给老板的外甥女，我刚看到人了，两个女孩，都挺漂亮的，不知道是哪一个。"

白述年打趣道："干活不积极，看小姑娘倒是头一个。"

小应脸红，跳到白述年身上作势要打他。

小应瘦得跟只猴似的，背着他，白述年也走得轻松，笑着说："摔了别碰瓷啊。"

快到前台，小应从白述年身上跳下去，白述年重新回到台上。他记起要自我介绍，却觉得没必要了，只报了歌曲名字，*A Hundred Miles*。这首又不似前一首，轻松欢快的语调，唱出了他这个年纪独有的活泼和青春。

弹唱中，白述年往台下看时，瞧见 26 号桌的人上下挥舞了几遍旗子。这是 KASA 的传统，客人会挥舞各自桌上不同颜色的旗子，以示他们对某场表演的喜爱，反馈如果好，领班会发奖金。

老欧和他说过，26 号桌是 KASA 最好的一处位子，处于餐厅正中央位置，视线朝外，可以看见此时下着鹅毛大雪的老街；视线朝内，可以环视整个 KASA。另外，26 号桌在 KASA 永远拥有优先权，一些比较独特的吃食和礼物，只对 26 号桌的专属客人开放。

白述年最后一个音落下，26 号桌的墨蓝色旗子才放下。他回到后台帮忙，没多久，经理进来，说他今晚的演出不错，客人好评度很高，奖金不会少。他猜，经理说的客人好评度高，26 号桌应该贡献了一大半。

感谢的话还没说出口，小应从外面匆匆跑进来，说："经理，26 号桌和一个客人吵起来了。"

又是 26 号桌，白述年眉一蹙，今晚这个数字出现得过于频繁了。

经理一听就急了，赶忙出去处理。

白述年思考片刻，觉得应该出去看看，便拿了邻桌的一盘小菜，假借送菜的名义。但两桌之间隔了一根柱子，26 号桌的人被挡住一大半，他只听见，一个女孩在高喊："他把酒泼到我朋友身上了，不是故意的是眼瞎吗？"

这无所畏惧的语气，想来与醉酒大叔理论的人，应该是老板的外甥女。

另一个，她的位置恰好在柱子后方，白述年望过去，能瞧见她一个侧脸。线条很漂亮，轮廓像是用画笔精致描出的，挑不出一丝错。暖黄色的灯光下，白皙的肤色镀了层柔光，细腻润泽。露出来的眼睛微眯着，似是微醺。和一旁同别人争得面红耳赤的人相反，她对周遭的吵闹无动于衷，甚至夹菜的动作都透着一股慵懒。

白述年不知受了什么蛊惑，脚步一动，欲往 26 号桌走。被老欧一声嚷嚷惊醒，他收回脚步，转了方向离开。

走出几步，他没忍住，回头看了一眼，那慵懒女孩却突然转过身，隔着柱子，她的半个正脸正好撞入白述年的视线。她弯起嘴角，似乎在对他笑，但那黝黑的眸子里，瞧不出半分笑意。

白述年霁时红了脸，掩耳盗铃般移开了视线。

第二天还有课，许苓茴和喻初在晚上十一点前离开 KASA。

许苓茴穿着白色的高领厚毛衣，半张脸埋在领子里，毛衣正面，有一摊红色。那污渍看得喻初心烦，用纸巾不停地擦，红色都没变淡，气一上来，又骂了一顿那个醉酒男人。

男人是 KASA 的会员，一早就听闻 26 号桌只对专人开放，但不知对方名头，这次来碰着真人，见是两个小女孩，也没了忌惮。他借着酒劲，给她们敬酒，言语中透着让她们交出 26 号桌的意思。

喻初性子烈，嘲讽了男人一番。男人碰壁，便将矛头对准一直安静坐着的许苓茴。推搡之下，红酒洒了许苓茴一身，彻底点着了喻初的脾气。她让人开了瓶洋酒，全部倒在男人身上。

"你要不和我回去吧？"喻初丢掉纸团，"我怕那人气撒不出，找你麻烦。"

许苓茴面露倦色，摇摇头："不了，要回去整理作业。"

喻初知道，白天和夜晚的许苓茴，是两副面孔，也不惊讶这个点回去她还要整理作业。

"那我让人送你。"喻初说着要去里面喊人。

许苓茴拦住喻初："不麻烦别人了，我打个车，很快就到家。"

"那你到了给我打个电话。"

"嗯，明天见。"

喻初上了自家的车，和许苓茴挥手告别。

瞧不见车影了，许苓茴才到路边去打车。

岭安今年的雪来得早且猛，才十一月中旬，白雪已经在地上铺了厚厚一层，许苓茴以脚丈量，大约有三厘米的厚度，脚踩在上面，像是踩进了松软的发糕。雪地靴印出的痕迹像一条三次方函数的图像，从 KASA 门口蔓延至最近的公交站。

几分钟后，那串有规律的脚印弧度变得凌乱。

许苓茴站在公交站牌前，看着眼前的三个人，并没有露出畏惧，只是将双手往羽绒服口袋里钻，摸到手机后，语气平静地说："这位先生，有什么事吗？"

来人正是先前泼她一身酒的人，一脸醉态。经理调和之后，他应该是再去喝酒了，此刻雪地里，酒味浓重，将原本清新的气息，浸染得一丝不剩。

男人脚步虚浮，大着舌头说："请你喝酒，是给你面子！小丫头片子，也敢当众让我下不来台！"

许苓茴笑了笑："您倒了我一身酒，也算是我给您赔罪了吧。"

"小姑娘，账可不是这么算的。"

"那您觉得该怎么算？"

"我今天教教你怎么算账。"男人示意两个手下上前。

许苓茴往后退了一步,抬眼在两个欲对她动手的男人身上打量,末了停在醉酒男人身上,说:"您知道26号桌是留给谁的吗?"

"管他是留给谁的,这里就没有我要不到的东西。"

"哦?"许苓茴看了空旷的街道,没有车来,"那您知道,今晚和您大闹一场的人是谁吗?"

醉酒的人胆子大得出奇,大言不惭地说就是天王老子来了他也不怕。而他的两个手下,却因许苓茴这句轻描淡写的话,暂缓了动作。

他们知道,KASA的名气虽够不上一些连锁餐厅,但它背后的老板,名气却大得很。而且,一般人也进不去KASA。

许苓茴注意到他们的动作,接着往下说:"我听人说,KASA的喻老板,年近三十,事业有成,商场官场都有门道,一般人不敢得罪。喻老板至今未婚,有一个宝贝得紧的外甥女,外甥女一哭,惹她哭的人,都要遭殃呢。"

两个手下不再上前,被醉酒男人大吼了一声,再次壮着胆子上前。

"我那个朋友叫喻初,喻老板的喻。我们关系很好。"

两个手下彻底愣住,不敢再靠近许苓茴一步。

许苓茴换了语调,似是服软:"先生,今天如果我们有得罪的地方,我向您道歉,也希望您不要再步步紧逼。"

许苓茴的话,并不是说给醉酒男人听的。酒精上头,什么理智都被丢失了。她的一番话,是说给两个手下的。老话虽说擒贼先擒王,但只靠蛮劲的王,未必比得上手下的贼。

那两个手下果然退回去,小声和男人嘀咕着什么。醉酒男人各扇了他们一巴掌,嘴里骂着废物,想亲自上前抓住许苓茴,却被脚下的雪绊倒。

忽然,三人身后噼里啪啦作响,十米串半米长的红色鞭炮不知从哪儿冒出来,混着白色的雪,在他们脚下争先恐后地炸开。两个手下被吓到,一把将醉酒男人推倒,醉酒男人坐到鞭炮上,有几个鞭炮跳入男人的裤子和后腰的缝隙中,他狼狈地求救,手忙脚乱地解开裤子纽扣。

许苓茴看着这场"意外",还没来得及笑,被人一把拉住手,拖了几步,她碰到一个硬邦邦的胸膛。

那人喘着气,不知道为什么,用手蒙上她的眼睛,随后附在她耳边,低声说:"不要睁眼,跟我跑。"

那人将她的手攥得很紧,许苓茴可以感受到,他微微发汗的掌心。

九月份升上高三后,她的运动时间被大大缩短。这会儿被人抓着在雪地里狂奔,风雪的阻力让她跑得格外艰难。没多久,她喘得不行,晃了晃胳膊,对面前的人说:"我……我跑不动了。"

白述年回头看她一眼,她喘得厉害,唇边不断地呼出白气。

053

前面有条小巷,他改变路线,拐进小巷里。

小巷前有盏路灯,比公交站那儿亮一些,光影照亮了还未停的雪。绒毛似的雪,一片一片飘落在不断喘气的人身上。他们张着嘴呼气,气息和雪融为一体。

许苓茴靠在长了青苔的墙上,半弯腰,手拄着大腿。高领毛衣挡住她的呼吸,她单手扯低衣领。想到先前那滑稽的场面,她低声笑出来。缓过来后,她抬头去看替她解围的人,问:"你是KASA的人?"

岭安逐渐发展起来后,原先住在老街的人大多买了新房搬离,这个点出现在老街的,除了来KASA吃喝玩乐的客人,就只有员工。

白述年惊讶她的第一句话,正常情况下,他以为第一句话应该是道谢。他愣了片刻才回道:"嗯,我在KASA兼职。"

许苓茴了然地点头。

白述年闻到她身上有酒味,不重,但很明显。他小心地问:"他们没对你做什么吧?"

许苓茴摇头。

白述年放下心来,思忖片刻,说出一句不太妥当的话:"以后不要一个人这么晚回家。"方才他交完班后,和小应步行至公交站,还没走到,就听见一个男人大着舌头在骂骂咧咧。他和小应对视一眼,悄无声息地溜上前去看。公交站旁的灯光有些暗,但能看见是三个男人在围堵一个女孩。从他的角度,只能看到女孩的侧影,有几分熟悉。

还没回忆起来,小应突然攥住他的胳膊,说:"述年哥,是26号桌!"

26号桌有两个人,白述年问:"哪个?"

"不是和客人吵架的那个。"

白述年便想起来了,是他透过柱子缝,瞧见的那个。

小应又说:"那些人,是不是要找她麻烦啊?"

白述年专注地看着前面,没听到小应的话。

小应出社会没多久,大晚上遇到这种事有些怕,但道德礼法告诉他,是要帮那个女孩一把的:"怎么办,述年哥?"

白述年环顾一圈,问:"小应,这附近是不是有小卖部?"

"有。"

"你看着,我去买点东西。"白述年匆忙跑出去,雪地将他动作的声响藏匿。

他跑到最近一家小卖部,搜罗出店主所有的鞭炮,将长串的剪断,两三小串绑在一起,一共绑了十来串。付完钱,他又匆匆往回跑,和小应接头。他说:"去把这些鞭炮点燃,扔到那些人身后,一次性全扔出去,扔完立马跑,到街头电话亭等我。"

小应将鞭炮挂在胳膊上,说:"好,述年哥,你小心点。"

白述年躲在不远处,等小应点燃鞭炮后,那些人被吓得鸡飞狗跳,他才跑上去把人带走。

想到这儿，白述年突然想起先前他握住的手，女孩子的手冰冷却柔软，像他喜爱的冬雪。遐想被女孩清脆的笑声打断，她问："你有没有听到什么声音？"

白述年静心听了片刻，只有下雪声。他刚想回没有，嘴一张，就听见自远而近的鸣笛声。

是警车。

他惊讶地望着人，问："你报警了？"

跑步散发的热气被寒风掠走，没有遮挡的脖子开始冷。许苓茵把衣领拨回去，又将半张脸藏进领子里，说："我想看看，这种情况下，警察是信他们，还是信我。"

话音落下，她别有深意地睨了白述年一眼。

直觉告诉白述年，她的话里不只有字面上的意思，但他不知道，她是在表达她的胸有成竹，还是在怪他的多管闲事。

他摸不透她的意思，于是问："那你要过去和警察指证吗？"

她沉默半响，似乎在思考这个问题，随后懒懒地摇头，掩嘴打了个哈欠："不去了，困了，回家睡觉。"

白述年不再去猜她的心思，说："这边不好叫车，到前面去吧。"

他示意许苓茵动身，自己走在前面，踩出几个宽大的脚印，再踢了踢脚印边的积雪。

许苓茵也不浪费他的好意，踩着他的脚印，走起来轻松许多。

两人沉默地走到街头电话亭旁。

小应等了许久才瞧见人，看到白述年了，一把扑上来："述年哥，我刚看到警车过去了，他们报警了吗？"

白述年往后看一眼人，说："她报的。"

小应这才看见许苓茵，回忆着晚上看见的她的模样，有些腼腆地打招呼："嗨，26号桌！"

许苓茵知道他喊的什么意思，淡淡地应了声。

三人等了一会儿，一辆空车驶来，停在他们面前，问他们走不走。白述年拉开后座车门，让许苓茵上车。

许苓茵没有推辞，坐上去后降下车窗，说了句迟到的"谢谢"。

白述年收下她的道谢，低声嘱咐："注意安全。"

许苓茵点头，让师傅开车。

目送出租车驶离老街后，白述年和小应往反方向走。他们的家都在老街对面的街上。小应在雪地里跳，踩出大小不一的坑，说道："述年哥，那个26号桌是不是很漂亮？"

055

白述年想起柱子后的半张脸，赞同地点头。是漂亮，还有种他们这个年纪不该有的神秘感。他看得出来，她的年纪，和他们相仿。
　　小应继续说："但人有点冷冷的，不好接近。"
　　白述年没再回应，小应就着 26 号桌，说了一路。
　　他们住在同一条街上，但小应家在街尾。白述年先送小应回家，再慢慢往回走。
　　雪不知道在哪一刻停了，只余呼呼作响的风。
　　白述年走在空无一人的街上，回忆着晚上的演出，还有那个 26 号桌。在小应聒噪的一路上，白述年没有告诉他，自己好像在哪里见过 26 号桌。

　　岭安市一中刚过月考，考前的紧张气氛一扫而空。
　　白述年踏进教室时，上周全员安静备考的状态已消失，同学们三三两两地聚在一起，交头接耳。他到座位上坐下，将书包一塞，翻出课本盖在脑袋上，开始补觉。往日在这样吵闹的环境里，他没办法全然睡过去，但今天趴了一会儿，便沉沉睡着。昨晚回家收拾完已是凌晨，他睡了不足六个小时。
　　睡意蒙眬中，他感觉到有人在摇他的肩膀。他眯着眼睛抬起头来，看向动作的源头。
　　同桌指了指右边，对方是小组组长。
　　"杨老师让你去趟办公室。"
　　杨盈是他们升高三后新的班主任，教物理，脾气温和，待他们极好。
　　白述年先去洗手间洗了把脸，清醒过来后才去办公室，找到杨盈。
　　"老师，您找我？"
　　杨盈翻开他的卷子，视线落在他空着的两道物理大题上，说："述年，我记得你物理是不错的。"
　　白述年物理单科曾考过年级第一。他垂眸，看着空白的地方，沉默不言。
　　杨盈耐心地询问："这次的题不难，你完全可以做出来。是因为什么，才留空了？"
　　白述年有些尴尬："我那天不小心睡着了。"
　　考理综前一天，他在 KASA 忙到很晚才回去，睡眠严重不足，考试时迷迷糊糊睡了半小时。醒来只剩一小时，他扫了眼物理题，知道自己会做，便放弃没做，去完成剩下两科。
　　杨盈没想到是这个原因，一时间哭笑不得，也找不出什么责怪他的话："以后考试，记得休息好，下次不要再这样了。"
　　"我知道了。"
　　"去和学委拿张空白卷子，把这两道题写好交给我。"
　　"好。"

白述年回到教室，问同桌高磊，学委在哪儿。高磊说学委去印刷室拿试卷了。他坐在位子上等。
　　蓦地，他问高磊："学委长什么样？"
　　他们这个班，是新学期重新分的，分进来的人，他没一个认识。
　　"很漂亮，也很好说话，成绩好，性格好，乖乖女一个，校园新四好学生。"很笼统的描述，白述年没办法在脑海中构建她的模样。
　　"不是吧你，开学这么久，你居然不认识学委。"想起什么，高磊又说，"我记得她以前也是十七班的，你俩不是同班吗？不认识？"
　　白述年喜欢独来独往，在学校并没有交到什么知心朋友，边缘一般的存在，也没心思去了解班里有谁，只清楚周围一个组的人长什么样。后来放学去兼职了，更没时间花费在这些事上。
　　"喏，她来了。"高磊扬了扬下巴，让白述年往讲台上看。
　　讲台上的人搬进来一摞试卷，语气温柔地给同学们布置任务。有人没仔细听，再三询问，她也耐心地一一解答。倒真像高磊说的，性格好，好说话。但白述年仍有疑惑："她有孪生姐妹吗？"
　　"谁？许苓茴？没有吧。"
　　白述年重新看回讲台，视线紧紧黏在许苓茴身上。看了许久，那人好似感受到了热切的视线，脑袋一侧，视线同他相撞。
　　不出意外地，白述年在她眼中，看到了错愕。他们对视许久，直到许苓茴被人叫走。
　　白述年收回目光，低头的瞬间，他意味不明地笑了笑。白天校园乖乖女，晚上KASA 26号桌。这就是校园新四好学生？

　　许苓茴发完卷子，回到座位上时，心里有些许慌张。在与他视线相撞之前，她并不知道班里还有这样一个人。作为学习委员，她能认出来并准确叫出名字的人，大概只有三分之一。
　　开学分班到现在，她脑海中没有与他有关的记忆。名字、成绩、长相，一概不知。她从抽屉里找出一张名单，拿铅笔在上面画掉她认识的人，随后按着座位，将人一一对上号。在她右方倒数第三排靠左的位置，指尖停在一个方格里。
　　她去问同桌他的名字，得来与名单上相同的答案。
　　白述年。
　　同桌还补充了一句："之前一次月考，物理第一，高你三分的那个。"
　　许苓茴有点印象。她的成绩，无论总分还是单科，在年级里一直排名第一。直到高三第一次月考，她的总分仍旧是第一，但物理单科，有个人以三分优势胜过她。当时她并没有在意那个人是谁，只知道第一名的成绩能够让林微对她放松些。课上杨盈似乎提过一句，但她戴着耳机。

"白述年。"她无声呢喃着这个名字。所以昨晚他替她解围,是因为认出她了?

许苓茴心烦地皱眉,她以为KASA已经够远了。

课间二十分钟,许苓茴一直猜测着昨晚那场"相遇"的用心,直到打铃前几分钟,有人在后面叫她。她心下一颤,面上却不动声色,露出一个恰到好处的笑容,转过身去:"怎么了?有事要我帮忙吗?"

说话的人是白述年旁边的男生,戴着黑框眼镜,挂着腼腆的笑:"学委,找你要一张月考的空白卷子。"

许苓茴松一口气:"你要重新写题吗?"

"不是我,是我同桌要。"他下巴微扬,朝向白述年,"白述年,考试题没写,被老师叫重写了。"

许苓茴顺着他的视线望去,白述年趴在桌上睡觉。她将试卷递给他。

"谢谢学委。"

"不客气,有不懂的可以来问我。"

"好。"

午餐时间,许苓茴在教室外的走廊等喻初。约莫等了五分钟,喻初睡眼惺忪,披着外套朝她走来。

许苓茴把手里的保温瓶递给喻初:"昨晚没睡好?"

"嗯,'大姨妈'提前来了,一晚没睡好。"喻初旋开盖子,闻到一股刺鼻的味道,"神机妙算?还是你也提前了?"

许苓茴语气很淡:"她记错了。"林微把她和许岁和的生理期记混了。

喻初盖上盖子,两人挽着手一起下楼。

一中的饭菜色香味俱全,但喻初痛经没胃口,吃了几口就不再动筷子。许苓茴心里藏着事,也吃得不多。

收拾餐具时,许苓茴想起昨天的事,提醒喻初:"昨天那个人,你让员工注意一下。"

喻初一顿,脑子清醒一些:"他找你麻烦了?"

"也没有很大麻烦,我用你的名号解决了。"

喻初不信:"怎么脱身的?"

许苓茴想起那串噼里啪啦的鞭炮声和那双宽厚、掌心有粗茧的手,沉默了片刻,说:"报警。"

喻初气得把筷子一扔:"龟孙子,算什么男人,敢在背地里耍阴招!"

许苓茴屈膝,把勺子丢进池子里,漫不经心地说:"他也只敢喝醉了闹点事,清醒着谁敢动喻老板的宝贝外甥女?"

喻初斜眼瞥她,暗道时代集团的名号可比她舅舅的大多了。但她依旧愤愤的，打算为姐妹出个气："晚上我让人把他放进来，给他点颜色瞧瞧。来不来？"

许苓茴摇头："晚上他们要一起吃饭，明天要上兴趣班，明晚再去。"

喻初知道，"他们"是指许家一家人。

"那可惜了。"她故作神秘。

"可惜什么？"

"我列了个歌单，打算让昨天那个吉他男生给我们唱！"

昨天听完第一首英文歌，她就忍不住在心里夸。那人歌唱得好听，长得也不错，年纪和她们相仿，她心里窜出一股新鲜劲，持续高涨。

许苓茴笑容淡淡的："嗯，你听吧。"

"成，需要救急给我发信息。"

"好。"

两人散步回教室。

在教学楼一楼，许苓茴看到白述年往另一侧楼梯走去，她匆匆和喻初说了句找老师，便跑向电梯口，坐到五楼。电梯门一开，杨盈正站在外面，许苓茴换上笑，和她打招呼。

"苓茴，正好，你去我桌上，把几本书拿去给文科三班的夏老师。"

许苓茴心里有些急，嘴上却应下差事："好的，老师。"

"辛苦了。"

出了电梯，在走廊上没看到人。她先往办公室去，抱了书走楼梯。在三楼的楼梯上，她看见拾级而上的人。她停住脚步，往下看。那人低着头，捣鼓着手机，走到缓步台，才意识到上方有人。他猛地抬头，被站在几级台阶上、面无表情的许苓茴吓一跳。

算起来，他们也是昨晚才认识的，但那是黑夜，现在是白天，白述年想，她应该不太想在这儿聊起昨晚的事。他移开视线，低头继续捣鼓手机，向楼梯扶手靠近一些，若无其事地上楼。

待他走上去，又拉开几步距离后，许苓茴突然出声："白述年。"

白述年停住脚步，本想不回应，又觉得不太礼貌。他侧过身，望向她后背："有事吗？"

许苓茴转过身，抬眸看向他："对我没印象？"

"你说的是什么印象？"

许苓茴被噎住，一时找不到话回。

白述年见她突然沉默，以为她担心自己多嘴说些什么，于是保证道："你给大家的印象，就是我对你的印象。"

许苓茴突然笑了，几本书有些沉，她往上掂了掂："你是想替我保密？"

白述年并不觉得她出现在 KASA 有什么不妥，每个人都有自己的宣泄方式，也有不为人知的一面,这一面,并不能反映什么。

"互惠互利不是吗?"白述年反问。

许苓茴眼底闪过一丝亮光,连带着嘴角也弯起一点弧度:"你也怕被人知道,你在KASA兼职?"

白述年眉头轻蹙,他不在意无关紧要的人知道这件事,但他以为这是许苓茴需要的保证。

"是。"

"那如果我说出你的秘密,你会不会也说出我的?"

白述年眉头蹙得更紧了,他猜不透,眼前这个一会儿冷漠一会儿欢喜的人的心思。他直肠子,直接问:"你什么意思?"

她露出个面对老师同学时毫无城府的笑容:"没什么。"

抱着书走下楼梯几步,她又转过身提醒:"喻初今晚列了张歌单给你,记得带点金嗓子。"

说完就走,留下白述年一脸无措站在原地。

下午放学,许苓茴帮杨盈登记好成绩才回家。

夜幕四合,许苓茴携一身风雪回家。门还没开,她就听到里面热闹的声响。林微在喊许晏清帮她端菜,许怀民让许岁和把刀放下,她不是拿刀的料。

里面喧嚣不断,外头空旷安静。

许苓茴捏紧手中的钥匙,迟迟插不进钥匙孔里。

她深呼吸几回,掏出书包里的一个小镜子,镜子里的人嘴角弯起恰到好处的弧度,却让她觉得笑得丑陋。徘徊许久,她终于推门进屋。屋里的人因这声响都停下动作,朝她看来。他们不约而同地噤了声。

许岁和先开口,朝她轻笑:"苓茴回来了。"

许怀民和林微这才跟着她的话音,询问许苓茴累不累。

许苓茴扬起准备已久的笑:"不累。"

林微手湿,往身上的围裙擦了擦,走过去拿下她的书包:"不认识啦,快叫人。"

许苓茴看了林微一眼,没说什么,转过来乖乖喊人:"爸,岁和姐,晏、晏清哥。"

许晏清点头,朝她温柔地笑,轻轻揉一下她的发顶:"好久不见,小茴长高了。"

许苓茴身体一僵,突然觉得头顶有什么东西蹭过,像绵软的蜘蛛网,会慢慢将她缠绕。

"没有。"她的声音骤冷。

"你这孩子,对你哥哥这么冷淡,太久不见生疏了吗?"林微嗔怪道,随后又慈爱地轻抚她的头发,"去洗手,可以吃饭了。"

"嗯。"她有些慌不择路。

她逃到洗手间,将门上锁,打开水龙头往脸上泼冷水。外面天寒地冻,手一触到冰冷的水,刺得指骨疼,但她似乎感觉不到,很快,双颊变红。冷水让她清醒,那股无形绵软的、可以让她感受到窒息的触碰感,也随之消失。

她打开门出去,他们在餐桌旁坐好了,她的位子在许晏清身边,林微与许岁和坐在一起。

她攥紧拳头,指甲陷进掌心。

"苓茴,快来吃饭,凉了不好吃了。"许怀民笑呵呵地招呼她过去。

"好。"这明明是她生活了十年的地方,现在却让她觉得无比陌生。

她迈开步子走过去,在许晏清身边坐下。许晏清热情地给她布菜,像极了一个许久未见妹妹的哥哥。许苓茴将他夹的菜放至餐盘右上角,一块没动。

许晏清瞥见,放下筷子,嘴角的笑淡去一些:"小茴,这些不喜欢吃吗?"他的声音不大,却足够让桌上的人听见。

林微低声训斥:"苓茴,不要挑食。"

许苓茴抬头看她:"我吃不下。"

林微皱眉:"你才吃多少?"

"胃不是很舒服。"

"胃不舒服也要吃点东西才能吃药,多少吃点。"林微的语气又变成心疼她。

许晏清:"算了微姨,小茴身体不舒服,她喜欢吃什么就吃什么。"

林微不再说什么,只轻声叫她的名字:"苓茴。"

许苓茴将筷子伸向那堆食物,碰到一块红烧肉,下一秒被另一双筷子夹去。

许岁和把那堆小山似的食物夹到自己碗中,解释道:"晏清夹的菜都太油腻了,苓茴胃不舒服,不能吃。"

夹完,她瞥一眼许晏清:"别搞得那么生疏,自己吃。"

见许岁和打圆场,林微也不再说什么,只往许苓茴碗里夹了些清淡的菜。

气氛有些僵,只余动筷声。

吃到一半,许怀民停筷,端起手边的高脚杯:"今天我们一家人一起吃饭,我有件事想宣布。"

其他人都停下筷子,许苓茴看向林微,林微脸颊微红,抿酒的动作像羞涩的少女。

"我和小微,打算下个月复婚。"

许岁和与许晏清并未露出半分惊讶,似乎早就知晓。只有许苓茴,脸上是惊愕,眼中是茫然。他们离婚八年,中间许怀民和初恋结婚,四年前初恋因病去世。现在他们决定复婚,像刚要领结婚证的小情侣一样,迫切中带着羞赧。

许苓茴却觉得滑稽无比。

林微和许怀民从小一起长大，林微早就对许怀民暗生情愫。林微以为，以两家多年故交的关系，她和许怀民结婚，是板上钉钉的事，谁知大学期间，许怀民喜欢上同校艺术系的一个女孩，名叫关琳。

　　关琳是系里出名的才女，舞蹈、绘画、乐器，样样精通，人长得漂亮精致，气质极佳，像高高在上的白天鹅，身后总跟着许多追逐者。

　　许怀民追了她一年，两人才在一起，度过了三年美好的校园生活。

　　林微喜欢许怀民多年，却也不愿当破坏别人感情的第三者，明恋转为暗恋，她不再频繁地出现在他们身边，但经常能见到他们甜蜜的日常。大四那年，林微终于心灰意冷，放弃这段无疾而终的感情，出国留学。

　　一年后，国内传来消息，许怀民与关琳分手了，许老爷子问林微还愿不愿意和许怀民结婚。

　　林微知道许怀民对关琳的感情，但挨不过心里对他的旧情，连夜飞回来，然而回国后，事情发展出乎她的意料。

　　许怀民向她求婚，她迟疑许久，最终答应了，匆忙赶回学校，办理退学。

　　可林父不同意，两家长辈都知晓许怀民那段刻骨铭心的感情，他们心里清楚，他这时提出娶林微，不过是圆了病重许父的念想。林微也清楚，但她天真地以为，往后的几十年，她有漫长的时间让许怀民爱上她。

　　结婚三年后，林微怀孕，生下女儿许苓茴，但两人过的日子如同白开水，枯燥乏味。

　　林微仍旧以为自己做得不够，拼命改变自己，去迎合许怀民。关琳学艺术，她也去学，甚至带上许苓茴。她想，既然两情相悦的感情已经求不来了，母凭女贵也是好的。

　　可她低估了许怀民的长情，两人的婚姻，在许苓茴六岁那年，降至冰点。

　　许苓茴过六岁生日那天，没等来父母的祝福，只等到林微绝望的痛哭和许怀民丢在沙发上的离婚协议书。理由是，九年婚姻，他们彼此间并没有感情，而且，关琳在和他分手前怀孕了，为他诞下一双儿女，他对不起他们母子三人。

　　林微质问他对得起她们母女吗。

　　许怀民没回答，满脸愧疚，只说他会尽力弥补，林微提出的要求他会全部做到。

　　林微却不死心。她在第二天中午给许苓茴补过生日，用的是前天晚上来不及放进冰箱的蛋糕。

　　半个小时后，许苓茴上吐下泻，被送入急诊。许怀民来看过，待了十分钟，最后留下一句，让林微签字。

　　林微发疯似的，把病房里的东西都给砸了。

　　后来林父出面，让两人办理了离婚手续，将许苓茴接到身边，抚养了两年。两年后，林微将许苓茴接回去。

那是许苓茴噩梦的开始。

许怀民带着一双儿女走后,客厅里剩下许苓茴和林微。

许苓茴捧一杯水在手心暖着,视线落在别处,不去理会盯着她看了好久的林微。

林微坐过去,拿开水杯,将她的手紧握在掌心:"苓茴,你不支持我和爸爸复婚吗?"

许苓茴侧眸看她,没有情绪浮动:"我支不支持重要吗?"

她是最后一个被告知的,她的意见并不重要。

"我们只是想给你们一个完整的家。"

"完整?"许苓茴觉得可笑,"从你们儿戏地对待各自的婚姻时,就注定了,我们不会有完整的家。"

"苓茴……"

许苓茴打断她:"妈,你觉得他爱你吗?"

林微沉默,握着她的手紧了紧。

许苓茴步步紧逼:"他现在想和你复婚,打的又是什么主意?"

"苓茴,不能这么说,他毕竟是你爸爸。"

许苓茴心冷,抽出手,重新拿了杯子,转身回屋。

林微急了,匆匆跟上去,拉住许苓茴的胳膊:"苓茴,妈妈答应你,再考虑考虑好吗?"

许苓茴微讶,以为林微愿意为她着想:"真的?"

"真的。"林微垂下手,露出疲惫,"我再想想。"

"好,那你早点休息。"

"嗯,你也早点睡,明天还有兴趣班要上,妈妈就不送你了。"

"知道了。"

今年她升高三,持续了十年的课外兴趣班,林微都没叫停,但林微并不希望她以艺术生的身份考大学。

回屋洗好澡,许苓茴打开台灯做作业。熬到深夜,周末的作业她都写完了,也没有半点睡意。她强迫自己上床,闭眼,但许怀民那句"我和小微,打算下个月复婚"的话却一直盘旋在她耳边,不消不散。

第二天起床,许苓茴精神不佳,迷迷糊糊地洗漱好,坐到餐桌前,看见林微给她留的字条。和她说早饭在锅里暖着,让她吃了去上课。

许苓茴打开陶瓷锅盖,里面是一碗清淡的蔬菜粥。她尝了一口,胃里犯恶心,把剩下的都倒进垃圾桶里。

拎上书包出门时,她给喻初打电话。电话响了好久才接通,喻初才睡醒。

"上次你不是说新开了个滑雪场吗?去不去?"

喻初睡蒙了，好半晌才问："现在？"
"嗯，现在。"
"你今天不是要上美术课？"
"不去了。地址发给我，我去那儿等你。"
在楼下打到车，喻初刚好发地址过来，许苓茴把地址拿给司机看。
滑雪场离市区有些远，在郊外一个景区内。到地方，许苓茴买了票，在门口等了半个小时，喻初才姗姗来迟。
喻初装备齐全，羽绒服、加绒裤、雪地靴、针织帽和护目镜都穿戴妥了，看到许苓茴一身简单装扮，不由得皱眉："你就穿这身去滑雪？"
许苓茴把票给她："里面有装备，进去买。"
"你妈不知道吧？"
"她以为我去上课了。"
喻初"啧"一声："阳奉阴违这种事，也就你做得这么坦荡。"
许苓茴斜眼瞥她，她赶紧抱紧许苓茴的胳膊。
在滑雪场内的装备店，许苓茴买了一套。有按小时租的，但她有洁癖，不想穿别人穿过的。
她穿戴好装备，和喻初走进滑雪场。
喻初想起两人上一次滑雪，是初一那会儿了，看着那些不算陡的雪道，她腿有些发软。
"苓茴，我们要不，找个陪练吧？"
"什么？"
喻初苦着脸："太久没滑了，我怕摔死。"
许苓茴嘲笑她："哪儿来的陪练。"
"有有有，我刚听装备店老板说的，好像是最近才招的人，专门陪人滑的，摔了还给你垫着。"
许苓茴摇头："你自己找吧，我不要。"
"你能行吗？"
"穿那么厚，摔了又不疼。"
"真不要？"
"嗯。"口袋里传来振动声，许苓茴让喻初自己去找，"我接个电话。"
来电是美术班的老师，问她今天怎么没去上课。
许苓茴捂住话筒，不让四周无遮挡的风声吹进话筒里："萧老师，我今天胃不太舒服，去医院看病了。有……妈妈陪着。"
"好，我会的。这周的作业我下周交给您。"
挂断电话，许苓茴拿下手机，把音量调到最大，却突然听到"呵"的一声，像是在笑。她回身去看，见到一件黑色衣服，擦过她身后的绿色铁丝网。

回到滑雪场内,许苓茴远远地看见喻初和两个男生并肩而站,对方不知是谁,只见喻初脸上又惊又喜。

看见许苓茴,喻初朝她招手:"苓茴,你看我遇到谁了!"

许苓茴走近去看,白述年穿着黑色羽绒服,站在最边上,中间是那天晚上的另一个男孩。

喻初搂过许苓茴,给他们介绍:"这是我朋友,许苓茴。"她的手伸向白述年,"这是白述年,KASA的新驻唱;这位是小应,也是KASA的员工。"

白述年看了许苓茴一眼,微点头,随后移开视线,半点看不出昨天他们在学校"相认"的样子。

小应没想到在这儿遇上她们,老板的外甥女还对他们这么热情,他有些腼腆,但他记得许苓茴,抬手和她打招呼:"嗨,我们又见面了。"

许苓茴朝他笑了笑。

喻初以为是说上次在KASA见面,没作多想:"我去找陪练,没想到他们也在这儿兼职。正好都熟,我就两个一起叫来了,左右陪着,不怕摔了。"

许苓茴问她:"两个都陪你练?"

"你不是不要吗?"

"要。"许苓茴的目光落在白述年的身上,"我要他。"

"谁?小白?"

许苓茴弯起嘴角:"对。"

"行,小白,你和苓茴练,小应,你跟我。"

小应踱步到喻初身边,两人往雪道那儿走。

许苓茴把雪杖递给白述年,说:"走吧,小白。"

白述年这回看她的眼神变为不解,他不知道她到底想做什么。他接过雪杖,沉默地走在她身边。

许苓茴双手插进衣兜里,手里揣着手机,脚下踢着雪,雪屑溅到白述年的鞋上,她低声道歉。

"没事。"白述年嗓子干涩,声音不似他那晚唱歌时那样动听。

许苓茴笑出来,替他抱不平:"喻初还真狠,昨晚那页纸都唱了?"

"嗯。"

"不是让你带金嗓子了?"

"吃了。"

许苓茴想起他说的"互惠互利",好奇地问:"你急用钱吗?做这么多份兼职?"

白述年没有回答,许苓茴明白了,这个年纪的男生,面子尊严大过一切。但下一瞬听到身边人又一个"嗯"。

许苓茴还想说什么,急促的手机铃声响起。

看到来电显示,她退后几步,转身接起:"妈妈。"

她的声音变得乖巧:"嗯,在上课了。"

"今天出来写生了,画雪景,晚上给你看。"

"好,不过朋友约了我逛书城,晚餐不回去吃了。"

"嗯,我知道,你也注意安全。"

她挂断电话,又听到轻飘飘的一声"呵"。

许苓茵听出那声"呵",收起手机问他:"刚刚在铁丝网后面的是你?"

白述年尴尬地别开眼:"经过而已。"

"都听到什么了?"

"听到了也会忘记。"

"忘记?"许苓茵笑出来,停下脚步,扭头看他,"白述年,你的互惠互利贯彻得够彻底的。"

白述年也跟着停下,眸中隐约透着不耐:"许苓茵,我不知道你想做什么。坦白说,如果不是因为那天晚上的意外,即便我们同班,也压根儿不会有交集。你希望我守口如瓶的,我一个字都不会说,不用一次两次来试探我。"

他的语气带着不满,许苓茵却不觉抱歉,她前倾上半身,微微向他靠近:"你以为,我想要的是你帮我隐瞒?"

"不然呢?"

完美才女和叛逆少女,两个天壤之别的人设,在许多人看来,不可能出现在同一个人身上。完美才女的称号早就给她圈定了范围,墨守成规,完美才不会被打破。

风雪吹起长发,掩住许苓茵不屑的笑。她拨开发丝,几颗雪屑落在她颊上:"那你可守好了。"

明明是十八岁少女娇俏的模样,偏偏说出的话让人觉得她留有后招。白述年张了张嘴,找不到话回,索性不理她,加快步伐往前走。

久久没见他们跟上来,喻初在不远处朝他们招手,示意他们快点。

许苓茵跟上去,从他手里拿过自己的雪杖:"走吧,喻初付了钱的。"

新开的滑雪场有好几条不同坡度的雪道,喻初先去了最缓的一条,许苓茵过去时,看向她的眼神明显带着嘲笑。

喻初踩踩自己的双板,斜睨她一眼:"太久没滑了,先试试简单的。"

许苓茵架不住喻初软磨硬泡,陪她滑了一圈。白述年和小应各自跟在她们身后,毫无难度地滑下来。雪道长100米,没几分钟就滑完。许苓茵玩得不过瘾,和喻初说去换滑板。

"玩单板?"

"嗯。"

"我滑几圈再去换,小白你跟着苓茵。"

白述年点头,跟上许苓茵。

回到装备店,许苓茵在挑滑板,见他过来,目不斜视地问:"会玩单板吗?"

白述年拿起面前一块黑色的:"会。"

"我们比一场。"

"不比。"

"为什么不比?"

"这不是我的工作。"

许苓茵选好滑板,冷眼看他:"这也算陪练。"

白述年反问:"只是比赛?"

见他松口,许苓茵说出准备好的话:"有比赛就会有赌注和输赢。"

白述年料到了:"你想赌什么?"

"我赢了,你要替我办一件事。你赢了,也同样。"

"我不赌。"

"你没有选择权。"

白述年面若冰霜。

许苓茵加一句:"但你可以赢我。"

白述年知道她不达目的不会罢休,为了安稳拿到兼职的钱,他退一步:"怎么算我赢?"

"三局两胜,先到终点的赢。"

"好。"

两人回到雪道,除去刚刚滑的那条,刚好剩下三条。

许苓茵指着另外三条雪道,问他:"一局一条?"

"可以。"

两人走向出发点。第一条的坡度和先前那条差不多,但长了50米。许苓茵换上礼貌的笑容,请旁边一位大叔帮他们喊口令。

大叔答应了,站在他们中间,问他们准备好了没有。许苓茵拉上护目镜,侧睨往白述年的位置望了一眼,他聚精会神地看着前方,一副全身心投入的模样。

许苓茵弯起嘴角,这么想赢啊?她弯下上身向前倾,对大叔说好了。口令一出,两人皆是极速往下滑,速度不相上下。

白述年下滑的方向有个小女孩,为避开女孩,他先绕了一个小弯。许苓茵抓住这点时差,滑快了几米。她以胜利者的姿态回望他,却见他气定神闲,加快速度追上她,不见半分慌张。他那成竹在胸的模样,给了许苓茵心理压力,让她脚下不禁也加快了速度。

快到终点时,许苓茵感受到一股突如其来的风雪,溅在她脸上,刺骨的冰冷。

下一秒,她看见白述年滑过了终点。

许苓茴被护目镜挡住的眼睛里现出惊讶,最后一小段距离,他是腾空滑落的。

她滑过终点,白述年早已摘下护目镜在等她了。她被气笑,这个技术怕输?

白述年装作没看到她愤愤的神情,只说:"我赢了。"

许苓茴不甘示弱:"别急,还有两局。"

"好。"

他们往后面的一条雪道走去,喻初和小应正在上面。

喻初见两人离得很远,完全不交流,各自脸色沉沉的样子,有些疑惑:"你们怎么了?"

白述年沉默,瞥一眼许苓茴,意思是让她解释。

许苓茴说:"我们在比赛。"

"什么?比赛滑雪?"小应吃惊,拔高了音量。

许苓茴好奇他的反应:"不行吗?"

和喻初玩了一通,小应已经不太怕这个带有"老板外甥女"称号、外人说轻易不要惹的人了,反倒是许苓茴,看上去虽温柔可亲,却无端让他觉得冷漠。此刻见着她的笑容,小应没由来地发怵:"行,行的。"

小应明显答得敷衍,许苓茴也不再追问,让喻初帮他们喊口令。

这条雪道比前两条要陡一些,长度是200米,但陡坡更方便他腾空。戴上护目镜前,许苓茴再次侧眸看白述年,他还是和先前一样,准备妥当。

喻初见他们准备好了,发出口令,两人同时滑下,小应却在一旁摇头。

喻初问他:"你担心小白会输?"

小应满脸骄傲:"述年哥的滑雪技术可是白叔叔教的,他怎么可能输?"

"他爸爸滑雪很厉害吗?"

"白叔叔当警察前学滑雪的,他还在很陡的雪道上抓过逃犯呢。"

喻初望着许苓茴的身影,暗自替她捏把汗。

喻初"开始"的口令发出,许苓茴立马滑出去。但她改变了策略,这回不再在自己周围滑。她摆动滑板,转移方向,逐渐朝白述年的方向滑去。

余光里,白述年看见逐渐靠近的人,他分不出心思去想她要做什么,在雪道上,他只记得父亲和他说的:你要把你全部的注意力,都给这片雪。

他往边上滑了一点,悄无声息地和许苓茴拉开距离。许苓茴却离他越来越近。

"你想做什……"话还没说完整,他脚下的滑板被许苓茴猛地一撞。他分出一半注意力给她,又惊讶于她突如其来的动作,脚下这时却失了控制。

滑板往左边护栏那滑,碰到栏杆,打了半个旋,白述年一时刹不住,下半身失去平衡,"咚"的一声,摔在雪地上。而先前撞了他的人,早已疾驰而去。

白述年露出今天第一个笑,被气的。他比许苓茴多花了十秒到达终点。

许苓茴一派轻松地站着,眼睛却不再看他:"刚刚不好意思,撞到你的滑板了。不过这一局,我赢了。一比一,我们打平。"

白述年拍拍身上的雪,默不作声,似乎不太承认她这个打平。

许苓茴有些心虚,但她强装镇定:"走吧,最后一局。"

白述年跟在她身后,咳一声,这一声"咳",比前面两句来得刻意和大声。许苓茴装作没听到。两人来到最后一条雪道,喻初和小应也跟上来了。

这是滑雪场里最陡的一条雪道,坡度在25度到30度之间,全长大约300米。

喻初见着这个坡度,紧张地拉了拉许苓茴的袖子:"这么陡,你确定要和他比?"

先前的情形她和小应看得清清楚楚,如果不是许苓茴那一撞,白述年不会比许苓茴慢,最差的情况也是两人打平。加之小应给她讲了一些白述年以前滑雪的事,她担心许苓茴会输。

许苓茴毫不犹豫地说:"比,为什么不比?"

"可是他……"喻初斜斜下巴,朝向白述年,"这条道陡,不能乱来。"

"那就让他赢。"

喻初白了许苓茴一眼:"你要真愿意人家赢,刚刚干吗搞那一出?"

"嗯,我也不乐意他赢。"

喻初被许苓茴模棱两可的态度搞蒙,索性不管她了,爱怎么疯怎么疯。

喻初和小应往后退,出发点上只剩比肩而站的两人。

许苓茴目视前方,以不大的音量说:"最后一局了。"

白述年突然收起预备姿势,侧转一点,透过透明黑色的护目镜问:"你要不要收回赌注?"

话里的志在必得,让许苓茴听着很不舒服:"就这么自信会赢?"

白述年轻飘飘地给她施压:"我还没完全发力。"

"那你完全发吧。"

"真的不收回?"白述年再次确认。

"不。"

"好。"

他今天说了三次好,却没有哪一次,让许苓茴觉得是心甘情愿说出的。

口令发出,两人第三次往前冲。这回许苓茴安安分分地滑自己的,没再去干扰他。雪道过半,白述年已经领先她好几米。许苓茴铆足劲追上去,却只能瞧到那人轻轻松松往下滑的身姿。

再过十来米,两人的距离越拉越大,她见白述年跃起一个小个弧度,瞬间滑出许多,心里越发慌了。她心一狠,闭上眼睛,在一个小陡坡处蹬脚跃起。这个姿势,她之前学过,但没有学会,此时也是靠着脑海中模糊的印象。但竞技运动靠的是长久的肌肉练习,印象并不可靠。

这一跃,许苓茵没能滑远,反而在落下时找不到平衡点,脚一崴,侧着身体直接栽到雪上,顺着陡坡往下滚。

她离护栏太远,没办法抓住栏杆。她的身体不受控制地翻滚而下,眼前天旋地转,耳边是衣服与雪摩擦的声音,还有远处,喻初心惊胆战的狂吼声。

还在前面往下滑的白述年压根儿不知道后面发生的事,但他隐约听见有人在喊他,声音不是许苓茵的。他放缓速度,回身去看,却见一个穿着白色羽绒服的人差点和白雪融为一体。

他心一慌,不知道许苓茵是什么时候摔倒滚下来的。她离他的位置还有点距离,他立马调转角度,滑到许苓茵滚落的方向下面等着。见人快靠近他了,他伸手去抓她的胳膊,却拽不起来,反而被惯性带倒,脚刹不住滑板,直直往她身上摔落。

摔下的前一秒,他喊一声:"小心!"

他强行用自己的右边身体承力,重心放在右肩,最后只压到她的手臂。他将人抱住,用右手护住她的脑袋。

滚落的这段距离,许苓茵心底的恐惧在不断放大,此刻有人抓住她,她像抓住救命稻草一样,拼命地回抱他。

恐惧不再增加,耳边的风雪声也不再呼啸,只有重复的一句:"别怕,抱紧我。"

剩下的百来米,两人是滚落的。到了终点,摩擦力让滚落的速度变缓,他们逐渐停下来。

白述年背靠雪地,身上压着惊魂未定的许苓茵。他收回揽在她腰上的手,喘着气问:"有没有事?"

许苓茵还没回过神,呼吸急促,胸膛起伏得厉害。落到平地了,她还没有安全感,紧紧揪着白述年的衣服。

"有没有事?"见人没回应,白述年又问一遍。

许苓茵动了下肩膀,帽子上沾到的雪滑进她脖子里,她被冻得一哆嗦,渐渐清醒过来。她躺到雪地上,大口喘气,呼吸顺畅了,才有气无力地回:"没事。"

听到她说没事,白述年放下心,坐起来,拍掉身上的雪。

许苓茵仰视他,看见他拎起衣服抖雪而露出的白净脖颈。快到中午,有丝缕阳光落在他身上,温暖的颜色褪去他周身的冷淡气息。

她看呆了几秒,随后想起那场未完的比赛,问:"白述年,这场算谁赢?"

白述年倒没想到她还惦记着这个,他回头瞥她一眼,半步不退:"我。"

这个答案在许苓茵意料之外:"为什么?"

"你摔倒之前,我滑得比你远。"

"那如果我没摔倒，说不定我先到终点呢？"

白述年顿觉无语，给了个"你确定"的眼神。

许苓茴腾地站起来，身上的雪也不拍："那再来一场。"

"再来什么一场啊！"喻初暴躁的声音打断许苓茴不服气的邀约，她一掌拍在许苓茴的手臂上，没好气地数落，"不怕死啊，还来一场！你有那技术吗？跟人玩？不能安分点？"

许苓茴想反驳，被喻初一个冷眼瞪回去："还想还嘴？"

喻初脾气火暴，但轻易不骂许苓茴，一旦开口骂，许苓茴也不敢回嘴，只好默默打消再来一场的念头。

喻初这才满意，绕着许苓茴转了一圈，检查她有没有事。

"没事。"许苓茴有印象，先前滚落下来时，白述年一直护着她，不知道他有没有受伤。

许苓茴看向他，却见他来不及收起的笑，视线相触的瞬间，他略显尴尬地愣了片刻。

他在笑她挨喻初的骂。许苓茴觉得没面子，狠狠剜他一眼，咽下询问他的话。白述年淡定地移开目光。

喻初见人都没事，自己也玩够了，决定找个地方吃饭。换下装备，她问白述年和小应有没有空，要不要一起。

滑雪场的工作还要忙上一会儿，两人婉拒了她的邀约。

爱热闹的喻初顿时少了一半乐趣，转而问起："那你们今晚有在KASA吗？"

小应说有，晚上他们要上班。

喻初一脸喜色："太好了，我准备了一张新的歌单，晚上给你啊，小白。"一听到歌，白述年的喉咙忍不住发痒，他微蹙眉，却不得不点头。

许苓茴见他一副不乐意又不能说不的样子，又想起他频繁的"呵"，忍俊不禁。

他们还有事，喻初便不再逗留，拉起许苓茴的胳膊，问她去哪里吃饭。

许苓茴轻声叹气，摇了摇头，示意她去看背上的画板："去交个作业。你先吃吧，结束了去找你。"

喻初摸摸许苓茴的发顶安慰："那你快点，KASA见。"

"嗯。"许苓茴背好画板，往景区的其他地方走。

找了景区内一个湖边。这两天的雪下得断断续续，湖面漂着小块小块的白色雪团，不走近瞧不出。两边的树掉光了叶子，光秃秃的枝干上覆着一层薄薄的雪，偶尔一阵猛烈的风刮过，雪扑簌簌地掉下来，倒是好听。

许苓茴挑了个视野佳的位置坐下，拿出画板和颜料。调了几个色，终于调出和眼前景色差不多的颜色，她拿画笔蘸好，往白纸上涂。

林微让她学的几种艺术里，芭蕾、琵琶、书法、画画，除去这些年来林微的逼迫，她最喜欢的还是画画。只有拿起画笔的那一刻，她整个人才是放空的。她在心里给自己筑起一座色彩斑斓的屋子，屋子里有指向标，只需要跟着线条和色彩走，就不会迷路，最终能得到一个不一样的世界。

　　她安静下来，全身心投入作画，又回到平日里乖乖女的形象。

　　白述年看见她时，就是她这副模样，安静乖巧，柔软得像刺猬没有刺的一面。可不知为什么，到了他跟前，她就把另一面的刺尽数朝向他。

　　白述年想，他们之间也没有什么过节吧？即便之前同班，他们也互不来往，没打过交道。相反，在KASA那晚，他也算搭救了她一把。

　　他想不通她对他的试探和对别人没有的"敌意"，究竟是从哪儿来的。他从没想过要交她这个朋友，既然人家不待见他，那就退避三舍好了。

　　正想调转脚步往回走，来寻他的小应在不远处突然大叫他的名字。他竖起食指，示意小应安静，声音却还是惊扰了湖边的人。

　　许芩茴停下笔，循声望去，撞进白述年躲藏的目光里。她看看自己完成了一半的画，又去看树边那个想走却好似偷被抓包不敢走的人，勾了勾嘴角。

　　她取下画板，走过去问他："来看我画画？"话里无不调侃。

　　白述年还有些被抓包的不自在，声调略低："不是，刚好路过。"

　　他原本是要去另一个场地帮忙的，路过这里看见她，不知为什么停下来了，还看了许久。

　　"哦。"许芩茴点头，把画板正面对他，"那我画得好看吗？"

　　他不顺着她的话来，那主动权她自己来掌握。

　　白述年注视着她的画。她画的是雪景图，不能说把眼前的图景描摹了个十成十，但色彩和线条勾勒，足够看出画者的功底。

　　但他只淡淡地回了个"嗯"。

　　许芩茴却揪住不放，扬着她惯会的乖巧笑容："'嗯'是好看，还是不好看？"

　　"好看。"他如她愿给出答案，随即迫不及待地想走，"我还要忙，先走了。"

　　"等一下。"许芩茴叫住他，"刚刚比赛你赢了，想让我做什么？"

　　白述年头也不回地说"不用"。

　　"你确定？"

　　"玩笑而已，不用当真。"

　　"那……"许芩茴望着他挺阔的后背，说出自己的盘算，"如果我有个让你兼职的机会，你要不要？"

　　白述年当即拒绝："不要。"

　　答案在许芩茴的预料之中："为什么？就让你说几句而已，稳赚的这份兼职。"

白述年还是背对她,开口的话不留情面:"你的钱,不好赚。"
说完,他径自离开。
许苓茴紧盯着他离去的背影,没有因他的话而恼怒,依旧噙一抹淡笑,但她一转不转的眼睛,藏着细微的落寞。

晚上许苓茴到 KASA 时,喻初已经在 26 号桌等着了。见她来了,喻初取出一个杯子,问:"喝点什么?"
许苓茴扫了一遍菜单,没什么想喝的:"苏打水。"
喻初让人上一杯苏打水,还不忘调侃她:"不喝别的?"
"晚点吧。"
上次出了醉酒男人那事后,许苓茴还没来过 KASA,她环顾一圈,没看到那人的身影:"那人最近没来吗?"
喻初在看手里的纸,闻言有些蒙:"谁?小白,小白每天都来的。"
触及许苓茴略显无语的眼神,她才反应过来:"哦,那个醉鬼啊,第二天有来,酒醒了来道歉,我舅舅当时在,现在已经上 KASA 黑名单了。"
许苓茴放心了,握着透明玻璃杯,小口小口地喝苏打水。
喻初看完一遍白纸上的内容,兴冲冲地拿给许苓茴看:"瞧瞧,我今晚的杰作!"
许苓茴大致扫了一眼,十几首英文歌,也不怕把人嗓子唱坏。她瞥一眼喻初,又往前面看去,在人群中搜寻到白述年忙碌的身影。她纠正喻初的说法:"是他的杰作。"
喻初嘻嘻笑,见小应在附近,伸手招来他:"小应,把这个拿给小白。"
小应和许苓茴打个招呼,接过纸看一眼,密密麻麻的字母,他看得头疼,也担心白述年的嗓子:"喻初姐,述年哥今天嗓子还哑着,可能唱不了这么多。"
"没事,他能唱多少唱多少。"
"好。"
小应走没多久,白述年捏着 A4 纸来了,他在上面做了一些标注,指给喻初看:"这几首,我不会唱。"
喻初看一眼,毫不在意:"没事,挑你会的唱,再有时间,你唱你会的。"
白述年收起纸,应声"好",随即离开,没去看一旁盯着他看了许久的许苓茴。
喻初给的歌单,许多是他不会唱的,几首会的唱完,留给他的演出时间还剩一点。他搜了一下自己的歌单,找到一首中文歌。这首歌需要其他伴奏,他找了老欧帮他打架子鼓,另一个驻唱歌手帮他吹笛子,自己则在店里找了一把电吉他换上。
三人熟悉几遍曲谱,上台。

电吉他、架子鼓和笛子三种声音混在一起，初听有些杂乱，往下听却觉得无比契合。快节奏的鼓点直接将现场的气氛点燃，躁动感取代了先前安静缓慢的吉他声。电吉他和笛子嵌入其中，电音和清透笛音的配合，一小段前奏，为这首歌做足了铺垫。

白述年的声音一出，不同于以往的缓慢低沉，这回是高昂霸气，还带着隐隐的轻狂和野性，唱出一种反骨意味。

台下的喻初早已被这高燃的音乐感染，疯狂地挥舞着旗子，还时不时举手为他们呐喊，但她的声音湮没于其他叫好声中。

所有人都在为这一曲狂欢，只有许苓茴，一杯苏打水已经喝到底了，但她还捏着杯子，脸色沉沉地看着台上背着电吉他、散发出与平时冷清气质不同的、野性的人。

他们在为他们的配合鼓舞，为这一曲高燃的歌曲呐喊。

但她只在其中，听见白述年唱的几句歌词：

　　来为我哭为我沉浮，
　　成为我的不二臣属。

一曲唱尽，台上的人气喘吁吁，台下的人欢呼不止。

喻初虽然没听懂唱的是什么，但三种乐器的混杂和现场的气氛，让她也跟着燃动。一番折腾下来，大冷的天，她后背出了一层薄汗。

她坐回座位上，端起手边的杯子，还没喝一口，被许苓茴拦住："生理期，别喝冰的。"

喻初瘪嘴，掏出保温瓶。

灌了大半瓶热水下肚，喻初敲着杯壁，伸长了脖子去看台上还没下来的人，余光里瞥到许苓茴静坐的模样，好奇道："你觉得小白唱得不好？"

许苓茴反问："你听出他唱了什么吗，就觉得好？"

喻初掐着手指数："哎哟，唱歌这种东西，一听声，二看人，三看氛围，小白三个都做到了，当然好啊。"

"是吗？"

"是啊。"见人还在台上，喻初拉着许苓茴要上去，"走走走，我要请他们喝东西。"

许苓茴被喻初拉着走，台上几个人，她只直勾勾地盯着白述年看。

几个人见喻初过来，恭敬地喊"喻小姐"。喻初摆摆手，让他们叫"喻初"就好，末了问他们喝不喝酒。除了白述年要了杯气泡水，其他两人都选了酒。

喻初端着一杯温开水，夸奖的词一股脑倒出来，尤其对白述年，说他上台后，KASA 来的人多了，且都是年轻男女，大概是冲着他来的。

白述年不经夸,耳根泛红,不自然地道了谢后,移开和喻初对视的目光,一转,却对上许苓茴的。

从刚才过来,许苓茴的目光就没从他身上挪开过,像猛兽等待猎物一样,其他人也注意到了。

喻初碰碰许苓茴的肩膀,视线在两人身上打量,最后问许苓茴:"苓茴,你盯着小白看什么?"

许苓茴眉一挑,嘴角微弯,笑了笑:"没什么,我也觉得他唱得很好。"

"是吧。"喻初正想接着她的话尾再夸一顿白述年,见到她接下来的动作,瞠目结舌。

许苓茴拿出钱包,抽出里面全部的红色钞票,交叠在一起,随后抬头看向白述年。

他穿了件杏色圆领毛衣,没有口袋,于是她随便找了个地方放,收回手,脸上的笑也放大了些:"很好听,下次多唱一些这样的。"

在场的人,脸色都变了。

白述年双眉紧皱,看着她的眸子似乎含了冰,比外面的风雪还冷。他绷紧了身体,连面部线条都僵硬起来。他可以接受客人友善给予的小费,就像老欧说的,他们凭本事赚钱,什么工作,只要他行,来者不拒,也不觉得丢人。但许苓茴的钱,他要不起。

他抽出那沓百元钞票,放在一旁的盆栽里,重复上午对她说的话:"你的钱,我赚不起。"

先前那些不礼貌的试探、上午滑雪场的事,他只当她是女孩子心性敏感,有些事不好直说,只能迂回地以一些动作警示他。所以他并没有产生过于愤怒的情绪,饶是被她撞倒,在看到她往下滚时,还是会下意识地保护她。但此刻,他只觉得她十分卑劣。

他赚不起这样的钱,也交不起这样的人。他朝喻初点下头,一眼不看许苓茴,背好吉他往后台走。

许苓茴却不罢休:"白述年,既然出来兼职了,拿到钱才是重要的,怎么得到的,对你来说,有意义吗?况且,这些够你去滑雪场做好几天了。"

白述年脚步没停,但她的话,一字不落地进了他耳里。十八岁的年纪,压不住脾气,但他告诉自己,他得压住,这是工作,容不得出差错。他紧紧按住琴弦,在食指指腹按出一条血痕。

他转身进了后台,最后听到喻初一声呵斥:"苓茴!"

喻初有些上火。喻初了解许苓茴,她干不出来这样的事,但不知道她今晚怎么了。或者说,自认识白述年以来,她就开始不对劲。

喻初朝老欧扬扬手,让他们先去忙。老欧带着其他人,脸色难看地离开。

喻初把许苓茴拉到外面。KASA内开了暖气,温暖如春,她们只穿了单薄的毛衣，从里头出来到外面，冷风直往毛衣里钻。晚上的雪比白天大，她们站在雪里，黑发在一片白色中飞舞。

喻初的气还没散，但她依旧温言细语地问："苓茴，你到底怎么了？又是和他比赛，又是……白述年得罪你了吗？"

先前给白述年塞钱的气势似乎被风雪带走，许苓茴垮下肩，慢慢地露出疲惫神情："喻初，白述年和我同班。"

喻初先是惊讶，随即猜测道："你怕小白会……"但她立马推翻自己的猜测，"小白不会多管闲事的。"

许苓茴摇头，无奈一笑："喻初，我累了。当了这么久别人眼中的乖乖女、完美孩子，我装累了，我从来没有当过许苓茴。"

林微和许怀民还没离婚时，就告诉她，你要变得优秀，要什么都会，你爸爸才会喜欢你，才会回家。后来他们离婚了，林微的话变成：苓茴，你要比许岁和优秀，你要比她们母女都完美，你爸爸心里才会有你的位置，我们才有回许家的可能。

林微要求她听话、懂事，不要让别人操心。学习要名列前茅，生活要自己动手。林微送她去学艺术，画画、琵琶、芭蕾、钢琴、书法，她都学过，但许岁和只会书法，会其他的，是许怀民的初恋。

林微把她当成自己失败婚姻的修补石，幻想着母凭女贵，但关琳与许岁和，从来都不需要母凭女贵。许苓茴按着林微的希冀，扮演着林微心目中的完美女儿。直到有一天，许怀民带着初恋的一双儿女回来找她们，她发现，演不下去了。

"苓茴。"喻初和许苓茴相识十年，懂她这些年的艰辛，但帮不了她。

提起这些，许苓茴是伤心的，但她掉不出眼泪："可是喻初，我胆子小，也太懦弱了。"

她花了十几年建立起这副完美的皮囊，但她没有勇气，亲手把它撕下来。她需要一个外力，一个看清她真实面貌、看透她卑劣的人。

喻初抱住她，没让她再说下去。

许苓茴靠在喻初肩头，双眼空洞地望着前方。

KASA前面的店都关门了，路边只有一两盏昏暗的路灯，散发着零星光芒，在黑暗里毫不起眼。她觉得自己就像那盏灯，靠着微弱的光，在黑暗里苦苦挣扎。直到有一天，对面也亮起了一盏灯，但它的光不够将她拉出来。

既然这样，那就同坠无边黑暗好了。

就像那句词写的：

> 来为我哭为我沉浮，
> 来成为我的不二臣属。

第四章 完美面具

　　这晚之后，许苓茴好几天没去 KASA。在学校和白述年碰面，他毫不理睬，神色冷漠地走开。许苓茴没有紧逼，她在等待一个合适的机会。

　　周三那天，她和白述年被杨盈叫去办公室。许苓茴去得晚，白述年看见她时，愣了片刻，随即移开视线，转向杨盈。许苓茴恭敬地喊声老师，站到白述年身边。白述年不露痕迹地往边上挪了挪。

　　杨盈拿出两张报名表，对两人说："最近有个物理省赛，一共三个名额，我给咱班争取了两个，想给你们。苓茴的物理一直很好，基本没掉过前三，述年呢，只要不偷懒，好好做，也能进前三。所以这次，希望你们俩能够代表学校参加。你们愿意吗？"

　　两人皆是沉默，没答应也没拒绝。

　　杨盈继续说："虽然今年高三，但机会难得，省赛第一名高考能加分，加的几分，能让你们甩开几万人。"

　　白述年原本可有可无的意思，在听到加分后，眼睛一亮，毫不犹豫地答应："老师，我去。"

　　杨盈笑着点头，把报名表给他。

　　"苓茴，你呢？"

　　许苓茴在等白述年表态，见他答应了，也一口应下。

　　杨盈喜笑颜开："好，你们都好好准备。每周日上午有个集训，和十八班另一个同学一起参加，给你们补一些竞赛题目。记得按时参加。"

"好。"两人同时应声。

"对了，述年。"杨盈对他还是不放心，"除了物理，你其他科目也要补上，不能拖后腿，知道吗？"

白述年略显艰难地点头。数理化还好，"双语"是个难题。

杨盈哪会看不出他的心思，当即点破："尤其是语文、英语，得补起来。苓茴，你要是有时间，顺便给他补补。"

许苓茴乖巧地应下："好呀，就是怕……"她故意停顿，引来杨盈询问的眼神，"怕白同学不愿意配合。"

白述年斜眼睨她，没有接话。

杨盈直接找两位老师拿了一沓资料，交给许苓茴，嘱咐道："一个科目，每天一张，你盯着他做完，有不会的给他讲讲。他要是不配合，你来找我，我治他。"

许苓茴抱着资料，应"好"，又对白述年说："以后多多指教。"

白述年张嘴，想说不愿意，被杨盈挡回去："你下次考试两门都及格，再来和我说不愿意。"

他只好咽下说辞，忽视许苓茴志满意得的笑容。他不知道许苓茴还有什么招，于是着急拿着表格离开。

走出几步，还站在杨盈旁边的许苓茴突然提议："老师，要不您安排我和白同学当同桌吧，这样我既能监督他，也能及时给他辅导。"

杨盈还在思考这个建议的可行性，白述年却匆匆走了回来，一口拒绝："我不愿意。"

白述年是真的不愿意，面部表情都在抗议。杨盈尴尬地看许苓茴一眼，见她一脸受伤却强装没事的样子，无声地瞪了白述年一眼。

白述年硬着头皮解释："许同学也要学习，不要因为我影响自己。"

杨盈责怪道："苓茴愿意牺牲自己的时间来帮你，你还拿乔。"

白述年坚持："我不习惯和女生同桌，有问题我会主动问她。"

他不愿意，杨盈也拿他没办法，只好退一步，说："先试一周看看，下周三有周测，如果没有进步，苓茴还愿意，我就给你们调座位。"

白述年沉默半响，迫于杨盈温柔气势下难以拒绝的压力，不情不愿地点头。杨盈又瞪他一眼，让他对女孩子绅士一些。

白述年左耳进，右耳出。

两人一同出了办公室，白述年快步往教室走，被许苓茴叫住："卷子不拿吗？"

他只好转了方向，往回走。

许苓茴却抱着资料不动，脸上满是狡黠的笑："做哪套，我说了算，待会儿看完了再给你。"

知道她是故意的，白述年也不上钩，扭头回教室，到了教室，坐下没多久，她又来了。

这回她的笑容回到乖巧甜美："白同学，你把这次月考的语文和英语卷子拿给我，我给你分析分析试卷。"

白述年看着眼前这个变脸神速的人，嘲讽地笑了笑，低头在抽屉里翻找试卷，粗鲁地丢给她。

许苓茴好脾气地接过，瞥了眼右上角的分数，"6"开头，150分的卷子，足足丢了一半。

她以学委的身份，语气温柔地宽慰他："我给你看看哪里需要补，方法用对了，分数很快能提高的。"

白述年轻飘飘地"呵"一声，算是回应。

"放学你来找我拿今天的卷子。"

许苓茴离开后，高磊攀着他的肩膀，八卦地问："学委要给你补习？"

白述年烦躁地回一个"嗯"。

"补英语和语文？"

"嗯。"

高磊羡慕："好福气。"

白述年翻个白眼，在心里暗道：好晦气。

放学后，等最后一拨打扫卫生的人离开，许苓茴还没把卷子给他。白述年不耐地看了眼时间：六点。七点还要赶去KASA。他神色不善地往前看，那人低着脑袋，握笔不知道在写什么。

又等了十分钟，白述年直接上前去，问："想好让我做哪份了没？"

许苓茴正在分析他卷子上的失分处，全神贯注的，被他这不高不低的一声吓了一跳，条件反射地抖了抖肩。看到是他，她悄声松口气。

教室里就剩他们俩，白述年不知道会吓到她，顿时有些无措，随即反应过来，朝她道歉："抱歉，不知道你这么认真。"

许苓茴琢磨他这话的意思，是觉得自己只是敷衍老师，不会认真帮他看？她直接将疑惑问出来。白述年没有直接回答，但他的表情告诉许苓茴，他就是这么想的。

许苓茴被气笑，不再理他，埋头把最后一点写完，照着下午他丢给她试卷的动作，也不客气地丢回去："试卷分析都写在上面了，回去自己看。"

她又将放在一旁许久的空白卷子丢给他："这是今天的任务，写完，明天中午吃完饭到图书馆，我给你讲。"

白述年不愿意和她独处："在教室不行吗？"

"教室人多，我无所谓，你觉得可以就行。"

她的知名度在学校不低，相比和她独处，他更不愿意被人当猴子一样观赏。

"行，明天中午，图书馆见。"他不情愿地应下，将试卷一股脑地塞进书包里，撒腿往外跑。衣服被书包带子勾到，掉下个东西。

许苓茴捡起来，是他的校徽。她心情颇好，扬着声音调侃："白同学，好好学呀，不然，得和我同桌了。"

白述年心里烦闷，闻言将地板踩得更大声。

他前脚走，喻初后脚就进来了，她看见白述年跑走的身影，又听见许苓茴不加掩饰的笑声，以为许苓茴又做了让人生气的事，连忙走到许苓茴身边问："你又惹小白了？"

许苓茴不满她这个"又"字，斜眼睨她："谁才是你姐妹？"

喻初晃着书包："你，但你看看你干的那些事儿！"

"我今天给他做试卷分析了。"

喻初觉得不对劲，两人昨天还是剑拔弩张的架势，今天就探讨起学习来了？她不安地问："苓茴，你到底想干吗？"

许苓茴捏着手里的校徽，神色晦暗："我不敢做的事，他能替我做到。"

今晚 KASA 人多，白述年忙到天黑才回去。

老街的房子是旧式建筑，前头有院子，往里是正厅，两边是房间和厨房。白母身体不好，晚上睡得早，院子给他留了门。兼职完回家，他总要蹑手蹑脚，生怕惊醒病中睡不安稳的白母。他轻手轻脚地洗漱完，进房间，坐到书桌前，翻出许苓茴给他的卷子。

暖黄台灯下，许苓茴清秀的字迹一览无遗。她的字应该是练过的，看起来秀气，却有一股韧劲，观赏价值挺高。她习惯连笔，第一页前两段有许多连笔字，到第三段，每一笔都写得清晰明了。他看了其他批注，每个字都是方正的，难怪她写了那么久。

他花了半小时，看完她给的所有批注，分析得直中要害，基本把他薄弱的地方都指出来了，末了还附上练习方法。

白述年丢下卷子，心里有疑惑。这算什么？给一巴掌再给一颗糖吗？在 KASA 的事才发生没多久，今天就主动提出要帮他补习，还花时间写了这么多试卷分析？她很闲吗，有这个时间和他玩游戏？

他烦躁地拿来一本书，盖在卷子上。打从认识她开始，心情就没一天好过。他想，许苓茴是讨厌他的吧，自己不为人知的一面让他尽数看了去，但他不是一再保证过，会守口如瓶吗？难道她对别人就一点信任感都没有吗？

他想不通，但不管怎么样，他现在只有一个念头，远离许苓茴。

他拿出两张练习卷开始做，但没多久，就趴在桌上沉沉睡去。

翌日起来，他睡眼蒙眬地看着空了一大半的卷子，起床气加重。时间赶不及，他将所有的选择题胡乱选了一个答案填下去，大题全部空着。

他几乎可以想象到，许苓茴带着不怀好意的笑，讽刺他没写完。

到了教室，他没敢补觉，趁着课间和两节物理课，把剩下的题目补完。但昨晚睡着没盖被子，他许是着凉了，头有些沉，写一会儿就得歇一会儿。

高磊帮他打掩护，临去吃饭前还不忘打趣他，为了在学委面前留下个好印象，还真是拼命。白述年冷漠地横了高磊一眼，收拾书包往食堂走。

吃完饭，他往图书馆去。一中的图书馆，有一块区域是专门给学生讨论学习的。他到时，许苓茴已经在等着了，低头不知道在写什么。

听到动静，许苓茴停笔抬头，给了他一个笑："白同学，中午好。"

白述年懒得搭理她，坐到她对面，将两张卷子递给她。

许苓茴抽出笔记本下的一沓A4纸，移过去："你先做下默写，我给你看看卷子。"

白述年想说她事多，但看到那沓厚厚的A4纸，话到嘴边，又默默咽下去，拖过A4纸，在DAY 1上开始默写。他不喜欢背诵，记忆力又不太行，一份默写默得磕磕绊绊。他翻到DAY 2，也写得磕绊，不是背不出来，就是字不会写。

许苓茴在对面听着他翻页的声音，不禁摇头笑起来。

她对完两份卷子的选择题，上面密密麻麻的叉。她有些头疼，瞎写也不会运气差成这样吧？选择题加起来不到20分。

许苓茴咳一声，白述年抬头，眼睛却不去看她，落在她身后的画上，手里转着笔，分散注意力。

"白同学，你是全不会呢，还是赶时间乱填的？"她的语气里没有任何嘲讽，就像一个老师面对成绩不好的同学，一副头疼的模样。

白述年却诧异了，和他想的完全不一样。

"我……"他刚想解释，后方插进一道女声。

"述年，你没认真做题吗？"

杨盈是来借书的，顺便看看他们的学习情况。才第一天，就被她逮到了。

白述年这下清楚许苓茴为什么用那种口气说话了，他咬咬牙，瞥到她故作无辜的神情，更气了。

他拉开椅子起身，向杨盈解释："老师，我昨天做完作业有点晚了，怕写不完许同学会生气，就把没写完的乱填了答案。"

杨盈睨他一眼，拍一下他的胳膊："你瞎写苓茴就不会生气吗？人家花时间给你补习，你别浪费她一番心意。"

白述年低眉顺眼："下次不会了。"

"再让我发现一次，我直接给你换座位，让苓茴盯着你。"

"嗯。"

训完他，杨盈才过去和许苓茴说话："苓茴，辛苦了，让你教这么个倔小子。"

许苓茴表现出一副善解人意的样子："没事的，老师，白同学物理好，我也可以问问他，我们互相学习。"

杨盈欣慰地摸摸许苓茴的发顶，让他们继续学。

白述年看着她一连串极完美的表演，不屑地冷哼，心里窝着火，甚至有种想把她那张面具撕下来的冲动。

撕下来？白述年眉头一皱，他头还有点晕，但在断断续续的昏沉里，有些事情，似乎突然明朗。他重新看向许苓茴，她已经换上在他面前得意又藏着小心思的笑。

"继续学习了，白同学。"许苓茴坐到他身边，先给他讲起英语卷子。

图书馆内开着暖气，白述年脑袋昏沉，听着听着睡意袭来，他忍不住支起手肘，抵着下巴，渐渐闭上眼睛。

"这是定语从句，定语从句的连接词不会用到 what，一般我们把连接词分为两种……"

许苓茴侧眸看他，却见他的眼睛眯得只剩一条缝。

她放下笔，倒也不恼，只是还没有人在她讲题的时候睡过去。她没叫醒他，盯着他看了许久，直到他因重力，脑袋直直往下杵时，她下意识前倾身体，用肩膀接住他会磕到桌面的额头。有些烫，热度透过布料传至皮肤。但她太瘦了，锁骨突出，把白述年给磕醒了。他睁开眼，愣怔片刻，眼前是白色柔软的布料，鼻尖有淡淡的樱花香。

他意识到睡前他在干吗，猛地抬头，离开许苓茴的肩膀，脸颊涨红："抱歉，我……我睡着了。"前一秒还在心底暗暗吐槽她，后一秒就瞌睡到人家身上，白述年恼怒于自己退步的自控力。

许苓茴揉着锁骨，让酸痛慢慢散去，带着一抹恰到好处的笑，调侃眼前的人："白同学，你的脑袋，挺硬。"

白述年这回连耳根都红了："抱歉，我不是故意的。"

"嗯，打瞌睡嘛。"一种"我理解"的语气。

白述年咳几声，转移话题："讲……讲到哪儿了？"

"你重复一遍我刚刚讲的。"

白述年张张嘴，半点想不起来。

许苓茴没再刁难他，把定语从句这个知识点讲完。

"能懂吗？"

"懂。"

"那你复述一遍。"

白述年磕磕绊绊地讲了一遍。

许苓茴有些头疼，教了他一个死方法："以后判断出是'定从'，先行词是物，不知道填什么就填which。这句能记住？"

　　白述年点头，把这句话默念了几遍。

　　还有二十分钟上课，许苓茴没再给他讲。她抽出先前写了许久的笔记本，移到他手边："都是必考的语法点，多看，多背，多做题。"

　　白述年诧异，但没敢收，他摸不清她下一步要做什么。

　　"不要？"

　　他没动作。

　　许苓茴故作伤心地叹气："要是杨老师知道，我辛辛苦苦整理的笔记，有人居然不要，不知道她会……"

　　白述年立马把笔记连同几张卷子塞进书包，说："收下了，谢谢。"

　　他看眼时间，拉上书包链子："快上课了，我先走了。"

　　许苓茴看着白述年一顿着急忙慌的操作，还有那像极了落荒而逃的背影，只觉好笑。她慢悠悠地收拾东西，离开图书馆，朝医务室走去。

　　医务室有一位女医生坐班，见许苓茴进去，关切地询问她哪里不舒服。许苓茴说是给同学拿药。

　　"同学是什么症状？"

　　"感冒发烧。"

　　"那给你拿盒感冒冲剂，再拿两颗退烧药，冲剂喝完还烧的话，就吃颗退烧药。"

　　"好，谢谢医生。"

　　下午放学，白述年被杨盈叫去办公室，回来时，桌上放着两张卷子。他往前头看，许苓茴的座位空着，她已经走了。

　　难得没来刁难他几句，他心情好了些。

　　拉出书包收拾东西，旁边有个黑色袋子掉下来。他弯腰去捡，打开一看，里面是一盒感冒冲剂和一个透明小袋。他捏着东西，想来想去只有一个人。他和班里其他人没什么交集。

　　还没走的高磊这时出声，证实白述年的猜测："刚刚学委来过，东西应该是她塞的。"

　　白述年摸着盒子的尖角，半晌不说话。

　　周日的物理集训定在上午十点，由高三物理教研组组长陈云给他们上课，地点在物理研讨室。

　　年级一共三个人，陈云到时，教室里只有两个人。她放下教案，问两个男生："还有一个人呢？十七班的许苓茴。"

另一个男生将目光投向白述年。

白述年摇头，说不知道。

陈云把卷子发给他们，让他们先看，自己则往外走，想给杨盈打电话，在门口撞上匆匆赶来的许苓茴。

许苓茴是从艺术中心过来的，她刚上完美术课，身后还背着画板："老师，对不起，我迟到了，对不起。"

陈云侧身让她进来，语气亲和地说没事，课还没上。

许苓茴抱歉地朝陈云颔首，往里走，第一排坐着十八班的男生，白述年坐在第三排，她走到白述年身边坐下。白述年递给她一张卷子，三个人开始做题。一个小时过去，白述年率先做完题，检查了一遍，陈云还没进来，他拿出还没吃的早餐。

吃完一个三明治，耳边响起几下轻轻的"咕咕"声。

他侧头看去，许苓茴不知什么时候也停了笔，正盯着他手里的塑料薄膜看。她目光坦荡，写着"我饿了"，反倒是他，被看得尤为不自在。

他将薄膜扔进塑料袋里，问："没吃早餐？"

也许是他看过她很多种样子，许苓茴不再对他有何掩饰："赶着去上课，来不及吃。"

白述年往后瞧，看见她放在墙边的画板。

他心一软，把剩下的早餐拿出来："只剩两个水煮蛋了，吃不吃？"

许苓茴点头。他分了一个给她。两人躲在第三排，动作极轻地剥起鸡蛋。前面十八班的男生还沉迷做题，没注意到他们。

许苓茴饿极了，但从小的教养使然，她还是动作优雅地吃完一个水煮蛋。但咽下最后一口时，她就发觉不对劲。正想起身去洗手间，陈云回来了，她只好又坐回去。胃里翻涌着，有酸水往喉间灌，恶心感在不断加深，她的注意力全在身体的异样感觉上，全然没听陈云在讲什么。

过了十分钟，她实在挨不住了，捂着嘴起身，快步往外跑。陈云被吓了一跳，还没反应过来，白述年已经跟着跑出去了。许苓茴来不及跑进洗手间，直接撑着外面的洗手台开始呕吐。吃下去的水煮蛋全被吐出来，最后只呕出一些酸水。

白述年在后面看着，见她没再呕了，上前递了一张纸巾。

许苓茴洗了把脸，才接过纸巾擦水。用力过度，又沾了冷水，她的脸色此刻泛着青白。

"你吃鸡蛋过敏？"

许苓茴摇头："是干吃水煮蛋，会吐。"

上一次吃水煮蛋吐，是林微带着她和许岁和姐弟在外面吃早饭，她的蘸碟被许晏清摔了，林微以为是她摔的，不让她再去拿蘸碟，勒令她将水煮蛋吃下。

吃完后，她一个人躲在洗手间，吐了十分钟。没想到时隔几年，反应还是这么大。"

白述年没听过这种说法："那怎么吃才不会吐？"

"蘸酱油。"

白述年笑了笑："还真是独特。"

许苓茴也笑，掺了些许自嘲："生来就是怪胎吧。"

"能回去吗？"

"回吧。"

洗手间在走廊尽头，他们缓步走回去，遇上出来找他们的陈云。

"没事吧苓茴？"

许苓茴笑着摇头："没事老师，让您担心了。"

陈云看着她苍白的脸，不由得担忧，多嘴说了一句："苓茴，时间紧张，和家里商量一下，一些艺术课，就先停一停吧，身体重要。"

许苓茴点头，被刘海挡住的眼睛，泛起潮湿。

第二周的周测是个小测试，第二天就发了卷子。

白述年盯着满卷的红色，头有些疼。他用许苓茴教的小窍门填的答案，什么判断出是定语从句就用which，什么构词法，什么同义复现，没一个是对的。

他心里隐隐有了不好的预感。果然，一下课，杨盈就喊他过去，许苓茴早在那儿等着了。

杨盈先问许苓茴："苓茴，上周你说调座位，现在还愿意吗？"

许苓茴点头："白同学不介意的话，我愿意。"

白述年急匆匆接话："我介……"

话没能说完整，被杨盈瞪回去："上周怎么说来着，述年，我和苓茴是为你好。你理科不错，总不能被两门文科拉后腿吧。"

白述年低头不说话。

"苓茴每个科目都很不错，有她帮你，可以提高三四十分，这可比你辛辛苦苦挣物理省赛那几分，容易多了。"

白述年无话可说。

杨盈当他默认了："回去收拾一下，和苓茴同桌换个位。"

"不用，老师。"许苓茴提议，"我坐到白同学那儿吧。他那儿靠后，安静些。"

"也行。"

出了办公室，白述年沉声质问她："许苓茴，你故意的？"

许苓茴的表情无辜极了："我故意什么了？"

白述年扭捏许久，把那些让他失分的窍门丢还给她。

他一副受了多大委屈的模样，许苓茴没忍住笑出来，笑够了，挖苦他："白同学，我教的是死方法，可你人不是死的呀。我记得我说过，要先判断句子缺的成分，缺状语的时候要用where，而且我也说过，不能死记硬背口诀吧。"

白述年也不清楚她有没有戏弄自己，但看见她毫不掩饰的嘲笑，羞赧和恼火齐来，冷瞪她一眼，转身离开。他被情绪操控，以至于没有意识到，那是许苓茴第一次在他面前，露出真情实意的笑。

回到教室，跟两人同桌谈好，许苓茴收拾自己的东西，往白述年那边搬。

东西多，她来回搬了几次，旁边的人宛如禅定，没有半点帮她的意思。

最后一趟搬完，许苓茴倚着桌角轻喘气，平复呼吸后，她弯腰，靠近白述年，柔声问候："你好呀，同桌。"

白述年十分幼稚，把放在另一角的书，全都推至两人桌子中间，划起三八线。

成为同桌后，白述年对许苓茴很冷淡，除了课业上的话题，多一句话也不和她说。

许苓茴看着旁边这个拿了自己许多笔记还一副理所应当的人，她的本意可不是这样："白同学，我每天给你讲题，笔记也给你蹭，你好歹有个反应。"

白述年笔不停，默写着单词："你可以不讲，把座位换回去。"他大概找到应对她时不时"抽风"的方法，就是安坐如山，脸皮厚一些。

但许苓茴有的是话治他的厚脸皮："好不容易换过来的呢，我可舍不得。"

生理反应白述年控制不住，耳垂和脸颊爬上淡淡的红。达到目的，许苓茴心满意足。

明天周日，今天学校会早放学两个小时。出校门拦了车，许苓茴报上KASA的地址。

这些天林微管得严，她好久没去KASA。好在林微晚上要外出吃饭，她便约了喻初，到KASA吃晚饭。到KASA时，喻初正在挨她舅舅喻青的训，许苓茴从侧门溜到26号桌。坐了半小时，喻初才灰头土脸地过来。

许苓茴幸灾乐祸地看她："又闯什么祸了？"

喻初白了许苓茴一眼，喝光她杯里的果汁："能不能盼着我点好。"

"不闯祸怎么挨骂了？"

喻初一脸幽怨："说我不像个高考学生，天天在外面晃悠，不知道学习。"

许苓茴赞同地点头："是不像。"

喻初一巴掌呼在许苓茴肩上，被来给她送晚餐的喻青看见。

喻青瞪她一眼，随即转向许苓茴，变得和颜悦色起来："苓茴好久没来了，想吃什么自己点。"

许苓茴礼貌地问好："喻叔叔。"

喻初不满他极快的变脸速度，酸溜溜地吃醋："不知道的还以为苓茴是你亲外甥女呢。"

喻青敲一下她的脑袋，满嘴嫌弃："有本事，你和苓茴一样，考个第一。"

"没本事!"

"你这孩子!"

喻初躲到许苓茴背后,朝他做鬼脸。许苓茴伸手护着,做起和事佬:"喻叔叔,喻初学习也不差,就是贪玩点而已。"

"都成年了,还成天和小孩子一样。"

喻初:"你还说我,一个中年人,女朋友也不找,当什么钻石王老五!"

喻青被气到,捋起袖子要教训她,还没抓到人,就被经理喊走。他瞪了她一眼,说晚上再回去收拾她。喻初一点不怕,朝他吐舌头,接着和许苓茴吐槽起中年人最近更年期,管她管得紧。吐槽到一半,手机收到他的信息,让她把蔬菜吃完,不然罪加一等。

喻初骂骂咧咧的,把青菜吃了个精光。

许苓茴见她不情不愿的动作,眼底却流露着欢喜,不动声色地笑了笑。吃完饭,许苓茴来回张望,没见着白述年,问喻初他最近有没有来。

"有啊,他每天都来,周六晚上会晚一些,今天是周六吧,他要八点才来。"

"为什么晚来?"

"听小应说,好像是要帮他妈妈做什么事。"

两人正说着,小应从外面扛着把吉他进来。喻初朝他招手,示意他过来。

小应背着吉他过去,乖乖叫人:"喻初姐,苓……苓茴姐。"

小应还记着上次许苓茴给白述年塞钱那事,心里有些埋怨她,连带也没什么好脸色。许苓茴却没感受到似的,轻笑点头。

喻初见他脸色白,让人给他送杯热水,见他仔细放下吉他,便问:"小应,这吉他是谁的?"

"述年哥的,前两天弦断了,送去修了,我刚给他拿回来。"

许苓茴凑近去瞧,吉他看起来很旧,色泽暗淡,侧板都掉皮了,面板上也有许多划痕,应该有些年头了。

她问喻初:"店里没有吉他了吗,怎么不给他换一把?"

小应闻言呛了一声,放下杯子,将吉他牢牢护在身后,好似下一秒许苓茴会把它抢了去:"不能换,这是白叔叔留给述年哥的,他可宝贝了,不能换。"

"他爸爸是搞音乐的?"子承父业?许苓茴想。

小应摇头。

喻初倒想起上次小应说的:"你不是说小白爸爸是警察吗?他还会音乐呢?"

提起白家人,小应神色骄傲:"白叔叔可厉害了,简直全能!"

许苓茴还想说什么,小应被老欧喊去帮忙,吉他也被带走。她盯着那把吉他,心想,如果白述年用这把吉他,弹出那首歌会是什么样子。还在思索着怎么让白述年弹一回,耳边听到喻初说要去后台,找厨房改个菜谱。许苓茴想了想,

087

和她一同去。

到后台，喻初去找厨师，许苓茴在他们放置乐器的地方闲逛。她找了一会儿，那把旧吉他被放在一堆吉他里，但很奇怪，她一眼就认出来了。她蹲下去看，与琴头平齐。后台灯光亮，原本色泽暗淡的琴身，好似被重新上了层油漆，泛着润泽的光。

她伸手想触碰一下琴弦，却想起小应那句"这是白叔叔留给述年哥的"，迟疑些许，收回了手。

有些东西，不能触碰，也不该触碰。她又看了一眼，随即想起身，却看到面板上出现先前没有的一条裂痕，不深，但有些长。她以为是自己眼花了，拿出手机调出手电筒，对着面板照，裂痕更明显了。她皱起眉，明明刚刚看是没有裂痕的。她凑近一些，手刚伸起，还没触碰到，背上突然被一股剧烈的力量一撞。她没稳住，整个人朝前倒，怕压到白述年的吉他，她往左侧偏一下，肩膀却撞倒了旁边的吉他。

乒乒乓乓——这一边的乐器全倒了。旧吉他不知道被什么碰到也倒了，正面朝地，弹起一片灰尘。许苓茴压在几把吉他上，额头和右手手肘磕到重物的尖角，一阵刺痛，一时起不来。

撞到她的员工，连忙将她扶起，忙不迭地道歉，问她有没有伤到哪儿。

许苓茴忍着痛，说没事，让他帮忙把乐器扶起来。没时间理会自己的伤口，她急忙捧起旧吉他，倚在墙边，再蹲下去看那道裂痕。还没看清裂痕有没有加深，身后响起一声怒吼。

"许苓茴！"

许苓茴被吓一跳，腿一软，跌坐在地上。没等站起来，手腕被人拉住，往旁边一甩，手肘再次磕在地上。

这回她听到清脆的一声"咔嚓"。

白述年从鹿鸣酒店匆匆赶来KASA，想起小应今天会帮自己拿吉他，到地方还没喘口气，就急忙跑来后台。一进来，就见到倒在地上的吉他，和旁边的许苓茴。

他上下检查一遍，见到面板上那条五厘米左右长的裂痕。

这是过世的父亲留给他的东西，他视若珍宝，小心呵护。这道裂痕，浇灭了他所有的理智。他用最冷漠的神情，望向还跌坐在地上的许苓茴。他知道是自己把她推倒在地，换作平时，他会愧疚，但此刻，他只有愤怒。

"许苓茴，你非得这么对我吗？我到底哪里得罪你了？"

许苓茴明白他是误会了。她将右手背在身后，左手撑地站起来，急切地和他解释："不是我，是……"她想让他看后面，是那位员工撞了她。但转过身去，那员工早已把乐器扶好离开了。

她转过身来面对他，张嘴欲道歉，可下一秒，她转了话锋，不承认也不道歉，语速由急切转为缓慢:"这把吉他,对你很重要?"

白述年没有回答,背对着她蹲着,宽厚的手掌在面板上轻抚。

许苓茴却故意刺激他:"一把旧吉他而已,多少钱我赔给你。"

盛怒的人捕捉到某个字,冷笑着起身。他乘雪而来,肩头还沾着未化的雪。但许苓茴觉得,此刻他看向她的眼神,比雪还冷。她不禁打了个寒战。

白述年:"在你们这些有钱人眼里,钱是不是可以解决一切?"

许苓茴硬着头皮回道:"不一定,但没有钱,什么都解决不了。"

她的解释,加深了白述年对她的厌恶:"我原先以为,你做的一切只是女孩子心性,小打小闹而已,后来你帮我补习,给我整理笔记、送药,我也早不记恨了。但今天,你让我觉得,当初帮你那一把,是我做过的最错的事。"

许苓茴笑起来,是那晚他透过柱子缝,看到的那个笑,但他不再觉得那是美。

她把令他厌恶的一面展现给他看:"是啊,你不该多管闲事的。我就是这样一个人,恶劣、自私、以自我为中心,既然认清了,就不要再忍下去了。"

白述年盯着她看了许久,最后只是摇了摇头:"许苓茴,以后不要再靠近我了。"他抱起吉他,往外走。

许苓茴松了口气,双肩垮下,周身的力气卸去大半,她感受到额上和手肘一下一下的刺痛。离开后台,她到吧台上随意拿一杯东西灌下,背起书包离开。

喻初出来时,就见到许苓茴快步离开的身影。她大声喊许苓茴,许苓茴没理。她拦住去送餐的小应,问他刚刚后台发生了什么事。她一直在厨房,不知道许苓茴怎么了。

小应也一头雾水。

这时白述年背着吉他过来,小应想起来有事没告诉他,脑袋一拍,苦着脸拦住他,和他道歉:"述年哥,对不起,我把你的吉他摔坏了,面板上有条裂缝。"

小应先前进后台放吉他的时候,脚下被东西绊倒,把吉他摔了。

白述年满眼惊讶,迟钝片刻才问:"我的吉他,不是许苓茴摔的?"

"不是啊,苓茴姐没碰到吉他。"

白述年恍然,语带焦急:"她人呢?"

"走了。"

外面大雪又至,盖住了远去的脚印。

离开KASA后,许苓茴独自去了医院。手肘的痛感愈来愈强烈,她不敢乱动,一路托着到了急诊室。这个点,急诊的人不多,但也等了半个小时,她疼得额上冒汗。拍了片子确定没有骨折,只是轻微脱臼,医生用了手法复位,再打个外固定。

"这两天不要用力,不要沾水,开了些消炎药和止痛药,要是疼得厉害忍不了，就吃一颗止痛药。"

许苓茴接过药单，和医生道谢："好。"

她起身要走，被医生叫住："小姑娘，你这额头，是不是也磕伤了？"

许苓茴这才记起，额上也磕着了，先前所有的注意力都在疼痛难忍的手肘上。她重新坐回去，不好意思地说："麻烦您再帮我清理一下伤口。"

额角的伤口倒不深，血已经凝固，边上的刘海也被凝住，医生拿着钳子往外拉时，她疼得倒吸气。

医生放轻力道，和她说话："小姑娘，疼就叫出来，不丢人。"

许苓茴笑了笑："不疼。"

大概怕她把注意力集中在疼痛上，医生继续和她说话："你家人呢？摔得这么严重，也没人陪你来？"

许苓茴停顿片刻，才答："他们，不在我身边。"

医生极轻地叹声气："朋友呢？"

"不想让她担心。"

"女孩子，不要那么要强，需要帮忙的时候，得示弱。"

"示弱？"她低声呢喃一句，"示给谁看呢。"

说话间，医生已经把伤口清洗干净，贴上纱布："好了，记住这两天不要沾水，后天来换药。"

"好。"

她拿着单子，在候药区等。领了药，麻烦护士帮她倒杯热水。不知是不是天太冷的缘故，手肘一直疼，她忍不住，吃了颗止痛药。

护士在一旁看着，见她一个小姑娘，大晚上在医院，怪可怜的，不由得关心道："时间不早了，快点回家吧，让人来接你，大晚上的不安全。"

许苓茴把一次性纸杯丢进垃圾桶，颔首道谢："谢谢，麻烦您了，我先走了。"

医院外有许多出租车，许苓茴随便拦了一辆上车。她拿出手机看，已是十点，林微给她打了好几个电话。她没回，只让司机开快些。

到家，客厅还亮着灯，林微穿着睡衣躺在沙发上，眼睛虚虚合着。

许苓茴轻轻地将人摇醒："妈，我回来了，你进屋睡吧。"

林微睁开眼，见到人，惺忪的面容爬上几抹恼怒："你去哪儿了？打了好几个电话也……"目光被许苓茴右手的固定带吸引去，责备的话立马收回，"这是怎么了？手怎么伤了？"

林微连忙起来，给许苓茴腾出座儿，拉着她坐下，检查起她的右手，头一抬，又看到她额上贴着的纱布："额头怎么也伤了？"

许苓茴眼里浮现笑意，她回握林微的手，解释道："没什么，不小心被人撞了一下。"

"怎么不通知妈妈呢？"

"我……我以为没什么大碍，就自己去医院看了。"

"胡闹！"林微低声斥责，"伤筋动骨一百天，你这伤还是右手。"

"没事，只是脱臼而已，等固定带拆了，就能动了。"

林微看了检查报告，又问了许多问题，见人精神还好，这才放心下来，叮嘱几句，让她去洗澡。许苓茴洗完澡出来，林微招手让她去厨房，餐桌上放着一碗还冒着热气的汤。

"晚上给你熬的，快喝掉，补身体。"

许苓茴看了眼汤，又去看林微。林微今晚对她的关心比往常多了许多，她是开心的："好。"

她拿掉勺子，单手托起碗，一边吹气一边喝。

林微见她单手不方便，帮她托着碗底。想起明天是周末，林微说了句："手伤着，最近的艺术课就先别上了。"

"真的吗？"许苓茴喜出望外。

林微瞧见她这欣喜的样子，却有些意外。她像稚童一般，笑得眉眼弯弯，双眸眨一下，好似有星星溢出来。林微想，好像许久没见到女儿这么灿烂的笑容了。

"真的，先不上了，明天我去给你请假。"

许苓茴脸上的笑意加深："谢谢妈妈！"

林微拂开她额间的散发："嗯，快喝汤，喝完早点睡觉。"

"好！"

许苓茴几口灌完汤，顺手将碗洗了，返回卧室时，经过林微身边，向她道了句"晚安"。

"苓茴。"见女儿快走到房间，林微又将人叫住。

许苓茴还高兴着暂停艺术课的事，回头时嘴角依旧带着笑："妈妈，怎么了？"

见到她的笑容，林微酝酿一晚上的话终是没能说出来："没什么，晚上睡觉不要碰到手。"

"不会的！"

推门进屋，许苓茴点上一些外公给她寄来的安眠香薰，因林微不同寻常的关心，她短暂忘掉了 KASA 的不愉快，躺上床，沉沉睡去，一夜无梦。

翌日是周末，他们照例要上物理集训课。不用早起去上课，许苓茴一觉睡到八点半，洗漱完吃个早饭，才慢悠悠地去学校。

到物理研讨室，只有白述年一个人。见到他，许苓茴记起昨晚的事，持续一晚上的好心情，被她悄悄收起。

白述年听到动静，抬头，入眼是她缠在手上的绷带和额角的纱布。他惊讶片刻，随即化为愧疚，张嘴想问她，却见她错开目光往右走。和之前上课一样，许芩茴坐在与他相隔一个座位的位子上。她没有和他说话，也没有像以往一样，拣着事去打趣他，只拿起试卷，安静地看题。

教室里安静得能听到两人的呼吸，白述年侧睁，偷偷打量她。半晌，见人还是没有和他说话的意思，顾不得她是真生气了，还是为了再给他下什么套，故意做出的姿态，他主动搭话，拿出准备好的早餐，移到她手边。

许芩茴瞥了一眼，没动静。

白述年转过身去，诚恳地向她道歉："许芩茴，对不起，昨天是我误会你了。"

许芩茴眉一挑，这么快就知道不是她做的了？

见她还是不说话，他接着说："昨天是我太心急了，那把吉他对我很重要，你也没有否认，所以我才说了那样的话。"

许芩茴却突然笑出来，握着手中的笔，一下一下地打在桌上："没关系，我知道在你眼里，像我这样卑劣的人，什么事都做得出。"

被她说中心思，白述年愧疚地低下头。看到吉他上的裂痕和在现场的她，那时他心里只有一个想法，是她弄坏的。受之前那些事的影响，他先入为主地把她代入一个对立角色，却丝毫没想过，他并没有亲眼看到她动手。

"我知道是我错了，我不该戴着有色眼镜看你。"

许芩茴侧身看他，神色认真："没关系，这副有色眼镜，是我给你戴的。"

白述年听不懂她突如其来的这一句，但他记挂着她的伤，没细究："你的伤，是我推你的时候弄的吗？"

许芩茴告诉他被撞的事，末了没好气地说："托你的福，伤得更重了。"

白述年越发愧疚了："抱歉，我……"

"所以你就是拿这个来道歉的？"许芩茴指着手边的水煮蛋。

"我妈说，吃鸡蛋补充蛋白质，不过我带了这个。"他从书包一侧拿出一个小瓶子，里面装着黑色的液体，"酱油。"

许芩茴没忍住，侧头笑出来，过一会儿，平静地说："白同学这道歉手法，够独特啊。"

白述年不好意思地抓抓头发，东看看西瞧瞧，没瞧见她的画板，顺势岔开话题："你今天不用上画画课吗？"

许芩茴艰难地单手剥鸡蛋，闻言抬了抬右手："怎么画？"

白述年默默咽回后面的话。

见她好一会儿才剥了一半，白述年将鸡蛋拿过来，几下剥好，用纸巾包着，滴了几滴酱油上去："给。"

许芩茴呆呆地盯了他片刻，才拿过鸡蛋。

见她吃完,他又拿过边上的三明治,撕开包装膜:"给。"

看包装和样子,不像是在外头买的,许苓茴问:"你自己做的?"

"我妈做的。"

许苓茴接过,咬了一口,味道很香,但她吃过早饭了,肚子有些撑:"我有点撑,过后吃。"

她的尾音稍稍往上扬,像是在询问他。他点头:"行,你什么时候想吃再吃。"

许苓茴把包装膜包好,放到抽屉里。昨晚的好心情藏不住,偷溜到脸上,晨光满室里,淡淡的笑容却明媚得很。

白述年还望着她,在不经意间,瞧见另一个不同的许苓茴——没了以往在他面前的倨傲和顽劣,也不是平日里刻意表现的乖巧温柔,是自然的,不需要在乎外界,由内而外散发出来的快乐。

触及他的眼神,许苓茴才知道今天的情绪外露太多,她收起笑意,清清嗓子,又开始刁难人了:"白同学,你的道歉,该不会就这样吧?"

"这道歉,不……不行吗?"他没有这样郑重地和人道过歉,不知道方式对不对。

"我觉得不太行。"

白述年顺着她的话问:"那你觉得,怎么样才算行?"

许苓茴想了想,说:"以后每周日,你都给我带早餐,直到我们比赛结束。"

白述年一口答应:"行。"

他利落地答应了,倒叫许苓茴觉得不好意思,她突然想起昨晚他说的一句话,拿来堵他:"昨天不是还说让我不要靠近你?"

白述年一愣,他以为这事算过去了。

"我……"半天"我"不出来,正巧陈云进来,打断他的磕巴。

许苓茴也没再揪着不放。今天的课强度有些大,听到下课,许苓茴感觉脑袋昏昏沉沉,她摸了摸额上的纱布,把原因归结于它。

"怎么了?额头痛吗?"白述年瞥见她的动作,关切地问。

许苓茴小声嘀咕:"脑子痛。"

被白述年听到,他暗自笑了笑,心里却在想,她今天心情应该很好,像变了个人似的。

然而他察觉到的这份好心情,在他们一同走出学校,许苓茴接了个电话时,消失得无影无踪。

他听见许苓茴说:"还有谁一起吃饭?"

许苓茴到鹿鸣酒店时,林微和许怀民一家三口其乐融融,聊着家长里短。

"苓茴来了。"许岁和看见她站在门口,又瞧见她受伤的手,过去接她的书包，拉着她到餐桌旁。

这回留给她的座位，在林微与许岁和中间。许岁和拉开椅子让她坐下，许苓茵淡笑一声道谢。许岁和倒了杯橙汁，放到她手边，问："手还疼吗？"

"不疼了。"

许怀民也注意到她的伤，关切地询问："怎么伤的，严重吗？"

许苓茵问什么答什么："不小心摔了，不严重。"

"手可不是小事，岁岁，你待会儿和晏清一起，带你妹妹再去做个详细检查。"

许苓茵下意识地回绝："不用了。"

被直接拒绝的许怀民，笑容僵在脸上："还是去看看好，让爸爸妈妈安心些。"

许苓茵却不说话了，端起杯子喝饮料。

许怀民尴尬地别开脸，抿了口红酒。

林微拍拍他的肩作安抚："没事，我带她去就好。"

许怀民点头，回握她的手："辛苦你了。"

许苓茵不想看他们故作深情的模样，埋头径自吃菜，但左手使不好筷子，一块肉掉了好几次。

旁边伸来一双手，帮她夹住了那块排骨。

许岁和又给她添了些别的菜："吃吧，我给你夹。"

"谢谢。"

一顿饭吃到最后，许怀民才隐隐透露这顿饭的意图。他开口说了几句，却被突然站起的许苓茵打断。几个人都看向她，许苓茵无视，说："我想去趟洗手间。"

许怀民和林微对视一眼，随后点头，让她小心手。

出了包厢，许苓茵逃似的，跑到洗手间。她靠着洗手台，在镜子里看到自己充满失望和不解的眼睛。

明明林微答应过她，会好好考虑的，考虑的结果就是这样吗？

许苓茵嘲讽地朝镜子里的自己弯起嘴角，有些人天生记吃不记打，林微就是。许怀民给了一点装模作样的深情，林微就感动得把以前经历的疼痛与煎熬，忘了个干净。她也是，林微给她多一点温柔与期待，就叫她忘记了这些年来，林微对她的逼迫与利用。

眼眶里有东西要溢出，她连忙低头，一颗晶莹的眼泪落入洗手池中。她无声无息地任眼泪滴了许久，直到身体感知她的情绪，手肘和额头都开始痛时，她才深呼吸几次，抬头擦眼泪。

望向镜子的瞬间，却被镜子里不知何时出现的另一张脸吓住。

许晏清站在她身后，嘴角勾着淡淡的笑，不说话，就这么静静地看她。

许苓茴身体一僵，胸膛里的心脏怦怦跳得厉害，她攥紧左手拳头，没有修剪的指甲陷入掌心。她慢慢地转过身去，用后腰抵着洗手台，开口的声音冷到极致："许晏清，这是女厕。"

饭桌上一直没说话的人这时懒洋洋地开口："哦。"他脚步一转，走过去关上洗手间的门，上锁。

许苓茴跟过去，被他挡住，她警惕地后退几步："许晏清，你要做什么？"

许晏清朝她靠近几分："没什么，和我妹妹聊聊。"

许苓茴又往后退。

"最近学校里事太多，都没怎么回来看你，苓茴，想哥哥吗？"

许苓茴强忍着犯恶心的胃，狠狠地瞪他一眼："许晏清，给我滚开！"

许晏清哼笑一声："微姨老是说你有多乖巧、多礼貌懂事，我想她不知道，她的女儿也会这样，和哥哥说话没有半点礼貌。"

许怀民第一次带他和许岁和见许苓茴时，她穿着一条粉色的裙子，坐在林微身边，安静乖巧，林微说什么，她做什么。后来有一天，他看见她在江边坐着，却面不改色地在电话里和林微说，她在上艺术课。自那时起，他就知道，她并没有表面看上去的听话乖巧。她用一张最纯粹的脸，掩盖着她皮囊后的放肆与叛逆。

后来他想，到底要怎么做，才能让她自己撕下那层让人看久了生厌的皮。

许苓茴挺直了背脊，试图隐藏心里的害怕和慌张："许晏清，出去。"

许晏清停住脚步，不再靠近她："放心，这是公众场合。只是苓茴，你今天太不懂事了。"

许苓茴没搭话，眼睛死死地盯着他身后的门。

"爸爸和微姨要复婚，你怎么可以阻挠呢？"

许苓茴觉得可笑："他们复婚，那你妈又算什么？"

提起他过世的母亲，许晏清脸上的笑瞬间消失："你闭嘴，你没资格提我妈。"

她冷笑道："是啊，我确实没资格，但你就有吗？她要是知道，她的亲生儿子，要撮合她丈夫的前妻和她丈夫复婚，该有多失望。"

"许苓茴！"许晏清两三步逼近她，捏起她的手。

右手吊着，左手被他控住，许苓茴没有力气挣脱，但她昂起头，知道这个时候不该用话激怒他，但她忍不住，尖酸刻薄的词句一股脑倒出："你说，爸知道他引以为傲的儿子，这么对他的女儿，他会怎么想？对了，还有你的亲姐姐。"

许晏清怒极反笑："苓茴，逼急我有什么好处？即便我对你动手了，你以为，微姨他们就会相信你吗？"

被戳中痛点，许苓茴猛地别开头："许晏清，滚开。"

许晏清却一把钳住她的脸颊："不会的,你再怎么乖、再怎么懂事听话,他们也不会信你。尤其是微姨,真可怜,对我和我姐两个非亲非故的,都比对你这个亲女儿好。"

许苓茴晃着身体,拼命挣脱。他的话比他施加在她身上的禁锢更令她难受,即便如此,她也不会在许晏清面前示弱。

手上挣不开他,许苓茴抬脚,狠狠踹了他的膝盖一脚。

许晏清被她踹得后退一步,许苓茴见状再补了一脚。钳制她的力道松开,她连忙打开门往外跑。

她狼狈地逃离,在走廊转角,撞上一个人。

女人被她撞倒在地,许苓茴赶忙蹲下去,单手将人扶起,不停地道歉："对不起,您有没有伤到哪儿?"

女人揉着尾椎骨,脸上闪过痛苦神色,却依旧温声安抚好似受了惊吓的人："没事姑娘,我没事。"

许苓茴把人扶起来："阿姨,对不起,我带您去医院看看吧?"

女人笑着拒绝："不用不用,不怪你,是我自己没看路,要真有事,我让我儿子带我去看就好了。倒是你,有没有碰到胳膊?"女人注意到许苓茴吊着的手。

"阿姨,我没事。"

"那就好。姑娘,阿姨还得工作,先不和你说了啊。"

许苓茴还想说什么,不远处有人喊她。是林微,见她许久没回包厢,出来找她。

女人拍拍许苓茴的手："姑娘,有人叫你,快去吧。"

"阿姨,抱歉,您记得去检查,医药费我来出,我叫许苓茴,手机号是……"许苓茴把个人信息说了两三遍,这才向林微走去。

林微将许苓茴拉到身边,望了眼前头穿着工作服的女人："你和人说什么呢?"

"没说什么。"

"嗯,先回去吧。"

许苓茴拉着林微停住,她想再次验证一些东西:"妈,刚刚许晏清……"

林微都没让她将话说完整,就急匆匆打断:"什么许晏清,他是你哥哥,不能没大没小。"

许苓茴尚存的希望消失得干净,觉得讽刺:"你就真的把他当儿子了吗?他在你眼里,比我还重要?"

"什么话!"

许苓茴抽出被林微牵住的手,不管不顾地说:"许晏清他……"

"苓茴!他就算不是我亲生的,也算我的孩子。"

许芩茴质问:"所以为了许怀民,你连当初破坏你婚姻的女人的孩子,也可以毫无芥蒂地接受?"

"芩茴,不能这么没大没小。没什么接不接受的,你们都是孩子,大人的事,不该殃及你们。"林微重新去拉许芩茴的手,"先回去吧,你爸爸还有事要说。听话,芩茴。"

许芩茴再度抽出手:"听话?我还不够听话吗?"

林微动气:"芩茴,你非要让妈妈在他们面前下不来台吗?"

许芩茴摇了摇头:"有什么事,你们自己说吧,不用过问我。下午学校有事,我先过去了。"她不给林微留下示弱的余地,转身离开。

外面狂风席卷,她漫无目的地走,走累了就在还有薄雪的木椅上坐下。温热的体温把雪化开,臀部一阵冰凉。

她想起林微第一次让她喊许晏清哥哥时的场景。

那时,她上初一。一个周末,林微停了一次她的艺术课,让她换上一条粉色的裙子,带她去了鹿鸣酒店。和今天一样,他们几个人坐着,林微指着许岁和姐弟,让她喊哥哥姐姐。她知道许岁和,但不认识许晏清,也不知道为什么时隔多年,许怀民会带着他们来找她们母女。

那天许晏清穿着白衬衫和休闲裤,阳光开朗,为了和她拉近距离,还特地给她带了礼物,一个手工水晶球。

在林微的催促下,她乖乖地喊了哥哥姐姐。许晏清笑着,摸了摸她的头发,说芩茴真乖。

林微见许晏清有意和许芩茴亲近,便又给许芩茴介绍了一遍:"这是你晏清哥哥。"

后来许芩茴几次说起许晏清对她的恶言恶行,林微都拿这句话,试图打消她的敏感:"他是你哥哥。"

许芩茴想,"哥哥"两个字,给予的不该是庇护吗?小时候被林微压在少年宫,孤独地学各种东西,看到一个女孩学哭了,被哥哥哄笑时,她也无比希望有一个宠爱自己的哥哥。但许晏清出现后,她却打心里厌恶和惧怕这两个字。

坐了不知道多久,天色渐渐变暗。有人从这边经过,谈话声传进她耳里。

"那个女孩挺好的,撞了我,也给我道歉了,还说要带我去医院检查。我说不要,她就给我留了名字和联系方式,说会给我出医药费。"

"这是她应该的,难不成撞了人就跑吗?"

"人家就一小姑娘,也不是故意的。"

"她叫什么,联系方式呢?"

"你这孩子,还真管别人要钱啊?"

"不是,我去骂骂她,下次走路小心点。"

"净说瞎话。"

"叫什么?"

"叫许什么回,中间还有一个字是什么来着,哎,那姑娘在那儿。"

许苓茴在这里坐了几个小时,风吹得她脸都僵了。她想朝走来的女人笑一笑,扯起的嘴角却一阵刺痛。

她站起来,朝女人鞠躬,再次道了个歉:"阿姨,对不起,您没被撞伤吧?"

女人还是笑着摆手:"没事,就一下,不碍事。"

许苓茴面露歉疚:"是我太莽撞了。"

女人说:"你们这个年纪,莽撞是正常的,谁十几岁不是横冲直撞的性子。"

许苓茴这才安心,转向女人身旁身形高大的少年,问:"你准备怎么骂我?"

白述年哑然,他也没想到这么凑巧,随便编了几句,说:"骂你长了双眼睛当摆设,走路不看路,螃蟹似的,横冲直撞。"

许苓茴笑了笑,难得没反击。

白母徐念见他们一来一往的互动,明白过来自家儿子和对方是认识的,问:"阿年,这小姑娘是你同学吗?"

"嗯。"

徐念朝许苓茴伸出手:"这么巧呀。姑娘你好,我是白述年的妈妈。"

许苓茴握住:"阿姨好,我叫许苓茴。茯苓的苓,茴香的茴。"

"对,许苓茴,瞧我这记性,刚刚没想起来呢。"掌心里的手一片冰冷,徐念握紧了一些,"你的手怎么这么冷?是不是穿的衣服太薄了?"

"不冷,阿姨。"许苓茴没有抽回手,任她握住自己的手,掌心有厚厚的茧子,还有一两处皲裂的伤口,却十足的温暖,让她贪恋。

白述年知晓徐念对人的热情,怕许苓茴接受不了,忙扯开话题:"你在这儿做什么?"

许苓茴:"吃饭。"

"从中午吃到现在?"

许苓茴一愣,随即记起中午他们是一同出校门的,那个电话,他多少听到了。

"没,我吃完了在这儿看看风景。"

"这儿?"白述年环顾一圈,都是些高楼大厦,只在他们右手边有一个小花圃,"能看什么风景?"

许苓茴也看了一圈,找不到什么话回答。

徐念扯了扯白述年的袖子,瞪他一眼:"你审问犯人呢,人家爱在这儿看就看。"

她转而面向许苓茴,温柔地叮嘱:"这风大,多穿点衣服,别着凉,你们现在是关键时期,身体可得照顾好。"

许苓茴点头。

天渐晚，白述年挽起母亲的手，说："妈，不早了，我们回去吧。"又抬头，看向许苓茴，"你也是，要赏风景，改天再来。"

"嗯。"许苓茴抽出手，和徐念说再见。

徐念见她情绪低落，于是提议道："苓茴，你要不要去阿姨家吃个饭呀？"

许苓茴还没反应过来徐念的邀约，白述年却先发话了："不要。"

徐念尴尬地朝许苓茴笑笑，又在底下拧一把白述年的胳膊："苓茴，你别听他瞎说，他就是……就是害羞，从来没有女孩子去过我们家吃饭，你是第一个，他不好意思呢。"

许苓茴还想着怎么拒绝，闻言却是瞄一眼白述年，别有深意地笑："我是第一个啊。"

"对呀。他这个人性子闷，又不爱交朋友，每天放学就是回家陪我，走得近的，就只有小应一个。哦，小应你应该不认识，他们是发小，从小玩到大。"

"小应，我认识。"

"认识？"徐念疑惑，"可小应已经没上学了，你们怎么认识的？"

"我们是在KASA……"

许苓茴还没说完后半句，白述年急忙拦住，给她使眼色："妈，吃，让她去我们家吃。你想吃什么？"

许苓茴明白他的意思，顺势扯开话题："我不挑，都行。"

被他们一打岔，徐念也没再追问："行，我去买菜，阿年，你先带苓茴回家去。"

"嗯，你路上小心点。"

"知道知道。"徐念拿过白述年手里的挎包，往市场赶去。

见不着徐念人影了，白述年朝前扬扬下巴："往这儿走。"

许苓茴跟在他身侧。知道她心情大概不像早上那样，白述年识相地没有去招惹她，两人安静地往老街方向走。到地方了，许苓茴才发觉他家离KASA并不远。

白述年把人带到客厅，给她倒杯热水，让她自己坐会儿，他去淘米。

许苓茴把热水喝完，身体回暖，朝厨房方向问一句："白同学，我能逛逛你家吗？"

淘米声伴着他的回答传出："腿长在你身上。"

许苓茴眉一皱，就不能好好说话？却没想自己也是不好好说话的一员。

得了他应允，许苓茴逛起这间没有昂贵家具，却处处透着温馨的屋子。

正厅朝南方向放着一套木质沙发，沙发上铺着厚实的坐垫，坐垫套是绿色碎花布料，看着像是自己缝的。正前面的电视柜旁有一台缝纫机，另一边有两盆花，温暖的室内，盛开得娇艳。柜子旁的两扇窗，挂着和沙发坐垫同款式的窗帘。

　　许苓茴走了一圈，在屏风柜前停下。柜子有好几个隔层，一半隔层上都放了照片，照片上是他们一家三口，那个穿着警服、气质却温润的男人，应该是他的爸爸。

　　照片里有一张是他爸爸手把手教他弹吉他的场景，父子俩面对面，应该是在说话，被人偷拍下来的。许苓茴认出，照片里的吉他是那天在KASA见到的那把，但看起来新许多。

　　她走向厨房，里面的人在择菜了。她倚着厨房门框，盯着他娴熟的动作，半响才问："白述年，你的吉他，能修吗？"

　　白述年闻言，停顿片刻，随即择下一片菜叶："跑了几家，说琴旧了，不好修。"

　　"那还能弹吗？"

　　"能，就是音色不好听。"

　　"哦。"

　　她重新走回客厅，徐念正好买完菜回来，提了两手。

　　许苓茴上前去帮徐念拿，白述年听到动静也出来，拎过两人手中的东西，沉得很："妈，你买这么多菜做什么，我们就三个人。"

　　徐念走得气喘吁吁："苓茴第一次来，当然要给她多做点。"

　　许苓茴不好意思："阿姨，我吃不多的，也不挑，您不用太费心。"

　　"阿姨手艺好，保管你今天吃撑了也想吃。"

　　"麻烦阿姨了。"

　　"不麻烦，你去坐会儿，很快就可以吃了。阿年，你带苓茴逛逛家里。"

　　白述年一点也不想："就几十平方米，有什么好逛的？"

　　徐念"啧"一声，骂他没有一点男孩子样："带苓茴去看看你种的花。"

　　许苓茴看着他的眼睛里多出一点惊讶，这人怎么什么都会。

　　白述年不情不愿的，把东西拎进厨房又出来："走吧。"

　　许苓茴说："阿姨，我们等会儿再来帮您。"

　　徐念笑眯眯道："不用，我一个人能行。"

　　白述年的小花园在正厅后面，一块小空地上。四周用一圈矮篱笆围起来，靠篱笆的地方铺着三层红砖，每层差两块，错落地摆着许多陶瓷花盆，颜色不一，凑成了彩虹色。

　　白述年打开篱笆门，让她进去。

　　许苓茴沿着篱笆走一圈看下来，每盆花都被养护得很好，没有多余的枝叶，花瓣在冬日里，也开得鲜艳。但十来种花里，她只认识梅花。

　　她问在给花浇水的人："除了这盆，其他都是什么花？"

　　白述年顺着声音望去，见她停在一盆红梅前，转过头，继续手里的动作，状似无意地调侃:"学霸也有盲区了?"

　　许苓茴没想到有一天能被他噎住,想了半晌,觉得怎么回都不对,斜一眼他的背影,掏出手机来查。学霸有盲区,但学霸有手机。她将图片和原物对照许久,只认出两种。正想找第三种,白述年过来让她挪个位置。

　　许苓茴终于找到机会发难,组织好的话还没出口,就听身边的人说:"这是茶花,喜温喜湿,冬季浇水要用与室温相近的清水,喷洒叶面。"

　　许苓茴到嘴的话全咽下去,她指旁边另一盆黄色的花,问:"这个呢?"

　　"迎春花,又叫素馨花、探春花,喜光耐寒耐旱,比较好养。"

　　接下来不用许苓茴提问,白述年径自给她介绍:"这是海棠花,先秦时期就有记载,在唐朝被视为'百花之尊'。喜光耐寒忌水湿。"

　　"这是萱草,也称'忘忧草',属百合科,喜阳喜湿耐寒。"

　　"这是玉簪……"

　　"这是三色堇……"

　　"这是芍药……"

　　白述年把每种花的习性都大致和她说了一遍,最后一种说完,他见她在那儿掰手指。他暗自笑了笑,随手指一种,问:"这是什么花?"

　　许苓茴回忆着,半晌没答上来。

　　"这是迎春。"

　　"迎春。"她点头,呢喃几遍后,才反应过来,为什么要被他牵着鼻子走,"白述年,你……"

　　电话铃声响起,许苓茴停住,不打扰他接电话。

　　白述年放下洒水壶,接起电话,是KASA那边打来的,让他过去搭把手。

　　"我得出去一趟,你先进去吧。"想到什么,他多加一句,"别和我妈瞎说。"

　　许苓茴"哼"一声,她能瞎说什么。

　　她回到厨房,给徐念打下手,两人做好饭,白述年还没回来。

　　等了好一会儿,还没见着人,徐念说:"苓茴,不等了,我们先吃。"

　　许苓茴探身往外看:"阿姨,还是等等吧。"

　　"没事,我给留起来就好。这孩子不知道在做什么,经常一个电话就被叫走了。"

　　许苓茴猜应该是被KASA那边叫走,但徐念应该不知道白述年在兼职:"阿姨,他没和您说,他在做什么吗?"

　　"说了,说在帮之前暑假兼职那个老板做点算账的事,具体也没和我说,我见他没影响到学习和身体,就随他去了。"

　　徐念给她盛了碗汤:"来,苓茴,喝碗山药排骨汤,补补身体,看你瘦的。"

　　"谢谢阿姨。"

　　他们三个人吃饭,徐念做了五个菜,都往许苓茴面前摆,一面给她夹菜,

101

一面和她闲聊,浑然看不出两人才认识不久。

受徐念感染,许苓茴也热情地和她搭话。许苓茴和林微吃饭时,从没说过这么多话。林微总告诉她,食不言寝不语,饭桌上要有规矩。可徐念不是这样,徐念陪她说话,给她盛饭添汤,一顿饭下来,脸上都是笑容。

"阿姨,谢谢您。"放下筷子,许苓茴眼眶有些热,从外公那儿回到林微身边,她好久没吃过一顿热闹的饭了。

"这孩子,这有什么,你要想吃,以后常来,阿姨给你做。"

"谢谢阿姨。"

徐念拍拍她的手:"你再坐会儿,等阿年回来了,让他送你回去。一个女孩子,大晚上的不安全。"

"不用了,阿姨,我自己打车回去就好。"

"不行,就当再陪陪阿姨。"

许苓茴推辞不过,和徐念喝茶闲聊,等到白述年回来。

这么晚,见到人还在,白述年有些惊讶,他以为她吃完饭就会走。

徐念叫他:"阿年,有些晚了,你先送苓茴回家吧,我给你热菜,回来就能吃。"

白述年看看他妈,又看看许苓茴,倒也不好奇这么短时间,徐念表现出来的对许苓茴明面上的喜欢。这人惯会装乖巧,他妈正巧吃这套。

"不用,我回来自己热,你先去睡吧。走了。"最后两个字,他对着许苓茴说。

"阿姨,那我先走了。"

徐念叮嘱:"路上小心,有时间多来啊,苓茴。"

"好。"

许苓茴先走出门,白述年在后头牵了辆自行车出来。他跨坐在上面,单脚撑地,说:"上来。"

"什么?"

"这儿不好叫车,载你回去。"白述年踩的是辆老式自行车,车身黑漆,车头和座椅之间连着一条横杆。这种车有些年头了,但这辆看着很新。

白述年见她一直盯着车头看,没有要上来的意思,不解地问:"你想坐前面?"

"啊?"

"不然你老盯着看干吗?"

许苓茴一阵语塞,她只是觉得新奇。

"这自行车很多年了,前头坐不了。"

许苓茴澄清:"我没想坐前面。"

白述年脖子往后转了转:"那赶紧上来,我还没吃饭。"

许苓茴把视线移到他脸上,她猜,他现在巴不得自己说出一句不用他送,但她偏不。

她走到车左边，侧身坐上去："好了，走吧。"

白述年躬身踩踏板："有些路会有积雪，抓好。"

"抓哪里？你的腰吗？"

他穿着羽绒服，风灌进去，撑开了衣服，遮住了他的腰身。

许苓茴想起，他在KASA唱歌时，每回都穿得单薄，衣服还是修身的，完美展现出他这个年纪的身材比例。可惜了，当时她只顾惹毛他，没来得及多看几眼。

前边，白述年忍耐的语气被风吹散许多："抓座椅。"

许苓茴故意说："铁杆子，很冷哎。"

"那就摔下去。"他十分冷漠。

许苓茴怀疑他在报之前的仇，但她现在不清醒，找不到话来反击，于是安静下来，只在给他指路时出声。

冬夜里安静，老自行车在呼呼风声里咯吱咯吱地响，让许苓茴不由得担心，它随时会坏掉。她发现白述年家有许多老旧的东西，老房子、旧吉他、老式自行车，但每样东西，都保存得很好。她想得入神，也不知是什么时候把话说出来的，等反应过来，白述年已经在回答她的问题了。

"老房子是祖业，一直在那儿住；吉他是我爸年轻时玩的，他留给了我；自行车是我妈的嫁妆，她很宝贝，所以东西都保存得好好的。"

许苓茴小声喟叹："真好。"每一件东西都被时间赋予了意义。

许苓茴家离老街那边有段距离，白述年骑了四十多分钟，才隐隐看到小区门口的石雕。再骑了一段，许苓茴让他停下。她跳下自行车，说自己走进去。

"你路上小心。"

"嗯。"

"那个，谢谢你送我回来。"

"嗯。"

"你走吧。"

"再见。"

许苓茴见他一副巴不得快点离开的样子，话音落下就调转了车头。但他没走，回头看了她一眼，说："你先进去。"

"嗯，再见。"

许苓茴裹紧衣服，进了小区大门。她没听到自行车咯吱咯吱的声音，知道他还没走。

她笑了笑，小跑着上楼。到家，打开门，客厅一片漆黑。她放下书包，拿出一晚上没看的手机，林微并没有给她打电话。在她意料之中，但视线在触及空白的通知栏时，她的眼睛依旧黯了黯。她轻手轻脚地推开林微的房门，床铺一片整洁。她知道，林微晚上不会回来了。

她打开客厅里所有的灯，转身进了房间，洗漱睡觉。

翌日周一，许芩茴迟了十分钟到教室。她昨晚没睡好，早上起来头痛得很，携着满身疲惫紧赶慢赶到学校，还要强撑着笑容，回应关心她伤势的老师和同学。

在座位上坐下，她还气喘吁吁，旁边白述年递来两张卷子，是上周六她给他加的"餐"。

许芩茴没接，大概扫了一眼，说："瞎写的我可不批。"昨晚送她回家再折返回去，估计也得十点了，他肯定不会老老实实地写完两张满是文字的卷子。

白述年无语地斜她一眼："昨天下午写的。"

许芩茴拿起红笔批改。

大半个月的补习还是有效果的，卷面上不再是一片红色的叉。

语文她没办法给他讲得深，只将一些做题套路交给他，让他模仿。文言文部分她把自己整理的一些字词释义复印一份给他。

英语她讲得多一些，两周下来，把必考的语法都给他捋顺了，但今天的卷子他还是有几处写错了。她让他靠过来，把几个错误的地方给他讲一遍，末了找了几道类似的题目，让他当场做。

她左手操作，练习册放得靠左边，白述年挨过去看，看着看着，不小心碰到她的右手，她手一抖，倒吸口凉气。

白述年立马撤后身体，有些紧张："抱歉，没事吧？"

痛感倒不明显，她只是条件反射："没事，不痛。"

白述年松了口气："医生有说你这要吊多久吗？"

"两到三周。"

"要去复诊吗？"

"额头需要。"

白述年斟酌许久，还是说："什么时候去，我送你？"

许芩茴有些不相信："你要送我？"

"嗯。"她的手，一半是因为他伤的，虽然有周日早餐之约，但他心里还是有些过意不去。

"行啊，下午放学去。"

"好。"

看出白述年对她还有愧疚，放学后去医院，许芩茴一路折腾，不是坐不好就是掉东西，到医院也没让他休息，使唤他跑腿买水拿药，把人累得够呛。

原本十几分钟换个药，愣是让她拖成了一小时。

回去的路上，许芩茴抓着自行车座椅下沿，问："白同学，我今天表现得怎么样？"

蹬车蹬得费力，好半晌，白述年才回道："下回坐公交车来吧。"

许苓茴没让他回避她的话："不觉得我很坏吗？"

"觉得。"

"那你还陪着我干吗？"

"等你伤好了。"

许苓茴轻笑："白述年，你看到了，我本质上并不像我平时那样，我会故意捉弄人，会说很难听的话往你心口上戳刀子，我还会撒谎，会阳奉阴违，什么事我都敢做，什么事我都会做，我不是他们口中，那种完美的孩子。这样的我，你觉得有帮我隐瞒的必要吗？"

白述年默不作声，将她送回家，把车头挂着的药拿给她，嘱咐她按时吃药。

许苓茴不接，继续先前他没有回应的话题："我刚刚的话，你没听到吗？"

白述年把药塞进她怀里："听到了，但那是你的事，和我无关。"

他撂下这句，骑车离开。

许苓茴魂不守舍地走回家，今天林微在家，打开门，扑面而来一股饭菜香。

"苓茴，回来了。"林微迎上来，替她拿下书包，"可以吃饭了。"

许苓茴神色冷淡地看林微，眼眸垂下时，看见林微锁骨处一块玫红，她移开眼，淡淡地应声"好"。

母女俩在饭桌前坐下，林微给她盛了碗汤。同样是山药排骨汤，但她吃不出昨天的味道。

林微没和她说起复婚的事，她也没问。直到她吃完饭，要去洗澡，林微才叫住她："苓茴，妈妈和爸爸，明天要去民政局了。"

她点头，表示知道了。

"岁岁和晏清会来，你也来，好不好？"

许苓茴费劲地扬起微笑："我明天要上学的，妈。"

林微和她商量："就请两个小时。"

"请不了。"

林微退一步："那回来之后，妈妈收拾东西，我们要搬回去，你也早点回来收拾。"

许苓茴摇头："妈，我不反对你们复婚了，但是我不会搬回去的。外公说，这套房子，他准备过户给我，你回去吧，我自己在这儿住。"

翌日上学，一进教室，许苓茴就听到班长在组织人捐钱。

许苓茴听得迷糊，拉了一个同学问捐给谁。

"刘薮。她妈妈出了车祸，伤得很严重，她已经一周没来上学了，昨天回来申请休学，杨老师不让，说会联系学校给她想办法的，今天就让我组织大家，看能不能给她筹一些。"

105

许苓茴认识这个人,她们以前同班,交集不多,印象里是一个很文静很腼腆的女生,学习成绩很好,班里排名第二。她知道刘薇家里条件不好,每学期都会申请助学金,但刘薇的家庭很幸福,每回开家长会,父母都是一起来的。

她隐约记得,刘薇的妈妈是个很爱笑很温柔的女人,开家长会时,都紧紧牵着女儿的手。

许苓茴还沉浸在回忆里,班长在她耳边问:"苓茴,你要捐多少呀?"

她抽出书包夹层里的两张百元钞票,递给班长:"不多,能帮一点是一点。"

班长点头:"是啊,刘薇那么好的人,大家也都愿意帮她。"

说完,班长和副班长清点数目去了。

许苓茴回到座位,白述年已经到了,两人的视线撞到一块儿,但想起昨天的事,又默契地移开,一早上没说话。

上午第三节,在上数学课,杨盈突然来敲门,喊了许苓茴出去。

许苓茴在一众探究的目光中出了教室,问杨盈有什么事。

杨盈说:"苓茴,你妈妈来了,在校门口等你,让你过去一趟。"

许苓茴脸色一僵,告别杨盈,往校门口跑去。林微今天自己开车,见许苓茴出来了,连忙下车。

"苓茴。"她看见女儿疏离的表情,心下有些慌。

许苓茴冷冷地问:"要去民政局了吗?"

林微点头。

"外公知道了吗?"

林微摇头。

"哦,那你想告诉他时再说吧。"

林微被许苓茴这副冷漠的样子刺痛,朝她走近几步,她伸出左手来挡住,林微只好停住:"苓茴,你真的不陪妈妈去吗?"

"我还要上课。"

"苓茴,你的成绩很好,缺一两个小时不碍事的。"

许苓茴终于不留情面:"可我不想去。"

林微讶然:"苓茴,你怎么了?你从前不是这样,你最听妈妈的话了不是吗?这么重要的日子,你不能不在妈妈身边。"

"不,我从来就是这样的。"许苓茴突然觉得轻松,"我不会陪你去,也不会搬回许家,真正的许苓茴,从来就不是一个听话的孩子。"

林微用了十多年,把她培养成一个在外人眼里完美无缺的孩子,但长年累月的逼迫铸就了她的反骨,她今天就把这层外皮撕下来,让林微瞧瞧里面的一身反骨,但她的勇气,也只到这儿了。

她转身,进了校门。还有一节课,她没有回去上,一个人沿着校道走了许久。她出来得急,外套没穿,在风里走着,也不觉得冷。

最后一节下课铃响起时,天突然飘起小雪,细小的雪花落在她脸上,化了之后,两颊湿漉漉的。她终于走累,在石阶上坐下,脑袋搁在双膝上,眼睛盯着地面看。

良久,视线里出现一双灰色的鞋子。

"不怕冻死?"

开口就没好话,却让许苓茴猛地砸落一滴泪。

但她很快擦去,站起身:"白述年,阿姨是不是不知道你在KASA兼职?"

白述年这才记起,他忘记让她保密了:"是。"

"如果她知道了呢?"

白述年眉一皱:"许苓茴,你别插手我的事。"

"如果我非要呢?"

白述年的眼神逐渐变冷:"许苓茴,你欺人太甚。"

许苓茴嘴角微瘪,笑容无辜极了:"我是好学生,怎么会欺人呢?"

白述年盯着她看,久久不出声。

许苓茴说:"答应我一件事,我就替你保密。"

他隐忍着:"说。"

"把昨天我和你说的话,原原本本,告诉所有人。"

白述年猜到了,他冷笑一声,问:"告诉他们又能怎么样,他们在乎吗?许苓茴,自己戴上去的面具,要自己撕下来。"

他将带出来的外套丢给她,留给她一个背影。

许苓茴披上衣服,又在台阶上坐了许久。白述年的话在她耳边一遍一遍地回响。

——"告诉他们又能怎么样,他们在乎吗?"

她不管他们在不在乎,她只是不想继续装下去了。她觉得自己是天生的演员,在父母、老师和同学面前,她是一个循规蹈矩、成绩优异、多才多艺的乖乖女。她扮演着成年人眼中,孩子应该有的模样。因为林微对她说,只有足够完美,才能从别人那里,得来多一分喜欢与赞赏。但她知道,"别人"主要指的是许怀民。

曾经她也以为,只要达到林微口中的完美,一些错误的原因就不会归咎于她。直到许怀民再次出现,她才发现,自己努力多年的完美,在他一句"回来吧"面前,几乎不堪一击。

所以,她不想再装了。但她懦弱极了,她不敢亲自去打破这十几年来建立的许苓茴的形象。

而白述年,这个误闯入她生命的人,让她的人生轨迹偏了航,但就如她和喻初说的,她不敢做的事,他能替她做到。

第五章 如果我反抗

许苓茴在外面坐到快上课,才拖着冻僵的双脚回教室。从楼梯间出来,拐个弯进了走廊,她看到墙角多出个红色的箱子,上面贴着"捐款箱"三个字,旁边的A4纸上的内容写的是捐款事由。

许苓茴扫了一遍,知道这是给刘蕨妈妈的。

她透过透明隔板,看见捐款箱里只有一沓薄薄的纸币。

她跑回教室,不一会儿又跑出来,手中多出个钱包。她打开钱包,抽出里面剩余的所有纸币,全部塞进箱子。她希望记忆里那个温柔的母亲能够好起来,然后给自己女儿一个幸福的家。转身朝教室走去时,她将手里的钱包丢进垃圾桶里。那是林微送她的十八岁生日礼物。

下午放学,她给喻初打电话,两个人约在KASA见面。她身无分文,打不了车,只好一路走过去,到KASA时,腿软地跌坐在沙发上。

喻初被她虚弱的样子吓了一跳,连忙将人扶起,问她怎么了。

许苓茴有气无力地说:"喻初,我好饿,今天一天没吃东西,刚刚还是走过来的。你先给我找点吃的,我快晕了。"

她的语气听不出什么情绪,但她的脸色实在难看,喻初没敢问别的,先喊人给她弄吃的。

小应把菜送过来,托盘里放着许苓茴爱吃的几样。

看见她的手,小应想起白述年误会她那事,心里有些愧疚:"苓茴姐,上周述年哥的吉他是我不小心摔坏的,我没来得及和他说,让他误会你了,还把你的手弄伤。对不起,苓茵姐。"

许苓茵听他一口一个"苓茵姐"叫着,又垂着脑袋,一副犯错求原谅的可怜模样,也说不出什么重话来:"没事,我的手不碍事。"

"那你也别怪述年哥,行吗?"

许苓茵的笑容淡去一些:"我也没怪他。"

小应喜出望外:"谢谢苓茵姐!我给你拿饮料。"

小应从柜子里拿出上周喻青刚放进去的一瓶饮料,他拿出两个杯子,摆在两人面前,瓶子有些重,他双手托得费力。

"小应,你的手怎么了?"许苓茵看见他托着瓶底的右手在颤抖,疑惑地问他。

小应一怔,快速把饮料倒满,放好瓶子,双手背到身后去:"啊?没啊没啊,这饮料太重了。"

许苓茵和喻初对视一眼,微微点下头。

喻初趁他不注意,握住他的上臂,将他的右手拉到两人眼前。

小应神色慌张,连忙挣扎,想把手缩回去,嘴里不断说着"没事没事"。

许苓茵拉起他的衣袖,在细瘦得只剩骨头的手腕偏上的位置,看到了一大块瘀青,像是被人用手捏的,又像是被重物砸的。

许苓茵和喻初皆是一惊。

"小应,这是怎么回事?"喻初着急忙慌地问。

小应又低下头去,嗫嚅道:"是……是我干活不小心砸到了。"

许苓茵弯下腰,去寻他的眼睛,反问:"真的吗?"

"真的。"

"那为什么不敢让我们看?"

"我怕……我怕,喻初姐会嫌我笨手笨脚,不让我在这儿干。"

许苓茵侧眸瞥了喻初一眼。

喻初语气急切:"我像是那么狠心的人吗?员工受伤了还把人赶走?"

小应干巴巴地笑。

喻初安他的心:"你放心,只要不是你不想干,KASA让你待一辈子都成。"

"谢谢喻初姐!"

"好了好了,快去找点药擦擦,今天就别干重活了,我和老欧说,给你休假。"

小应不想麻烦喻初:"不用,我可以干点轻的活。"

知道他不好意思白拿薪水,喻初便随他去:"那你小心点啊。"

"好。"

许苓茵看着小应离开,瞧不见他的影子了,才在喻初的催促下拿起筷子。她饿狠了,完全没了以往的饭桌礼仪,狼吞虎咽起来,半个小时,就将几盘菜吃得精光。

喻初没动筷子,在一旁看许苓茵吃,看着看着,眼睛止不住地泛酸。她不知道该怎么形容许苓茵现在的样子,好似解脱,又像是自暴自弃。

她别开脸,胡乱擦了擦眼眶,这才转过来,状似无意地问:"我中午去找你吃饭,你不在,去哪儿了,连饭都没吃?"

许苓茵把嘴里的食物咽下,灌口饮料清嗓子,说:"我妈来找我了。"

她沉默片刻,又说:"他们复婚了。"

喻初震惊,她知道这些年许苓茵的父母又走到一起的事,但没听许苓茵提起过他们要复婚。她小心翼翼地问:"阿姨没和你商量吗?"

"算是商量了吧,但我的意见不重要。"许苓茵把这段时间的担忧化作一句轻描淡写的话。

喻初问:"那你打算怎么办?他们复婚了,你们得搬回去吧?"

"我和我妈说过,我不搬。"

"阿姨能同意?"

许苓茵摇头:"我不知道,但我不想回去。喻初,你知道的,我没法原谅他。"

喻初和许苓茵认识多年,知道这些年她是怎么过的,也知道她没办法释怀许怀民做的一切。

"不回去就不回去,大不了我陪你住!"喻初拍拍自己的右肩,"你放心,我的肩膀,永远给你靠!"

许苓茵挪过去靠一下,抬头赞一句:"真踏实!"

喻初扑哧笑出来。见她吃完,让人收掉东西,又对着她受伤的胳膊开始唠叨。

这两天她们没见面,她还是经由白述年转述才知道许苓茵受伤的事。唠叨一阵,把该问的都问了,她才放下心,说下次复诊陪许苓茵去。

许苓茵应下,两个人靠在一起,聊起闲话。

没多久,演出开始,台上传来熟悉的歌声,今天是很舒缓的英文歌。

许苓茵不像以往,视线随着白述年而动。中午他们不欢而散后,下午一句话也没说过,但今天的练习,离开前她塞在他抽屉里,不知道他有没有去翻。没翻也无所谓,她今天疲惫极了,只想做一个什么都不管的许苓茵。

一晚上,她和喻初说话,就是没往台上望一眼,也错过了白述年隔一阵便落在她身上的目光。

待到十点半,喻初被喻青先叫回去了,说是有急事,她只好打消今晚陪许苓茵住的念头。

喻初一走,许苓茵一个人待着也没意思,收拾了东西也打算离开。走到路口准备打车,她才记起自己忘记向喻初借钱了,只好重新走回去,打算和店里其他人先借点。"

她才转身往回走出几步，便瞧见停在她身后的人。白述年坐在自行车上，隔着三五米的距离，和她对望。如果距离远点，许苓茴不会自作多情地去想他是跟着自己的，毕竟他们中午才小吵过一架。但他们之间就隔着十秒可以走完的路。

不知道他为什么跟着，但许苓茴多少还有点情绪，冷着脸，没好气地问："怎么，不怕我去向你妈告状了？"

白述年没有回话，一动不动地望着她。

细雪从下午开始就没断过，小小的雪絮在昏暗的灯光中缓缓落下，飘在他们脚边，最后与地上的薄雪融为一体。他们在公交站牌这儿，这是他们第一次认识的地方。周围只有一盏许久没换过的灯，光线明明暗暗，打在他们身上，在雪地上映出一道长长的影子。

两人皆站着没动，风却把他们的影子吹得一晃一晃的。

白述年踩起自行车，在离她半米前停下，依旧是看着她，没说话。

许苓茴搞不懂他要做什么，眼底有了愠怒："问你话呢，不吭声算什么？"

"不怕。"

原先她说出那话时，他是担心的。以往比告状更恶劣的事，她不是没做过，所以那会儿他才会说出那两句比较重的话，但是在走廊，看到她把钱都塞进捐款箱，又看到那只被丢弃的钱包，他就知道，她不会那样做。

细想了一下午，他大概也清楚，她那样说，无非是知道家庭、父母对他的重要性，想激他一下。或者说，从认识到现在，她所做的对他不好的一切，不过是为了激怒他，好让他一气之下，帮她把那层面具撕了。而每一次惹恼他之后，她又会偷偷做些事来补偿。补习、感冒药、一笔一画整理的笔记，都是她无声无息的道歉。他不知道她为什么会有这样的性格反差，但他猜多数是与她的家庭有关。她渴望亲情，所以她不会毁掉别人的亲情。

他斩钉截铁的"不怕"，倒叫许苓茴愣住了。

还没想好用什么话来回应，他先开口："上来吧，送你回去。"

许苓茴脱口而出"不用"，语气听起来倒像是在赌气。

"那我给喻初打电话，说你还在外面。"

他说着就要拿出手机，许苓茴瞪他一眼，让他把手机收回去，这才慢吞吞地走到后座，踮脚坐上去。

"坐稳了。"

"嗯。"听起来不情不愿的。

不知道第几次在他面前落了下风，许苓茴心里的气没处撒，平日里会化作言语刺激前面那人，现在却是觉得浪费口舌。和第一晚送她回家一样，两人没有交谈，一路上只有车轮的咯吱咯吱声。

111

到小区门口，许苓茴跳下车，谢谢也不说就往里走。想到什么，她又匆匆跑出来，脸色依旧谈不上好："小应手上有伤，他说是干活时被砸到的，我看着不像，你记得问问他。"

白述年嘴唇微动，还没来得及说什么，就见眼前的人一溜，麻利地跑进去了。他看着那道小跑的身影，无声地笑了。

从许苓茴家回去，白述年没急着往家里赶，他踩着自行车，路过自己家，往小应家去。

小应家院子还亮着灯，白述年停下车敲门，里面传来醉醺醺的嚷嚷声。他站到一边等。几分钟后，红漆木门被打开，小应穿得单薄，走出来，见是白述年，有些惊讶，悄悄把挽起的袖子放下。

"述年哥，这么晚你怎么过来了？"

白述年倾身往屋内看了眼，院子里的平地上又摆了几十个酒瓶，浓厚的酒气被风吹散，沿着门缝飘出来一些。他收回目光，状似无意地往小应的手腕上瞟："吃过饭没？"

"正准备做。"

"别做了，去我家吃吧，我妈给我留着菜。"

小应摇头，朝里面指了指："不了，述年哥，我随便吃点。"

白述年拉起他的胳膊："还剩很多，我一个人吃不完。"

他扯着人往外走，大概是碰到小应的伤口，小应疼得缩回手，闷哼一声。

白述年松开小应的手，问："怎么了？"

小应将手垂至身侧，神色如常地说："没事。"

"受伤了？"

"没有啊。"

"伸出来我看看。"

"真的没事。"

"伸出来。"

白述年的表情和语气一变严肃，小应就听话地捋起袖子，将右手伸出去。

小应家门前的路灯有些暗，白述年打开手机电筒，照着他的伤口看。瘀青有两指宽，中间呈紫黑色，边缘泛青，不是磕到碰到那么简单。

"怎么伤的？"

小应沉默。

"你爸打的？"

小应轻轻点头。

白述年拧紧眉："为什么？"

小应把手抽回来："我把钱拿去还债了，没有给他，他喝醉了打的。"

白述年静站了几秒，突然变了脸色，用力推开门，大步往里走。小应连忙将他拦住,把他拖回门口。

"述年哥,你冷静点!"

白述年怕弄到小应的伤口,不敢用力挣:"我再冷静,你就要被他打死了。"

小应急切地说:"不会的述年哥,我会躲的,他这回是要砸了我妈的遗像,我才没躲过。"

白述年死死抿紧唇,手也攥得紧紧的,小应拖着他,感觉在拖一块冷硬的石头。

"述年哥,我真的没事,你别去招惹他。"

白述年往风口上站,让冷风吹灭一些冲动。等心里一股气降下去后,白述年把来的路上买的红花油递给小应:"多搽几遍,这两天别动到手腕。"

小应接过红花油,说"好"。

白述年又静站一会儿,待火气完全消下去了,才拍拍小应的肩,不放心地叮嘱:"记住,有什么事一定要来找我,不要硬扛。"

小应眼眶微红,一个劲点头。

白述年再次嘱咐:"记住了,不要硬扛,两个人扛总比一个人好。"

"好。"

白述年牵着自行车调转车头:"我先回去了,这两天不忙就去我家吃饭,别一个人省着舍不得吃。"

"好。"

"进去吧,吃完早点睡。"

"好,述年哥你也是。"

"嗯。"

小应没进去,望着白述年离开。直到瞧不见影了,路灯下只有白茫茫的雪,他才笑着呢喃:"两个人扛,两个人也扛不了啊。"

他伸手出去,接不到雪,才意识到现在没有下雪。他收回手,进屋关门,屋内又响起掺着酒气的骂骂咧咧声。

许苓茴回到家时,家里灯火通明。

玄关处,有几个封好的箱子,鞋柜上的鞋子少了一大半。她当作没看到,若无其事地换了鞋,走进客厅。林微坐在沙发上,在等她回来。

林微看了眼墙上的挂钟,语气有些不好:"苓茴,你这几天,怎么回来得这么晚?"

许苓茴朝房间走,低声回答林微的问题:"和喻初出去了。"

换作以前,林微会以半是严肃半是担忧的姿态,让她以后记着早点回家,但今天却没说什么。

许苓茴打开房门,几个平日被收在柜子里的行李箱摆在过道上。她面色一冷,将门敞开,转身面对林微,问:"妈,这是什么意思?"

林微走过去,擦着她的身体进房间,打开行李箱。晚上林微只是把箱子拿出来,没有给她收拾东西:"明年你就要高考了,还是回去住,妈妈能照顾你。"

许苓茴把两个没开的箱子推到后头:"我成年了,可以照顾自己。"

"在你没上大学之前,你在妈妈眼里,就还是小孩子,需要人照顾。"

许苓茴拦住林微拿衣服的手:"妈,我不会住过去的。"

林微停住动作,长叹一声,覆上许苓茴的手背:"苓茴,我知道你还在怪你爸爸这些年对我们不管不顾,但他现在知道错了,我们难道不可以给他一个弥补的机会吗?"

"不可以。"

林微被许苓茴决绝的语气惊住,记忆里,女儿从没这样反对过她的话,从来都是她说,女儿照做。

"苓茴,你究竟是怎么了?你不是最听妈妈的话吗?"

"如果他没有出现,我还是会像以前一样,做一个听话的孩子,哪怕要装一辈子。"

林微不可思议地看着许苓茴,她无法相信,对自己百依百顺的女儿,居然有一天,这么明目张胆地违背她的意思。她挣开许苓茴的手,将许苓茴的校服丢进行李箱:"如果我非要你跟我过去呢?"

许苓茴轻轻笑了下,拿出手机,调出一个号码:"那我让外公跟你说吧。"她的手停在拨通键上,还没触到,手机就被林微一把打掉。

林微动气,胸膛起伏着:"苓茴,你是要拿你外公威胁妈妈吗?"

"妈,对不起,如果你非要让我住过去,我只能让外公帮我。"

林微却突然示弱,她眼里盈满泪珠,哀伤地看着许苓茴,随后扶着衣柜瘫坐在地上,一边哭,一边笑:"我林微这大半辈子,活得真是可怜。十八年前,丈夫不爱,每天守着空空的房子,守得差点抑郁。十八年后,好不容易能和爱的人重修旧好,女儿却不愿意陪在身边。看来那年你外公给我求的签没说错,我这辈子,注定不能圆满。"

她由小声啜泣,逐渐哭得大声,眼泪流了满脸。

许苓茴从没见过林微哭成这样,和许怀民离婚那年,林微只大闹了一通。后来逼迫她做一些她不喜欢的事,也只是用一种示弱的语气让她顺从,从没这样哭过。

许苓茴有些慌,蹲下去,抓住林微的胳膊:"妈,对不起。"

"苓茴,当年生你的时候,我大出血,鬼门关捡了一条命,昏迷了两天,醒来后,养好身子,每天都在带你,因为我不想错过我女儿的每一个瞬间。你三岁那年,我带你出去玩,你调皮,趁我不注意去摘池塘边的花,差点掉进去,我把你拉住,自己却差点淹死在池塘里。后来和你爸爸离婚,妈妈逼着你学了许多你不喜欢的东西,但妈妈只是想让你变得优秀,也想让那个女人看看,我林微生的女儿,不比她女儿差。"林微突然握住许苓茴的手,握得紧紧的,"和你说这些,不是想展示妈妈有多爱你,父母爱子女,是应该的,妈妈只是想告诉你,妈妈不能没有你。"

许苓茴听不下去了,哽咽着打断林微:"妈,对不起,除了回许家,其他什么事我都答应你。妈,我求你,我真的不想回去。"

林微没说话,隔着朦胧的水汽,呆滞地望着她。

母女俩无声地坐了两个小时,最后林微妥协:"妈妈可以答应你,但是你要答应我三件事。"

许苓茴靠着柜子,身心疲惫:"你说。"

"第一,等你的手好了,继续去上艺术课;第二,考上岭安的重点大学;第三,每周回家吃一次饭。"

许苓茴毫不犹豫地答应:"好,我答应你。"

林微轻轻点头,朝她伸出手:"扶妈妈回房睡觉吧,妈妈累了。"

"好。"

许苓茴用左手扶起林微,让林微靠在自己左边身体上,右手动弹不了,她只好用右边肩膀挨着墙,承受林微压过来的力。

回到房间躺下,林微捏着发痛的额头,睁眼看时间,已经凌晨三点:"明天上午妈妈给你请假,你好好睡一觉吧。"

"好。"

回到自己房间,许苓茴把行李箱都收起来,简单洗漱后,躺在床上,没有半点睡意。直到天微微透出的熹光,穿过窗子跌落在她书桌前,她才迷迷糊糊地闭上眼。

再次醒来,天已大亮。

许苓茴穿戴整齐出去,客厅里静悄悄的,玄关处的箱子已经不见。她打开林微的房间,里头除了家具,其他东西全部不见了。

不知道林微什么时候走的,天亮那会儿她睡熟过去,没听到半点动静。

她关上房门,把一旁束起的门帘放下,灰色的帘子盖住十年的生活痕迹。

厨房的餐桌上,林微给她做了早餐,盘子下压着两张便利贴:苓茴,妈妈回去了,昨天睡得晚,早上就没喊你,起床后记得把早餐吃了。早餐店离家远,以后早上要早起一点,不要空腹上学。有什么事,要来找妈妈。答应妈妈的事,记得要做到。

许苓茴看完,把便利贴揉成团,丢进旁边的垃圾桶。

桌上的东西早就冷了,许苓茴拿起一块三明治,咬下一口,嘴里含混不清地说:"最后一顿早餐了。"

下午去学校，还没进教室，许苓茴被守在门口的喻初拉到走廊上。喻初将她上下打量一番，紧张地问："早上怎么没来？发生什么事了？"

许苓茴转一圈给喻初看，表示自己好得很："昨晚睡太晚了，早上就请了假。"

"昨晚和阿姨闹不开心了？"

许苓茴揪紧手中的书包带，神色落寞地点头。

"还是要你回去？"

"嗯，但我们达成协议了，答应她三件事，就可以不回去。"

喻初心一紧："让你答应什么了？"

"继续上艺术课，考上重本，每周回去吃饭。"

喻初松了口气，随即又为她抱不平："阿姨也真是的，这都什么关头了，又要你考重本，还要你上艺术课。这么折腾你干吗呀。"

许苓茴无所谓地笑了笑："没事，能不回去，做什么都好。"

"那从今晚起，你就得一个人住了？"

"嗯。"

"一个人行吗？"

"放心，我们小区的安保挺好的。"

"那一日三餐呢？"

"在外面吃。"

喻初郁闷地叹口气，抱住她的左胳膊，靠在她肩上："我舅舅现在盯我盯得紧，不然我就陪你住了。"

许苓茴伸出手指戳喻初的额头："可千万别，不然我还得照顾你这位大小姐。"

喻初不乐意了，伸手挠她痒："啧，嫌弃我呢？"

许苓茴笑着往后躲："没，我哪敢。"

喻初有意逗她开心，追上去挠她腰侧。许苓茴往后退，在喻初一声惊呼中撞上身后的人，那人扶住她的双肩，让她站稳。

抬头去看时，许苓茴的笑还挂在脸上："对不……"

见是白述年，许苓茴的道歉堪堪停在嘴边。

白述年放下手，看见她右手上的固定带移了位，出声提醒："小心手。"

许苓茴往旁边撤了几步，低低地"嗯"了一声。

喻初见到他们这样，以为许苓茴又把人惹恼了，给她递去一个谴责的眼神，留下一句"晚上一起吃饭"，就小跑回自己的教室。

剩下两人，许苓茴眼尾甩他一眼，拎紧书包，先他一步进教室。走到座位，她桌上有几张试卷，被人叠整齐放在右上角。

见白述年进来了，许苓茴别扭地问："这些什么时候交？"

白述年坐下,抽出做好的练习卷递给她:"后天。"

许苓茴直接丢了份答案给他,让他自己对。受到与前些天截然不同待遇的人,嘴角一抽。

今天是周三,放学要进行周测。任课老师在上面让人安静,准备发卷时,许苓茴惆怅地看了看右手,脸色凝重。

这些天手伤着,她做什么事都不方便,偶尔忘记而抻到,会有一下的刺痛,她担忧到竞赛前,手还没能好。

正想着要不要向杨盈请个假,就先听到旁边的人说:"要不待会儿我帮你涂卡,你把大题步骤用左手写一下,我帮你誊到答题卷上。"

这种有作弊嫌疑的做法,亏他想得出来,她无语地睨他一眼:"这是考试。"

白述年一副成竹在胸的语气:"考的是物理。"

许苓茴故意曲解他的意思:"怎么,看不上我?"

白述年以为她真听不懂,一本正经地说:"我不会抄你的。"

"行,你不怕被误会就好。"

试卷传下来,许苓茴把答题卡丢给他。

白述年写得很快,做完选择题没有检查,直接写大题。为了挤出时间帮她誊抄,大题的字他写得潦草。剩二十分钟时,他直接省去最后一小问的答题步骤,只留了个答案在纸上。

他将答题纸拢好,拿上去交。

折返回来,他拿过许苓茴的答题卡,给她使个眼色,示意她把试卷移过来一点。

记了前五道选择题答案,正要拿起笔涂时,台上老师突然喊他。

"白述年,你都交完卷子了,还在那儿做什么?"

白述年的笔一顿,他侧眸望向在一旁低头憋笑的许苓茴。他深呼了口气,丢下涂卡笔,站起来,傻憨憨道:"老师,我帮我同桌涂下卡,她的手伤了。"

许苓茴忍不住,趴在桌上捂嘴笑出来。

次日一个人从家里醒来,许苓茴起晚了。匆忙洗漱完,她习惯性地往厨房走去,餐桌上是空的,一瞬间,她的心也空了。

时间有些赶,她一路往学校跑,没来得及去买早餐。

踩着早课铃到教室,杨盈已经在组织同学下去跑操了。

让高三早起跑操还是校方昨天决定的,理由是这两周断断续续有学生在教室学习时晕倒。主任怕这种体质熬不到下学年,又知晓他们不会主动去运动,于是宣布将跑操重新捡起来。

许苓茴刚放下书包,就被班长拉下去。她回头看了眼自己的座位,白述年已经不在了。

想起昨天那人傻愣愣的模样,许芩茵还是忍不住想笑。她拉着班长跑快了点,想去前头看看他在不在,下了一层楼肚子就叫个不停。她捂着肚子,想着等会儿跑完得去趟超市。

高三年级二十个班,排满了半个操场。为方便他们跑步,操场上的雪都被扫干净了。

主任拿着话筒说了许多锻炼的好处,又给他们打了一番气,才下令今天先跑二十分钟。

白述年被高磊拉在他们班的最后一排,哨声一响,两人一起跑出去。高磊好久没和白述年瞎聊过,趁这会儿时间,他示意两人跑到外围去,和白述年唠嗑:"最近怎么样?和学委同桌,还习惯吧?"

白述年目视前方,不想说那些被许芩茵气到的糟心事,回答:"还行吧。"

高磊觉得他是在炫耀:"还行?你可是跟我们全年级男生心里的女神同桌哎,这叫还行?"

白述年听到"女神"两字,突然来兴趣了,虽然她的形象和能力,确实担得起"女神"二字:"怎么,许芩茵很出名?"

"能不出名吗?上次不跟你说了,人可是校园新四好学生,样貌好、学习好、家世好,又多才多艺,你不知道多少人私下羡慕你呢。"

他经常看到有其他班的男生在他们教室门口瞎晃,偶尔看到白述年和许芩茵两人凑在一块儿讨论题目,那些人眼底火光直冒。

白述年嗤笑一声:"她真有那么好?"

高磊夸张地说:"她就和电影里那个沈佳宜一样,不,比沈佳宜还好。"

白述年淡淡地说:"那你们有没有想过,这或许并不是她真实的一面。"

高磊停下来,狐疑地看看他:"你这是什么意思?"

白述年脚步未停:"接着跑。"

高磊跟上他:"你说什么真实不真实的?"

白述年打算替许芩茵测试一下:"如果你们眼中一个完美的人,并不像你们想的那么好呢?"

高磊不解。

"比如,她爱撒谎,爱欺负人,有心计呢?"

高磊一副"你疯了吧"的表情:"学委怎么可能会那样?"

"怎么不可能?人都是多面的。"

"谁都有可能,学委不会,她那么完美的人……"

这番言论让白述年觉得刺耳,他停下来,打断高磊,脸色有些严肃:"记住,每个人都不会是完美的,不要试图用你们认为的完美去定义别人。"

说完这句,他重新跑起来,留下高磊一脸莫名其妙地跟在身后。

跑了三圈下来,他们停在草地上休息。白述年平时在KASA跑来跑去习惯了,三圈跑下来都不怎么喘。

高磊扒着他,问他哪儿来这么好的肺活量。他笑说,练出来的。

等高磊缓过来后,两人往教学楼走。

走了一会儿,前头跑道上围着乌泱泱一群人,高磊指给白述年看,说:"那儿怎么围着一群人?"

白述年个虽高,但被一群人挡着,什么也看不清。

"走,去瞧瞧。"高磊拉着人小跑过去。

在一群人叽叽喳喳的讨论声中,白述年大概听清是怎么回事,有人跑着跑着晕倒了。

高磊拨开人群,顺着小缝看进去,白述年看到一条熟悉的固定带。他眉心一皱,跟着高磊钻进去,见到躺在跑道上的许苓茴,她倒下的方向压到一点她的右手。

他连忙拉开坐在她身边一直喊她名字的人,小心地将她的右手拿出来,再把人扶起来,屈起大腿让她靠着。

"许苓茴,许苓茴。"

她没有反应,但她的左手将胸前的衣服攥得紧紧的,喘气声很重,面部肌肉皱得很紧,面色泛青白,好似呼吸困难。

白述年把人扶成端坐,朝周围围了个水泄不通的人群大喊:"散开,都散开,让她呼吸新鲜空气。"

高磊也帮忙把哄闹的人群散开,空气终于流通一些。

白述年在她耳边喊着:"许苓茴,呼吸,慢慢呼吸。"

他不懂急救措施,也不知道该做些什么,只好将手放在她后背,有节奏地轻轻拍着,帮她顺气。等人脸色缓过来些,喘气声也变轻了,他将人背起,快步跑向医务室。

背上的人在颠簸中悠悠转醒,呼出的热气喷在他颈边,声音轻得仿佛要被风带走:"白……白述年?"

好奇怪,他身上并没有独特的味道,但是他一靠近,她就能感觉到是他。

"是我,许苓茴,你别睡过去,我带你找医生。"

许苓茴脑袋眩晕着,眼前一片模糊,但她能感受到身下这人的紧张:"你跑慢点,别摔着。"

接着,她眼睛一闭,又迷迷糊糊地睡过去。

许苓茴醒过来时,睁眼是一片被拉上的白色帘子。不知道睡了多久,她的头还有些晕,胸口像被什么压着,闷得很,身上也有气无力的。她扶着床沿坐起来,四处张望,最后目光落在桌上的白色药袋上。

她拿起来看,上面写着她的名字和服用剂量。她按着锡纸板,抠出两粒胶囊,边上的杯子里没有水,旁边也没有饮水机,她索性直接将胶囊丢进嘴里往下咽。

"许苓茴,你吃药不用喝水的吗?"白述年拎着东西,从外面走进来。

两粒胶囊还黏在喉间,吞不下去,被他冷不丁这么一吓,她止不住地咳起来。

白述年迅速把塑料袋里的矿泉水拿出来,拧开瓶盖,递给她:"喝几口咽下去。"

许苓茴猛灌了几口,喉间的痒意还没褪去,她咳出一小口水。

白述年抽了纸巾给她擦:"慢点,抢什么呢?"

许苓茴把水递回去,捂着喉咙咳起来。

白述年拍着她的后背:"别咳太厉害,待会儿又喘不过气了。"

咳了一阵,许苓茴的脸都咳红了,哑着声问:"我怎么了?"

白述年不答,先问她:"早上没吃饭?"

许苓茴在身后立起一个枕头,躺上去:"起晚了些,没来得及吃。"

"低血糖,没吃东西运动会晕。另外,校医说,你可能有轻微哮喘。"

许苓茴点头:"很久没犯了。"

知道有轻微哮喘,是她芭蕾舞考级那会儿,跳到最后感到呼吸困难,送去医院,被诊断出来。他们家族没人有这个病,医生说可能是后天引发的,身体状态不好,长久运动过量,这才引发哮喘。

后来她停了芭蕾,也没怎么做剧烈运动,这个病便被她慢慢遗忘了。

"校医建议你去医院检查一下,开点药。"

"知道了。"

白述年把袋子里的其他东西拿出来给她:"到这学期结束,每天早上都会跑操,记得吃早餐。"

许苓茴翻看几下,都是松软的面包,还有一瓶牛奶,问:"在超市买的?"

"嗯,这些比较好消化。"

"没有你平时吃的那个三明治吗?"

白述年一愣,没想到她还惦记着这个:"那是我妈做的。"

许苓茴随意选了一个拆开,吃了一半,越发惦记上周吃的那个三明治:"白述年,我反悔了。"

"什么?"

"上周末,你不是说每个周日给我带早餐,带到考试结束吗?"

白述年记得这个事:"是。"

"我反悔了。"她指着自己的右手,"每天给我带早餐,我们两清。"

白述年犹豫了半晌没答应,许苓茴加个条件:"我保证你高考时,英语和语文能比现在提高三十分。"

白述年不再犹豫了:"好。"

以后的早餐有着落,许苓茴开心了,原先觉得不好吃的面包也吃得津津有味。

吃完打算回教室,白述年拦住她:"杨老师给你妈妈打电话了,让她接你去检查,她让你在这儿等你妈妈来,不用回教室了。"

许苓茴一愣:"什么?联系我妈了?"

"嗯。"

"什么时候?"

"一个小时前,不过她说有点事,结束了马上赶过来。"

许苓茴穿鞋的速度更快了,但鞋带松了,她一只手,死活绑不上。她正想稍微用右手手指拉一下,面前的人突然蹲下来,替她把另一条鞋带拉上,打了个结。

白述年低着头,落在许苓茴眼中的,是他一头茂密的黑发。她看见他发丝间的细缝,看见他脑袋顶的发旋,有两个,拇指指甲盖一样大小。听外公说,有两个发旋的人都认死理,犟得很。

白述年系完起身,目光落在别处,语气不自然地问:"这么着急,要做什么?"

许苓茴还停留在刚才他帮她系鞋带的画面里,没听清他说什么。直到听到外面传来的"咚咚"声,她猛地抓住他的胳膊,说:"白述年,你带我去医院吧。"

许苓茴最近和医院颇有缘分,短短几天,她又来了一次。从诊室出来,她手里拿着一沓单子。

白述年上前问道:"医生怎么说?"

许苓茴说:"医生说,是我最近精神状态不太好,早上又空腹跑步,才会突然晕倒,让我做个检查,再开点药吃就好。"

"检查现在去做吗?"

"嗯。"

"那走吧。"

白述年拿了她手里的单子,去看在哪儿做检查。

许苓茴拉住他的衣角,说:"你先回去上课吧,我自己一个人可以。"

一个小时前还央他带她来医院,现在却让他走,白述年实在不懂女孩子弯弯绕绕的心思:"上午都是理科,不听也没事,我和杨老师说了,她知道。"

许苓茴松开手,挑了挑眉,脸色轻松,难得孩子气:"那就辛苦白同学了。"

检查做好,许苓茴顺便去骨科复诊,医生说下周可以拿掉固定带,再适当动一下,考试前恢复到写字程度没问题。

听她念着物理竞赛,白述年以为她很重视那场考试,随口问了句。

许苓茴十分嚣张地说:"我不重视一下,显得很不尊重你们。"

121

"这么有把握？"

"没算过，不过考不好也没事，我不缺那五分。"

白述年："……"

"你呢，你很需要这五分？"

白述年不否认："嗯，有这五分，我可以少背一点单词和古文。"

许苓茴笑出来，踮脚拍拍他的肩："白同学，五分算什么，我可以让你提三十分呢。"

她有这个自信，白述年可没有，他知道自己什么料，每科能提高十分已经是极限了，先前在她说了之后答应给她带早餐，是不想让她觉得自己轻易被她说动。

"那我可等着你让我提高三十分。"

"等着吧。"

医院人多，为免她碰到手，白述年让她找个地方坐，他去帮她拿药。

许苓茴随便找了个人少的位子，靠近柱子，上面挂着电视。

电视画面停在新闻台，黑底白字的新闻标题，亮眼得刺目。时代集团董事长携夫人出席新闻发布会。画面中，林微穿着一套杏色正装，挽着许怀民的胳膊，言笑晏晏地看向镜头。主持人报道着时代集团新动工的工程，和下半年做的慈善基金，最后称赞两人为模范夫妻。

许苓茴平静地看完这则报道，收回视线，心里在想，林微这回算是如愿以偿了吧。

两人在外面吃完饭才回学校。

见许苓茴要吃药，白述年将她的保温杯移过去一点，提醒道："喝水。"

许苓茴暗自翻了个白眼，她早上只是找不到水。吃完，许苓茴正打算给他讲昨天没讲的习题，杨盈却将她叫走了。

"苓茴，你妈妈等你很久了。"

许苓茴讶异："她没回去？"

杨盈摇头："一直在会客室等，午饭也没吃。"

"抱歉杨老师，给您添麻烦了，我现在过去。"

想起先前林微的脸色，杨盈叮嘱一句："和妈妈好好说。"

许苓茴先跑去超市，零零碎碎买了好些东西，拎着袋子又匆匆跑到会客室。她忘记自己早上还犯哮喘，停在会客室门口时，才觉得胸口一阵闷。

她深呼吸几次，又拍拍自己的脸，让脸色看上去红润些。她推开门，林微穿着电视上那身正装，坐在沙发上，手扶着脑袋。

许苓茴走过去，摇摇林微的肩膀："妈。"

她想起前天晚上那场对峙和林微的眼泪，面对林微时，一时还有些不自在。

林微拂开许苓茴的手,站起来,瞄到顶上的摄像头,说:"出去说。"
两人来到外面的走廊。
林微率先开口,语气中夹着不小的怒火:"你跟我说你可以照顾自己,你就是这么照顾的?"
许苓茴垂着脑袋,像个做检讨的孩子:"我起晚了,来不及吃早餐。"
"哮喘呢?你多久没犯过?"
"医生说是压力太大了。"
"苓茴,你是觉得妈妈以前逼你太紧,你现在都要反抗回来吗?"
"不是。"
林微提高了音量:"那你今天是做什么?晕倒了也不等我过来带你去医院,自己偷偷溜出去?"
还没上课,周围偶尔有学生走动,许苓茴不想惹来太多关注,侧下身将林微半个身子挡住:"妈,这是公共场合,你今天还上了电视。"
她这一提醒,林微才反应过来,缓和一下脸色,说:"苓茴,妈妈觉得你不能照顾好自己,还是搬回家住吧。"
许苓茴有些失望,林微总是要借点由头让她就范:"回去了你就能照顾我吗?时代集团的董事长夫人,能只是个相夫教子的家庭主妇吗?"
林微被她的话一噎,随即回复:"那儿还有阿姨,妈妈虽然不能亲力亲为,但妈妈能看着你。"
"妈,我们前天才说过的,你不要反悔。"
"苓茴,你就非得逼妈妈在你们之间做选择吗?"
许苓茴回想这些年来林微做的选择,选项里有她吗?有,但最终的选择从来不会是她。
"妈,你如果这样说,那你是不是要想一想,这些年来,你选过我吗?"
林微被她问得愣住,半晌没回答,似乎真的照她所说,在回忆这些年。
许苓茴把袋子放到林微手里:"你中午没吃饭,我给你买了点吃的,记得吃。快上课了,我先回去了。"
"苓茴!"林微叫住她,似乎想起些什么,声音里夹着哽咽。
许苓茴没回头,她怕看到林微的眼泪:"妈,答应你的事,我会做到。手好了我会去上艺术课,会考上岭安的重点大学,每周会回去陪你吃饭。我都记得。"
林微垂着脑袋,怅然若失地离开。
回到教室,白述年不在,许苓茴呆坐在座位上,盯着桌上的试卷看。
过了一会儿,白述年回来,坐下就对她说:"喻初刚刚来找你了,让你去KASA吃晚饭。"
许苓茴这才回过神,胡乱收起试卷,低低地应了句"嗯",随后又问:"你今晚去吗?"

"去。"

"那一起吧。"

"好。"

放学后,两人坐公交车去 KASA。车站挤满了人,往老街方向的车半个小时来一趟,这会儿等的人全挤上去。

白述年站在许苓茴右手侧,一面带她挤上车,一面护着她的手,最后只找到个靠近车门的位置。白述年让她往栏杆里侧站一点,右手不要被碰到。许苓茴听话照做,白述年将手横在她身前。

一车密密麻麻的人,空气沉闷得很,许苓茴拉低校服领子,问白述年:"你的自行车呢?"

"放 KASA 了。"

"怎么不骑过来了?"

"太远了。"

许苓茴小声嘟囔:"那也比挤公交车好多了。"

白述年听见了,没理她,抬头看了眼手边的窗子,问:"要不要开下窗?"

"什么?"

"闷不闷?"

"闷。"

"开不开?"

"不开。"

白述年瞟了她一眼。

许苓茴:"冷。"

白述年随她去,但还是趁她不注意,偷偷开了一条小缝。

半小时过去,两人终于从公交车上下来。到 KASA,喻初还没来,白述年也没到点上班,许苓茴便把人带到 26 号桌,给他讲中午来不及讲的试卷。

卷子有些难度,许苓茴讲了十几分钟,才给他讲清楚一个语法知识。见他明白了,还没转向下一道题,喻初的调侃在两人耳边响起——

"哟,两人挺和谐的嘛。"

旁边跟着小应,眼睛笑得眯成缝:"述年哥,苓茴姐。"

许苓茴放下笔,看着白述年,故作疑惑地问:"我们不和谐过吗?"

白述年额角一抽,懒得搭理她。

喻初接话:"那可多了去了。"

许苓茴直接丢个抱枕过去。喻初接住抱枕,笑眯眯地凑过去:"我说你最近是不是水逆啊?三天两头上医院的?"

"可能吧。"

"赶明儿我给你求个平安符，可别再出事了，我经不起你吓。"

见时间差不多，白述年收拾好东西，和她们说先去工作。

喻初把人拦住："我和经理说了，要请你和小应吃饭，今晚给你们放假！"她笑嘻嘻地补了句，"工资照发。"

许苓茴在一旁说："喻老板养了个败家外甥女。"

喻初扑过去，和她闹作一团。

过一会儿，菜上桌，喻初端着酒杯，敲了敲桌子："来来来，今天是我们四个人第一次一起吃饭，庆祝一下。"

许苓茴和白述年兴致缺缺，各自抿了口饮料，小应捧着她，起身和她碰个杯。

"第二呢，是这个……"想不出来词，她胡乱编造一个，"是去水逆饭，希望我们苓茴接下来顺顺利利的，不要再进医院了。"

许苓茴嘴角一抽，其他两人憋笑。喻初这个二货！

"行了，吃饭吧！"

许苓茴没什么胃口，吃了一点便停筷，在一旁看他们吃。目光停在小应身上时，她想起他受伤的手，询问道："小应，你的手怎么样了？"

小应冷不丁被点名，叼在嘴里的鸡翅还没啃完，他急忙丢下："好多了好多了，这两天不怎么疼了。"

许苓茴看一眼白述年，见他微微点头，便不再追问。

吃完饭，喻初提议玩卡牌，最先出局的人要为赢的人做一件事。这种游戏喻初和许苓茴得心应手，小应来KASA后时不时玩一玩，一窍不通的白述年最先出局。

一局游戏玩到最后，剩许苓茴和喻初，许苓茴朝喻初使眼色，喻初会意，瞪她一眼，故意输掉。

许苓茴得意地笑："白同学，输了哦。"

白述年愿赌服输："做什么？"

"用你的吉他，弹上次那首歌。"

"吉他有裂痕，弹出来不好听。"

"没关系。"

她已经在看吉他维修店了，只是想听听用一把有缺陷的吉他，弹出来的曲子是怎么样的。

"确定？"

"确定。"

他拿了吉他上台，片刻，熟悉的曲调响起。

带着一身野性的男孩又出现了。

没了林微的约束，许苓茴的生活过得很随意——白天上学，晚上去KASA

吃饭，吃完回家学习，如果时间空了就在KASA坐一晚，和喻初、小应聊天，听白述年唱歌。

去医院拿掉固定带的第二天，她重新去上美术班，画了幅画，但两周没动右手，画得比从前差许多。

周日中午，她按照和林微约好的回去吃饭。许家的司机一早就等在学校门口，见了她就喊"二小姐"，许苓茴没有回应这个称呼，只让他下回喊她名字。

自林微带她离开许家，她已经十年没踏进过许家别墅。除了外头的小花园，里面的格式布局和家具都被换过。不知道是十年前那个女人进来时换的，还是林微回来后换的。

周末，许怀民也在家，许苓茴疏离地喊了声"爸"，进厨房找林微，被他叫住。

许苓茴坐在离他最远的地方，问他有什么事。

她一脸冷漠，叫许怀民不自然起来，他抿了口茶掩饰尴尬，随后笑呵呵地问："苓茴，我听你妈说，你在那边住习惯了，不愿意搬回来，但是你一个人，可以吗？"

"可以。"

"要不要给你找个阿姨，照顾你的起居？"

许苓茴冷淡地拒绝："不用，我不喜欢家里有陌生人。"

"这样啊。"许怀民转了转腕表，"那你有什么需要，记得和……和你妈妈说。"

"嗯。"

"你妈妈在厨房，去找她吧，你们也一周没见面了，去和她说说话。"

许苓茴立即起身离开。许怀民望着她脚步匆匆的背影，长长地叹了口气。

厨房里，桌上已经摆了五六道菜，林微还在忙活。许苓茴在身后喊她一声。

林微仔细着手里的刀，没回身去看许苓茴："回来了。"

"嗯。"

"过来帮我挽下袖子。"

许苓茴走过去，把她宽松的袖子拉高，见她手边还放着几个盛菜的篮子，问："不是有挺多菜了吗，怎么还要做？"

"这是我和你爸复婚后，咱们吃的第一顿团圆饭，岁岁和晏清他们也回来，当然要吃得丰盛点。"

听到许晏清，许苓茴背后突然窜起一阵凉意："他们……都回来？"

"是呀。你待会儿乖乖的，记得喊哥哥姐姐。"

许苓茴咬着唇，垂眸站在一旁，心里纠结了许久，小心翼翼地开口："妈，我……"

"你看看还想吃什么，那几个菜都是给你做的。你现在一个人住，肯定不会花心思在吃饭上。"

许苓茵侧眸去看摆在恒温桌上的菜，都是以往在家林微经常给她做的。她的心，此刻恍若冰山被蝴蝶撞了一下，叫她溃不成军。那句"我吃不下"怎么也说不出口。

她握紧双手，强制自己压下心里的恐惧，露出笑来："没有了，谢谢妈。"

她忐忑地坐了许久，隔几分钟就往大门望一眼。心理暗示在此刻变得毫无作用，焦灼与恐惧在漫长的等待中被放大，她甚至能感受到，身体在细微地颤抖。屋外冷风大作，屋内开着暖气，但她的后背，却冷汗一片。

桌前放着阿姨倒的温水，她喝完一杯又一杯。许怀民见她一个劲儿地灌水，以为是暖气开太大了，便去关小了些，又给她倒满水。

许苓茵突然站起来，吓得许怀民倒水的手一抖，水溅出来。

"我……我去趟洗手间。"

她步伐稍显慌乱地往洗手间走，锁紧门，旋开冷水按钮，双手捧着冷水往脸上泼。她看着镜子中乱了心神的人，嘲笑自己没用。她敢对林微阳奉阴违，敢大晚上和一个醉酒男人当街理论，敢使一些小把戏和白述年叫板，但面对一个许晏清，她押上所有的勇气，每次都只能狼狈退场。

她闭了闭眼，告诉自己这里是许家，许晏清胆子再大，也不敢做什么。给自己做足了心理建设，她推门出去，客厅里只有许怀民和许岁和。

许岁和如往常一样，见她便笑："苓茵来了。"

"岁和姐。"

许岁和点头，见她右手垂在身侧，问："手怎么样了？"

"固定带拆了，可以活动了。"

"还是注意点，别用力。"

"好。"

林微从厨房出来，见只有许岁和回来，问许晏清去哪儿了。

许岁和挽起许苓茵，朝饭厅走："晏清最近在做项目，忙得不见人影，说今天来不了，让你们别担心。"

许苓茵闻言，紧悬的心放松下来，紧绷的肌肉也慢慢舒展。

林微："这孩子，和你爸一样，忙起来不管不顾。岁岁，你让他照顾好自己，记得按时吃饭。"

"知道了微姨。"

许是先前紧张过度，许苓茵一顿饭吃得索然无味，吃完饭，便提出要回去。

林微不答应，拉着她坐下："这才来多久，就不能陪妈妈多待会儿？"

"妈，我最近功课有点重，得回去学习了。"

"那你忍心妈妈一周就只见你一两个小时？"

"妈，我……"

许苓茵正为难，许岁和出来替她解围："微姨，苓茵现在是关键时候，您就原谅她,等她考完了,两个多月的时间陪您。"

许苓茴附和着点头。

林微嗔怪道:"行行行,这说得好像是我这个妈不会做人了。"她拍拍许苓茴的手,"那让坤叔送你回去住。"

"微姨,我送苓茴回去吧。"许岁和主动提议。

许苓茴想拒绝,林微替她答应下来:"也好,苓茴,和姐姐去。"

"好。"

许岁和叫了出租车,两人坐在后座,许苓茴一路望着窗外,没说话。

路程开出一半,许岁和主动开口:"苓茴,一个人住,有什么需要,可以找我。"

许苓茴转过脑袋,视线落在面前的暖气出风口,暖风一股一股地吹在她小腿上:"我以为你会劝我回去。"

"微姨都没能劝动你,我说了也没用。"

"嗯,谁劝都没用。"

许岁和用余光瞥她,她的头发披在左侧,看不见她的脸,也瞧不见她的情绪。许岁和重复地说了句:"苓茴,有事需要我帮忙,尽管找我。"

"嗯。"

许岁和将许苓茴送到小区门口,许苓茴看着车开远了,拦下一辆出租车,报了 KASA 的地址。

到地方刚下车,就被一个魁梧男人撞回车窗上。男人穿着单薄的衬衣,袖子捋到手肘,小臂上文着一条蜿蜒的青龙。撞了她,他也没道歉,气势汹汹地朝 KASA 的方向去,身后还跟着三个小喽啰。

出租车师傅从车窗探出身来,问她有没有撞到哪儿。许苓茴向他道谢,说没事,车可以开走了。她拍掉袖子处沾到的雪,往 KASA 走。

几个男人走在她前头,隔着不远的距离,许苓茴听见他们骂骂咧咧的声音。说人就在 KASA 工作,他们已经把人堵住了,还说敢不还钱就打断腿。他们绕过 KASA 正门,进了旁边的巷子。老街上巷子很多,有些深得找不着出口。

KASA 的员工就那么几个,许苓茴都熟识,考虑片刻,还是跟上去。怕被发现,许苓茴不敢靠太近,隔着七八米的距离,看不见被扣住的人是谁,只能听到几句凶神恶煞的"还钱"和低低的啜泣声。

被压住的人不知说了什么,被男人伸手一掼,摔在地上,干净的脸正着地。

许苓茴惊讶地捂住嘴,是小应!

许苓茴呆滞几秒,才想起要去 KASA 喊人,刚转身,身后传来小应凄厉的哀号。

那个撞了她的男人踩住了小应的手。她来不及想太多,身体好似自然反应,抄起旁边一根木棍,冲了过去。

她从背后偷袭,棍子狠狠敲在男人脖子上,男人被她打得措手不及,趔趄几步,她连忙将小应扶到墙边,用身体挡住他。

"你们在做什么,大白天的居然敢围堵人。"巷子里呼啸的风掩盖了她略显颤抖的声音。

男人捂着脖子,面露凶光,狠厉地盯着许苓茴:"哪儿来的小丫头片子?"

他示意几个手下上去把人拦住,许苓茴却胡乱挥舞着木棍,让他们靠近不得。

男人喊停,让他们后退。

许苓茴腾出一只手扶住快要倒下去的小应,另一只手持着木棍护在身前,拔高音量来壮胆:"我已经报警了,警察马上就来,不想吃牢饭,赶紧滚。"

"警察?"男人啐了一口,"今儿警察来了,他也得把这钱还上。"

"钱?"许苓茴侧眸,问小应,"小应,你欠他们钱?"

小应疼得半弯腰,语气极轻地说:"苓茴姐,你快走,别管我。"

"小应!"

男人发话:"把那小姐拉开,再敢多管闲事,连她一起打。"

一个男人趁她注意力在小应身上,抢过木棍,其他人则拉住她的手,用力往外拖。

"苓茴姐!"

男人下手重,她被扯到右手,疼得闷哼两声,对男人大喊:"等一下,你们不就是想要钱吗,我给你们。"

男人眉一挑,示意手下松开她。

许苓茴连忙退回小应身边,强装镇定地和他们谈判:"他欠你们多少钱,我替他还。"

男人却大笑起来:"替他还?小姑娘,你有多少钱能替他还?"

"少废话,你们要钱,我要人。"

"行,他们家欠我,几十万哪!"

许苓茴错愕:"几十万?"

"怎么,你倒是替他还啊。"

"这么多,我们一时间也还不了。"她从书包一侧抽出一张卡,丢到男人脚下,"这里面有五万块,你们先拿去,密码是979653。"

"五万?零头都不到呢小妞。"

许苓茴豁出去,往前走两步,昂首对着男人,做出一副不怕死的模样:"要么拿走,要么把我们打死在这儿。这里有监控,放高利贷,追债伤人,两条够你吃好几年牢饭。还有,他是KASA的员工,KASA是喻老板开的,你伤了他的员工和外甥女,你觉得他会放过你吗?"

"小丫头片子还敢威胁我。"男人转了转手腕,欲动手。

小应挣扎着要出来，被许苓茴死死拦在身后。怕露怯，她死死攥紧手："你要想进监狱，只管来。"

手下将男人拦住，对他耳语一番。

男人狠狠瞪了许苓茴一眼，示意手下把卡捡起来："行，今天就给你一个面子，钱我拿走了。小子，下个月的今天，拿不出十万给我，就等着给你们家那个老不死的收尸吧。走！"

男人带着手下走出小巷。

瞧不见他们身影了，许苓茴大喘着气，腿一软，跌坐在小应身边。

巷子重归宁静，只余两个惊魂未定的人。

"苓茴姐。"小应托着被踩伤的手，慢慢靠近她。

许苓茴从那场对峙中回过神来，拍掉掌心的尘土，把小应扶起来："来，小应，没事吧？"

小应靠着墙，将她上下仔细检查一番："苓茴姐，你有没有伤到哪儿？那群浑蛋有没有打到你？"

"我没事。你呢，除了手还有哪里伤了吗？"

小应猛地咳了几声，吐掉一口血痰："没事，不严重。"

许苓茴举起他没受伤的手，挂在脖子上："走，我送你去医院。"

小应挣扎着要抽回手："不，不用去医院，我买点药搽一下就好。"

许苓茴把他的手按住："别动，不去医院，也得找个地方清理伤口。"

"不能去……"他又咳几声，"不能去 KASA。"

许苓茴撑着他走出巷子，知道他坚持不去 KASA 的原因，只好找了一家餐厅。

老街上没有药店，许苓茴向餐厅老板讨要了些常备的清洗药物，给小应清洗身上的擦伤。

小应的手被那个男人踩了一下，小臂上一大块瘀青，还有些破皮。她取出棉签蘸了点消毒水去搽，抬眸看见他把嘴唇都咬白了。

她边搽边吹气："忍一下。"

处理好外伤，许苓茴把东西还给老板，顺便点了两碗面。

回到座位，小应半倒在两张平摆的椅子上，白色的衣服被弄脏，更显得整个人颓废。

许苓茴倒了一杯热茶，放在他面前："穿这么少，喝点热茶暖暖身。"

小应打起精神坐好："谢谢苓茴姐。"

"给你叫了面，还想吃什么？"

小应摇头，愧疚地看着她。被那群人围住时，他害怕极了，既希望有个人能够来救他，又害怕别人看见他这副窝囊模样。后来被那人踩住手，他想，看见就看见吧，他快疼死了。

但他没想到，来的会是许苓茴。她拿着棍子将自己护在身后，帮自己还了债，结束后甚至没过问一句，只帮他搽药点吃的。他从小孤单惯了，没人疼没人爱，认识白述年后，白述年像对待亲弟弟一样带着他、护着他，给了他一个快乐又安逸的童年。

许苓茴是第二个把他紧紧护在身后的人。

"苓茴姐，对不起，给你惹麻烦了。"他垂下脑袋，藏住自己通红的双眼。

"不麻烦，姐姐帮弟弟，应该的。"他一口一句姐姐，她也应了，姐姐就该帮弟弟。

眼泪藏不住，争先恐后地冒出来，小应拎起衣领擦了擦："苓茴姐，钱不是我欠的，是我爸。我上初一那会儿，他做生意失败，钱都赔光了，后来迷上喝酒赌钱，没钱了就去借，正规途径借不了，他就去借高利贷。原本只有几万，后来越借越多，利息越滚越多，怎么也还不上。上个月我的工资被我爸拿走，没能还上，他们才来堵我。"

记起之前他手上的瘀青，许苓茴问："上次你的手也是被他们打的？"

"不是，是我爸喝醉了打的。"

"这件事白述年知道吗？"

"他知道我们家欠债，但不清楚具体数目，苓茴姐，拜托你不要告诉他。"

"为什么？"

想起白述年这几年的帮忙，他感动又愧疚："述年哥重情，他要是知道我的情况，肯定不会袖手旁观。但是我怎么可以拖累他呢，徐阿姨生病，治疗费用他到现在还没攒够，要是再加上我，他怎么过得去。"

想起只见过一面的阿姨，许苓茴的心紧了紧："生病？徐阿姨得什么病了？"

"心脏病，得做手术。"

"所以他才在这么紧要的关头，到处兼职吗？"

"嗯。所以苓茴姐，今天的事不要和述年哥说好不好？"

她不放心："他们再来找你怎么办？"

"你今天帮我还了，他们下个月才会来。"

"小应，这样下去不是办法，你要在 KASA 做多久，才能还清？那是高利贷，会越滚越多的。"

"那能怎么办呢？我没有学历，年纪也不够，找不到高薪工作，只能打打散工。"

他还是懵懂无知的年纪，除了体力活，什么也做不来。可廉价的体力活，根本填不上那个窟窿。

"小应，我……"

"苓茴姐，欠你的钱，我会尽快还上。述年哥那里，麻烦你帮我瞒着，求你了。"

在他通红的、满是无助的眼睛里,她看到了祈求,也看到了希望。但一个十几岁孩子的眼睛不该是这样的。它热烈时应该盛满阳光,有熠熠光辉,平淡时应该像山间清泉,清澈干净。

她没办法看着他与黑暗共生。

老板这时端来面,许苓茴岔开话题:"先吃东西吧。折腾这么久,该饿了吧。"她把两碗面都移至他手边。

"苓茴姐,你不吃吗?"

"我才吃完没多久,不饿,你吃,不够我们再点。"

"好。"

小应握紧筷子,埋头吃面,吸溜声音很大,将间或发出的抽泣声盖住。

顶着一身伤,小应不敢回去上班,和许苓茴告别后,他赶去下一个兼职地点。许苓茴看着少年细瘦的身影消失在冬日里,无声地叹气。

她进去 KASA,店员说喻初不在,这些天也没怎么来。她给喻初打去电话,没人接,大概是临近考试,喻青管喻初管得严,便没再打。

她坐在 26 号桌,前后环视一圈,没见着白述年。问了店员,对方说他下午五点才上班。

没人陪着,她让店员开个包间,到里面写作业。包间隔音好,她也全神贯注,写完带出来的卷子,已经晚上七点半了。

收拾好东西出去,叫好餐,正好碰见给客人送酒的白述年,她将人拦住,问:"你今晚几点下班?"

她突然冒出来,把白述年吓一跳,好一会儿他才回:"十点。"

"那我等你,有事和你说。"她语气严肃,神色郑重,不像开玩笑,白述年点头。

吃完晚餐才八点多,许苓茴戴上耳机,将音量调到最大,隔绝外面的吵闹,拿出试卷夹和活页本,剪剪贴贴起来。白述年几次从她身边经过,她也浑然不觉,在这吵闹的环境里,专心地做自己的事。

他多晃悠了几次,见她是真没发现他,不是自己又踩中她的尾巴,她在伺机报复,才放下心来,到吧台那边拿了一杯气泡水。走到一半,他又折返回去,让人换了一杯温开水。

他将水放到她手边,她也没回应。但两趟下来,水没了,白述年默默地帮她满上。一个晚上,她喝了五杯温开水。

晚上十点一到,许苓茴停下笔,但白述年还没忙完,来来回回地走。她收拾好东西等他。

又过半小时,白述年才脱下工作服,拖着略显疲惫的身躯,走到 26 号桌,说:"可以了,走吧。"

许苓茵背上书包，和他一同走出去。外头又飘着细雪，进入十二月份，雪下得越频繁了。

见他解开自行车的锁，许苓茵按住座椅，提议："要不，打车走吧？"

白述年看见她搭在座椅上的细白手指，笑了笑："这儿离我家不远。"

许苓茵一愣，随即反应过来他的意思，横了他一眼，负气道："那就先去你家，说完事我自己回去。"

白述年弹开她的手指，将自行车转个弯："上来，不至于累到载不动你。"

他这么说，许苓茵便没再和他客气，跳上后座，抓住座椅下的栏杆。温热的掌心触到一片冰冷，她冷得指尖一缩。

"白述年，你就不能找点布或者纸什么的，把座椅下那圈铁杆包起来，冷死了。"

"又没让你抓那儿。"

"那抓哪儿？抓你腰上吗？"

白述年被她噎得没话回，沉默十来秒，岔开话题："你要和我说什么？"

话长，风大，这样说着他听不清，许苓茵说等到了再和他说。冬天夜里人不爱出门，过了十点路上空荡荡的，只偶尔瞧见一两个行人和几家摊贩。拐进许苓茵家所在的片区，高档小区的街道更是干净。

骑过一盏路灯，白述年余光瞥见后面地上一道乱晃的影子，他出声提醒："许苓茵，别乱动。"

"我没动。"语气不像以往故意捉弄他。

"嗯，坐好。"

过了下盏路灯，他又往后瞧，影子变得细长，然后逐渐变成一个点。他收回目光，专心往前骑。到小区门口，许苓茵下车，站到他面前，又有些犹豫了。

白述年停好车，与她相对而站，问："要和我说什么？"

思索再三，许苓茵还是将下午的事原原本本地告诉了他。听到最后，他的脸色一片铁青，眉头紧锁，看得许苓茵发怵。饶是之前惹过他许多次，许苓茵也没见过他露出这样的表情，眼里似乎燃着火，那团火要从他身体里烧出来。

"白述年，你没事吧？"

白述年面色不见缓和，沉声质问她："许苓茵，你哪儿来的胆子，敢和那些人硬碰硬？"

许苓茵没想到他听完说的第一句话是这个，一时反应不过来，良久才小声说："又不是第一次。"

白述年见她一副意识不到严重性的神情，想起第一次见面时，她也是这样和几个男人对峙，愈加来气："你知不知道那些是什么人？你以为人人都听得进去你那些道理吗？"

被他突然拔高的声音喝住，许苓茵的脾气也上来了："那你要我看着小应被他们欺负吗?"

"KASA那么近,你不会去叫人吗?"

她别开脸:"一紧张,就忘了。"

"许苓茴,帮人不是这么帮的。"他放缓语气,"鲁莽冲动,是不自量力。帮不上别人,还赔了自己。"

她在他话中听出责备,转过脸仰头看他,一脸执拗:"所以是我错了?"

她知道孤立无援的滋味,也体会过在黑暗中从充满希望等到绝望的感觉,她尝过这些苦,所以她看不得别人和她一样。她不想小应越陷越深,或许只要拉他一把,迈出一步后,就是一片明朗。她错了吗?还是说她连自己都帮不了,没有资格拉别人呢?

雪花落在她卷翘的睫毛上,她眼睛不眨,雪汇成薄薄的一条线。许久,睫毛轻颤,和雪一同掉落的,还有她晶莹的泪。只一滴,夹着未融的雪停留在她左颊处。

一滴泪把白述年看傻了,他看到她的另一面,不再是好强,也不是顽劣,是柔软和委屈。他意识到自己的话重了,想到先前小应受伤是她细心提醒下他才发现,想起那天下午她塞进捐款箱里的钱,清楚她的心思,于是他换了语气:"不,你没错,是我错了。"

她带着至纯的善意,他不该这么责备她。

垂至身侧的双手伸出又缩回,手指已经屈成适合擦眼泪的弧度,但他不敢轻易碰上去。

挣扎许久,她没再掉眼泪,那一颗饱满的泪珠,却依旧停在她脸颊上。终于,他试探着举起手,伸至她下颌处,她脑袋一偏,错开他的手。

那滴泪滑至她下巴,最后落入雪中。

白述年握紧手,紧贴大腿:"是我错了,不该这么说你。对不起。"

许苓茴吸了吸鼻子,转过脸。其实她也不知道怎么会突然落泪,或许是在小应身上看到从前的自己,也或许是因为白述年不分青红皂白的斥责。

得不到她的回应,白述年叹气:"下一次,不要这样了。"

许苓茴没回应他的道歉,只说:"时间不早了,我要回去了。"

"嗯,回吧。"他也没想一句道歉就可以让她消气。

再见也不说,许苓茴径直往里走。

白述年喊住她:"最近如果晚回家,注意点安全。"

她不情不愿地"嗯"一声。

他看着她跑进去,瞧不见身影了,才往四周扫视一圈,没有人,只有路灯投下的树木倒影。但刚刚过来的路上,他看到一道不属于他和她的影子,跟了他们许久。

第六章 苓茴，不要做噩梦

和白述年说了小应的事后，许苓茴一连几天都没去 KASA，怕见到小应，不好和他交代。

中间约了几次喻初吃饭，喻初只答应了一次，后面几次都被她以有事拒绝了，问她在忙什么，她也支支吾吾的。问白述年，他也说喻初好几天没去 KASA 了。

许苓茴不放心，今天放学去了一趟喻初家。

喻家阿姨来开的门，说喻初不在，让她进屋喝杯热茶再走。许苓茴也有事想问，便随阿姨进去。

阿姨给她泡了杯热可可，坐在她对面，说："冷吧？这天寒地冻的，可别冻着。小初每次出门都穿得少，我都担心她冻出个好歹来。"

许苓茴安慰道："她在学校有放衣服，冷了她会穿的。对了阿姨，您知道喻初最近在忙什么吗？我约她吃饭都说没空。"

阿姨说："这我不太清楚，她最近都是和喻先生一块儿回来的，估计待在先生公司了。"

"那她心情有没有不好？"

"和我待一块儿时没有，她自己一个人时我就不知道了。噢，我想起来了，有一次，她和先生吵了一架，生挺大的气呢，不过没多久就被先生哄好了，之后两人就同进同出。"

许苓茴觉得不对劲，忙追问："知道他们为什么吵架吗？"

"具体原因我不知道，只听见小初说什么喻先生瞒着她，应该是先生瞒了她一些事，被发现了，这才吵的。"

"还有吗？"

"其他我就不知道了，他们最近也没回来吃饭，就早上吃个早餐。"

许苓茴知道问不到什么了，起身告辞。阿姨送她出门，见外面又下雪了，递给她一把伞。

许苓茴撑伞走进雪里，一边注意路况，一边给喻初打电话，还是没接。她转而给白述年打去电话，问喻初在不在KASA。白述年说不在。她心头突然升起不好的预感。

正想挂电话，白述年在那端问："你还在外面？"

"嗯，准备回家了。"

"不早了，快回去。"

许苓茴拦了辆车坐上，看眼时间，才八点："八点而已，怎么就不早了？"

"天黑了没？"他问。

"黑了，还有点白。"

"什么白？"

"下雪了。"

那端一阵沉默："天黑就不早了，赶紧回家。"

许苓茴骂一句："白述年，你真没趣。"随后挂了电话。

四十分钟后，许苓茴在小区附近的超市前下车，打算囤点东西。逛完出来，天还在下雪，她把东西拎到左手里，右手撑着伞，往小区走。路上人少，许苓茴低头数着自己的脚印，难得的惬意。走了十几分钟，她忽然缓下脚步，慢慢侧过头，往后看去。

她猛地挥下伞，整个身体转过去，身后没人，只有孤零零的几盏路灯和留有她脚印的雪地。重新撑起伞，她加快步伐。寂静的雪地里只有她走急了的喘气声和手里塑料袋摩擦的声音。她将袋子抱在怀中，扰人的塑料摩擦声不见。她又张嘴呼吸，喘气声也变小。

片刻，细微的、踩在雪地里的脚步声传来，她突然停下，看着自己的双脚。她闭了闭眼，让自己镇定下来，走出几步又猛地转身，身后依旧空无一人。

她看了眼离自己近的脚印，又瞧了瞧远处的，大小并不一样。她收起伞，转身跑起来，心跳得剧烈。那细微的声音终于变大，说明等待她落网的人也终于按捺不住。她拼命跑着，小区门口有保安，跑到那儿就没事了。

厚重的雪增加了跑步的难度，她摔了一跤，怀里的东西全散在地上。她没心思捡，用伞拄着地面，借力站起来，继续朝前跑。但是跑得越来越吃力，胸口闷得喘不过气来，喉间也似有火在烧，又疼又痒。她给自己一个强大的意念，要一直跑,双脚在意识的支撑下也没有停歇地跑着,但她感觉,脚下慢慢变得虚浮起来,她好似要飘到空中去。

身后的脚步声越来越频繁,许苓茴甚至看到,那个逐渐追上自己的影子。忽然,那个人在喊她的名字,一声一声"苓茴"地叫着。恐惧和疲累让她的脚步慢下来,她再次摔在地上,但这次站不起来了。她捂着心脏,大口大口地呼吸,几次想站起来,都重新摔回去。她不敢回头去看,她知道,那张脸比那个声音,恐怖百倍。

就在她准备放弃再次站起来时,"咚"一声,让她的心脏停顿一秒,随后又猛烈地跳动。

一个人跑过来抓住她的手,她惊慌地挣扎,被那双手牢牢按住。

"苓茴,是我。"

许苓茴喘着气仰头,看见一张无比焦急担忧的脸。这一刻,她恍若看见了雪后的太阳,明亮得晃眼,将雪融化,万物复苏。

"白述年。"她又一次在他面前红了眼眶。

白述年看见前面停下不再上前的黑色身影,抓紧许苓茴的手,说:"来,起来。"

许苓茴扶着他的手,晃晃悠悠地站起来。

"跟着我跑,不要怕。"白述年扣紧她的掌心,拉着她往前跑。

许苓茴没力气了,几乎被他拖着跑。她用指甲抠他的掌心,等他回头,她说:"白述年,我跑不动了。"

白述年听见她急促的喘气声,面色青白,和上次在操场晕倒一样。

"哮喘犯了?"

"好像……是。"

白述年二话不说,将人背起来,使劲朝前跑。跑出这片区域,他找了一个靠近马路的小公园。将人放下来,他让许苓茴先靠着他,自己脱了外套铺在冰冷的石椅上,扶着人坐下。

她的喘气声没有减轻,白述年从口袋里拿出哮喘喷雾,摇匀几下,打开喷口,对许苓茴说:"来,先呼气,把嘴里的气呼出来。"

许苓茴照做,张嘴呼出气。

白述年把喷口放进她嘴里,按压一下,移出喷口:"好,别动,等十秒。"

他数完十秒,说:"呼气。"

许苓茴张嘴呼气。

他从另一边口袋里拿出一小瓶矿泉水:"漱下口。"

她喝了一口,然后吐掉。

"怎么样?"

她的声音还有些虚:"好多了。"

白述年终于大松口气,缓一会儿,转过许苓茴的肩膀,问:"还有没有哪里受伤?"

许苓茴呆呆地摇头,情绪还没平复。

白述年轻拍她的后背,温言安慰:"没事了,别怕,没事了。"

在他有规律的拍动和不停歇的安慰中,许苓茴的眼眶越来越红,双手攥得紧紧的,沉默着,隐忍着,不让眼泪落下,无助地自问:"他为什么要跟我?为什么跟着我?"

她重复相同的话,没有说别的,白述年猜出来,她认识跟踪她的人。

他起身站到她身边,高大的身影将她完全罩住,借用这种方式给予她安全感:"没事,他没有跟来,不要怕。"

她没有回答,眼眶终于盛不住眼泪。一向骄傲要强的姑娘,在他面前露出柔软,白述年想安慰她,却笨拙地不知道如何开口,心里涌上一股酸酸涩涩、说不出来的滋味,他宁愿她像往常一样,嚣张跋扈地讥讽他。

默默地哭了一会儿,许苓茴慢慢安静下来,抹一把脸,仰头和白述年说谢谢。

白述年说不用,找了一圈,没找到纸巾,拎起外套的一只袖子,递给她擦:"没纸巾,将就一下。"

许苓茴摇头,胡乱用手背抹了几下。

"胸口还闷不闷?"

"不闷了。"

见她情绪稳定了,白述年才敢问:"现在送你回家吗?"

许苓茴愣了片刻,摇头。

"那你想去哪儿?找喻初?"

喻初现在估计还没回家,许苓茴想了许久,问:"白述年,我能跟你回家吗?"

白述年瞳孔一震。

许苓茴把他的沉默当成拒绝,低下头,没再问一次,思考着其他去处。

白述年到底狠不下心来拒绝,两人走回先前的地方,他让她等在一旁,自己跑过去扶起地上的自行车。他望着前面,没有人,只有白茫茫的雪,原先杂乱的脚印被新下的雪覆盖。寂静一片,无人无声,先前那场你追我赶,好似一场梦。

白述年不再停留,载上许苓茴回家去。

徐念见白述年大晚上把许苓茴带回家,很是惊讶,披着衣服去迎他们。

"苓茴。"她朝许苓茴伸出手,"怎么这么晚来了?"

许苓茴握住徐念的手,垂眸不语。

白述年关好门，解释道："她家里出了点事，家人顾不上她，我让她过来，陪你聊聊天。"

徐念关切地问："家里的事，严重吗？"

许苓茴摇摇头。

"那就好。来，先进屋，外面冷。"

徐念见她穿得少，手也凉，忙进屋给她抱一床被子出来，往她身上盖。

"阿姨，我身上脏，别弄脏被子。"她在雪地里又摔又坐的，弄了一身泥土和雪。

"脏什么，别着凉，快盖着。"

白述年见她愿意和徐念聊天，心头的担忧略去几分，转身进了厨房。再出来时，手里端着碗姜汤，见客厅只剩许苓茴。

他把碗放在许苓茴面前，问："我妈呢？"

"阿姨说去给我铺床了。"

"嗯，把姜汤喝了，驱寒。"

许苓茴不喜欢姜的味道，但还是捧着碗小口小口地啜："我是不是给你和阿姨添麻烦了？"

白述年倒在沙发上，揉着脖子说："大麻烦没有，小麻烦一点。"

"我……"

"行了，我妈肯定给你找好衣服了，去洗个热水澡。"

"好。"她喝完剩余的姜汤，被那味道熏得直皱眉。

白述年看到她的小动作："不喜欢姜？"

"不喜欢。"

"嗯，记着了。去洗澡吧。"

许苓茴进了先前徐念进的房间，徐念果真把衣服准备好了，正弯腰给她铺床。

听到动静，徐念起身，把床边的衣服拿给她："这是阿姨的衣服，你将就穿着，明天阿姨给你买新的换洗衣服。"

"不用阿姨，我就住一晚。"

"没事，买着，你以后想来找我们述年玩，随时来。"

许苓茴觉得徐念好像误会了什么："阿姨，我和白述年，我们不是您想的那样的。"

"哪样？"徐念凑近，笑着说，"你们不是同学吗？"

"嗯……是，我们是。"

"好了，快去洗澡，别感冒了。"

许苓茴抱着衣服进浴室，脱掉外衣挂好，打开莲蓬头，热水顺着额头往下流。

她双手捂住眼睛，指缝不断有水涌出来，片刻，身体也开始颤动。良久，水声戛然停住，她穿好衣服出去。

客厅里没人，徐念的房间是暗的，她应该已经睡了。许苓茴轻声打开客厅的门，在院子里的石阶上坐下。徐念兴许是怕她冷，拿给她的衣服很厚，坐在外面一点也不冷。

忽而，一条毛巾自上而下掉落，盖在她头顶。

"头发不擦干，想感冒？"

许苓茴抬手覆上毛巾，掌心轻轻往头皮上按。

白述年屈膝在台阶上坐下，离她一个手臂的距离，他刚洗好澡，身上传来源源不断的热气。

见她好像没使什么劲，他提醒："擦快点，不然冷风一吹，明天得感冒。"

"哦。"

"擦完早点睡，明天还要上课。"

"我睡不着。"许苓茴仰头，望向黑漆漆的天空，浩瀚苍穹，只有星点光芒，"今晚天空，一点都不亮。"

白述年也抬头看去，恰巧看见一架夜航的飞机，一闪一闪的："要么亮做什么，晚上是用来睡觉的。"

"可我睡不着。"

"聊一会儿？"

"好。"

"先把头发擦干。"

许苓茴垂眸，一边擦着头发，终于开口问："白述年，你今晚怎么会在那儿？"

白述年沉默半晌，没有回答。

"我给你打完电话，你就过来了？"这回不等他回答，她接着问，"你知道我被人跟踪？"

白述年依旧沉默着。

许苓茴笑了笑，声音有气无力的："我问了几个问题，你好歹回答一个。"

"是。知道。"他回答了后面两个。

"什么时候知道的？"

"上次送你回去，隐约发现后面有人跟着，但我不确定，就没和你明说。"

他说的上次，应该是知道小应事情的那次。

"难怪你这几天老说让我早点回家。"

白述年心有愧疚，要是早点挑明说，她也能有所防范。

"抱歉，没有及时告诉你，让你无端受这么一遭。"

"不怪你，我也没想到，他居然这么丧心病狂。"

白述年原本不想再提起今晚的事，让她受怕，但他听出她话里的意思，那个人已经不止一次对她做出不好的事。他心里生出一丝慌："你知道那个人是谁？"

想起那一声声"苓茴"，她身上汗毛竖起，禁不住打个寒战："知道。"

她把双手藏在屈起的双腿间，紧紧环住自己，说："他是我同父异母的哥哥。"

曾经，许苓茴有多羡慕哥哥这个身份，如今就有多厌恶。

从前的许晏清不是这样的。许怀民初次带他们姐弟来找林微时，许苓茴就不待见他们，总是一个人坐得离他们远远的。许晏清有意讨好她，每次来都会给她带礼物，还会带她去做林微不让她做的事。她喜欢烟花，但林微不让她玩。他们见面的第一年过年，他给她放了一晚上烟花。

姐弟俩的示好让许苓茴消减了对他们的芥蒂，加上林微几次三番的劝说，她也慢慢接受，开始改口唤他们一句哥姐。这种和平的关系维持到她初三的寒假，她期末考试下降了五个名次，林微拜托许晏清帮她补习，以便来年中考可以考上岭安最好的高中。

许晏清答应了，那个寒假一周在她们家住四天，每天帮她补习四个小时。

一开始，许晏清对她还像哥哥宠爱妹妹一样，但不知道从什么时候开始变了。在许怀民和林微面前，他还是那个关心妹妹的哥哥，而私底下，却冷漠得像个陌生人。

补课时，他经常以加深对知识记忆为借口，让她抄写做错的题目、写错的单词和古诗词。一开始她并没有多想，只当他是对她学业的负责，但随着罚抄次数和数量的增加，她渐渐察觉出不对劲。即便是学校老师，也没有因学生错了一道公式就罚人把整本课本的公式都抄十遍，也不会因为没有按规定时间抄完，就用戒尺惩罚。

这不是正常哥哥给妹妹补习该发生的事，她不太懂许晏清的行为究竟出于什么意图，但身体本能发出警报，排斥许晏清的靠近。于是她暂停补习，并将他的行径告知林微，却得来林微一顿斥责，林微认为学习上适当的惩罚是应该的，才能让她长记性。

林微不松口，她也没法违抗，所幸寒假即将结束，剩下的那几天，每次补习她都刻意找借口，让林微陪着，这时许晏清又像变了个人，前面的罚抄、戒尺，通通没有出现。

开学后，她以怕耽误许晏清学业为借口，叫停他的补习。如果妈妈觉得，她靠自己，没办法考上岭安市一中，那她就投入万分精力去学，她想告诉妈妈，没有许晏清，她也可以做到名列前茅。而这之后，她也渐渐疏远许晏清和许岁和。

第二年的六月份,她以优异成绩考上了市一中。

高一开学前一晚,岭安下了大雨,林微出差,她一个人在家。夜里被雨声吵醒,她起来喝水,被坐在客厅的黑影吓一跳。她以为是林微回来了,打开灯,看到一张让她日后做了无数噩梦的脸。

当时,她紧握水杯,强装镇定,声音却忍不住颤抖:"晏……晏清哥,你怎么在这儿?"她一面说话分散他的注意力,一面小步往房间挪。

许晏清站起身,不知为什么,脚步不太稳,跌跌撞撞地朝她走去:"苓茴,你躲我很久了,为什么?"

"我……我没有,是学习太忙,而且你刚读大学,肯定有很多事要忙,妈妈让我不要打扰你。"

"是吗?"

"嗯。"许苓茴注意着房间的距离,只有两步远,她尽力安抚许晏清,"晏清哥,时间不早了,先休息吧。"

"我不困,苓茴,你过来陪哥哥说说话。"

他突然跨了一大步过来,要去拉许苓茴的手。

许苓茴猛地挥开,将他一推,横跨两步闪进房间,关门上锁。她背靠门,大口呼吸,心脏跳得快从嗓子眼出来。穿着拖鞋的脚突然感觉到濡湿,低头一看,才发现手颤得连杯子都拿不稳。

"砰——"

门突然被重重撞击,杯子彻底脱手,在脚边摔成碎片。

"苓茴,开门,让哥哥进去。"

许苓茴不敢再靠着门,她把书桌椅子推过去,顶住门,爬到床上找手机,遍寻不到,才记起睡前将手机留在客厅茶几上。她抓起个花瓶防身,躲到衣柜的角落里。

门外许晏清的叫喊还没停,屋外的雷雨声也没有停歇,像两股从两边涌来的飓风,而她被夹在中间,时间一到,飓风相撞的力量会把她吞噬。

她丢掉花瓶,捂住耳朵,眼睛盯着时钟看。时针和分针的转动实在缓慢,她从未如此迫切渴望白天的到来。

她一夜没睡,而房外的许晏清似乎也不知疲倦。

终于,她被逼到崩溃,先是嘶吼着喊许晏清的名字,最后央求他离开。而许晏清充耳不闻,反倒威胁道:"苓茴,你再不出来,我就从外面锁上门了。"

许苓茴不敢再出声,死死咬住唇,恐惧的眼泪糊满一脸。

直到雷雨渐小,窗边透出光亮,外头也不再有动静,许苓茴才敢试探着挪开书桌,小心地解开门锁,门没有从外面被锁上。

她生出庆幸,开出一条缝往外看,许晏清倒在沙发旁。

她一鼓作气，打开门跑出去，许晏清突然站起来，露出得意的笑。

许苓茴一下跌坐在地。

"苓茴，你怎么让我等了一晚上？"似乎知道她无法逃脱，许晏清不紧不慢地朝她走来。

许苓茴尝试着站起来，身体却抖得不像话。

许晏清没再等待，直冲上去，攥住她的手问："苓茴，你想去哪儿？"

"许……许……晏清哥，你想做什么？"

"做什么？你觉得我应该做什么？"

"哥……"这个称呼在此刻变得讽刺极了，但她仍屈辱地喊出来，"你是不是有什么不开心的事，你和我说说，或者我们等妈妈回来。"

"不开心，我确实很不开心。苓茴，昨晚我做梦了，梦见回到许家之前，我经常被人欺负。你知道他们怎么欺负我吗？一开始他们被老师罚抄东西，他们不想抄，就找上我，一人一份，一共十份，字迹还要不一样。后来他们觉得这很好玩，就不停地让我抄东西，抄晚了会挨打，拿直尺当戒尺，打在掌心，一下就肿了，但晚上回去，还得抄。"

他低头看着许苓茴，她现在的恐惧和当年的他一样，这让他不禁兴奋："苓茴，你喜欢抄课本吗？我挺不喜欢的，可我也不敢告诉我姐和我妈，她们受欺负怎么办？可这明明不该是我过的日子，我也是许家的少爷，凭什么你和你妈养尊处优、生活富裕，我们就要受人欺负？不行苓茴，你也得尝尝，我们那时候受的苦。"

他慢慢凑近她，热气一股一股地喷在她的脸侧。

许苓茴拼命挣扎，脑袋狠狠撞向他的额头，他吃痛，松开一只手，许苓茴眼疾手快抄起橱柜上的酒瓶，砸向他脑袋，力气不够大，许晏清只是晃了晃脑袋。

许苓茴趁机再踢他一脚，彻底逃离他的禁锢，打开家门，拼命往楼道跑。外头还在下雨，天色不算明亮，她丢了一只鞋，光着一只脚在粗糙的水泥路上跑。终于跑出小区，雨幕里出现一辆出租车，她不管不顾地拦住，直奔喻初家。

喻初知道了，要去找许晏清算账，被她拦下。她怕喻初冲动出事，也知道，许晏清敢这么做，势必想好了退路。

她打电话给林微，林微在忙，敷衍她几句便将电话挂断。所以她只能等，等林微回来。

她等了一周，林微终于回来了，但林微给了她一顿责骂。

许晏清住院了，脑袋和膝盖受了伤，声称是她弄的。

林微押着她去医院给许晏清道歉，他还一个劲为她解释，说她不是故意的。

许怀民在一旁坐着，虽没有说出责怪的话，但面色也难看得很。

林微当着他们的面,把她教训一顿,让她立即给许晏清道歉。

她退后一步,冷眼睨着他们:"我为什么要道歉?"

林微动怒,大声斥责:"为什么?下雨天,你哥哥担心你一个人在家害怕,冒着雷雨去陪你,你倒好,不分青红皂白,把人伤成这样。许苓茴,你知不知道你在做什么?"

"那你知不知道他对我做了什么?"

一周过去,她手上被许晏清用力攥出来的痕迹、脚底被石头刮出的伤痕,都不见了。在一身伤的许晏清面前,她没有一点办法自证清白。

"他是你哥哥,他只会保护你,怎么会伤害你!"

"哥哥?我怎么不知道,你还给我生了个哥哥?"

换来林微一巴掌,把她打得头偏过去。

林微讶异于自己的动作,脸上有几分后悔,但她依旧挺着背脊,维系着自己的倨傲:"我再说一次,给晏清道歉。"

许苓茴唇边漾开嘲讽的笑,她看向许晏清,他面色冷白,额头缠着纱布,一副虚弱样。但她看到他眼里的嘲笑、鄙夷,和势在必得。

"我不会道歉,他也不是我哥哥。"

她带着满腹委屈和害怕,等林微回家,可林微却带给她比委屈和害怕更令人心酸的东西。

是不信任。

光是回忆,就让许苓茴觉得,自己又被卷入那瘆人的黑暗,雷鸣、暴雨、昏暗的房间、她的崩溃和他的步步紧逼,还有林微那毫不留情的一巴掌。从许晏清的那些自言自语中,她大概清楚背后的原因,她有一丝同情,但不会原谅,这并不是他能伤害她的借口。但她还是不敢将这些全盘告诉白述年,那时的她太懦弱卑微了,远没有在他面前的傲气,她不得不把自己藏起来。

不知道在台阶上坐了多久,脸颊被风吹得又干又冷。

白述年靠近一点,替她遮挡一些冷风:"没事了,都过去了。"

许苓茴伸手蹭掉眼泪:"白述年,今天谢谢你。"

"要告诉你家人吗?"

许苓茴摇头:"没用。"

林微不信她,许怀民和许岁和更不会信她。不可以对外公说,他身子骨一年比一年差,一激动容易出事。

"试试吧,说不定会有用。"

"说不定?"

"嗯。"

她第一次犯哮喘那回,他在会客厅外面听到她和她母亲的谈话,大致猜到一些她们母女的关系,也更清楚,她为什么有那样极度反差的性格。

白述年将手放在她肩上,拍了拍:"妈妈始终是爱孩子的,不是吗?"

许苓茴低嘲道:"她只爱她的爱情。"

"可是……"

"白述年。"她打断他的话,不想继续这个话题,"我困了。"

白述年便懂她的意思了:"那去睡觉吧。"

"好。"她浅浅地打了个哈欠。

两人起身进屋,屋内的暖意驱散了他们身上的寒冷。

许苓茴道了句晚安,朝徐念给她准备的房间走去。手握上门把,白述年喊住她。她回头,疲惫地牵起嘴角:"怎么了?"

白述年也笑着,睡前两人都是乖顺模样:"明天早餐想吃什么?"

许苓茴答得顺口,像答了无数次:"水煮蛋和三明治。"

"好,早点睡。"他关了客厅的白炽灯,留下一盏照明夜灯,"不要做噩梦,不要睡晚了。"

"好。"

许苓茴还是做噩梦了,梦了大半宿。翌日早晨,徐念进来叫她。

她睁开一双微肿的眼睛,满脸倦容,恍惚片刻后,才意识到身处的地方是哪儿,慌张地掀开被子起来,窘迫地和徐念道歉:"阿姨,不好意思,我睡过头了。"

徐念笑着把衣服递给她:"不着急不着急,还有时间,慢慢来。"

许苓茴穿戴整齐,洗漱好后到客厅,只有徐念在。餐桌上摆着早餐,两个三明治,两个水煮蛋,一杯牛奶,还有一小碟酱油。

徐念把筷子递给她:"苓茴,饿了吧,吃早餐。"

"谢谢阿姨。"她环顾一圈,没见着人,想着他会不会撇下自己先去学校了。

徐念看到她的动作,笑了笑,说:"找阿年?他在后院浇花呢。"

许苓茴点头,在她旁边坐下。

徐念让她先吃三明治,她给她剥鸡蛋。从后窗望过去,白述年正全神贯注地侍弄他的花,她转过头,问:"苓茴,好吃吗?"

"好吃。"

自上次和白述年说起带早餐后,他每天不落,七点半到教室时,她桌上都会放着一份早餐,味道和现在吃的一样。

徐念把鸡蛋放进蘸碟里,说:"阿年每天都会带一份早餐出去,我问他带给谁,他不说,但我猜他是给你带的,他就带过你一个回家。"

许苓茴呛了一声:"阿姨,是因为我们……"她随意捡来一个理由,"我们打赌他输了,才给我带早餐的。"

"这样啊。"

"对。"

"那你喜欢吃什么?阿姨以后给你换着做。"

许苓茵可没有胆子在徐念面前提这个事:"不用了阿姨,太麻烦了。"

"不麻烦,愿赌服输呀,白述年输了,就得认,是不是?"她又剥了一个鸡蛋给她,"来,和阿姨说说你喜欢吃什么。"

"那谢谢阿姨。您随便做,我不挑。"

"好,那阿姨看着做。"

吃完早餐,白述年正好浇完花,进客厅拿书包,对她说一声"走了"。

许苓茵和徐念道别,跟在白述年身后。

两人坐公交车去学校,车上载满了学生,白述年依旧带着人找了个靠窗的位置,把窗户拉开一点缝,让风带走满车沉闷。

到学校,两人刚坐下,喻初脸色不善地直冲她走来,抓住她的胳膊,紧张地问:"苓茵,你昨天去哪儿了?"

许苓茵把人拉到外面说:"你去找我了?"

喻初点头,把她的手牢牢攥在掌心:"昨晚回家,阿姨说你去找我了,后来我给你打电话,你没接。早上我让司机往你家开,你不在家,电话也打不通,急死我了。你去哪儿了?"

"我在白述年家。"

"小白?"

许苓茵对喻初没有隐瞒,好的不好的事都会告诉喻初。她把昨晚许晏清跟踪她的事说出来,喻初气得牙痒痒,捋起袖子,不管不顾地就要去找他算账。

许苓茵追了两层楼才把喻初叫住,拉着她到一个安静的角落:"没用的,喻初,他不会承认的。"

"那阿姨呢?"喻初气得胸膛一起一伏,"以前不相信你,现在还不相信吗?"

"我不知道,但即便我告诉他们,他也不会承认,他一早就给自己想好了理由。"

许苓茵这才想明白,上周日他没回许家吃饭,让许岁和给他们带话的原因。他早做好了打算,如果她把事情说出去,许岁和那番话,就是他自我开脱的理由。

喻初狠狠地骂一句:"姓许的王八蛋!"骂完又担忧地看着许苓茵,"那现在怎么办?继续提心吊胆吗?我们报警吧!"

"没有确凿的证据,没用的。"

喻初红了眼眶："这也不行，那也不行，我眼睁睁看着你遭罪吗？"

许芩茴搂着她安慰："放心，最近我小心点，天黑后不出门，再和保安大叔交代一下，没事的。"

喻初不放心："不行，我还是陪你住几天。"

许芩茴笑着点头："好，随你。对了，你也得告诉我，最近怎么了，天天很忙似的。"

喻初靠着墙，叹气道："我舅舅的公司出事了，具体怎么样我也不知道。前阵子他去应酬，喝酒喝得胃出血，还不让人告诉我。我气得半死，和他吵了一架，最近一直跟着他，怕他再出事。"

喻初的母亲早逝，把她留给年迈的外婆和还未成家的舅舅。喻青接过喻初，一手将她抚养长大。

"严重吗？"

喻初的心情越发低落了："不知道，他不告诉我，让我安心念书。芩茴，我该怎么帮他？"

许芩茴拍着她的肩膀安慰："商场上的事，我们也不懂，现在你能帮上忙的，就是照顾好自己，不让他操心，尽快让他的身体恢复。"

"可我害怕，我总有种不好的预感。"

"别怕，我会陪着你，喻叔叔也会陪着你，他不会丢下你的。"

喻初靠在她肩膀上，眼角静静淌着泪。

当天下午，喻初便收拾东西去许芩茴家，要陪她住几天。

许芩茴知道喻初心绪乱着，便答应了。两人放学就到 KASA 吃饭，吃完开个包间学习，到时间就和白述年、小应一起离开。

再见小应，许芩茴有些尴尬，不太敢看他，之前他那样恳求她帮他瞒着被打的事，可她还是全部告诉了白述年。

小应特意等喻初和白述年都不在 26 号桌，才上前去和她说话："芩茴姐，你躲着我做什么？"

许芩茴若无其事地说："我没躲啊。"

小应坐到她对面："芩茴姐，我知道你是为我好，我没怪你。"

许芩茴放下心来："小应，你还小，不能让这些事拖累你一辈子。"

"我知道，芩茴姐，但我们家，就只有我能扛事了，我会努力，早点把债还清，然后重新上学，开始我的人生。"

许芩茴把一边的饮料递给他："我觉得你一定行，有事和我说，我一定帮你！"

小应和她碰杯，一饮而尽。

放下杯子,他想起来个事,有些难为情地开口:"苓茴姐,我得和你道个歉。"

"为什么?"

"之前我其实对你印象不是很好,私下还和述年哥说过你坏话,因为当时你对述年哥……后来述年哥和我说,你其实不是那样的。总之,苓茴姐,对不起,我不应该因为你一两个举动,就定义你是一个不好的人。你骂我吧。"

许苓茴笑着说:"我当时,确实做得不对。不过,白述年和你说什么了?"

"就说你其实嘴硬心软,是个好女孩。"

"他真的这么说?"

"嗯,上回吉他那事,述年哥误会你了,知道你走之后,他跑出去找了好久才回来,后来你受伤,他更内疚了。"

许苓茴倒没想过,白述年还跑出去找过她。

"那他……"

吧台边,老欧叫小应过去,小应答声好,问许苓茴要说什么。

许苓茴说没有,让他先忙。

喻初去见喻青,还没回来,许苓茴一只手撑着脑袋,看着店里来回穿梭的人。直到白述年从她面前走过,她的目光便紧跟着他不放。

她第一次这么认真地观察他,才知道十八岁的男孩,比二十多三十的人还要高。他腰板挺得直,双肩打开往后扩展,KASA 工装衬衣黑裤的装扮,将他的身高比例展现得很好。明明在这个年纪应当是秀气稚嫩的,却两次带着她在黑暗里奔跑,逃离那让人窒息的事物。

他小心地为她点燃光明,并告诉她,不要做噩梦,也不要睡晚了。于是,噩梦没有来,她也醒得很早,他们共同观赏了一场日出。

许苓茴幻想着和他一起看日出的画面,嘴角慢慢溢出笑。

倏尔,一个身影走来,端走她面前的饮料,换成一杯冒着热气的白开水,头也不回地留给她一句话:"医生说,哮喘患者,少喝乱七八糟的东西。"

许苓茴一乐,端起水,却说:"你管我!"

一中最后一次物理竞赛补习在圣诞节。

许苓茴上完绘画课过去,迟了十分钟。幸好陈云不在,她偷偷溜进去,放下画板,靠着椅背透气。她一路跑过来的,也不知是不是最近犯过病,一跑她就觉得不对劲。

白述年听着她的喘气声,停下笔问:"跑过来的?"

许苓茴拆着桌上他带过来的早餐,说:"嗯,打不着车。"

"不能停吗?"

许苓茴咬了口水煮蛋，问："什么？"

"画画。"

"为什么要停？"

白述年一脸不解："不累？"

许苓茴撕开三明治包装膜的手一顿，她上了很多年这种艺术课，没人问过她累不累。她有些感动，但没表现出来，掰着指头给他数："我还学过钢琴、琵琶、书法，以前还跳过芭蕾。"

白述年皱眉："学这么多做什么？"

许苓茴的口吻落寞下去："懂得越多的人，才越完美啊。"

白述年嗤之以鼻，明显不信这种说辞："这世上哪儿来完美的人。"

许苓茴指指自己，笑问："我不是吗？"

白述年的笔尖在卷子上画出一道，他想回答说不是，但想起高磊和他说的，她展现在外人面前的形象，好像确实是这样。

"想听我的话还是别人的？"

"别人的。"许苓茴知道他说不出什么好话。

"是。"

许苓茴话锋一转："可我从来没对他人说过，我是多完美的人。"

白述年一怔，眼睛盯着试卷，似要把那些数字看透。他想了半天，找不到什么话来回答。

许苓茴没在意，迅速吃完最后一口三明治，末了嘟囔一句："这味道怎么变了。"

白述年听到，没回应，默不作声地写题。

收拾好桌子，许苓茴把试卷拖过来："做到哪儿？"

"测试。"

许苓茴噎了一下，瞪他："不早说！"

白述年伸出食指贴在唇上，指指前边正在做题，却时不时回过头来看他们的人："小声点，别打扰人做题。"

许苓茴狠狠剜他一眼。白述年轻笑一声，低头继续做题。

陈云给了他们一个半小时，许苓茴耽搁了一会儿，最后一道大题没解完，匆匆写了个思路交上去。趁陈云批卷的空当，许苓茴在本子上把题解出来，推给白述年看："你是这样解的吗？"

白述年拿笔查看她的步骤："和我差不多，但我没算出答案。"

十分钟过去，陈云把试卷发还给他们，说："三个人做得都不错。这套卷子有些难，述年是最高分的，苓茴第二，要是苓茴最后一道题答上来，就和述年并列了，周曲也完成得不错，就差个两分。"

149

陈云很欣慰:"我之前和物理组的老师把咱市里和邻市几所学校都走了一遍,大概了解他们同学的实力,咱们的优势还是蛮大的,你们几个加油,争取把一二三名都领回来。"

三个人皆笑了笑,不敢承诺。

最后一次课,陈云没再讲什么,把卷子上几道难题给他们讲明白了,再唠叨几句有的没的,就放他们离开。

白述年去上厕所,许芩茴不急着走,等他回来,把桌上两个笔记本推过去。

白述年手湿,没去碰,看了会笔记本,又去看她的:"之前是不是给过?"

许芩茴白他一眼:"知识是要巩固的。"

他在裤子上蹭干净手,收下笔记本:"谢了。"

两人收拾好东西,离开学校。走到大门口,白述年想起喻初的嘱托,说:"喻初说好几天没见你了,让你晚上去KASA,去不去?"

喻青前两天生病了,喻初着急,一面记挂他,一面又放心不下许芩茴。许芩茴再三向她保证,不会晚归,有事及时找人,这才把她劝回去,免她分身乏术。之后她忙着照顾喻青,好几天没去学校,两人也没碰上面。

"不去了,下午要上琵琶课,上完就回家了,我晚上给她打个电话。"

"也行。那你中午怎么办?"

许芩茴裹紧外套和围巾,往四周的店铺看了看:"随便找个地方吃饭。"

白述年看着她挑店铺的样子,觉得自己有些魔怔了,在她漫不经心的模样里,他竟瞧出几分可怜和孤单。情绪在这时不受他控制,说出口的话也不受控制。

"要不,去我家吃吧?"

话一出,两人视线对上,眸里映出彼此的惊讶。

徐念见到白述年带许芩茴回来吃饭,高兴得不行,先拉着人聊上一通。

她还记挂着许芩茴家里的事,许芩茴模棱两可地说没事了,为转移对方的关注点,连忙把手中的东西递上:"阿姨,这是我一点心意,这些日子经常过来,给您添麻烦了。"

东西是她在前面商店买的,和白述年路过那儿,见到店外摆了许多核桃礼品套装,她想起小应说的徐念患有心脏病,便进去买了些心脏病人可以食用的东西。

出来时,白述年还以一种异样眼神看她,问她买这些做什么。她说给阿姨买的,白述年便知道小应把妈妈的身体情况告诉她了。他看了眼她手里几个袋子,没说不要,也没帮忙拎,丢下一句"跟上"便朝家走去。

徐念光看这些礼盒,就知道不便宜:"你这孩子,还是学生呢,花这些钱做什么,阿姨不需要。"她说着就要拉许苓茴去把这些东西退了。

许苓茴忙把人扯住:"阿姨,这吃了对您身体好,花不了多少钱,而且是拿我的奖学金买的,您要不收,我以后就不敢过来了。"

从房间里换好衣服出来的白述年,听到"奖学金"三个字,幽幽地朝她递去一眼。许苓茴看见了,暗暗瞪他。

"说什么话!"徐念佯装生气,"就一两顿饭而已,又不值钱,阿姨才没有那么小气。"

许苓茴卖乖,挽住徐念的胳膊,把东西放回桌上:"您不小气呀,那我总不能一直蹭吃蹭喝吧,就这一次,下次我不买了。"

徐念拧不过她,再次嘱咐她不要再乱花钱,得到她的保证后,才把东西收下。

在一旁收拾餐桌准备吃饭的白述年,见到许苓茴从没有过的腻歪样,倒也不惊讶,只随口吐槽:"不知道的以为你是她女儿。"

许苓茴怔了怔,低头去看自己挽着徐念的手。记忆里,她从来没有对林微做出过这样亲昵的动作,她们之间的相处,大都停留在你说我听,你问我答的模式,最亲密,只有马路上过人行道时,两人随意的牵手。可面对徐念,她下意识地展现出对徐念的亲近与喜爱,她突然觉得自己有些卑劣,利用白述年,又在徐念这儿寻求久违的亲情。

她悄悄松了松手,却被徐念拉回去,握住往餐桌走。

徐念回应白述年的话:"苓茴多好啊,女孩子就是比男孩子乖巧。"

白述年琢磨着"乖巧"两个字,玩味地瞥一眼对面尴尬笑着的人,又得来她一记冷眼,他笑了笑,问徐念:"我难道让你操心了?"

"那倒没有,但女孩子是妈妈的贴心小棉袄嘛。"

白述年把筷子递给许苓茴,盯着人说道:"那这件棉袄可就漏风了。"

话落,许苓茴用鞋尖狠狠踢过来,警告他闭嘴。他报复回去,在她鞋面上踩了一脚,无声地对她说:"吃饭。"

许苓茴瞪他瞪得更厉害了。

吃完饭,许苓茴要去上兴趣班,白述年被徐念唠叨着,送她到艺术中心。

临近大厦,白述年嘱咐道:"下了课就赶紧回去,别在外面逗留,天黑了不要出来,把门锁好,不管是谁都不要开。"

许苓茴点头:"知道了。"

"有事……打我电话,进去吧。"

"嗯。"

许苓茴背紧书包,往大厦里走,快到感应门时,她突然转过身去,白述年还站在那儿。她想了想,大喊一声他的名字:"白述年,谢谢你。"

临近竞赛，许苓茴停掉兴趣班的课，专心在家复习。

从早上开始做题，手边有水和零食，她只在上厕所时起来走动，一坐就是一整天。刷完陈云给的几套题，天已经黑了。

她脑袋昏沉，手指僵硬，离开书桌，躺在床上，长舒一口气。躺了一会儿，身体传来饥饿感，她懒懒地坐起，打算下厨做个晚饭。喻初的电话在这时打来，约她出去吃饭。她说学习了一天，精神很累，今晚想早点睡。

喻初在电话那边委屈地说："今天是2013年的最后一天哎！你不出来和我跨年吗？"

许苓茴直截了当地问："喻叔叔呢？不陪你跨年吗？"

喻初炸毛："好啊，许苓茴，你把我当什么了！跨年当然要跟好姐妹一起过了，我能让你一个人孤零零地过最后一天？"

许苓茴揉揉太阳穴，笑道："也不是不可能。"

喻初借题发挥，噼里啪啦讲了一堆，许苓茴拗不过她，答应下来，挂了电话就去换衣服。

岭安今年的雪，从十一月中旬下到现在，断断续续，一阵大一阵小，终于在十二月底飘到了最大。许苓茴套了两层加绒内衣，裹着大衣围巾，感觉还是抵挡不住这肆虐的风雪。雪地靴在雪地里踩出厚厚的印记，鞋底的花纹也印得很清楚。

一天没动的身体在这时有了舒展的念头，她玩心上来，双手交叉抱在胸前，一蹦一跳地在雪地上留下更深的印记。她一路跳到小区门口，跳出拉闸门，只顾着脚下，没看前面，最后一下不知撞到什么东西，整个人往后仰，一屁股坐在雪里。

她先给人道歉，"对不起"说了好几遍，才看清让她摔倒的"东西"。

白述年穿着藏青色的羽绒服，脚上踩着和她同款不同色的雪地靴，神色复杂地看着坐在雪里的人。许苓茴看懂了那眼神，他像看智障一样。

"白述年！"

"不冷吗？"

两人同时出声。

许苓茴恼羞成怒，抓起一捧雪扔向他。

白述年也没躲，等她扔够了，他伸出手去："起来了，喻初在等你。"

先前在KASA，喻初约了他和小应今晚一起跨年，小应替他答应了。等他知道时，喻初已经打电话约许苓茴了。他思忖片刻，还是决定过来接她。

许苓茴气还没消，看着眼前的手，起了捉弄之心。她伸手搭上去，突然用力，把人往下拉。白述年早料到她有此动作，往反方向使力。幼稚的两人在雪里拔起河来。

两人力气悬殊，许苓茜刚把人拉下一点，反被人钩住手肘，拉了起来。他臂力大得惊人，她被直直拉到他跟前，一个低着头，一个扬着脑袋，撞在一起。

许苓茜一抬眸，便是他那双在雪夜里异常明亮的眼睛，小区前路灯的光也投射其中，亮得一眨眼，好似有星光泄出。

"许苓茜，你多大了。"白述年移开脑袋，等人站好，松开手。

许苓茜把手藏进大衣口袋，没好气地回："要你管。"

白述年幽幽地瞥她一眼："喻初还等着，走快点，小短腿。"他跨一大步。

许苓茜在他身后踢一脚雪，溅在他雪地靴上，低头嘟囔着。

"哎哟。"前头的人不知何时停了下来，她直直杵上去，那后背硬得和墙一样，她捂着脑袋喊疼。

白述年笑她活该，末了问她在嘀咕什么。

许苓茜又回一句："要你管！"

白述年被气笑："行，那你自己走过去。"

他走到前边电动车停车位，插上车钥匙准备走。

许苓茜有恃无恐，知道他既然特地过来了，肯定不会丢下自己。谁知下一秒，那人发动车子走了。

"白述年！"许苓茜毫无形象地大喊。

她追了一小段路，被围巾闷得喘不过气来，停下来叉着腰小步走，瞧不见白述年的影，一面骂着人，一面准备去马路上拦个车。

身后突然传来鸣笛，许苓茜转身去看，他不知从哪儿又绕过来了。

白述年停下车，丢一顶安全帽给她，厉声威胁："再喊，嘴给你缝上。"

许苓茜慢悠悠地戴上帽子，跨上后座，在他耳边清楚又响亮地喊："白述年！"

白述年眉一挑，快速拧油门，车子一下子冲出去，后座的人惊呼一声，再次撞上他的背。

他气定神闲地说："还喊吗？"

许苓茜紧紧抓住他的衣服，不吭声了。

喻初在江边的一个饭店里订了位子，隔着透明玻璃望出去，满街熙攘。岭安江边有烟花表演，八点有一场，噼里啪啦，时响时停。烟花声刚响，许苓茜就探着脑袋望出去，心思不在食物上。

小应见着了，也跟着望过去，看见一朵紫色的烟花："苓茜姐，你喜欢烟花？"

许苓茜轻笑着点头，将视线收回来。

四人吃完饭就在江边晃，逛到一家射击赢玩偶的小摊前，一次十块钱，

153

二十发子弹。

喻初跃跃欲试，买了四十发子弹。但她技术不行，眼神也不行，四十发中了不到十发。

小应也买了二十发子弹，问喻初："喻初姐，你要哪只？"

"小应，你会啊？"

小应握起玩具枪："白叔叔教过我和述年哥。"

喻初望向边上的白述年："小白也会？"

白述年盯着面前几排玩偶，淡淡点头。

喻初高兴了："小应，我要中间那个，棕色的布偶熊。"

"好！"

小应瞄准位置，没有停顿地打出二十发子弹，中了十八发。他丢下玩具枪，一脸神气地吆喝老板："老板，中间那个棕色布偶熊，麻烦拿给我姐！"

喻初接过玩偶，对着小应一阵夸。

许芩茴看着玩笑的两人，不禁笑出来。她没玩过这种游戏，也想试试，手刚摸上一把玩具枪，耳边就响起一串不停歇的气球爆破声。她扭头看过去，白述年双手架着玩具枪，一只眼眯着，一只眼盯着瞄准镜，姿势倒真有几分专业的样子。

声停，他放下玩具枪，转动手腕："好久没玩了。"垂眸看一眼人，他说，"挑吧。"

他中了二十发。

许芩茴揶揄道："想送我就直说。"

白述年欲盖弥彰："手痒而已。"

许芩茴笑眯眯地打量一番，最后挑了一只灰色的玩偶猫，它面无表情，加上几撮胡子，看着有些孑毛。

白述年："为什么挑这个？"

"不行吗？"

"丑。"

许芩茴笑得开心："对啊，像你嘛。"

白述年反应过来，伸手欲抢。

许芩茴把玩偶藏进大衣里，睨他一眼："可由不得你！"

白述年白她一眼，说："无聊。"

江边风大，好在雪停了，让人有等着跨年的欲望。四人晃悠一会儿，买了热饮，寻地方坐下，等零点跨年。烟花响起时，人群也跟着哄闹。远处有人喊了声"新年快乐"，随后有无数声"新年快乐"在江面上飘荡。

喻初拉着人，挤到江边，抓着栏杆，喊出自己的新年愿望："我希望我舅舅的公司,能够逃过一劫!"

小应也跟着喊:"我希望,我能早点开始我自己的生活。"

边上两人没动静,动作一致地平视江面。

喻初问:"跨年哎,你俩不许愿吗?"

小应撺掇着:"对呀,述年哥,苓茴姐,快许愿啊。"

或许是受周遭气氛感染,白述年卸下平时成熟冷静的样子,思考片刻,对着江面大喊:"我希望,物理竞赛考试能顺利。"

三个说完的人,视线落在许苓茴身上。

许苓茴张了张嘴,说不出来:"我还没想好,等一下。"

江面上突然盛开别样的烟花形状,所有人都被吸引,许苓茴也看过去。喻初叮嘱她记得许愿,随后也跟着人群议论这场烟花。为迎新年,这场烟花放了许久,声音格外响亮。许苓茴想好了愿望,每每要张嘴,都被这响声掩盖住。

白述年注意到她的动作,矮下身来,分一半视线给她:"说吧,我听着。"

许苓茴漾开笑,踮脚,愿望许在他耳边:"我希望,物理省赛,白述年能顺利拿到第一名,并顺利拿到高考加分。"

白述年一愣,视线全都投向她。四目相对,两人眼里,全是绚烂的烟花。

省赛的地点定在岭安大学,许苓茴一下车,就瞧见等在学校门口的白述年。

她小跑过去,白述年递来一个袋子:"早餐。"他指着前面的路,示意从那儿走,"最后一顿。"

想起先前两人说好的,早餐送到他们比赛结束为止。许苓茴拎过袋子,有些惆怅:"记性那么好,怎么不见你多背一点古文和单词?"

白述年忍俊不禁,回嘴:"鸡毛蒜皮的事记得最清。"

许苓茴还沉浸在明天起就吃不到早餐的失落里,三明治的包装膜撕下,才后知后觉他这话的意思,皱眉问:"你是说给我送早餐,是鸡毛蒜皮的小事?"

"不然呢?还得跟公主似的,几个人伺候着?"一点没有先前被她几句话噎住,反驳不了的样子。

"白述年,我发现你最近嘴皮子挺利索。"

"大概是近墨者黑吧。"

"你……"这回轮到许苓茴噎住,忽然发觉自己跨年那天许的愿有多傻。

难得扳回一局,白述年心情颇好:"快点吃,再过一小时要进考场了。"

许苓茴当是他服软,不再计较,举起三明治一面走一面吃。吃完半个,她盯着三明治的内馅,忽然说:"这味道怎么又变了?"

最后一次补习吃的三明治,和原先口味不太一样,连着一周都是,她吃习惯了,味道又变回去了。

155

白述年这回回答了:"可能是我妈用了不一样的沙拉酱吧。"

许苓茵瞥他一眼,半信半疑:"噢。"

她又不蠢,沙拉酱都尝不出。

两人找到岭安大学物理系,在门口看到陈云和十八班的周曲。

"来啦。"陈云把两人介绍给旁边其他老师,两人礼貌地问好。

时间差不多,陈云最后给他们嘱咐几句,让他们放平心态。许苓茵和周曲分到一个考场,白述年在隔壁。在过道分别时,许苓茵把人叫住:"白述年,我们打个赌怎么样?"

白述年举起手腕上的表给她看:"这个时间,你确定?"

"几句话的事。"

"赌什么?"

"要是我比你先出考场,你再给我带早餐,怎么样?"

白述年琢磨过来她的意图,直接被气笑:"许苓茵,你玩我呢?"

"我怎么就玩你了?我们水平差不多,谁先做完不一定呢。"

"那你耍诈怎么办?"

许苓茵竖起三根手指:"我要是耍诈,我就永远,不,十年吃不到你做的,不,阿姨做的三明治。"

"许苓茵,你什么时候变吃货了?"

"那你赌不赌?"

白述年见她一副不赌就别想进去的架势,勉强点点头,还不忘交代:"认真做,别耍诈。"

许苓茵给他一个十分完美的笑容。

许苓茵的座位在左手边靠窗倒数第三个。她带的东西不多,准考证和一支笔,上交完手机,呆坐着等监考老师发试卷,脑子里想着和白述年的赌约,还有吃了一个月的早餐。

铃声响起,监考老师说了一串话,开始发试卷。

集训效果不错,许苓茵从拿起笔,手就没停过,草稿纸画了两张,做完最后一道大题。

她伸手,想和老师再要张答题纸,却在垂眸的瞬间,看见试卷上写得完整的解题过程和答案。她朝前看一眼,前排周曲笔杆子还没停,题对他来说应该有些难,他一直拿笔杵着脑门。

老师看见她的示意,过来询问她要什么。

许苓茵停下笔,小声说:"老师,我想交卷。"

监考老师看一眼她的答题纸:"同学,还有时间,你再想想?"

"噢,您先等一下。"

她拿起笔，迅速写下两道公式，又停笔："好了老师，交卷。"

岭安大学的风景很好，出了考场的许苓茴在物理系边上的小花圃逛了一圈，到结束时间，她回到考场外。

等了一会儿，在人群中瞧见白述年。她朝他挥手，笑容灿烂："我赢了。"

白述年从人群中走到许苓茴身边，略带怀疑地问："你真的写完了？"

最后一道题有难度，他算到交卷前一分钟，才把答案算出来，但没时间验算，也不清楚做没做对。

许苓茴不答反问："白述年，你这是质疑我的水平？"

"没有。"他背好书包往前走。

许苓茴跟上："那你愿赌服输，还要给我带早餐。"

"每天三明治加鸡蛋，你吃不腻吗？"

"不腻。"这两样东西，是她每天最期待的。

"知道了。"

陈云在原先的位置等他们，见三人来齐了，也没过问他们考得怎么样，只说自己掏腰包，请他们吃饭。不给三人拒绝的机会，直接叫了辆车，把人塞上去。

挑了家粤菜馆，到地方，菜刚点上，许苓茴的手机响了。她看了眼来电显示，起身和他们说接个电话，便朝外走。电话是林微打来的，知道她今天考完试，约了一家人给她庆祝。

许苓茴说带考老师已经陪他们来吃饭了。林微听完略微不满，但没表现得很明显，只问她能不能尽快结束过去。

上次许晏清跟踪她那件事，她还没想好怎么解决，不想和他碰上面："妈，最近准备考试，我有点累，吃完饭想回去休息了。"

电话那头的林微长叹一声气："苓茴，妈妈都半个月没见你了，你说要考试不来吃饭，妈妈也答应了，今天都考完了，你也不来见见妈妈吗？"

一次次面对林微的示弱，她有些疲惫："不能改天吗？"

林微埋怨道："这阵子你们是在忙什么，晏清好久没回家，元旦也没能回来，好不容易今天岁岁有时间，你们俩又没时间了。"

"他没去吗？"

"没有，就我和你爸爸，还有岁岁。"

许岁和？她无声呢喃几遍这个名字，想起第一次回许家吃饭，许岁和送她回来时说的话。她沉默半响，心里暗暗有了主意。

"妈，在哪儿吃饭，我待会儿过去。"

林微高兴了，给她报地址："在鹿鸣酒店，你来了会有人接你的。"

"好。"

许苓茴挂了电话回去，和陈云道歉，说家里有事得先回去。陈云让她先吃点垫垫肚子,她说不用,拎起书包朝几人颔首,再说了句"抱歉",便离开餐厅。

在路边叫车时,白述年追上来,问她出了什么急事。

许芩茴没有瞒他:"我妈叫我去吃饭。"

白述年蹙起眉,问:"你那哥哥也在?"

"我妈说不在。"

"在哪儿吃?"

"鹿鸣酒店。"

白述年看了眼来往的车流,瞧见一辆空车,为她拦下车。他对她说:"如果遇上那个人,别慌,也别和他硬碰,先告诉大人,知道吗?"

他一字一句说得清楚,嗓音没了平时的清冷,反倒添了些许温情,和他唱歌一样,许芩茴听得忘了回应。

白述年扯扯她的外套口袋,皱眉道:"听见没?"

温情只是一瞬,过后又变回冷清了,还没听够的许芩茴不太高兴地回一句:"知道了。"

"去吧。"

他要给她关上门,许芩茴按住车窗,仰头望他,斟酌许久才说:"如果……我打电话给你,你会来吗?"

白述年也望着她,许久没说话,在司机师傅的催促下,他那平静的双眼似乎浮动些许情绪。车门关上的瞬间,许芩茴听到他语气郑重地说:"会。"

到鹿鸣酒店,还是上次那个包厢,桌上放着她喜欢吃的甜点,Nanaimo Bars(纳奈莫条)。

许芩茴一落座,林微就把那盘甜点端过来,说:"来,芩茴,你最爱吃的。"

许芩茴夹起一块,默不作声地吃着。

林微把她散乱的头发捋到一边:"芩茴,考得怎么样?"

"还行。"

许怀民笑呵呵的:"你这话真是问多余了,芩茴成绩那么好,肯定考得不错。"

林微柔柔地斜他一眼,嗔怪道:"我这不是关心她嘛。"

"今天考的是物理吧,芩茴物理成绩一向很好,你就别瞎操心了。"他起身,夹了一块甜点,放到许芩茴碗里,"这点芩茴就比她哥哥姐姐强,岁岁文科好,理科不行,晏清呢,成绩平平,哪像芩茴,全方面发展。"

听到他拿许芩茴和许岁和姐弟比,林微一脸骄傲,仿佛赢了什么奖,腰杆都挺直了,笑得愈加欢喜:"岁岁和晏清也很优秀啊,孩子们都挺好的。"

许芩茴勾起嘴角,露出个勉强的笑。她放下筷子,没去动许怀民给她夹的东西。"

一旁吃得半饱的许岁和,夹了只龙虾,戴上手套细细剥完壳,放到许苓茴碗里:"手写字还行吧,有没有不舒服?"

许苓茴一愣,没想到她还记挂着自己的手。许苓茴夹起龙虾,晃一晃给许岁和看:"没事了。"

"那就好。"许岁和又夹了其他菜给许苓茴,"多吃点。"

"谢谢……岁和姐。"

听到一声"姐"的人有些恍惚,惊讶地望着许苓茴。以往许苓茴都是要林微一再要求,才肯开口喊她姐的,今天这是怎么了?

许岁和还疑惑着,就听许怀民问:"岁岁啊,晏清最近是怎么回事,一直瞧不见影?"

许岁和挑着菜里的葱蒜:"给他打过电话,说最近陪老师跑项目,没怎么歇过,过两天还有一个封闭训练。"

林微担忧道:"这孩子,也不知道歇两天,把身体搞坏了怎么办?"

许怀民拍了拍林微的手:"男孩子就该出去历练历练,哪能一直在家待着,你就别操心了。"

"我这不是想让他回家看看嘛。"

许苓茴沉默地听着他们对许晏清的关心,机械地动筷。最后散席,她有些撑,站在一边揉肚子。

林微下午要陪许怀民去公司,便嘱托许岁和捎许苓茴一趟。许岁和点头应下,看向许苓茴。许苓茴这回没有犹豫,直接答应。

四人行至停车场。上车后,见许怀民先开出去,许苓茴对许岁和说:"岁和姐,我们找个地方聊聊吧。"

许岁和从来没有和许苓茴单独相处过,这样和许苓茴面对面坐着,她有些紧张。想来她比许苓茴大三岁,可每次和许苓茴交谈,总觉得许苓茴身上有一股压制人的气息,让她不自觉地小心翼翼。

她喊来服务员,要了杯冷饮,扭头问许苓茴要什么。许苓茴原本想点杯东西壮胆,手划到菜单上,耳边突然响起白述年的话"医生说,哮喘患者,多喝水"。

她笑了笑,合上菜单,要了杯温开水。

服务员走后,两人静坐片刻,许岁和先开口:"苓茴,你找我有什么事吗?"

许苓茴面上冷静地看着她,放在大腿上的手却捏紧了。她试探地说:"岁和姐,你还记不记得,你说过,有事需要你帮忙,可以找你。"

"记得。"

见许苓茴犹豫,许岁和直接问:"你要我帮什么?"

"帮我处理一个人。"

"谁？"

许苓茴迎上许岁和的眼睛，坚定而满怀希望："许晏清。"

许苓茴预想过很多次，把那件事说出来需要多大的勇气。面对喻初，她轻易说出口，因为喻初就像另一个她，她们可以共享与分担任何事。面对林微，每次她都攒足了勇气，但是林微的一句"哥哥"，便将她所有的勇气打散。

后来，白述年知道了。也许是那段经历里的自己太过狼狈和难堪，也许是自己很想在他面前留一份体面，所以她没有勇气全盘托出。而今天面对许岁和，她异常平静地说出折磨她三年的噩梦，她逼着自己再去回忆那些可怕的记忆，她感觉到自己的声音在颤抖，身体也在颤抖。

说完最后一个字，她像卸下什么重物一样，身体连带着心理都轻松许多。

此刻面对许岁和越来越严肃的表情，她突然明白一件事。那些事，是屈辱和可怕的，但置身于事件中，屈辱和可怕的人，永远不会是她。

许岁和许久没有反应，一副不可思议的模样。她知道许晏清总是有意无意地针对许苓茴，但她以为只是他心里有隔阂，所以每次都只是语言上帮许苓茴解围。她没想过，自己温顺阳光的弟弟，在他们的妹妹面前，会是这样一副恶魔模样。她呆滞许久，望向许苓茴，嘴一张，却什么话也说不出。

许苓茴却笑了，语气轻轻地问："岁和姐，你相信我吗？"

许岁和不敢轻易说出相信，她喝了口冷饮，缓解唇上的干涩，握紧杯子说："苓茴，你给我点时间，让我去查证一下。"

"好。"他们是一母同胞的姐弟，许苓茴从没想过，靠自己三言两语，就能让许岁和完全相信她。

"苓茴，在这之前，你保护好自己，有事及时给我打电话。"

"好。"

许苓茴婉拒了许岁和送她回家的提议，小步行至公交车站。

到 KASA 那班公交车驶来前，她接到个电话，白述年打来的。入耳是他想藏却藏不住的急切："怎么样，没事吧？"

周围都是等公交车的人，许苓茴被挤在一块小小的台阶上，后面的人再跨一步上来，她就会被挤下去，但她在这样逼仄的环境里，眼里泪光闪烁，却笑得比谁都开心。

"我没事，现在去 KASA。"

不是没有人相信她。他甚至没有听过完整的事情真相，但他毫不保留地把信任尽数给了她。

第七章 疤痕

　　许苓茴去 KASA 是有正事要做。
　　周日下午，店里客人多，许苓茴向经理借了一台笔记本电脑。她看了两圈，想找白述年，见他忙得脚不沾地，便开了电脑忙自己的。身旁的客人来来走走，等动静小下去，她手边多了一杯水，还冒着热气。她抬头看去，白述年坐在她对面。
　　白述年走了几个小时，有些累，腰背碰到沙发，肌肉都放松开来，他懒懒地看了她一眼，问："对着电脑一下午，忙什么呢？"
　　许苓茴把电脑转过去给他看，页面上是一家吉他维修店。
　　"看这个做什么，都快考试了，还不回去学习？"
　　许苓茴把电脑转过来，回嘴道："你不也没学？"
　　两个不务正业的人，皆没话说。
　　"你的吉他在这儿吗？"
　　"不在。"
　　"那你找个时间给我，我拿去给人看看。"
　　"不用，你把地址给我，我自己去。"
　　许苓茴盖上电脑，左手撑着下巴问："白同学这么忙，有时间去吗？对了，我得提醒你，你这回双语要再不及格，杨老师可要发飙了。"
　　白述年勾起嘴角："怎么，你说的三十分不作数了？"大有他若没能提分，就让她把这一个月的早餐吐出来的架势。

许苓茵把右手也伸上来撑着,眼底浮现狡黠的笑意:"我说的是高考,又不是现在。"

"许苓茵,够狡猾的啊。"

许苓茵捧着脸点头:"你第一天认识我?"

白述年起身就走。

许苓茵在后头喊着:"给不给?"

"等着。"

"假期最后一天拿给我。"

白述年朝她挥一挥手。

元旦剩两天假,除了上艺术课,许苓茵待在家哪儿也没去。给白述年定好期末学习计划,又把复习资料整理出来,花了她一整天的时间,弄好白述年的,她才开始顾自己。

她在学习上并没有极高的天赋,也许是发狠了学,靠着勤奋与一点优势,让她在外人看来,可以毫不费劲稳坐年级第一。后面慢慢形成自己的学习方法和思维模式,所以无论学什么,她都能很快上手,也能取得优异成绩,因此在最后关头,她不需要费太大劲儿。

从早上七点学到中午十二点,算完最后一道数学题,她停下笔,伸了伸腰,反手捏上酸痛的脖子。看了眼时间,打算吃个午饭睡会儿,等白述年把吉他拿过来,再去趟维修店。

在家待了两天,冰箱剩的东西不多,她拿来便利贴,记下要买的东西。放在料理台上的手机突然响了,她接起,夹在肩膀和脸颊间:"喂,你好。"

"是我。"

她瞄眼屏幕,白述年打来的,问他:"怎么了?"

"还来 KASA 吗?"

"不去了,你待会儿把吉他拿过来。"

白述年没应声,许久,许苓茵以为他挂了,侧眸看一眼,屏幕还亮着。

"白述年?"

"嗯。"他犹豫一阵,有些别扭地问,"我妈让你晚上去吃饭,去不去?"

许苓茵眼睛一亮,记东西的手停下:"你在邀请我?"

"不来是吧,行……"

"去!"许苓茵急忙喊,"谁说我不去。"

"那你忙完了自己过去。"

"可我不认识路。"

白述年轻笑,嘲她:"学霸还是路痴啊?"

许苓茵幼稚地威胁:"白述年,你再说一句,信不信我把你的花都摘光?"

"那也要你能到我家才行。"

"白述年!"

"行了,等着吧,三点过去接你。"

"吉他记得拿过来。"

"知道了。"

"等下,我能不能把喻初也带过去?我们约好吃饭的。"

"可以。"

"行,那我等你。"

"嗯。"

挂了电话,许苓茵给喻初发去消息,告诉她吃饭地点改了。喻初问是哪儿,她笑眯眯地说等到了就知道了。

简单吃过午饭,打开电脑,继续搜索吉他维修店。看着看着,睡意袭来,她趴在床头睡过去。没多久,急促的手机铃声响起,她被吓得从床上惊坐起身。

她做了个梦,突然而至的铃声像是梦里戳进黑蛇喉口的断枝,响起来的瞬间,眼前全是红光。她抚着剧烈起伏的胸膛,等呼吸平缓一下,才拿过枕头上的手机。

是林微。

她按下接听键,对面却是一道陌生又急切的声音:"请问,你是许苓茵吗?"

"我是,您是谁?怎么会拿着我妈妈的手机?"

"手机的主人出车祸了,在呈平路这里,你快过来!"

许苓茵怔住,在对面连声的"喂"里反应过来,掀开被子往外跑。她随意套了件衣服,冲向电梯。电梯还在一楼,她转而朝楼梯间跑去。

"麻烦您先帮我叫个救护车,我现在立马过去,麻烦您,麻烦您了!"

对面的女人说好,挂了电话。

许苓茵握着手机,三步并作两步跃下楼梯,最后几级,她脚底打滑,从几步台阶上摔下来,左手手腕磕在楼梯扶手上,立马见青。她没有理会,站起来接着跑,到小区门口拦了辆车,便匆匆报上地址,一路催着司机开快些,错过身后追上来的人。

呈平路是岭安市内一个村镇的路,许苓茵从没去过。她忐忑地望着窗外陌生的景物,心里涌上一波又一波的恐慌。二十分钟后,进入呈平路,司机问在哪儿下车,许苓茵按着女人给的地址,在第三巷的巷口下了车。

或许是早上下了雪,这个时间路上行人不多,周遭也很安静,没有车祸的迹象。许苓茵找了个过路行人询问,被拉住的人一脸茫然地说没有看见。

许苓茴向人道谢,沿着巷子往里走,一路问过去,边给林微打电话,但她的手机关机了。

巷子很深,前头是一些老式住宅,往里走,住宅变少,枯败的树木多起来,遮住了光线,巷子变得幽暗,风也呼呼地刮着。直到看见一个门廊下印着"陈氏祠堂"四个字,她才发现自己误入了村镇里的祠堂。

她转过身,匆匆往外走,不停地给林微打电话,一直是关机状态。这个环境,有种莫名的阴森笼罩,她加快脚步走出去,在瞧不见祠堂影子时,打通了林微的电话。

但她清晰地听到两个地方传来的铃声,一个在她的手机里,另一个,她抬头望去,前面不知何时出现一个黑衣黑裤的男人,他戴着口罩,头发微长微卷,垂到下颌处,上面的刘海盖住额头,一张脸被掩住大半,可她一下子将人认出来。

许苓茴没有挂断电话,他手里的手机也在不停地响,直到长时间没接,自动挂断。风似乎变冷冽了,吹得她不自觉地颤抖:"许……许晏清。"

男人把手机丢进风衣口袋,一步一步地朝许苓茴走来:"我弄成这样子,也只有你,能一眼认出我。"

许苓茴往后退:"许晏清,是你把我骗过来的?"

"是。"

"我妈没有出车祸,对不对?"

"对。"

许苓茴松口气,但双手紧握手机,当作武器指向他:"许晏清,你敢动我,你试试看。"

许晏清拉下一点口罩,露出整个鼻梁:"怎么,动了之后你要去告诉我姐吗?苓茴,我还真是小看你了。偷偷告状是吗?你觉得你说了,她就会信你?她可是我亲姐。她对你再好,你们也不是同个妈生的。"

"许晏清,你做得出,还怕许岁和知道吗?早知道你这么怕她,我就该早告诉她。"

他猛地上前,一把抓住许苓茴手里的手机,用力往墙上掷去,手机屏幕顿时摔碎。

许晏清一只手抓住她,他的手掌极大,握住她的两只手腕都绰绰有余。他说:"苓茴,我带你去个安静的地方。"

许苓茴被他拖着走,意识到靠自己逃不出去,她拼命喊,试图在这条安静的巷子里求救。喊了几声,被许晏清猛地放下,随后嘴里被塞进一只他脱下的手套。

"嘘——太吵了苓茴,安静一点?"许晏清拖着人,到一旁垒满干枯稻草的板车上,把人推上去,"上次帮你的那个小男生是谁?"

许苓茴双瞳猛地一睁,反抗力道变大。

许晏清仿佛抓住她的软肋,声音夹了笑意:"反应这么大,你在意他?"

许苓茴抬脚踢他,许晏清早已了然她的招数,她一动腿,就被他制止:"下次学点别的招,同一个招数,不能用太多次。"

许苓茴扭着身体躲闪,嘴巴被堵住说不出来话,只用力呜咽着。

"别动。"

一股窒息感袭来,她好似被一条丑陋的毒蛇扼住了喉咙。

许苓茴在挣扎中想起午睡时做的噩梦。梦里她种了一盆玫瑰,外头天气晴朗,她把玫瑰拿出去晒太阳。过后不久,乌云聚来,狂风大作,她跑出去找玫瑰,却发现这么短的时间,玫瑰折了枝,花瓣凋零,一截掉在地上,一截还在土壤里。掉在地上的那半截,玫瑰花苞指着的方向,有一条吐着信子的黑蛇。它张大嘴,露出锋利牙齿,齿间还沾着暗青色的枝叶。她的玫瑰,是被它硬生生咬下的。

倏地,那条黑蛇朝她而来,她闪过身,翻滚着身体,过去捡起玫瑰断枝,将锋利的断枝口直插进黑蛇的喉口。断枝穿透毒蛇的喉咙,溅出一股红色的血。

梦境消失,红色的血晕开许晏清的脸。

许苓茴停住挣扎,不再乱动。

许晏清感受到她的顺从,心情似乎变好,轻笑出声:"微姨都对你这么狠了,你不该来。苓茴,你得学着心硬点。"

许苓茴的呜咽声也止住了,平躺着,没有一滴眼泪掉下来。

许晏清心情大好:"许苓茴,你知道吗?小时候没有爸爸,我被人追着骂野种,他们也这么把我堵在巷子里,把我围住,绑着我,骂我,用树枝打我,用石头砸我,我姐为了救我,被那些人打。反抗回去,那些人去和我妈告状,可我妈一个女人带着孩子,也不敢吭声,只能任由他们辱骂。

"后来回到许家,看见你,学习优秀,多才多艺,不用担心生计,不会被人欺负,才发现我和我姐原本该过这样的生活,那些欺负和侮辱,本不该由我们来受。苓茴,这是你和你妈欠我的。母债女偿,你就替你妈一起还了吧。"

他好似陷在回忆里,动作变得愈加轻缓,钳制她的力道也略微小一些。

许苓茴睁开眼,看见他眼睛闭着,她深吸了口气,鼓足劲用脑袋撞向他。额头剧烈的相撞让她太阳穴一阵眩晕,没时间缓过疼痛,她挣脱出一只手,攥成拳头朝他腹部连续攻击,见他还没反应过来,她拿掉嘴里的手套,大喊"救命"。

"许苓茴!"

许苓茴挣脱出另一只手,把他往后推。

她眼疾手快,推开人便跑,边跑边喊救命,可跑出没几步,许晏清追上来,她被他拉扯住手臂,往墙上用力撞去。许苓茴头晕目眩,耳边嗡嗡响,无力地倒在地上，有一瞬间好似失去了知觉，什么话也说不出来。

许晏清再次压上来，恶狠狠地说："这是你逼我的！"

许苓茴闭上眼，绝望地任眼泪掉落。

突然，有重物碎裂声响起，她脸颊边被裂开的碎片划过。睁开眼，见到白述年举着吉他，吉他面板裂开，面板碎片有些在许晏清背上。

白述年第一次表现出与他的性格不符的攻击性。

从KASA忙完出来，他提前去接许苓茴，在小区门口给她打电话时，没打通。过了没多久，就见她丢了魂似的跑出来，拦到一辆车便匆匆上去。他跟在后面喊了几声，没回应，便也拦了辆车跟上。

中间因一个红灯，车跟到呈平路就不见她的去向。他在入口处下车，沿着呈平路分布的小巷找过去。走到二巷中途，他听到几声救命，可几声后便消匿。隔得远，他分辨不出那几声救命是不是许苓茴喊的，但他想也不想地循声跑过去。所幸小巷之间有一两个相通口，两分钟就能跑到三巷。再往下走一段，他看见摔在墙边的手机，是许苓茴的。

一路过来的担忧在这一刻达到极致，他慌了神，四周寻找，最后看见躺在地上的许苓茴。

他失了理智，举起一路带过来的吉他，狠狠砸在男人背上。他铁青着脸，抓起许晏清的后领，将人提起，狠狠掼到墙上，震起一片墙灰。他挥拳相向，拳头在距许晏清眼角几厘米处被许晏清拦住。他迅速抬起脚，膝盖用力顶上许晏清的小腹，在许晏清疼得弯腰的瞬间，手肘掷在许晏清后背上。

"浑蛋！"白述年转身，朝许苓茴走去，脱下自己的外套，走近之后将她裹在外套里。

他轻抚着她散乱的头发，把发尾的结梳开，盛怒过后，声音有些不自然，但他极力用温柔的语气开口："没事了苓茴，没事了，我在，别怕。没事了，我们先离开这儿。"

他把人扶起，余光瞥到许晏清已经站起来了。

他揽着许苓茴的肩，想带她跑，身后许晏清却拎起墙边一个空酒瓶，朝他们挥来，白述年一个侧身护住她。

许苓茴哽着声音喊："白述年！"

白述年忍痛回道："没事。"他轻推她一把，"你先走，快走。"

"白述年！"

"先走，我一定追上来。"

话落，他后脖子挨了一拳。转身，迎面飞来个东西，有光反射进他眼睛里，眼睛条件反射地眯起，那个透明冰冷的东西擦着他的眼角，掉在他脚边。

他恍惚一下，随即清醒过来，许晏清挥着拳头，正中他右眼。

他倒在地上，黏糊糊的液体自太阳穴流下来。他的视线开始模糊，眼前的人出现重影。

"多管闲事。"他看见许晏清又拎起一个啤酒瓶。

寂静的巷子突然传来喧闹声，是去而折返的许芩茴带来帮忙的人。

许晏清见状，丢下酒瓶，往巷子另一边跑。

见人跑了，白述年松了口气，往脸上濡湿的地方摸，沾到一手血，手被人攥住。

"你乱摸什么？"许芩茴跪在他身旁，哭腔很重。

白述年右眼被血糊住，只得费劲睁大左眼去看她："你没事吧？"

许芩茴用力摇头，摘下围巾，卷成几层按上他的伤口："白述年，你眼睛受伤了。"

白述年抬手握住她的手，手中的血沾染她洁白的指缝："我知道，没事。"

许芩茴哭得一抽一抽，仰头向围观的人求助："麻烦你们，帮我叫救护车好不好？麻烦你们。"

人群中有人立马掏出手机。

白述年握紧她微颤的手："我没事，你不用担心，但是……"他闭了闭眼睛，轻笑，"算了，哭吧。"

"白述年，对不起，对不起。"她哭得厉害。

白述年抬手擦去她的眼泪，但他手上沾了尘土，他往上伸，用手腕去擦："不是你的错。"

许芩茴说不出话，也不敢用力按他的伤口。

白述年伤了眼，但意识还很清醒，单眼见到许芩茴双膝跪在地上，小巷的路有许多尖锐的小石头，他说："别跪着，膝盖该瘀青了。"

许芩茴听话地起来，转为蹲着："白述年，你不要管我了，闭上眼睛，救护车马上来了。"

白述年见她满脸眼泪，头发散乱，没有半点平日端着的样子，却觉得此刻的她美极了，比他第一次透过柱子缝瞧见的许芩茴还要美。

"这样多好。"他揩掉她眼角新掉出来的泪，"高兴就笑，生气就骂人，害怕就哭，这才是真正的许芩茴。"

不用压抑自己，不用事事做到完美，一个平凡的、普通的许芩茴。

许芩茴和他对视，透过氤氲的水雾，她看见一个狼狈，但比任何时候都要柔和的白述年。

他说的真正的许芩茴，可她自己都忘了，真正的许芩茴是什么样子的。

救护车的鸣笛声自远而近，许芩茴一个人抬不动白述年。有人过来帮忙，许芩茴向他道谢，两人撑着白述年走出小巷。快到出口，许芩茴突然停住，让

167

男人先扶白述年上车,她重新跑回小巷,手上沾的血被她擦在自己衣服上,到地方,她把碎成几块的吉他捡起来,抱在怀中。

鸣笛声远去,小巷重归宁静。

喻初接到消息赶到医院,急救室外只有许苓茴。

她跑过去蹲在许苓茴面前,轻声喊:"苓茴。"

许苓茴抬头,双眸无神,见着喻初,眼泪又冒出来:"喻初。"

喻初一把抱住她:"我在,我在,没事了,没事了。"

她的衣服上有很多枯草,喻初闻到她身上有尘土味和淡淡的血腥味。喻初没急着问,等人情绪稳定了,才松开她,小心翼翼地问:"苓茴,发生什么事了?小白为什么会在医院?"

许苓茴伸手给喻初看,手上的血迹已经干涸,粘成一块一块的暗红色:"白述年被砸伤了眼。"

"谁干的?"

许苓茴的满腹恨意在这时尤为明显:"许、晏、清。"

喻初惊讶,正疑惑许晏清怎么会和白述年有交集,瞥到许苓茴,一瞬了然:"许晏清又去找你对不对?他对你做了什么是不是?"

许苓茴点头:"他让人骗我说我妈出车祸,我去了一条没人的巷子,后来白述年来了,和他打起来,被他拿啤酒瓶砸伤了眼。"

喻初腾地站起,气得抬脚往椅子上踢:"许晏清还是不是人,几次三番这样对你,他真以为我们拿他没办法吗?"

她又蹲回去,握住许苓茴的肩膀:"苓茴,不能再让他继续下去,这次幸好有小白,可他也受伤了。万一下次,我们都不在你身边怎么办?你要怎么办?"

许苓茴擦干眼泪,一脸决绝地说:"我不会放过他的。喻初,把你手机借我。"

喻初把手机给她。她解开锁,还没按键,腿上有东西响动,是从白述年外套里传来的。

她放下喻初的手机,找到白述年外套内的白述年的手机,是徐念打来的电话。

"谁?"喻初问。

"白述年的妈妈。"

白述年的妈妈有心脏病,白述年的伤严不严重现在还不知道,以防白述年的妈妈担惊受怕加重病情,在他的伤情稳定下来前最好不要让她知道。考虑清楚后,许苓茴吸吸鼻子,深呼吸几次,接起电话:"喂,阿姨,是我,苓茴。"

"白述年?他去帮我买东西了。"

"要,我们要回去吃饭。"

"很快,阿姨,您要是饿了,就先吃点。"

"好,您放心。"

挂了电话,许苓茴紧紧攥住手机,死死抵着唇,啜泣声从指缝中溜出。喻初搂紧她的肩膀,无声安慰。

急救室的灯还没熄,里面没一个人出来。

重新解了锁,她在通话键页面内输入三个数字。

电话接通,许苓茴说:"你好,我要报警。"

去许家前,许苓茴先去了趟白述年家。

徐念早做好了饭等他们,怕凉,把每一道菜都盖住,坐在餐桌边,戴着老花镜织毛衣。

许苓茴喊她一声:"阿姨。"

徐念抬头,放下东西,高兴地去牵她。见她一个人,徐念往后瞧了瞧:"苓茴,怎么就你啊,阿年呢?不是说去接你过来吗?哟,苓茴,你的眼睛怎么肿了?"

许苓茴回握徐念,另一只背在身后的手,掌心冒汗,先前受过惊吓和痛哭过,她现在没能很好地控制自己的表情,不知是不是还像先前那样僵硬和苍白。

"阿姨,路上他被人叫走了,应该是要忙什么,让我吃完带过去给他。我的眼睛是刚刚有虫子飞进去,我给揉的,没什么事。"

徐念匆匆往里走,说:"我去给你找眼药水,可别感染了。"又佯装生气,"这孩子,都走到家门口了,也不知道先吃个饭。"

"没事阿姨,我待会儿带去给他。"

徐念先给许苓茴滴了眼药水,再牵着她去餐桌,揭开盖子,每道菜都先往许苓茴碗里夹:"我早就让阿年叫你来吃饭,他说你们才考完试,让你歇两天再来。"

"是啊,考完试有点累。"

"来,苓茴,多吃点,你看你这阵子,又瘦了。"

许苓茴端起碗吃菜,垂着头,怕露出情绪让徐念看到:"谢谢阿姨,您也吃。"

"哎,好。"

一顿饭,许苓茴不停地动筷吃着,只听徐念说,不敢出声,怕看到徐念慈爱的眼神,她会忍不住告诉对方白述年还躺在医院。吃到最后,徐念以为她不够吃,要去给她加菜,她才停下筷子,说自己饱了。

徐念也放下筷子,一脸柔和地看着她,把许苓茴看得不好意思时,徐念突

169

然问:"苓茵,觉得我们家白述年怎么样?"

许苓茵一愣,神色不自然起来:"他……他很好。"

徐念笑了笑:"我们阿年,性子有点闷,人也有点冷,但他以前不是这样的,他爸爸去世之后,他才变得沉默寡言。"

许苓茵好几次从小应口中听到白述年的父亲,他每次都是以骄傲的口吻提起,久而久之,她对白述年的父亲也有些好奇。

"他爸爸是警察,虽然很忙,平日在家的时间不多,但他们父子俩的关系很好。阿年他爸爸很优秀,会的东西很多,滑雪、吉他、格斗、养花,把自己会的都教给了阿年,哦,对,还有物理,他爸爸读书那会儿物理很好,还给我补过课呢。"

说到这儿,徐念想起年轻时候的事,笑着回忆好一阵才继续说:"阿年以前成绩很好的,但从高二那年,知道我心脏病严重之后,为了给我凑手术费,一有假期就出去兼职,才落下学习,成绩居中不上。但也不知道为什么,物理倒是半点没退,还进步了。"

徐念叹息:"他爸爸去世后,他变得不爱说话,有一段时间,总是抱着他爸爸留给他的吉他发呆。后来我身体越来越差,他就更不爱说话了。他从小朋友不多,玩得来的只有小应一个,后来性子变得孤僻,更交不到什么朋友。"

徐念拉过许苓茵的手,轻轻拍着:"所以他能认识你,愿意和你交朋友,我很高兴,他身边终于又多了个能陪着他的人。苓茵,阿姨想拜托你一件事。"

许苓茵别开眼,没敢看她,只回应:"阿姨您说,能做到的我都答应您。"

徐念沉默一会儿才说:"假如有一天,我不在了,你帮我好好看着述年好不好?"

"阿姨……"

徐念摇摇头,拍着她手的节奏变缓:"阿姨这个病,说不定哪天就去了,索性现在和你说。和他说,他又要骂我这么大人说话不知轻重了。我现在呀,就希望他高考顺利,不要被我拖累,好好去做他想做的事。"

"阿姨,您怎么会是拖累呢?"

"你不知道,阿年以前,想和他爸爸一样,大学读警校,毕业后当警察,还把他爸爸的警号背得滚瓜烂熟,811085,他誊抄了一整个本子。后来因为我身体不好,他想照顾我,就慢慢淡了当警察的念头。可我不希望他为了我放弃他的梦想,阿年和他爸爸一样,生来就是当警察的料。"

想起在巷子里他打许晏清那股狠劲和利落的动作,还有在她几近绝望时,托住她的有力臂膀,许苓茵笑了:"是啊,他很适合当警察。"

十八岁的年纪,就透着一股正气。第一次见面,从醉汉面前带走她,后在雪地里带她逃离许晏清的跟踪,还有下午的及时解救。"白述年"三个字,好似生来就带着大义凛然。

"所以阿姨才麻烦你帮我看着他，凡事劝劝他，别让他钻牛角尖。"

许苓茵点头，承诺道："阿姨，我不知道我能不能做到，但我答应您，我尽量帮您看着他。"

"好，好。"徐念别过脸去，抹一把眼睛站起来，"瞧我，说了这么久，都耽误时间了，我去把饭菜打包好。"

许苓茵跟着她起来。

"对了，阿年说你们还要带一个朋友，那朋友也没来，我把东西一起打包好不好？"徐念拿出两个保温盒。

许苓茵帮她收拾桌子："好，谢谢阿姨。"

告别徐念，许苓茵打车去了许家。在许家别墅前下车，坤叔候在门口，见到许苓茵，开口便是一句"二小姐"。

"坤叔，以后不要叫我二小姐了。"许苓茵笑了笑，把保温盒放在花园里的石桌上。

坤叔跟在她身旁，提醒道："先生和夫人都在家，另外，还有两位警察。"

"知道了。"

许苓茵推门进去，客厅里一片安静，但笼着一股严肃压抑的气氛。

坐在侧面沙发上的警察，一男一女，见到许苓茵，起身走向她，确认她的身份："请问，报警称时代集团董事长的儿子涉嫌故意伤人的人，是你吗？"

许苓茵对上林微疑惑又失望的眼神，片刻后移开，点点头："是我。"

得到许苓茵的肯定回答，林微率先坐不住，冲到她面前："苓茵，你疯了吗？"

许苓茵牵起嘴角，嘲讽一笑，没理会林微，径自问女警察："抓到许晏清了吗？"

女警察面露难色。

男警察解释道："是这样的，许苓茵，我们根据你提供的信息，去找许晏清问话，从他老师那儿得知，他最近一周都在外地参加项目封闭训练，目前已经让老师帮忙联系他了。许晏清有不在场的证明，所以我们来是想找你确认，那个人真的是许晏清吗？"

听到"封闭训练"四个字时，许苓茵几乎控制不住想反驳，但她知道，激动对自己的辩驳毫无作用："我肯定，一定是他。"

她冷静而理智地说："呈平路三巷里有打斗的痕迹，还有酒瓶碎片，上面有他的指纹，这些都是证据。"

男警察："我们已经去过这个地方了，没有看到酒瓶碎片，也没有采集到任何指纹。"

许苓茴满脸不可思议:"怎么可能,明明就在那儿,你们是不是找错了?"

一旁愠怒的林微上来扯住许苓茴,扯得她往后退几步:"苓茴,你是不是昏头了?那是你哥,他怎么会那样对你?"

"我没有昏头。"许苓茴挣开她的手,眼里渐渐升起水雾,"他用你的手机打电话给我,说你出车祸了,把我骗过去。我是为了找你,才去到那个可怕的地方。"

林微失望地摇头,从家居服里拿出手机:"我的手机在这儿,他怎么能拿我的手机去骗你?苓茴,你现在学会骗妈妈了吗?"

许苓茴把眼泪笑出来:"骗?是,我骗了你很多事情,但唯独这件事,我没有一次骗过你。你是我妈,你为什么宁可相信一个和你毫无血缘关系的人,也不肯信我?"

林微望着她,看见她一颗一颗落下的泪,突然有些动摇。

"许苓茴,能不能让我们看看你的通信记录?"男警察说。

许苓茴擦掉眼泪,说:"抱歉,我的手机被许晏清砸坏了。"

两个警察皱起眉,女警察问:"许同学,你真的看清那个人是许晏清?"

"我没有看错!他的脸,化成灰我都认得。"

男警察说:"可你现在拿不出证据,事发现场也没有你说的东西,我们只能先找许晏清问话,但是,如果他的不在场证明成立,你的指控将不成立。"

"我的眼睛就是证据。我看得清清楚楚,是他把我骗过去,是他用酒瓶砸我朋友,划伤了我朋友的眼睛。"

"够了!"全程没有开口的许怀民突然重重地喊了一句,从沙发上站起来,走到警察和许苓茴中间,看着许苓茴,责备道:"苓茴,你要胡闹到什么时候?"

许苓茴直面他的眼睛,丝毫不畏惧他骇人的表情:"我没有胡闹,我说的都是事实。"

许怀民:"我知道你对我有怨恨,也知道你对岁岁和晏清心怀芥蒂,但你不能这么侮辱你哥哥,这么侮辱许家的人。"

"侮辱许家的人?"许苓茴冷笑一声,"那在你眼里,我算不算许家的人?"

"你……"

"我再说一次,从初中开始,许晏清就以各种手段欺负我,恐吓、辱骂、霸凌、人身攻击,这次变本加厉,出手伤人,划破了我朋友的眼睛。"

"你……"许怀民扬起手。

巴掌还没落到许苓茴脸上,她被林微拉开,护在身后:"怀民,好好说,别动手。"

许怀民:"好,那你说晏清为什么这么对你?他有什么理由?"

许苓茴看向他和林微,冷笑一声:"为什么?你不应该清楚吗?我再不受你喜欢，在外人眼里，也是许家大小姐，他们呢，私生子？他们会过得怎么样？可这些和我有什么关系，凭什么我要替你承受？他亲口说，是我和我妈，造成他们一家三口的不幸，他表面上对我们好，背地里却一直想报复我们。"

许怀民仍旧不信："如果他真的怨恨你和你妈，为什么没有阻止我们复婚？为什么还像对亲生母亲一样对你妈妈好？"

"他在演戏。"

"苓茴！"许怀民平复好情绪，转过去对两位警察说，"两位警官不好意思，让你们白跑一趟，这大概是个误会。小女年纪小，再加上临近高考，心理压力大，偶尔产生幻觉，才会闹出这样的乌龙，实在不好意思。"

许苓茴推开林微，跑上去抓住女警察的手："不是的，我已经成年了，也没有出现幻觉，这一切都是许晏清做的。"

女警察回握她的手，安抚道："我们会尽快找到许晏清，根据你提供的线索问话，但现在，我们确实没办法根据你的一面之词就抓人。"

许怀民按住许苓茴的肩膀："苓茴，不要再耽误人家了。坤叔，送客。"

男警察："我们会继续跟进，请你耐心等一下。"

许苓茴一口咬住许怀民按住她肩膀的手，再次追上去拉住女警察："阿姨，请您一定要帮帮我。"

他们走了。

客厅的门没关，风呼呼地往里灌，屋内一片死寂。

冷风将许苓茴脸上的眼泪吹干，吹得她眼睛疼。但她依旧面对风口，木然地站着。

林微过去关上门，回来拉了拉许苓茴被风吹得僵硬的手："苓茴，妈妈带你去看看医生好不好？"

许苓茴终于动了动身体，抬眼瞥她，目光无神："看医生？你觉得我有病？"

林微急忙解释："你爸爸咨询过医生了，说你这种状况，可能是压力太大了，而且你一向对晏清有偏见，所以才会产生这种不好的幻觉。"

"幻觉？"许苓茴咬了咬唇，"我被欺负，被关在屋里，甚至被他弄伤，这些都是我的幻觉吗？"

林微抱住她："你告诉妈妈，那个人是谁，妈妈一定为你做主。"

许苓茴发狠地把林微推开："许晏清！许晏清！到底要我说多少遍，你才愿意相信？"

"苓茴！"许怀民制止住她，"但凡你拿出证据，我们都愿意信你。可现在呢，晏清他还在外地学习，封闭训练知不知道！难道还有第二个许晏清，对你做出这些事吗？"

林微拉拉他的手,他缓和了语气:"况且,晏清十二岁到我身边,我看着他长大,他是我的儿子,我了解他,他不会做出这种道德败坏的事,更不会骗我。"

许苓茴在这一刻尝到万念俱灰的滋味,她从没想过,有一天她孤身立在悬崖边,她所谓的父母,居然会是推她下去的人。她慢慢收起歇斯底里,收起她说倦了的话:"你的儿子不会说谎,你的女儿就会吗?"

许怀民被她的诘问问住。

"我以为天下的父母都是爱孩子的,可你们既没有给我应有的爱,连基本的信任都给不了我。所以父母,到底是一个什么样的存在?"

林微缓缓朝她伸出手:"苓茴,妈妈……"

"妈。"许苓茴这声叫得尤为郑重,"你看见了吗?他满心满眼都是那个人,你就抱着你那可怜的爱情,过一辈子吧。"

她携满怀的希望赶来,而这座房子和房子的主人,还给她的是满身的猜忌与伤害。这座她曾经生活了八年的房子,如今变成了冰冷的、没有人情味的冰窖,冻住了成人的辨识力和怜悯心,也冻住了伪君子的阴险与心机。

她回到小花园,拿起两个保温盒,婉拒了坤叔送她的提议,独自走到马路边打车去医院。

坐在出租车上,她整个人似乎丢了魂,只有微弱的呼吸证明她的存在。

司机在后视镜中瞧见她的模样,担忧地问她没事吧。问了好几遍,才得到许苓茴的回应。

许苓茴望着他,一双眼睛死水般沉寂:"叔叔,您说,父母对孩子来说是什么?"

司机说:"这还用问?当然是顶梁柱,为孩子遮风挡雨啊。"

"遮风挡雨,讽刺,可真讽刺。"

她靠向椅背,闭上眼睛,没有流一滴泪。郊区别墅离市医院很远,许苓茴累得在车上睡了一觉。下车时,天色已黑。

她提着保温盒,到护士站询问白述年的病房。得到回复后,就马上走了过去。

白述年住的是双人病房,另外一张床空着。他还睡着,喻初守在边上。

许苓茴轻轻叫了喻初,把保温盒放下。

两人来到病房外,许苓茴问:"医生怎么说?"

喻初没看见他的伤,但看见染了血的围巾,心里也害怕,说:"医生说幸好碎片没有溅进眼睛里,只伤了眼皮,缝了几针,等他醒来做个检查,视力正常就没事了。"

许苓茴一颗悬着的心终于放下:"那就好,那就好。"

"事情怎么样了?"见她的情绪有些低落,喻初问得小心翼翼。

许芩茵垮下肩膀,颓然地靠在墙上:"喻初,我没用,我害得白述年为我受伤,却不能还他一个公道。"

喻初抓住她的胳膊:"他们不信你?警察呢?"

许芩茵疲惫地说:"警察说,许晏清现在在外地封闭训练,联系不上,现在没有确切证据,没办法立案。喻初,我才知道,十八岁原来不是意味着成年。十八岁,力量原来这么小。"

像一粒石头丢进海里,惊不起浪花,也很快被海浪吞噬。

"他们凭什么不信你,为什么不信你?我去找我舅舅,让他出面。"

许芩茵拦住她:"喻叔叔还有公司的事要忙,他现在焦头烂额,也不一定能帮得上忙,咱们就不要给他添乱了。"

喻初被气哭:"那怎么办?他再来怎么办?芩茵,不是每一次都能侥幸逃过的。"

"我还有办法,没事,我还有办法。"她还有一条路可以走。

她擦掉喻初的眼泪,递一张卡给喻初:"你先帮我缴费,我看着白述年。"

喻初把卡推回去:"我缴过了。"

"可是你……"

"放心,我舅舅再难,也不会拿我的钱,我还有。"

许芩茵点头,把卡收回来:"那你需要用了,告诉我。"

知道喻初还没吃饭,许芩茵把其中一个保温盒拿给她。喻初看了分量,够两个人吃,便打算带着去找喻青,晚一点儿再和小应过来。

许芩茵说好,陪她出去打车,看她上了车才回病房。

在床边坐了会儿,白述年还没醒。

她想起被砸坏的吉他,离开医院前她拿给喻初了,喻初应该帮她放在病房里。她起身去找,在墙边找到。老旧的吉他,原先就有裂缝,白述年那一下砸下去,直接四分五裂。她把碎块拿出来,拿掉上面的木屑,摆在地上拼回去。轮廓拼回去了,但中间还是留有缝隙。她把碎块拿下来,重新放回袋子里。回到病床旁,她又坐了一会儿,看见他放在被子上的手有些脏,去洗手间打来一盆热水,给他擦手。她擦得细致,指甲缝里沾着的泥土,也一点一点抠出来。擦到拇指时,瞧见被撕开一半的指甲,血结成块,黏在裂缝间。她眼眶一热,把他的手放进水里,洗掉血块。

洗干净后,她向护士借了指甲刀,小心地剪去裂开的指甲。

不知是不是她碰到了疼处,白述年哼了一声,悠悠转醒。

她欣喜地丢开指甲刀,连声叫他。

白述年右眼贴着纱布,视线范围变窄,有些不习惯,但他能清楚地看见眼前高兴得手足无措的人，轻轻笑了："嗯，睡醒了。"

他撑着床铺要坐起来，许苓茴帮忙扶着，把枕头竖起，说："慢点。"

白述年靠上去，眨眼时，眼睛被纱布阻着，格外不舒服，他举起手，还没摸到，就被许苓茴攥住。

许苓茴紧张道："别瞎摸，眼睛伤着呢。"

白述年把手收回去："伤哪儿了？"

"眼皮，伤口不长，但有点深，医生给缝了针。"

"对视力……没什么影响吧？"

许苓茴心里咯噔一下："医生说要等检查之后才知道。"

"好。"

"饿不饿？先吃饭吧。"

白述年瞥到熟悉的保温盒，问："你去过我家了？没告诉我妈吧？"

许苓茴把桌子支起来，将保温盒拆开放上去，说："没有，我和阿姨说你被叫去帮忙了。"

"嗯，我过会儿打个电话回去。"

许苓茴坐回椅子上，垂眸盯着自己的掌心纹路看。

睡到现在，白述年早饿了，动作很快。他余光瞥见一旁安静的人，问："你吃过了吗？"

"我吃了。"

饭盒见底，白述年放下筷子，许苓茴站起来收拾。

白述年要帮忙，被许苓茴按住手，让他坐好。

病房里有一个很小的洗手间，许苓茴把东西收进去洗干净，拿出来放到桌上，看见盒身淌着水，又抽了纸巾去擦。擦完看见桌子上溅了几滴汤汁，又去擦桌子。

白述年靠在床前，看着忙碌的人，自他醒来，她没正眼瞧他一眼。

"许苓茴，你怎么了？"

许苓茴擦拭桌子的动作顿住，垂着眼眸，随即砸落一颗水珠。她等着他醒来，可他醒来后，她却不敢面对他。她怕从他眼里看到后悔和怨恨。可他没有，这让她更愧疚。

没有第一次看她哭时的惊慌，但见到她的眼泪，白述年还是心乱："哭什么？"

"白述年，对不起。从前我对你做的那些事，对不起。这次害你受伤，还弄坏叔叔留给你的吉他，对不起。"

一句对不起太轻了。可除了对不起，她什么也没法给。

白述年抽了张纸巾，慢慢塞进她贴在桌上的手指下，说："从前那些事的道歉我接受，但你帮我补习，还说高考会帮我提分，我相信，所以扯平了。至于这次，不是你的错。"

"可我没用。"她略微抬头，泪眼蒙眬地看向他，"他们说我年纪小，说我因为压力大产生幻觉，说我诬陷他，我妈不信我，警察还没找到证据。我帮不了自己，还害了你。"

"我信你。"白述年握住她的手肘，让她手中的纸巾够到她的眼睛，"许苓茴说的每一个字，我都信。"

许苓茴用纸巾蹭掉眼泪，视线清晰后，瞧见白述年说这话时，眼里透出的坚定。

十八年来，她拥有外公对她的疼爱，喻初对她的宠爱，但她依旧渴望林微能从对爱情的执着中，分出一些给她，而她渴望的爱，与这一刻白述年给予她的信任相比，渺小极了。

许苓茴没有应声，白述年也不需要她的回答，他说："但苓茴，十八岁的年纪，很多事是心有余而力不足的。我们很难反抗，但不意味着一辈子反抗不了。所以现在，你只有一个任务，好好吃饭，好好睡觉，好好学习，等变强大了，说的话做的事都掷地有声时，那些曾经低头俯视你的人，都不得不抬头仰望你。到那时，我们心有余，力也足。懂了吗？"

"可你呢？你不后悔吗，如果没有遇上我，你应该生活得很平静。"

"如果能决定遇上什么人、不遇上什么人，那人生就不是人生了。"

稍晚时候，小应跟着喻初来到医院。

许苓茴刚收拾好情绪，哭过好几次的眼还红着。

喻初一看见，上前牵住她的手，以眼神询问她怎么样。许苓茴摇摇头，握紧喻初的手，勉强笑了笑。

小应瞧见白述年的样子，直问发生了什么。在场剩余的三人皆对视一眼，没想瞒他，但也没把事情说得太细。小应听完，确定白述年没有大碍，继而去问许苓茴，有没有哪儿受伤。许苓茴说没有，在他面前走一圈，以示自己好好的。

问清楚事情始末，小应放下心，随即想起另外一个问题，担忧地看向白述年："徐姨那儿，要怎么说？"

白述年沉默下去。伤的是眼睛，纱布得贴一阵，怎么也瞒不住。

许苓茴猜到他的意思，主动道："我去和阿姨说吧，放心，不会让她担心的。"

白述年道："还是我先和她说吧，你这两天帮我带饭。"

"好。"许苓茴立马应下来。

时间不早，白述年开始赶人："不早了，明天还要上课上班，都早点回去吧。"

"我留下来……"

"我留下来……"

话未说完整,许苓茵和小应皆抬头看向对方,相视笑了笑。

小应说:"苓茵姐,还是我留下来吧,我方便些。"

白述年拒绝:"都回去,我一个人可以。"

喻初白他一眼,说:"你一只眼睛捂着,可以什么?晚上上个厕所都能被绊倒。就这样,苓茵和我回去,小应留一晚,明天KASA就先别去了。"

小应没异议。白述年看一眼许苓茵,也没说不同意。

见他们都同意了,许苓茵也没再坚持,拎起床边的暖水壶,说去打一壶过来,方便过会儿他洗漱。

许苓茵出去了,白述年把喻初叫上前,犹豫良久道:"今晚你和她睡吧。"

喻初拍拍他的肩,笑得玩味:"我知道,你放心养伤,我给你看着她。"

白述年别开脸。

喻初是喻青送过来的,他还在停车场等着。

喻初拉着许苓茵坐上后座,拍拍驾驶座的座椅:"开车啦师傅!"

喻青从后视镜里睨她一眼,对着许苓茵,又换上笑脸。

许苓茵笑着喊声"喻叔叔"。

喻青发动车子,问:"先送苓茵回去?还是直接回家?"

喻初说:"回家回家,苓茵今晚和我睡。"她揽上许苓茵的肩,朝许苓茵眨眨眼,"这几天都跟我睡。"

许苓茵点头,说"好"。她确实也不想回那个空荡的房子,上次有白述年收留她,这回有喻初。

到了喻家,阿姨给三人做了夜宵,吃完,喻初带许苓茵回房洗漱。

两个小时后,两人躺在床上,喻初侧躺着,双手抱着许苓茵的胳膊:"苓茵,你不要怕,晚上也不要做噩梦,我虽然没小白有用,但我也会保护好你的。"

许苓茵已经平静许久的心绪,因她这句话又泛起酸涩:"喻初,谢谢你。"

喻初爬起来,伸手给许苓茵擦眼泪:"我可不是要弄哭你哦,是想让你知道,你身边还有我,还有你外公,还有小白和小应,我们都是站在你这边的。"

擦干许苓茵的眼泪,喻初凑到她耳边说:"刚刚你去打水,小白和我说,让我带你回家睡觉,他关心你呢。我觉得吧,他应该是……"

许苓茵吸着鼻子,按住喻初的嘴:"睡觉,明天要上课。"

喻初瘪着嘴躺回去:"煞风景,真的是。"

许苓茵决定更煞风景:"我之前给你整理的笔记,你背完……不,看完没？"

喻初把被子一卷，背过身去："我睡着了。"

"寒假和我去外公家吧，给你考前补补？"

喻初又转回来："补习就算了，我过年去找你玩。"

得到许苓茴轻轻一拐，她又玩笑道："考不好了，我就出国，拿个文凭回来工作，帮我舅舅干活。"

"安排得挺好的嘛。"

"那是，对了苓茴，你有没有想过出国？"

许苓茴盯着天花板，摇头："没想过，不想去。"

"那你想考哪儿？"

"也不知道，没想好。"

她现在的成绩，考哪儿都没问题，但她还没找到能让她迫切想停留的地方。

"那小白想考哪儿？"

许苓茴一问三不知："他没说过。"

他们一起学习过很多次，但从没提及这个话题。许苓茴想，下次她要问问他，想考哪所学校。

第二天上学，许苓茴帮白述年请了假。

节后上课，又临近期末，许苓茴收作业发练习，忙得脚不沾地。等到歇下来，一天的课快结束了。她收拾好带给白述年的作业，匆匆赶往他家。

徐念已经知道儿子住院的事，许苓茴过去时，她脸上挂着担忧。

许苓茴心里不好受，揽着她道歉："阿姨，对不起，白述年是因为我才受的伤。"

徐念知道自己的情绪让许苓茴内疚了，忙解释："苓茴，阿姨没有怪你，换了别人，阿年也会帮忙的，我只是担心会不会影响眼睛。"

许苓茴也不敢说得太绝对："阿姨，医生说伤在眼皮上，没有伤到眼球，不过还是得等检查结果。您别太担心，不然白述年没法安心养伤。"

徐念点点头，进厨房去给他装吃的。

许苓茴想起白述年的嘱托，跟进去问："阿姨，您这几天吃药了吗？白述年说您知道他受伤，肯定会担心，让您别忘记吃药。"

"还没呢。"

"我去给您拿，您放哪儿了？"

"在电视机旁的架子上。"

"好。"

许苓茴在电视机旁找到一个医药箱，里面大大小小的瓶子放了一小箱，她拿起一些看，都是调养心脏的。她把整个箱子拎过去，徐念找了三四个瓶子，倒了半个掌心的药。

许苓茴看她吃药和吃饭一样娴熟，心一揪一揪的："阿姨，您的病，很严重吗？"

徐念笑了笑："老毛病了，又上了年纪，严不严重就那样，别担心啊。"

吃完药，徐念把打包好的饭菜拿给她："苓茴，阿年说医院人多，不让我去照顾他，我拗不过，就麻烦你和小应帮我看着他。"

许苓茴接过保温盒，在徐念肩膀上轻轻靠一下："阿姨，您放心，医生说三四天就可以出院的，您好好照顾自己，过几天他就回来了。"

"好，那你也照顾好自己，别累着。"

"我会的，那阿姨我先走了。"

"去吧，路上小心。"

怕白述年等太久肚子饿，去打车和下车进医院的路，许苓茴都用跑的。到病房前，她调整一下呼吸，又整理了被风吹乱的头发，这才笑着走进去。

病房今天住进来一位老大爷，许苓茴和老大爷打过招呼，朝白述年走去。

白述年正在看书，听到脚步声，把书合上放好："来了。"

许苓茴放下书包和保温盒，给他支起桌子："等久了吧，饿不饿？"

"还行，中午和小应吃得多。"

徐念打包了两人份，许苓茴拉了张椅子，坐在床边，和他一起吃。

闻着熟悉的味道，白述年有些担忧徐念："我妈没什么事吧？"

许苓茴把多油的菜夹到一边沥干，再夹进他碗里："阿姨多少会担心，但我看着她吃药了。"

"那就好，我睡前再给她打个电话。"

"嗯。"

吃过饭，许苓茴把今天发的试卷外加元旦整理的笔记，放在桌上："理综试卷看看题，会的可以不做，语文和英语试卷一定要做，还有笔记，之前我给你的，你背完没？"

白述年皱起眉，扯到右眼的伤口，他连忙放松，但口气郁闷："我这住院呢，还得学习？"

许苓茴没好气地睨他一眼："末日了也得学，杨老师说了，这次期末考，你要再没进步，她就要采取雷霆手段了。"

"除了让你和我同桌，还有什么更雷霆的？"

许苓茴听出他这个"更"字的意思，丢下准备拿给他的笔："你这话，是觉得跟我同桌很憋屈？"

白述年默默拿起笔，举起试卷挡着，两分钟后，败下阵来，移开试卷，讨好似的说:"现在倒也不会。"
　　许苓茵揪一把他的病服袖子:"明天我就给你加餐。"
　　白述年苦笑,握着笔做题。许苓茵则把床头桌的东西收好,在那儿学习,等喻初来接她。
　　她今天除了上课和坐车,其余时间都在到处跑,现在歇下来,觉得小腿肚一阵酸涩。她把左手伸到椅子下,一下一下捏着泛酸的小腿,捏一会儿,便换手捏右腿。捏到作业完成得七七八八,还没见缓和。她放下笔,站起来伸伸腿。
　　余光瞥到她站起来,白述年笔未停,说:"写完了去护士站帮我拿药,他们应该太忙了,晚上的药没拿来。"
　　"好。"
　　护士站离他病房不远,来回五分钟,许苓茵顺道去热水房,把他的水壶打满水。
　　回到病房,看见床边多了大半桶热水,她坐的那张椅子,正对热水桶的方向。
　　许苓茵放下药和水壶,装作不懂地问:"你想泡脚啊?"
　　白述年藏起左眼的视线,不去看她,口气略微别扭:"给你的。"
　　"哦——给我做什么?"
　　"泡脚。"
　　见他耳根开始染红,许苓茵笑了笑,不再逗他,只叮嘱道:"纱布还没揭,就别乱动了。"
　　"只是贴着纱布,又不是瞎了。"
　　许苓茵矮下身,去寻他躲藏的眼睛,顺着他的话打趣:"要是瞎了,我是不是得负责你后半辈子,不,后七十多年?"
　　白述年丢下笔,扯着嘴角笑:"那么自信我能活到八十多九十?"
　　这句话,有意忽略了她话里的"负责"。

　　喻初来医院接许苓茵时,她还没泡完脚。
　　隔壁床的大爷睡了,喻初拉上帘子,小声揶揄道:"在病房里泡脚,什么癖好?"
　　"始作俑者"装作听不到,埋低脑袋背笔记。
　　"享受者"红着脸,也不知是热水泡的,还是被喻初说的。
　　喻初心知肚明,找了张椅子,在许苓茵身边坐下,问:"还要泡多久?"
　　双脚放进热水没多久,热水缓解了酸涩,许苓茵还想再泡会儿,说:"等小应来,我们再走。"
　　"行。"
　　等到十点半,小应才赶过来。两人走后,也到了医院的熄灯时间。小应把折叠躺椅搭好，摆在病床旁边。

　　隔壁大爷睡熟过去，鼾声响起，两人皆没有睡意。

　　白述年侧过身，小声问："小应，你这两天不回家，你爸不会说什么话吧？"

　　"不会，最近有人带着他做些简易活，他跟着去了几天，酒也没喝多。"

　　"那挺好的。"

　　"嗯，总归不是每天醉醺醺的。"

　　嫌两人离得远，话也听不清，小应下来把躺椅挪近一点，重新躺下后，他带着一丝八卦意味询问白述年："述年哥，你对苓茴姐，好像挺好的。"

　　白述年屈起右手搁在脑袋下，枕头太矮，睡得不舒服："我对你不好吗？"

　　"不是，这不一样。"

　　"哪里不一样？"

　　"说不出来，反正和以前相比，现在你好像表现得有些……心疼她。"

　　"心疼？"白述年低笑一声，侧向他那边，"哪只眼睛看出我心疼她了？"

　　黑暗里，小应伸出两个指头。

　　"你这眼神，比我独眼还差。"

　　"不信的话，你下次自己照照镜子。"

　　说完，小应拉起被子盖住脑袋，翻身睡了，留下白述年睁着眼睛，琢磨他说的心疼。

　　白述年在医院住了五天，办理出院时，医生嘱咐他两天来换一次药，四天后拆线。

　　躺了几天的人嫌躺得背疼，第二天就去了学校，把数完试卷回来的许苓茴吓得撞到了桌角。

　　发完试卷，许苓茴匆匆回到座位，紧张地问："你来学校干什么？"

　　"来学校当然是上课。"瞥见她在揉手肘，白述年皱眉，语带嫌弃，"跑什么，不看路。"

　　"没事，稍稍撞了一下。"见他转正身体去整理书桌，许苓茴坐近过去，"不是让你在家休息吗，上学做什么？"

　　白述年没好气道："在家休息你也会带作业给我，有差别吗？"

　　"学校人多，被撞到怎么办？"

　　"放心，我这样子，没人会凑上来。"

　　"可是……"

　　"你当时不也是吊着手上学？"

　　回想一个多月前受伤那会儿，白述年因为愧疚，担心她的手，做什么他都要关注一番，现在反过来，紧张的人变成她。

风水轮流转,大概是有道理的。

许芩茴拄着手,侧过脸看他右眼上的纱布,几厘米的正方形,在一张俊俏的脸上格外突兀:"白述年,我的右手和你的右眼,这算不算扯平?"

白述年一听来气了,停下动作,打算和她掰扯掰扯:"怎么就扯平了?那一个月的早餐白吃了吗?"

许芩茴一愣,早餐接受得太过自然,以至于忘了带早餐的由头。

"对了,你这几天,早餐吃的什么?"

"喻初家阿姨做的,什么都有。"

什么都有?白述年没忍住,又蹙了蹙眉,轻微的疼痛传来,他才反应过来听到她这话时,心里隐隐的不舒服。

许芩茴没有忽略他皱眉的动作,把椅子拉回自己位子的同时,落下一句:"不过我还是想吃三明治和水煮蛋。"

白述年的眉毛彻底舒展开,连带着嘴角也微微上扬。

第二天是周末,为庆祝白述年出院,徐念做主,让许芩茴几个人都来白家吃饭。喻初和小应吃过午饭就过去了,白述年瞧见两人时,往他们身后看了看。

喻初双手插兜走过去,一副"我早已看透"的模样:"别看了,人没来。"

白述年神色微变:"去哪儿了?"

"没说,让我和小应先过来帮阿姨做饭。对了,阿姨呢,我还没见过她,芩茴说你妈妈很好相处。"

白述年一面引着她往客厅走,一面偷偷转过脑袋盯着门看,好似下一秒她会推门进来。

喻初"啧"一声,不满道:"别看了,她真没来。"

白述年尴尬地摸摸鼻子,带她去找徐念。

还有小半个月过年,徐念说他们人聚得齐,打算给他们包顿饺子,先把年过了。包饺子是个热闹活,喻初一听就来劲,当下便揽着徐念要去买食材,让小应跟着一起去。白述年就说他在家先和面。

喻初惊讶:"小白,你还会和面啊?"

小应日常吹捧白述年:"述年哥会的可多了!"

白述年扯扯嘴角,笑得不走心。

等三人离开,他给许芩茴打去电话,半天没人接,最后自动挂断。他耐着性子又打了几遍,还是没人接。只好给她发消息,让她看见了回个电话过来。面和好,他再去看手机,没有任何回复。他拧着眉,一脸紧张地来回踱步,又打去电话。

几次没人接后,他穿好衣服,想去找人,拉开门,喻初他们回来了。

183

喻初把手里的水果递给他，说："快帮我拿着，重死了。"

白述年把徐念手里的也接过来，拎回屋子里，转身又朝外走。

喻初眼尖看见，把人拦住："小白，你去哪儿？"

白述年脸色不好，连带着口气也罕见的差："去找许苓茵。"

喻初按着他坐下："不行，苓茵说了，让我看着你，别让你瞎跑。只剩一只眼睛呢，安生坐着。"

"她去哪儿了？"

"都说了，她没和我说，但她说要给你一个惊喜，Surprise懂吧，所以你安分点等她。"

"她一个人去的？"

"不是，我家司机叔叔陪着呢，放心。"

白述年稍微安心些："可我打不通她电话。你给你家司机打个电话问问。"

"行行行，我去打，你别偷跑啊。"

几分钟后，喻初回来，说："没打通，估计是在车上没听见。"

白述年拿上衣服站起来："我去找她。"

"你去哪儿找？"喻初把人拉回来，知道他的顾虑，她解释，"我们家司机跟着呢，不会有事。苓茵爱吃茴香瘦肉馅儿的饺子，你要不给她调馅儿去？"

白述年把衣服挂回去，脸上的担忧依旧不减："待会儿打通了告诉我。"

"好！"

厨房里徐念和小应在忙，白述年进去，找出茴香和猪肉馅，到一边调馅儿。调好了，正想去帮徐念，喻初跑进来说打通电话了。

他围裙都来不及摘，丢下手里的东西，拿过喻初的手机。一时着急，忘记电话对面是谁，他劈头盖脸一顿询问："许苓茵，你去哪儿了？我给你打了那么多电话，不知道回一个吗？天都快黑了，你一个人在外面瞎晃，不害怕吗？你在哪儿？说话！"

对面愣了几秒，等听不到白述年连珠炮似的盘问，才礼貌地说："您好，我是喻家的司机，许小姐她现在有点忙。"

白述年拿下手机，看见上面司机叔叔的备注，懊恼不已，朝对面连声道歉。得来对方不在意的回答后，他着急地问："许苓茵在做什么？"

"她在和另一位许小姐谈话。"

许苓茵上午从喻初家离开，拎着白述年的吉他，去乐器街找修理店。喻初不放心她一个人去，让家里的司机蔡师傅送她。

乐器街很长，今天周末，人也多，她让蔡师傅把车停好，再找个地方等她，自己则拎着吉他去找修理店。之前联系的那家只能修复面板裂缝，如今吉他摔得不成样子，他没法修，只好从街头的修理店开始问，一家一家问过去，得到的回复都是修不了，修好了也不能弹。

她走累了，在街边寻了张椅子，休息几分钟，又继续走。终于在街尾找到一家既做门店又做起居的店，装修简单，两边墙上挂着几种乐器，但乐器显得老旧，中间有一张很大的工作桌，上面摆满了修补工具。看起来不像是售卖乐器的，倒更像是一家卖旧玩意儿的店。

"小姑娘，要买乐器吗？"店主是一位花白头发的老人，鼻梁上架着一副带绳的眼镜，面容慈祥。

打过招呼，许芩茴把袋子里的东西倒出来，说："我想修吉他。"

老人指着桌上一堆"残骸"，疑惑道："修这个？"

"对。"

"姑娘，这修了没用啊，修好的也弹不了。"

一路问过来，她已经放弃修复的希望，能还原留作纪念也好。

"不弹，只还原可以吗？"

老人端详一会儿，把大致轮廓摆出来："可以是可以，但不值当。"

"值，能修回原样，花多少钱都值。"

"这吉他对你很重要？"

"嗯，很重要，它是一位已故的人留下的。"

老人思忖半晌，终是答应："行，给你修，但我话说在前头，无论恢复得多完整，也是弹不了的。"

许芩茴黯然地点头："好。"

"成，那你放着吧，三天后来拿。"

"三天，现在不行吗？"

老人笑了笑，指着旁边橱柜里的几把吉他："前面还有活儿呢。"

"我给您加钱，能今天给我弄吗？"

"今天？没这必要姑娘，反正修好了也是用不了的。"

许芩茴坚持："不，我就想今天修好。"

"今天是什么特殊日子吗？"老人翻翻挂历，1月12号，稀松平常的日子。

许芩茴轻抚着琴头，神色温柔："不是什么特殊日子，但是想让他开心。"

老人明白过来，也不多问，接下单子："成，那得加一半钱。"

"好。"

"你去周围溜达一圈吧，三个小时后来拿。"

"好，辛苦您了。"

老人手一挥，戴上袖套准备干活。

离开店，她一路走回去找蔡师傅，正巧蔡师傅也拿着她落在车上的手机过来找她，说手机响了很久。未接来电栏有两行，但她的视线只落在许岁和的名字上。

她回拨过去，许岁和说想和她见面。她没有拒绝，约在乐器街一家咖啡店。

等了一个小时，许岁和姗姗来迟。许岁和看了眼她面前的温开水，也要了一杯。一直到服务员送水过来，两人都是沉默不语。

终于，许岁和先按捺不住，开口便是道歉："苓茴，对不起，那几天我和老师出去调研了，回来之后才知道……"

在她没第一时间出现时，许苓茴就想过她不在岭安："想到了。"

许岁和愧疚地低下头去："苓茴，对不起，我……"

许苓茴没有接受她的道歉，只问："你会帮我吗？"

许岁和沉默，半晌没有答话。

意料之中，许苓茴没有情绪地笑了笑："你回来先来找我，而不是押着许晏清回许家，我就知道，你不会站在我这边。喻初说得对，你们毕竟是亲姐弟。"

警察那边还没进展，许家至今也没消息，倒是林微隔三岔五发信息给她，问她的情绪状况，但从没上门瞧过她。

"不是的，苓茴，我相信你。我知道晏清犯了错，可我妈去世前，我答应过她，一定会照顾好弟弟，我真的没法眼睁睁地看着他……"

许苓茴抿了口温水，把不断蹿起的情绪压下去，故作平静："所以你就可以眼睁睁地看着我和我朋友被他伤害吗？"

许岁和突然坐直起来，抓住她的手，恳求道："苓茴，我向你保证，我会把他送得远远的，不会让他再出现在你面前，也不会让他再对你做出那样的事，你原谅他一次好不好？"

"一次？恐怕不止一次吧？"

"苓茴，我求你了。"

许苓茴侧眸，移开与许岁和对视的目光，视线却落到透明玻璃门外，一家三口正巧走过去，突然觉得讽刺。

她转回去，视线重新落在许岁和身上，手指虚虚指着外面："那些人叫嚣着受到伤害，一定要大声求救。我没有和其他人一样选择隐瞒，选择自己承受，我求救了，我把那些事告诉父母，可得来的是他们用年纪小、有病这样可笑的借口来倒打一耙，而你呢，恳求着说不会有下次。所以你们和施害者有什么差别，只不过有更漂亮的说法，叫袖手旁观。"

许岁和被许苓茴说得羞愧难当，可她没有别的办法："苓茴，对不起。"

"我不需要对不起，你最好让他祈祷我朋友的眼睛没事，不然，他的眼睛也别想要了。警察还在找证据。"许苓茴停住，她太了解许晏清，他很狡猾，警察能不能找到证据，她不敢保证，"如果找不到，再有下一次，我不介意给出些实质性证据。"

许岁和再三保证:"不会的芩茴,我现在就安排他出国,最迟年后,我一定让他离开岭安。还有,我欠你一个人情,以后有需要,无论多难,我都会帮你。"

"随你。"许芩茴看着喝剩的半杯水,有一两滴水珠垂在杯壁上,摇摇欲坠,"反正,我不会再相信你们任何人了。"

她端起杯子,饮尽剩余的温水。

走出咖啡店,蔡师傅迎面送上一把伞,说雪下大了。

她伸出手去,没一会儿,掌心就接了半捧雪。她笑着说:"又下雪了,喻初又该找我堆雪人了。"

深知喻初脾性的蔡师傅也笑了:"这丫头,就爱玩。"

许芩茴笑了笑,示意蔡师傅走过去:"我得到街尾去取东西。"

"好,我陪你过去。对了,刚刚小初打电话给我,有一个男孩找你。"

许芩茴拿出手机,果真在未接电话那儿翻到白述年的名字。

她没回电话,只发了条信息和他报平安。

信息发出几秒,他就来电话了。

在咖啡店里的坏心情一扫而空,她欣喜地接起电话:"白述年!"

可惜,迎来他一顿骂。她把手机拿远一些,等声音不再那么大,才重新拿回耳边:"在听在听。"

"不是一个人,喻初没和你说,他们家司机师傅陪着我吗?"

"就要回去了。"

"你们包饺子啊,留几个给我弄。"

"有猪肉茴香的吗?"

"没有啊,那算了,别的也行。"

"不给我吃我就和阿姨告状。"

她没挂电话,有一搭没一搭和他聊着,聊完一整条乐器街。最后走到那家店,老板一句"小姑娘,来拿吉他啦",也清晰传入手机。

踏上老街,远远瞧见路灯下一道颀长身影。许芩茴小跑着过去,跑近了,视线范围变窄的人才瞧见她,语气颇为严肃地喊了声"别跑"。她没听,还是跑着过去。

白述年脸色很难看,在昏暗的路灯下,更显瘆人。

许芩茴先发制人:"我知道你要骂我,但你先别开口。"

白述年只好闭紧嘴。

她把老板修复到原样的吉他拿出来,虽说看着同以前没差,但面板上有弯弯绕绕的胶水痕迹,还有颜色不太相近的油漆。

"我问过很多家店,只能修复成这样,弹是不能弹了,但能留个纪念。白述年,对不起啊,毁了你爸爸留给你的东西。"

白述年接过吉他背上,轻轻拨动琴弦,发出的声音干涩难听。他展平四指,按在琴弦上:"我爸留给我的东西,不止这把吉他。"

他珍惜父亲留给他的每一件东西,自父亲去世后,他守着生病的母亲,守着过去与他的回忆生活。他时常想,如果父亲还在世,他或许会活得比现在自在些。

父亲是他们家的顶梁柱,母亲依靠他,自己也依赖他,直到有一天,顶梁柱倒下了,他也好似失了主心骨。有好长一段时间,他陷在一种很悲观很消极的情绪中,他不明白为什么父亲要为了那些不相干的人献出自己的生命。

直到看见小应身陷囹圄,那个困住他的家庭压弯了他年少的背脊;看到许苓茴一次次遭人伤害却无人可依,他明白了父亲告诉他的所谓使命。

他钦佩父亲那一身由经年累月的伤痕铸就的傲骨,也惋惜父亲的早逝。但他不会再质疑父亲所做的一切,甚至,他会像父亲教他的那样,用他所能,去捍卫他想守护的东西。所以,从他举起吉他砸向那个人,救了许苓茴后,他就知道,父亲留给他的东西,远不止那些遗物。

许苓茴笑起来:"嗯,我知道。"透过他,她似乎可以看到那个一身正气、为人民鞠躬尽瘁、对家人温柔和蔼的白叔叔。

白述年拿过她手里的袋子,朝里扬扬下巴:"走吧,不是说要包饺子,给你留了一盆。"

"好!"

说是一盆,其实剩的馅儿也只够包五六个。

白述年拿一张饺子皮,拆解动作教她。

"把饺子皮捏起来。"

"馅儿不要掉。"

"那边要拉一下。"

在学习上如鱼得水的人,败在一颗饺子上,她急得直皱眉。

白述年摇摇头,重新拿起一张皮,放慢步骤教:"先对折,这里不要捏褶,往后再捏,两个食指,一个推一个捏,每一个褶都要用力压实,最后再捏紧。会了吗?"

他手指按压几下,一个月牙形的饺子就包好了。

许苓茴信心十足地动手,最后包出一个枕头形状。

白述年夺过被她摧残得不能看的饺子皮,说:"算了,我自己来,你出去找喻初玩吧。"

白述年的眼睛在期末统考前一周拆了线,许苓茴陪着他去,见到医生揭下纱布的动作,她眼睛一刻不离,紧张得直抠指甲。忽而手背被弹了一下,垂眸看去,白述年的手刚刚收回去。许苓茴明白他的意思,松开手,放进口袋里。

拆完线,医生在伤口上贴了创可贴,做了常规检查,又询问一些问题,最后确切地告诉他们,白述年的眼睛没事,也不会影响到视力。

许苓茴紧绷了十来天的弦终于松动,表情也肉眼可见地放松许多。白述年看在眼里,不动声色地笑了笑。

医生交代:"他刚拆纱布,不要见强光,今天太阳不错,待会儿出去记得避一避。"

许苓茴立马从包里掏出墨镜。

医生:"哟,有备而来,正好戴上。"

白述年没接,盯着墨镜问:"你还随身带着墨镜?"

"刚刚在超市买的。"

"医院超市还卖这个?"

"啊,对呀。"

白述年还是没接,这回静静地看着她。

许苓茴没敢回看,但他的视线太过明显,她躲不开,只好承认:"我昨天买的,我上网查过,说眼睛受伤贴纱布太长时间,不要直接见光,会影响视力。"

白述年没再问,戴上墨镜。

等医生开了药,许苓茴去取,还不忘叮嘱他别取下墨镜。

她胆战心惊的,好似他眼睛受了多大伤,他笑着点头。

离开医院后,许苓茴还拿他当病人,叮嘱这个,提醒那个,看见一家店就问他要不要吃饭。

他懂她这些日子的愧疚,也清楚她的不安,但如果他的帮助对她而言成了一种负担,那与他的初衷就相违背了。他不过是希望她平安而已。

白述年无奈地开口道:"许苓茴,那天救你我是自愿的,当然,换了另一个人,我也会帮忙,所以,你不必觉得愧疚,也不用天天担心我,把我当小孩照顾。我当初认识的许苓茴,可不是这样的。"

许苓茴并不意外他会看透她的心思,毕竟当初,他对她一再挑衅的意图也能了然于心。如今,她在他面前彻底卸下伪装,喜怒哀乐都表现得淋漓尽致,他那么细致的人,也自然将她看了个透。

许苓茴低头,绞着双手,小声说:"我只是,想让你恢复得和以前一样。"

隔着镜片,白述年低头注视一直垂着脑袋的人。

回想起当时,她右手受伤那一阵。这些天他们的身份好像互换了,嘘寒问暖的人变成她,心怀愧疚、事事都透着不安的人也是她,而他,虽然没和当初的她一样,谈条件做交易,但也切实体会了一把被人呵护备至的生活。

但他不喜欢这样。

他低声说道:"虽然我们都是理科生,但我觉得需要用哲学思想和你解释一下。事物都是在不断发展的,没有什么会和从前一样。伤疤存在就是存在,你想让它消失,是想抹平它出现的原因吗?"

"当然不是。"

白述年斩钉截铁:"那就接受它。"

"我……"

"还是你觉得,我会对这件事耿耿于怀?"

"没有。"她说得毫无底气。

"你这语气,听着像是不信我。"

"我没有。"

白述年不说话了,朝许苓茴伸出手。

许苓茴不明所以:"做什么?"

"戴上墨镜,闭上眼,和盲人一样。我就做一回盲人,你带我去坐公交车,我相信你,会把我安全带走,反之,你也要相信我,会跟着你走,把生命安全交给你。"

"你……"

"不扶?那我自己走了。"他真的闭上眼睛,抬脚欲往外走。

许苓茴连忙抓住他缓慢缩回去的手,牢牢握在掌心。

白述年没有睁眼,只弯唇对她笑了笑:"准备好了?"

许苓茴点头,但意识到他闭着眼,又开口说好了。

医院附近人流很多,许苓茴牵着白述年,一面要注意不让人撞到他,一面要小心车流。而白述年,如他所说,完全信任她,一路上没有睁开眼,好几次撞到过道中间的石桩上。

许苓茴拒绝了一位电动车司机,扶着白述年的手臂,问:"刚刚撞疼没?"

"不疼,你慢慢走。"

"好。"

最近的公交站离医院有一公里远,不在同侧,中间需要过人行道。斑马线前聚集了很多人,看见他们,纷纷让出路,让他们上前。

许苓茴心虚,颔首和他们道谢,站在了人群中间,前后都是人,他们好像被这些人保护着。

绿灯亮起,前头的人很快走过去。白述年闭着眼,黑暗让他的步伐变慢,许苓茴配合着他,也稍稍走慢了一些,身后的人似乎也在迁就他们,没有一个超过他们。许苓茴忽然笑起来,她在这忙碌的世间里,感受到陌生的善意。

到了公交站，她松开白述年的手，发现自己的掌心一片潮湿。她把汗蹭在裤子上，问："我是不是弄湿你的手了？"

白述年还没睁眼，把手抬起，摊开掌心："嗯，好多汗。"

"我第一次带人过马路，怪紧张的。"

"感觉怎么样？"

许苓茴斟酌许久，说："白述年，我也是相信你的。只是我需要时间消化那些愧疚和不安。"

白述年点头："好，那给你时间。"

"嗯。"

直达白述年家的公交车停在前一个红绿灯口，许苓茴起身，准备上车，瞥见他还闭着眼，她扯扯他的衣角，催促："车来了，快睁眼。"

白述年不紧不慢地起身，眼睛还是闭着，随后在车朝他们开来时问："需要多少三明治和水煮蛋？"

"什么？"

"需要多少才能消化。"

许苓茴反应过来，在他看不见的地方，笑得欢快张扬。她清清嗓子，故作贪心道："好多。"

"管够。"

第八章 苓茴平安

一中这次期末联考,是他们一模前最大型的一次考试,学校从早到晚都弥漫着一种紧张氛围。高三那栋楼,每时每刻都能看到学生在走廊上背书。已经在准备考完回外公家过年的许苓茴,突觉自己与这紧张的环境格格不入,收起其他心思,和其他同学一样安心备考。

考前一天,她拉着白述年做了一次模拟测试,结果出来,成绩虽然不高,但比起之前算进步很多,统考按这个分数,年级排名能前进一大截。她把这个消息告知杨盈,此前杨盈每隔一周就会询问一次白述年的成绩,这回听到他的进步,欣慰地说你们辛苦了。

离开办公室前,杨盈给了许苓茴一盒花茶,说有护肝明目的功效,让他们没事可以泡着喝。

回到教室,许苓茴便拆了两包泡水,端一杯放在白述年桌上。

他尝到不一样的味道,眉一皱,侧眸看她:"给我喝的什么?"

许苓茴笑:"杨老师给的花茶,提前庆祝你双语取得好成绩。"

"你可别给我立下军令状什么的,万一出岔子了,自己找补。"

"我可是和杨老师夸下海口了,这回起码也提高二十分。你努努力,别让我在杨老师面前下不来台。"

白述年懒得理:"自己夸的海口,自己去圆。"

"白同学,你成绩提高了,杨老师那儿我也能交代,双赢不好吗?"

白述年无奈地看过去,就见她捧着脸朝自己眨眼,他立马转回去:"知……知道了。"

晚上回家,他刚拿出物理卷子,脑海中莫名浮现许苓茵捧着脸眨眼睛的娇憨模样,他丢下试卷,觉得自己见鬼了才会一直想起那个画面。

写完两道选择,他没忍住,叹着气把试卷丢回去,拿出她给的笔记,在屋里边转悠边背。

两天考试结束,补课讲完试卷,许苓茵等成绩出来,才买好去平清县的火车票。

她把成绩单打印好,放在行李箱的夹层里。

第二天去赶火车,白述年说送她。喻初陪喻青出差去了,没赶得及送她,但两人约好年后在平清县见。许苓茵收拾好东西,关紧窗户,提着行李箱到小区门口等白述年。

正低头给他发消息,她视线里出现一双黑色高跟鞋。

她抬头去看,面前是脸色有些憔悴的林微。自上次过后,她没再去过许家,也没接过林微的电话,这段时间,她好似和许家真正断了关系。

警察那边,意料之中没有什么收获。事情发生三天后,警察联系上许晏清,但他身边的老师和同学都为他做证,事发时他远在乌崇市做项目,身上也没有她说的争执打斗的痕迹。证据不足,她的指控自然不成立。警察联系她告知这些时,许苓茵并不惊讶,只气自己当时慌乱过头,没有保留证据。她向警察道谢,对方最后让她有任何情况及时联系。那些话让她暖心不少。

而她的父母,却没有过多慰问。直到今天,才见到人。她拉着行李箱后退两步,疏离地喊了声"妈",没说其他。

"苓茵,你现在就要回外公家吗?"

林微以讨好的表情和口吻和她说话,但同厌倦她的示弱一样,她也厌倦林微这副为了许家低声下气的模样。

"嗯。"

"你不和妈妈过年吗?"

许苓茵冷漠地瞥着她:"那谁和外公过年?"

在许怀民没有重新找上她们之前,每年过年,林微都会带她回平清县,后来他们来了,去的人变成她自己,林微则在年后才会出现。

林微被她说得羞愧,但依旧端着母亲的架子:"这是我和你爸爸复婚后的第一个年,我想我们一家人过个团圆年。"

许苓茵讥讽道:"上次在许家闹成那样,他们欢迎我吗?就算他们欢迎,我也没心情对着他们。还有,你的一家人里包不包括外公?"

林微被她一连串问题问愣住。好半晌,林微才挑着回答:"你爸爸那天也是气急了,你去和他道个歉,他不会放在心上的。至于我们复婚的事,还没告诉你外公,我想等……"

许芩茴打断林微:"道歉?我没有错,不会道歉。至于你们复婚,那就别说了,外公身体不好,受不起刺激。"

林微看着她,眼里涌现受伤的表情。沉默片刻,许芩茴也不说话,母女俩第一次这样相顾无言。良久,林微先开口:"芩茴,妈妈想和你一起过年。"

许芩茴突然冷笑,不知道林微是怎么说得出这句话的,或者从前的自己对她言听计从,让她以为自己是没有心的,记吃不记打。

"妈,在经历过那些事后,我不知道你为什么还能让我回许家,让我面对那些人。"许芩茴狠下心说,"你们已经复婚了,你要的爱情也拥有了,我对你,其实已经没有利用价值了,不是吗?"

她第一次将这些年林微对她所谓"栽培"的真实目的拿到台面上讲。

"芩茴,妈妈是这样教你和长辈说话的吗?"

被戳破那层其实双方都心知肚明的窗户纸后,林微终于又羞又恼,但触及女儿瘦削的脸,她又心疼起来:"芩茴,警察他们找晏清问过话了,已经证明那个人不是他了,那段时间他不在岭安。我和你爸也再三询问过他,他说没有。那边太偏,没有监控,追查起来很难,但你爸爸已经拜托警察尽力追查了,我们一定会帮你查到那个人的。"

许芩茴无奈地笑:"他说的你们轻易就信了,我呢?"她声声激烈的辩驳,敌不过许晏清一句否认。

"芩茴!"林微抓住她的手,"我不知道晏清是不是为了证实这件事和他无关,他已经决定年后出国了,你就不能退一步吗?"

许芩茴拂开林微的手,决绝道:"不能。"她的心确实不够狠,但她也做不到对恶人仁慈,"说到底,你还是不愿意相信我。"

自许岁和姐弟出现后,她开始意识到一个问题。林微不介意他们是许怀民和初恋的孩子,以母亲的姿态照顾他们,甚至在他们和她之间,林微毫不犹豫地选择偏向他们。原先她并不愿意承认这件事,直到她第一次和林微说许晏清那些事,林微却怎么都不信。

雨夜之后,在医院林微打她的那一巴掌,让她意识到,林微的筹码换了人,林微的爱情,终究至上。

视线从林微身上离开,许芩茴看到对面站得不远的白述年,他没往这儿看,但不知站了多久,雪已经在他的鞋面上覆了一层。

她不想和林微耗下去,握着行李箱的拉杆,把围巾拉高,说:"妈,我要去赶火车了,你也早点回去吧。外公那儿,我会和以前一样,说你忙工作。过年那天要陪外公上山,可能就不给你打电话,提前说声新年快乐,妈妈。"

她语气冷淡,"新年快乐"说得一点也不快乐。她拉起箱子,擦着林微走过,车轱辘在雪地里发出很小的声响。

林微站在原地没动,也没挽留。直到发现脸上不知何时淌着泪水,她才匆忙转过身去,也想提前和女儿说新年快乐。可许苓茴已经走远了,她追上去,在路边看到女儿和一个男孩上了一辆车。她大声喊女儿,但车在风雪中开走了。

许苓茴订的是中午十二点的票,到平清县需要五个小时。和白述年抵达火车站时,还有一个小时才检票进站。两人找了处人少的地方坐下,白述年让她看着行李箱,他去买午饭。

许苓茴把人拉住:"我带了东西在车上吃,现在不饿。"

白述年坐到她身边,问:"带了什么?"

许苓茴把单肩包敞开给他看:"面包、水和泡面。"

白述年把放在地上的包拎起来,放在许苓茴腿上:"我妈让我带给你的。"

许苓茴欣喜地拉开帆布包的拉链,入眼是一盆黄色的花。她捧着花盆底,小心地把盆栽拿出来:"迎春花?"

白述年眉一挑,笑说:"还以为你忘记了。"

许苓茴扬着下巴,神色骄傲:"你以为第一名是随随便便考上的?"

嘴上这么说,但他那小花园似的花圃里,她只记住了迎春。

她抚弄着黄色的小花瓣,余光瞥他:"你给我这个做什么?"

白述年好一会儿才说:"回去养花,修身养性。"

听到这个蹩脚的理由,许苓茴忍俊不禁:"六月份高考啊,白同学,教我不务正业吗?"

"学霸也需要和我们一样,争分夺秒学习吗?"

"那请问你争分夺秒了吗?"

白述年被噎住,寒假他还要去 KASA 兼职呢。

许苓茴盯着他看,直到把人看得越发心虚,躲避她的视线,她才转回来,从书包里拿出两本练习册和一沓 A4 纸,重重地放在他手上。

"这是我挑的和高考难度差不多的练习,每天做多少,我在纸上给你标注清楚了,难题详解我也写清楚了。做到我们开学,正好能写完一半,认真写,开学后我要检查。"

白述年掂了掂手里的重量,A4 纸的厚度与练习册相差无几,每一页都是手写的。他去瞄她的右手,中指上有半个指头大的突起,她时不时会用指甲去戳。

许久没听到他吭声的人冷不丁地问:"你看什么呢?"

白述年将视线焦点落到别处,脱掉自己的毛线手套:"你不戴手套,手不冷吗?"

"我忘拿了。"

白述年把自己的手套给她:"戴着。"

"那就谢谢白同学了!"

手套刚从他手上褪下,还能感受到里面传出的热气,她先套上左手,偏瘦的手掌只占了手套的一半,手指处还剩一大截空,但手套里的温暖让她忽略尺寸的不合适。左手戴好,她拿起另一只,没有戴全的手指捏不住毛线手套,总是滑落。

最后一次掉在腿上,被白述年捡起,他撑开手套口,说:"手伸进去。"

许苓茴终于把另一只手也塞进去。毛茸茸的布料和先前的温暖,将她冻了一早上的手熨暖。

"等我回来再还你。"

"嗯。"

剩下的等待时间,两人都安静坐着。

近年关,火车站的旅人络绎不绝,每隔几十米就有小摊贩吆喝卖热气腾腾的食物,一揭锅,食物的香气扑散开来,引得人馋虫大作。

许苓茴极轻地动了动鼻子,下一秒就听见身旁的人问:"想吃什么?"

她摇头,说不要。

食物的诱惑很大,但远不及和他安静坐在人来人往的候车厅,闻这些烟火气来得大。

等待的时间在掺杂某种念想时,总是过得很快。广播里在播报去往平清县的旅客进站检票。许苓茴离开座椅,带好行李,一张脸藏在围巾里,只露出一双晶莹的琥珀色眸子:"好了,你回去吧,路上小心。"

"嗯,你也是,到了发个消息。"

"好。"

"路上记得吃东西。"

"假期记得做题。"

两人同时开口,话落皆是一笑,他们带着东西来,又带了东西走。

"好。"

"好。"

白述年:"提前说一下,新……"

剩下几个字被许苓茴捂回去,一本正经道:"新年快乐不可以提前说,要当天。"

他点头,应好。

许苓茴的车票位子在火车前进方向的左侧,车站入口在右侧。她看向窗外,是掉光叶子的树木和压在树枝上未融化的雪,没有来来往往的人和摊贩。但她知道,白述年一定还站在原地,他会等火车开离他的视线,才转身离开,和每次送她回家一样。他像夜里的护航人,免风雨惊扰她回家的路。

到平清县是下午五点，火车站外聚满了人，接人的，载客的。许苓茵拖着箱子，挤出人群，在外圈叫了辆出租车。

林天南说要来接她，被她劝住了，以想吃他做的菜为由。

梧桐路离火车站不远，许苓茵踏进那栋熟悉的老房子，闻到熟悉的香味。

林天南系着围裙出来，喊着："我们小茵回来啦。"

她丢下行李，只抱着盆栽上前，拥住林天南。

林天南问她花哪儿来的。她说朋友让她转送给他的。

在白述年第二次带她逛他的小花园时，她偶然说了一句："我外公也喜欢捣鼓些花花草草。"

所以，她回来的这天，白述年给她送来一盆迎春。

回到平清县，离过年还有一周。

远离了岭安，那些糟糕事好似也离远了一些。许苓茵每天过得很悠闲，早起陪林天南散步锻炼，学习三个小时，午觉过后，再学习三个小时，到了晚饭时间，就给他打下手，顺便看养在屋外阳台上的花。

这样惬意的日子，让她几乎忘了林微和许家，但又时常想起喻初和白述年他们。

这天帮林天南洗完菜，她照例来到阳台，拎着洒水壶，挨个给盆栽浇水。她把迎春花挪到面前，百无聊赖地逗弄。

回来的这几天，她和白述年通过三次电话。一次是给他报平安，一次是问他怎么养迎春，一次是睡蒙了不小心按过去，醒来后，发现他听了她一下午的"睡觉声"。这是三次通话中时间最长的，挂断电话后，她收到一条话费充值信息。之后她没再打电话过去，白述年也没打来，她在背后嘲笑他不解风情。

外头风大，做完饭的林天南在客厅没见着人，往外喊了几声，没得回应，解了围裙朝阳台走，人果真在阳台小马扎上坐着。

"今年这是怎么了，关注起我的花来了？"他拉来另一张马扎，坐到她身边。

许苓茵抱着他的胳膊，眼睛却不离黄色的盆栽，说："学累了，修身养性嘛。"

"哦？之前怎么不见你累了？"林天南揶揄，"我看，这盆花起了不小作用。"

许苓茵心虚地挨近他，吐了吐舌头不说话。她和林天南真正生活在一起的时间只有林微刚离婚那两年，但她觉得，林天南比林微还要了解她，也因此，回到他身边，她可以无所顾忌。

林天南知晓这个年纪小女生的心思，没继续盘问她，转而问起林微打算什么时候回来。

借口说了很多遍，只是换个方式，许苓茵说得顺口："妈妈出差去了，说等年初再来陪您过年。"

林天南吹胡子瞪眼,心里明镜似的:"你们啊,一个个以为我离得远,又老了,就不知道你们做的那些事吗?我是老了,可我不糊涂,林微是我一手带大的,她什么心思,我能不清楚,还想瞒我?"

说到激动处,他没顺过气,捂着嘴直咳。

许芩茴连忙跑进屋,倒了杯水过来,拍着他的背让他顺气:"外公,您别激动,慢慢说。"

他喝了半杯水,胸口舒坦了。他拍拍凳子,示意许芩茴坐下:"我现在管不了她,也不想管她,唯一牵挂的就是你,摊上个这么疯魔的妈,外公心疼你。"

许芩茴的手还在他背上轻轻拍着:"我没事的,外公。我过得很好,在家……妈妈把我照顾得很好,在学校也有很多好朋友,他们都很帮我。"

"你以为我不知道吗?这些年你妈逼你学了多少东西,逼你做了多少事,你能过得好吗?"

许芩茴把脸靠回他胳膊上,他进入晚年,喜欢自制香料,衣服上的花香混着草药香,每每闻着,都让人心安。

"外公,您不是说,事物都有正反两面吗?我妈虽然逼着我学了很多东西,但我现在除了学习,也可说技不压身,以后不怕饿死。"

"你呀,就会哄我。"

"我希望您能健健康康的,长命百岁。您等着,我给您看个东西。"

她跑回楼上,拿了成绩单和回来前画的画,展开给他看:"您看,这是我的成绩,统考年级第一!这是我给您画的画,您看像吗?"

她画的油画,画面是他在调香料。

林天南稀罕地拿过画,说:"像!我们小茴手真巧。"

"那等过几天除夕,您穿上新衣服,给我当模特。"

"好,给我们小茴当模特。"

除夕前连下两天雪,房屋树木都被雪覆盖,厚厚的一层,挑开几根树枝上的雪,挂上红灯笼,喜庆极了。直到除夕这天,雪才慢慢小了,毛絮一般。

除夕一大早,许芩茴陪着林天南上街采买年货,每人都提了两大包,回家时,衣服上、鞋子上都沾满了雪。

室内温暖,林天南把衣服拿到门外掸雪,看着堆了几厘米厚的雪,嘟囔道:"今年这雪,也不知怎么回事,下得大,时间又长。"

许芩茴笑嘻嘻地把手伸出去,掌心躺了几片雪花,她往上抛撒:"瑞雪兆丰年呀。"

林天南爽朗大笑:"好,那就希望来年,我们小茴能过一个丰收年。"他掏出红包给她。

红包有半个指头厚,许苓茵捏了捏,心满意足:"谢谢外公!"

"乖!走了,帮外公准备年夜饭。"

"好。"

只有两个人的年夜饭,林天南照例做得丰盛。爷孙俩边聊边吃,一顿饭三个小时还没吃完。林天南喝了点自酿米酒,醉意上头,许苓茵扶他回房休息,再回来收拾饭桌。

电视里,春晚节目播过一半,小品结束后,演员在和大家道新年快乐,她才想起,今年的祝福信息还没发出去。发完又想,那个要和她说新年快乐的人,至今也没打来一个拜年电话。

心情小小失落,她收拾碗筷进厨房洗。洗完,人还是没打来电话。外公买年货时也给她买了烟花,她闷闷不乐地拿出去放。

拆开最后一盒仙女棒时,等了许久的人终于来电。她迫不及待地接起,声音高扬,又带点埋怨:"白述年,你怎么现在才给我来电话?"

那头刚忙完年夜饭的人,看了眼挂钟,九点多,不算太晚:"现在很晚吗?"

晚不晚不知道,等了很久是真的,许苓茵说:"是啊,再晚点我都要睡觉了。"

"哦,那你睡吧,我挂了。"

"哎!白述年。"

笑声传来,他很欠揍地问:"不是要睡了吗?"

许苓茵把雪当成他,用力地将仙女棒戳上去,说:"你还没和我说新年快乐。"

"讨红包就算了,还有人讨新年祝福的。"

"怎么没有,我独一份。"

赖皮的话说得理直气壮,白述年无奈,顺她的意,说了好几遍。

许苓茵开心了,问:"阿姨呢,我也想和她说新年快乐。"

"她在陪族里的人吃年夜饭。"

这是老街那边的习俗,每年除夕,同一街上同姓的人都要聚在一起准备年夜饭,每家做一道菜。白姓人多,每年都要摆上十来张桌子。

"那你记得帮我转达。"

"好。"

"白述年,你们年夜饭吃什么?"

"很多,有岭安这边的特色菜,也有其他城市的家乡菜。"白述年回想了晚上自己那桌吃的菜,把几个叫得出名字的念给她听。

许苓茵拾起灭了的仙女棒,在雪地里画起画来:"听起来很丰盛,我也想吃。"

一句话的工夫,她画出一个人形轮廓。

听到这话的白述年沉默片刻，鬼使神差地说："等有机会带你尝尝。"

话落，却把自己吓一跳，自我安慰着电话那头的人喝醉了，也不知道其中缘由，说了也无碍。

"好呀。"

这端的许芩茴已经把人形填充完整了，不忘在右眼和眉毛下添上浅浅一笔。啤酒瓶砸的那一下，没有伤到他的眼睛，却在他眼皮上，留下一道清晰的疤痕。

"白述年，你在干吗呢？"她手一转，在人形旁边画下一撇。

"刚吃完饭，出来消食。你呢？"

"我在放烟花。"

她把手里的仙女棒，放在未写完的字旁边，点燃一根新的，拿到手机旁，让他听烟花燃放的刺啦刺啦声。

白述年听到断断续续的声音，无声笑着，等声音停了，他才说："听到了。"

"可惜，我外公不给我放那些大的，只给我买小个的，很快就放完了，点火点得手酸。"

她委屈似的抱怨语气，与平日里时而冷静理智时而狡黠的模样大相径庭，隔着屏幕，白述年似乎也能感受到。

"你想放什么烟花？"

"那种甜筒冰激凌形的喷花烟花。"

"这么喜欢放烟花？"

"嗯，我小时候很爱玩，可我妈不让，只有过年回外公家，外公才会给我买。"

一根燃完，她就着这根去写未写完的字。

"许芩茴，不早了，该睡觉了。"

"好。"

最后一点落下，三个正楷大字落在无边雪地上。

电话里应景地响起《难忘今宵》的歌声，许芩茴说："白述年，新年快乐，瑞雪兆丰年，来年要过一个丰收年。"

"你也是，新年快乐。"

除夕这天，白述年六点起床，和他们白姓族里的年轻人一同去农贸市场，购买今天年夜饭需要的食材。农贸市场离老街有些远，他们一行人分组打车过去。和白述年同行的三人，其中两人去年结婚了，一人正在念大学。

念大学的男人坐在副驾驶，车开出去不久，他转过去问白述年："阿年，你再过几个月就高考了吧？准备考哪里、读什么专业？"

白述年正打开短信，想着要不要先给人拜个年，又怕她没关手机音量，一大早把人吵醒。被一打岔，他收起手机，回道："留在岭安吧，专业还没想好。"

靠近窗边身着灰色毛衫的已婚男人说:"留在岭安好啊,岭安大学怎么样?"

坐在中间的另一个戴着眼镜的已婚男人搭腔:"岭大不错,专业得好好想想。我听徐姨说,阿年物理不错,参加了省赛是吧,读个物理专业怎么样?"

副驾驶座的人说:"我觉得不错,阿年这个性子,沉得下心,适合搞研究。"

毛衫男人呵呵笑:"阿年性子闷,再去搞研究,天天蹲实验室,就不怕徐姨等儿媳妇等急了。"

眼镜男人:"那有什么,现在找嘛。像我一样,多好。"

毛衫男人:"你可别教坏阿年。"

副驾驶座男人八卦道:"阿年,你现在有喜欢的女孩子吗?要有,告诉哥哥们,一定帮你追到手。"

白述年听着他们你一言我一语,捏了捏额角,无奈地笑:"嫂子们知道你们这么八卦加话痨吗?"

眼镜男人:"那当然知道啊,都结婚了,知根知底的。"

毛衫男人:"阿年,你别听他们胡说,现在是最后关头,学习重要,想做的事,等高考结束再做。"

白述年点头,"嗯"一声。

副驾驶座上的男人揶揄道:"阿年这模样,是有准备了?"

这回白述年没回应,只笑了笑,便将脑袋转向窗外,看外面一街银装素裹。

毛衫男人:"对了,我听说今年有几个带了对象回来是吧?"

副驾驶座上的男人问:"今晚要一起吃饭的?"

眼镜男人:"不吃饭,今天带回来做什么?"

毛衫男人:"那明年又有喜事了。"

这是老街的习俗,这种大家族式的聚餐,非同族同姓的人一般是不会参加的。年轻男女如果在除夕这天带另一半参加家族聚餐,其意思不言而喻。以往带来的,几乎来年都有好消息。

白述年昨天听徐念提起过,有三对,明年应该会有三桩喜事。

家里准备晚餐的大人们,嘱咐他们把市场上有的菜都买一些回去。一行人下了车,按坐车分组,各自去最年长的哥哥那领任务单,散开去买菜。

白述年一组拿到的是饺子馅料,他们逛了一圈,照着单上买了十来种蔬菜,最后返回集中地时,白述年在一家摊贩上看到茴香,他抓了一把给老板称重。

前面走远的人折返回来,见他拎过袋子,问:"要买茴香吗?"

白述年付了钱,把茴香单独拎着,说:"嗯,我想吃。"

花了两小时,完成采买任务。回去后,各家拿了需要的食材,集中到几家人那里做饭,今年轮到白述年家。

他拿了茴香和其他馅料,到客厅调馅。做得认真,徐念出来坐到他身边都没察觉。

调好馅,准备去拿饺子皮,一扭头便瞧见徐念似笑非笑的神情,他吓得手一抖,筷子掉在地上。

他微埋怨道:"妈,你做什么?"

徐念帮他捡起筷子,放在一边,说:"怎么一个人捣鼓茴香馅儿的?"

"我想吃。"

"哦?"徐念打趣,"可我怎么记得你以前不吃茴香的?"

白述年对答如流:"现在喜欢了。"

"哦。"徐念没质疑他,但脸上尽是玩味的笑,"筷子脏了,换一双。"

白述年暗自翻了个白眼,进厨房重新拿筷子和饺子皮。

今年的饭席和往常一样,设在一家房子宽敞的人家里,从前院到正厅到后院,摆了十几桌,每一桌的菜各不相同。白述年自己做的茴香馅儿饺子,煮完出锅,他只端到自己坐的那桌,放在面前。同桌的人尝到,皆赞好吃,问谁做的,他只笑了笑,没出声。

吃完饭快八点,其他人还在边吃边聊,白述年和同桌的人打了声招呼,起身离开。

大门敞开着,外头风虽大,但里头人气、烟火气浓重,氛围火热,冷风在这一晚没了窜入骨肉的寒意。大厅里电视声响开得很大,春晚小品的哄笑声,穿过人群,在外面也听得清晰。

白述年走远了些,给许苓茴打拜年电话,她怪他电话打晚了,只好顺着她的意,和她有一搭没一搭地聊着。直到不知是被自己口中丰盛的除夕大餐馋到,还是随口一说,她也想尝尝他们的年夜饭,他迟疑过后应允了。

挂了电话的人在冬夜里站了许久,他想,或许是屋内浓厚的酒精味也把他熏醉了,才会鬼使神差地说出那句话。

散席时已是凌晨,老一辈去休息,剩下年轻一辈在收拾。将房子恢复到原样,花了几个小时。

雪又飘飘扬扬地落起来。告别其他人,白述年独自往家走。他垂眸望着地上的雪和雪中的脚印,在新年的第一天悄声许愿:"瑞雪兆丰年,许苓茴,来年也要有个丰收年。"

白述年一觉睡到中午,起床收拾一番,便和徐念出发去临山寺。

以前白父还在世时,他们每年正月初一都要陪徐念去寺里烧香祈福,后来白父去世,徐念照旧会来,还会小住上一周。寺庙门口有一位小和尚在扫台阶上的雪,徐念让他停下,在台阶下等着,等人把雪扫完再上去。

小和尚扫到最后一级,朝两人行礼道谢。徐念回完礼,带着白述年进寺。

临山寺入寺最前面有一座铜鼎,供香客上香火。铜鼎正对大殿,往后走过一小块空地，是另外两座大殿。四周则是师父们起居的房间和供香客小住的禅房。

徐念先去见住持师父，两人寒暄一阵，住持便喊人带她去禅房。寺里师父知道她的习惯，早早让人把禅房准备好了，还是原先住的两间。

徐念放好行李，拿上供品和纸钱，先在寺里给几个神位上香。

三座大殿里都有神位，白述年负责摆供品和点香，徐念上香。十来个神位祭拜下来，一下午时间过去。吃过寺里准备的斋饭，白述年陪着徐念在鼓楼旁的柏树下散步。

寺庙里的年味并不淡，每个门廊下都会贴着"慈悲""彼岸""自在"等字眼的对联，师父们三五成群开茶话会，这里的年，比城中多了点淳朴与自然。徐念逛了一圈下来，示意去那边亭子里歇歇脚。白述年把手里带的保温杯递给她。

徐念喝几口暖胃，合上盖子，打量起自家儿子："今年不用和朋友去过年？"

她这两天神神道道的，白述年知道她的心思，也不戳破，轻飘飘地回一句："往年也不是不用。"

"今年不一样，朋友多了嘛。"

白述年垂眸瞥一眼她："你想说什么？"

"我一个人在寺里住着没事，你不用陪着我。"

"然后呢？"

"然后你可以去找你朋友聚聚玩玩。"

白述年架起她的胳膊，领着人往禅房走，说："不早了，回去睡觉。"

"我说真的，你在这也没事，拜佛心又不诚，佛祖会怪你的。"

"你再说话吵到人家睡觉，佛祖才会怪你。"

把人架回禅房，又盯着她吃下药，白述年才离开。

寺里九点左右就熄灯歇息，这个点只剩沿路上立着的路灯，还有为过年挂上的红色灯笼。白述年在禅房外站了许久，手里握着手机，犹豫要不要给许苓茼打电话。想起她说，今天也要和她外公上山，祭拜她外婆。

或许和他这里一样，这个点应该都休息了。他把手机放回口袋。

今晚没再下雪，没有寺庙雪景可以欣赏，又站了一会儿，就回房睡觉。

年初二，寺庙香客络绎不绝。寺里师父告诉他，今天有庙会，一整天都会有香客来进香，还会举办一些其他活动，可以和大家一起逛逛。

白述年吃了早斋饭便四处逛起来。

徐念今天和师父去抄佛经，一整天都不会出来。他一个人逛了会儿，兴致缺缺。还没把活动逛个遍，他便改了道，准备回去学习。没往正门大殿那边走，那里香客多，他往第二殿和第三殿的中间走，路上有寺里师父摆的一些小摊，旁边有个功德箱。

　　白述年边走边看过去，看见一个摆福袋的摊子。看了一圈，挑了一个上下缀着流苏的淡蓝色方形福袋，中间用深蓝色丝线勾出"平安"二字，四周树叶的图案用了黄色和青色线。

　　他问师父："直接戴这个就可以吗？"

　　"可以在里面放平安符或玉佛、玉观音之类的。"

　　他捏了捏干瘪的袋子："可以一起放吗？"

　　"您可以求平安符，放进平安袋里，玉佛和玉观音，看您要给什么人戴，男戴观音女戴佛，求完之后可以一起放进福袋，再让住持诵经，之后玉佛玉观音可以戴，平安袋和平安符就放身上。"

　　白述年在他的摊上找不到平安符和玉佛，师父告诉他要进正殿求，有师父会帮着。他点头，投了几张纸币进功德箱，拿着福袋往正殿走。

　　画符的师父在正殿进门左手边。师父问他要求给谁、求什么。

　　白述年摩挲着福袋上平安两个字，思考一会儿，说："求给朋友，希望她平安。"

　　师父点头，提笔在红纸上一气呵成，画下一道符。将平安符对折好，让他点炷香跪拜。白述年照做。上完香，他告诉师父求玉佛。师父让他去面前挑，他挑了块鹅卵石形状、剔透的白玉佛。

　　师父帮他把平安符和玉佛料理好，放进平安袋，末了问他要诵经吗？白述年想了想，说要。师父说今天庙会，诵经可能会晚些，让他留下信息明天来取。白述年写好名字和物件，把字条交给他。

　　做完这些，他回到禅房，比大殿那里安静许多，他把带来的学习资料拿出来，戴上耳机，开始学习。以往学习，他总是会先做理科，拖到最后才去动文科的作业。后来许苓茴帮他补习，许是怕到最后没剩多少时间，胡乱写了惹人生气，也许是不想让她的辛苦白费，他改了习惯，先做文科题。

　　他翻开许苓茴给他的最新学习资料，在打卡表那里打钩。过年她给他腾出一周假，但今天的钩他还是画在大年初二上。

　　她的补习效果明显，他现在的做题速度快了不少，离她预留的量只差不到三分之一。做完今天的，他随意去看后面的习题。在最后一天那一页，看见一张长条形书签，背面朝上。

　　小小的空间里，她画了两幅画。一幅是黑白色调，小巷和雪夜，画的应该是他们第一次见面那晚，他和小应帮她应付那个醉酒男人，他拉着她进了一条小巷。

　　另一幅，画的是抱着吉他的他，背景应该是 KASA 的演出台，他坐在高脚椅上，低头摆弄琴弦，一条腿踩地，另一条搭在桌脚上。她的画功精湛，五厘米宽，十来厘米长的方形，竟容下这么多的一笔一画，且小小的空间里，也能让他一眼就瞧出画的是什么。

他盯着看了许久,指尖从第一幅画抚到第二幅,翻过面,是她留的字:白同学,恭喜你闯关成功,胜利在望,高考加油,"许老师"陪你奋战到底!

一笔一画,每个字都写得方正有力,和她给他的笔记一样。

白述年扬起嘴角,指尖停留在"许老师"三个字上。

过年的火车站人烟稀少,偶尔刮过一阵稍大的风,扬起地上未扫尽的雪,无端生出些寂寥。白述年拿着刚订的火车票,坐在一旁候车。距离他从临山寺跑出来,到火车站买票、进站、检票,过去两个小时。火车票的终点站是云清县,与平清县相邻。

今天到平清县的火车票已经售罄,离平清县最近的只有这趟火车。

他没来得及告诉徐念,收拾了两件衣服和许苓给的笔记,只在房间里留了张字条,让她明天去取一下福袋。

这是十八年来,他做过的唯一一次冲动但无比兴奋的决定。其实不太清楚这股冲动从何而来,只知道看见那张她亲手做的书签时,心里有一道声音在呐喊,想见她的念头前所未有的强烈。

之后从离开临山寺,打电话订票,一切娴熟得如同做过无数次。等了一个小时,火车发车,他坐上火车,一路欣赏外面的风景,变换的景物犹如他此刻慌乱却雀跃的心情。

到云清县是下午三点,出火车站,对面是汽车总站。他拿出身份证到前台订票,工作人员告知他,由于这几天下了大雪,云清县和平清县之间,大巴车可以行走的唯一通道,被积雪堵住。雪还未除,无法发车。

白述年面露难色,焦急地问道:"那还有什么方式可以去平清县?"

工作人员指着外面说:"你看看外面有没有一些私家车,他们是在平清县和云清县两边跑的,要是今天他们还回去,你可以跟他们绕乡道,也能到平清县。"

"好,谢谢您。"

白述年跑到车站外,在一圈出租车里找到三辆私家车,一辆一辆问过去,得知他们确实是在平清县和云清县往返跑,但也因为积雪,加上春节,这两天都不打算跑了。

他选了个看起来憨厚的大叔,商量道:"大叔,我加点钱,您带我走一趟行吗?"

大叔摆摆手:"不走了,我今天走两回了,绕乡道远多了,一趟要两三个小时,比走高速多一倍。"

"那您还有什么朋友今天要回的吗?"

"也没有,要么在平清县那边,明天回来,要么和我一样,跑了好几趟,不跑了。"

白述年和对方道句"麻烦了",转身去问另外两位司机,得到相同答复。他回到汽车总站外的休息区坐下,思考还有什么办法能在今天内赶到云清县。

坐了一会儿,他重新进总站内询问工作人员,工作人员说只能等大巴通车或看看明天还有没有要去平清县的私家车。

事已至此,只能这样,他带好东西,打算就近找个旅馆住下。出门碰见先前的憨厚大叔,说明天下午有一趟去平清县的车,问他走不走。

白述年喜出望外,正想点头答应,口袋中的手机响起,他说了声"稍等",背过身去接起电话,是许苓茴。

"喂,怎么了?"他想赶紧和人定下时间,所以语气有些急切。

许苓茴听出来了,以为自己突然而至的电话打扰到他:"白述年,你在忙吗?我打扰到你了?"

白述年放缓语速:"没有,在和人说点事情。怎么了?"

"噢,没什么,是刚刚我外公说要给我求签,庙里师父问了我生辰八字,突然想起来,我好像不知道你生日,就……打过来问问。"

白述年低声笑了笑:"哦,我生日是11月10号。"

"我是9月,比你大。"

白述年听出她话里的欢喜,不明白她高兴什么:"比我大很开心?"

"也没有。"

身旁憨厚大叔朝他招手,他点头回应,对电话那头说:"我这还有点事,晚点给你回电话。"

"好。"

"小伙子,平清县你还去不去了?"大叔着急确定时间,等了一会儿,不耐地催促。

白述年连忙捂住话筒,朝大叔说去,又把手机放回耳边,和人说待会儿再打回去,便慌慌张张挂了电话。手机还没放回去,又响了。他扭头朝大叔不好意思地颔首,让对方再等会儿。

接起电话,那端许苓茴急匆匆地问:"白述年,你在哪儿?"

他稍顿片刻,望着前面停放的一辆辆出租车。他不想骗她,于是坦诚交代:"我在云清县。"

给白述年打电话时,许苓茴正陪着林天南求签,求完签他们准备下山。

林天南的妻子是在十年前的正月初一去世的,牌位供在山上的寺庙中。每年的大年初一,他都会带着女儿和外孙女上来祭拜,过一夜,第二天再下山。今年也不例外。他们初一早晨上来,祭拜过后,歇了一晚,第二天,林天南和相识多年的大师闲谈,许苓茴则在山上闲逛。

在上香的殿中，看见有人在求平安符，她想起每年林天南都会求一个给她保平安。于是也想给白述年求一个。

流程很简单，从前她看林天南求了很多次，在上香时嘴里都会念叨些话，她听不懂那些话，师父让她想说什么就说什么，她只说了一句：希望白述年健康平安。半个小时后，她手里握着一张被折成三角形的平安符。

求完符，林天南正好和大师出来，说要给她求签，大师问了她的生辰八字，便又和林天南走开了。

她在外面等着，百无聊赖中，想给白述年打电话。在一来一回几句没有中心的谈话最后，她听到平清县几个字，以为是自己幻听，正想问清楚，白述年却匆匆挂了电话。

她心里升起一个不太可能的念头，还未确证的答案却已扰乱她的心绪。

白述年挂断电话后，她立即打回去。她听出他的刻意停顿，可下一秒，他给出令她欢喜的答案。

他说他在云清县，和平清县只隔了几十公里。他没有说他为什么会在云清县，但他们都心知肚明。这一刻，空旷的山间，树上扑簌落下的雪，还有一两声林鸟的嘶鸣，似乎都听到她自心里破出的欢呼，它们携手着，在她心上默契地舞动。

许苓茴按捺着心里的欢喜，语气却透露出她的激动："你待在那儿别走开，我去找你！"

白述年却说："云清县到平清县的大巴车停了，私家车也不跑，今天我们都过不去的。"

"不会，你就在那儿等我，我有办法！"

她挂了电话，等林天南出来。

林天南认识一位货车司机，每天都会往返两个县送货。许苓茴让他帮忙联系一下，看人今天还走不走。

林天南皱眉道："今天？这都快四点了。"

许苓茴只说有朋友来找她，没将事情说得很详细。林天南知道她有分寸，问了几句就给她联系司机。正巧司机要送最后一趟货，五点出发。

许苓茴先陪林天南下山，回到家，时间有点赶，她只带了钱包和手机，还有在山上求的平安符，便匆匆赶往司机家。

司机是位中年男人，身形微胖，人看着敦实。他这一趟送的是生活用品，东西垒满了后头车厢。男人发动车子，和许苓茴先说明情况："绕乡道要走三个小时左右，姑娘，你要是累了就歇会儿。"

许苓茴摇头，她现在只有满心的迫切："没事，您开，我帮您看着路况。"

男人健谈，一路上扯着话题和许苓茴聊。许苓茴记挂着对云清县人生地不熟的白述年，心不在焉地接话。手机在乡道上没信号，她没办法和他联系。最

207

后靠着车窗玻璃,不小心睡过去。

不知睡了多久,醒来发现车子停在路边,驾驶座上没人。还迷糊的人瞬间清醒,她解开安全带,推开车门跳下车,外面天色暗沉,迎面而来的风雪冻得她一个激灵。

乡道空旷,四周没有遮蔽的建筑,风吹得格外猛烈,刮在脸上,像灌木丛里窜出的杂枝划过脸颊,没有出血,只有干涩的痛。

男人在车后探出身来,朝前吆喝:"姑娘,你醒了。"

许苓茴循声走过去,压住被风吹乱的头发,问:"叔叔,您在做什么?"

男人举着铲子,往车后轮旁边铲:"这边雪有点深,车轮陷进去了。我以为一会儿就好的,谁知道又下起雪来。"

许苓茴观察着他们停着的这段路,是一个小下坡,坡道上的雪受力和风的作用,全落下来堆积在坡口,像北极熊身上堆积的一层又厚又软的毛发。两个车后轮陷在雪里,没过三分之一。

她看了眼时间,已经六点多了,再耽搁一会儿,雪如果下大,他们可能走不了了。

"叔叔,我帮您吧。"

男人奋力挥着铲子,喘着气说:"不用,就一把铲子,我自己来就好。你回车上去,别冻着。"

"没事叔叔,我用手,两个人一起快一些。"

她把放在大衣口袋里的手套拿出来,没注意到一张红色的东西被手套带出,卷进风里,迅速被风带走。

许苓茴戴上手套,蹲在雪里,双手探入轮胎两侧,将雪往外扒。雪厚,毛衫手套探入没多久,指尖就感受到湿意。她无暇顾及,埋头奋力挖着。等男人铲干净左边车轮的雪,她的手套已经半湿。

男人见她面色冷白,眼角被风吹出泪,忙将她赶回车里,调大了暖气让她暖身体。

许苓茴对着暖风口吹了会儿,身体逐渐回暖后,再次推开车门下去,男人已经拎着铲子往前头走了。

"叔叔,弄好了?"

男人把铲子扔到车厢上,搓着双手取暖:"好了,快上车,可以走了!"

两人重新上路。

天黑,男人降下一点速度。

注意路况的空当,男人瞥见她交叉搓着手,歉疚地问:"手还冷着呢?快放到暖风口暖暖。"

许苓茴把手藏进口袋,缩着脖子干巴巴地笑:"没事,一会儿就好了。"

她是典型的冬冷夏暖体质,手易冷难暖,刚刚在雪里泡太久,好一会儿都没暖回来。

"快了姑娘，大概一个小时，我们就能到了。你要不要先和你朋友说一下，免得他担心。"

经他提醒，许苓茴才想起来，自山上那个电话后，没再给白述年任何消息。她拿出手机，左上角依旧显示没信号。她降下一点车窗，把手机伸出去，几分钟后，手机响动，屏幕浮现他发来的几条信息。

四点三十分：我在车站旁边的旅馆订了房间，你到了给我打电话。

五点十分：天黑了，路也不好走，要不别来了。

五点三十分：许苓茴，你在平清县，还是已经出发来云清县了？

五点五十分：许苓茴，你到底在哪儿？

六点零五分：回信息！

六点二十分：许苓茴。

察觉到他字里行间的担忧，她连忙回信息，告诉他走乡道信号不好，大概还要一个小时到。

这条信息过了好久才发出去，她收回手，把窗关上。她将手放在腿上，一下一下画着，勾出无数遍白述年的名字。

乡道上设的路灯并不密集，车灯照亮的地方，只能看见地上堆积的雪，还有半空中不断飘落的绵绵细雪，到处都是白茫茫一片。她踏着这一场不算盛大的雪，携一颗欣喜赤诚的心，去见带给她欢喜的人。

到了云清县汽车总站，她按白述年发给她的旅馆名字找过去，快到旅馆门口了，她远远瞧见一个来回踱步的身影。如同她去修吉他的那天，他站在家门口，焦急地等待她回去。

他背对着她，她想悄悄上前去，给他个惊喜。但嘴巴像是长了意识，先她的思考喊出他的名字。她看见他身形一顿，随后转过身，目光紧紧锁定在她身上。

许苓茴快步跑到他面前，拉下围巾，胸膛起伏着，呼出白色的气。她垂至两侧的双手微微向前挥，移动了很小的幅度，下一秒，她克制着将手背到身后，攥紧了拳头把冲动压回去。

她笑起来，眉目生动："白述年，我来了！"

晚上十点的云清县一片寂静，像一座高峰脚下供爬行者休息的四角亭，安静地伫立在群山环绕中。两人从附近的小面馆里吃完晚餐出来，在无人的街上漫步。

街上新年景象未减，每盏路灯旁都挂着红色的中国结，白光透过灯罩投射在"福"字上，将躲在暗处的祝福照得亮堂。

许苓茴偏头瞧着他们被路灯拉长的影子，一下一下踩在上面，她问旁边的人："白述年，我们去哪儿？"

白述年打量着她,问:"困不困?"
"不困。"
"前面有个小花园,去那儿坐会儿?"
"好啊。"

说是小花园,其实只有一块草地、几张石椅和几样运动设施。两人找了张背风的石椅坐下,许苓茴缩着身体,让衣服紧紧裹在身上。白述年放下手里一直拎着的东西,敞开衣服,靠着椅背。

许苓茴瞄到他解开的外套拉链,替他冷:"你不冷吗?"
白述年将领子拉低,说:"走久了有点热。"
许苓茴体会不了他的热,一个劲地缩着身体。

两人安静地坐了会儿,欣赏着小花园的夜景。倏地,远处传来细微的砰砰声,持续了一小会儿,应该是县上的人家在放烟花,暗黑的天空时不时闪现金色的光晕。

良久,声音消失,白述年突然说:"许苓茴,我送你份礼物吧。"
许苓茴偏过头去:"什么?"
白述年弯腰,从一旁的黑色袋子里取出一个眼罩,说:"戴上它,过会儿就知道了。"
许苓茴捏着黑色眼罩,不明所以:"为什么要戴这个?"
白述年直接拿过帮她戴上,带子有些长,他捻起一段在后面打个结:"待会儿就知道了,你闭眼先睡会儿。"

视线被遮挡,许苓茴所有的注意力都集中在耳朵上,寂静的环境里,原本细小的声音都被放大。她听到塑料袋摩擦的声音,应该是他拿出来的一大袋东西,正在解结。她听到有东西落在草地上的声音,但分辨不出那是什么。随后莫名安静下去,好半晌才听到很轻的脚步移动声,几秒过后,声音又不见了。

她知道他还在,但一片黑暗让她无所适从,她努力压抑住自己迫切的期待,但最终破功,略显紧张地喊出他的名字,很快得到他的回应。
"我在,怎么了?"
紧张淡去一些,她摸着眼罩边缘,闷闷地说:"没什么,就是戴着眼罩,有点不习惯。"
"很快。"
"好。"她攥住外套口袋,克制想要喊他的冲动。

这回她没再出声打扰他,依旧竖着耳朵,听着他发出的动静,同时用手指在腿上一下一下敲着,计算时间。

六百下过去,大概十分钟后,她听到刺啦刺啦的声音,没一会儿,眼罩被取下。她缓慢睁开眼睛,适应眼前的光亮。

下一瞬,她的胳膊被白述年攥住,他拉着她站起来,在她耳边极快地说:

"站上去。"

许苓茵愣神:"啊?站什么?"

白述年却好似很急,让她站到椅子上。他自己仍旧站在地上,比她矮一截,仰着头对她说:"低头看下面。"

话落,眼前有争先恐后的火焰亮起,几十束同时迸射的焰火,在这昏暗又安静的一隅,热烈地绽放着,像从夜空中摘下无数颗星星,汇聚在一弯长弧里,盛开又落下。

许苓茵已经很多年没看过这种形状的烟花了,也从没看过几十颗烟花同时盛放的样子。眼前这一景象早已超出她的期待值,眼里满是感动和欣喜。

她情难自禁,下意识喊他:"白述年……"

白述年伸出食指贴在自己唇上,示意她先别说话:"仔细看。"

许苓茵转过去,瞪大了眼睛,也不轻易眨眼,欣赏着这场为她而盛放的烟花。看着看着,她眼中现出惊讶,呆愣了一秒,又立马低头去看人。

"白述年,你……"

白述年没看焰火,只看着她:"看出来了?"

几十颗焰火,被他摆成四个大字,两个两个并排。

许苓茵无声地念着那四个大字。

苓茵,平安。

明亮闪烁的火光似乎要让所有人都知晓他对她的祝福。焰火燃烧几十秒的时间,许苓茵的眼睛舍不得眨,她将这几束焰火绽放的每一秒都映在眼底,"苓茵平安"四个字也刻在心底。

火苗逐渐小下去,最后只剩"刺啦刺啦"的声音。四周重归黑暗,"苓茵平安"四个字在黑暗的草地上,变得毫不起眼。但这一晚的风,地上还未化的雪,小花园里的一草一木,都见证了这份别出心裁的祝福。

最后一点火药燃烧的声音归于沉寂,白述年仰起脑袋,望着许苓茵有些晶亮的双眸:"许苓茵,新的一年,我不祝你天天快乐,只希望你能平安,每天都能睡个好觉。"

许苓茵呆呆地望着他,眼眶盛着太多东西,好似眼皮一扇动,那些难以言喻的情绪会争先恐后地泄出来。她转过脑袋,消化一会儿情绪,再转过来,笑着说:"谢谢你,白述年。"

"不客气,下来吧!"

周遭不太亮,许苓茵让他帮忙打光,她想将几个字拍下来。

有些暗,只依稀能辨出四个字的轮廓,但足够了,足够成为未来的念想。

白述年笑话她干吗拿一张照片当念想,要是喜欢,以后每年放一次就是了。

脱口而出的每年,两人皆是一怔,沉默良久。

白述年先出声:"累了吗,要不要回去休息?"

许苓茴立马接话:"不累。再坐会儿吧,我们聊聊天。"

奔波一下午的身体确实传来倦意,但在目睹那场烟花后,精神很兴奋,整个人好似在大海中航行许久,很快就可以看见腾跃而起的鲸、海豚,处在期待与雀跃中,她不想让这个来之不易的夜晚,在睡觉抑或是在等待天亮中浪费。

"好,想聊什么?"

许苓茴好奇那四个字是怎么摆的,又是怎么做到在同一时间让所有焰火燃烧的。

白述年回想着这份礼物的准备过程。焰火是他在来的路上就想好的,和她通完电话后,他在车站附近找了许多店,把店里这种类型的焰火都买下来了。四个字的排列他提前在旅馆里练习过,怕忘记,他还画了一张图辅助记忆。

这些他没有告诉她,只说:"我把每个焰火的引子都用一根等长的细线连着,线上沾了易燃的炭,把这些线绑在一根长线上,长线垂直挂起,点火燃烧之后,火点燃焰火引子的时间,相差不超过三秒。"

许苓茴伸出大拇指,赞道:"白同学真聪明!这是我收过的最好的过年礼物。"

"嗯,喜欢就好。"

许苓茴把手插进衣兜里,学着不久前他的话:"白述年,我送你份礼物吧。"

白述年侧眸,问:"什么礼物?"

"你先伸手。"

白述年把手伸给她。

许苓茴在外套口袋里翻找,里外搜了个遍,只找到她的手套,平安符不翼而飞。她猛地站起来,把口袋翻出来,又仔仔细细翻找一遍口袋,依旧空空的。

她垮下肩膀,回忆着一路过来的场景,最后定格在车轮陷在雪里那段,平安符应该是丢在那儿了。

有些懊恼,应该把平安符单独放的,至少不应该将这种有些神圣的东西,随意与其他东西搁在一起。她提醒自己,回去得问一下林天南,丢了平安符会不会有不好的事发生,抑或是能不能再求一张,补上这份丢失的庇佑。

她悻悻地把口袋翻回去,想把话收回去还来得及吗?

白述年看着她一连串的动作,好笑道:"在临时想礼物吗?"

许苓茴撇撇嘴:"才不是,先欠着吧。"出来得匆忙,除了那个平安符,她也没带什么。

白述年倒觉稀奇:"还能欠的?"

许苓茴底气不足地解释:"你还经常欠我作业呢。"

十分蹩脚的借口,白述年却不得不接受。

话题结束,又安静下来。许苓茴心里有些乱,不断回忆着刚刚烟花绽放的一幕,想着白述年不经意提到的以后,蓦地想起,前些日子和喻初夜谈的内容。

他们的以后,或许应该从不久后的大学开始。

"白述年,你有想过考哪所学校吗?"

白述年很早就想过了,回答得很快:"学校没想好,但应该会留在岭安。你呢?"

相比他的清晰,许芩茴像站上舵手位置的船主,望着苍茫大海却漫无目的。

她说:"我不知道,我妈一心想让我上岭大,可我现在对她给我安排的一切,都有些抵触。"

"所以,你会离开岭安吗?"白述年有些紧张。

"我好像,找不到让我留下的理由。"她的声音低下去,透着些许低落。

白述年犹豫许久,最后鼓足勇气说:"许芩茴,和我一起留在岭安吧。"

许芩茴自小生活在岭安,八岁那年离开过两年,后来重新回到这座城市。她在岭安生活了十几年,但她对这座城市,并没有什么特别留恋。

没认识白述年之前,她想过大学去靠近平清县的学校读,可以就近照顾林天南。但平清县附近没有什么好学校,林天南知道她的想法后,再三劝阻,甚至曾以命令的口吻,让她不许考回来。

剔除平清县这个选项,她对其他地方也失了兴趣,觉得去哪儿都可以。

林微则一心想让她留在岭安。如果没有发生最近这些事,她或许会听从林微的安排,选择岭大。可惜,林微的自私与偏袒,让她的反抗心理达到极致,她不愿再做林微的牵线木偶,也不愿真正的自己被林微那毫无底线的爱情完全吞噬。

她想过离开岭安,离林微远远的。

可白述年的一句话,叫她动摇了。才发现这个城市还存在羁绊她的人和事,存在让她心甘愿留下去的依托。

她在泠泠月光中看清白述年的轮廓,说:"白述年,你很喜欢岭安吗?"

"嗯,我所有的回忆都在岭安。"也许是夜晚的原因,他的声音染上一层慵懒。

"你喜欢岭安什么?"

"什么都喜欢,最喜欢雪,下雪的岭安。"

许芩茴接着问:"留在岭安,你会考岭大吗?还是考警校?"

白述年眉一挑,偏头问:"你怎么知道我想考警校?我妈说的?"

"嗯,阿姨说你以前想,现在动摇了。"

白述年吃醋似的抱怨一句:"她怎么什么都和你说?"

许芩茴偷笑:"阿姨把你的秘密都和我说了。"

"是吗?说了哪些?"

"这是我们之间的秘密了,不告诉你。"

白述年轻哼一声。

短暂的安静，许苓茵继续那个话题："白述年，你会读警校、当警察吗？"

"你觉得呢？"

"我觉得会，白叔叔对你的影响很大。"她想起那天在许家的两名警察，他们尽力了却还是帮不了她，"可是白述年，警察真的能保护所有受害者吗？"

白述年没有立即回答，他在心里默念一遍父亲的警号，而后垂眸，准确无误地锁住许苓茵的双眸。他们直直对视着，在藏着微光的眼睛里，清晰地看见彼此。

良久，白述年说："警察也是普通人，他们也希望保护所有受到伤害的人，可他们不是万能的。但我相信，绝大多数警察，会为受害者发声，会拼命去捍卫正义，会愿意豁出生命，去保护每一个人。"

许苓茵仿佛陷入死胡同，像那些没见过白，就认定世界一定是黑的人一样偏执："可为什么没有这样一个警察来帮我呢？我明明也是受害者。我有过一个很可笑的愿望，我希望这世上每个人都能有一个专属警察，他们不需要为我们献出生命，只需要在我们孤立无援的时候，信任我们，拉我们一把。"她咧嘴，自嘲一笑，"这个想法是不是很荒唐？"

"不荒唐。我想，会有一个警察，愿意豁出性命保护你的。"

许苓茵听得出他话里的意思，不想装糊涂，直截了当地问："会是你吗？"

白述年郑重承诺："如果你希望，那就会是我。"

像是预知他的答案，许苓茵满足地笑："真好，愿望成真了。"

她再次开口问："那我呢？如果我留在岭安，考什么学校、上什么专业好呢？"

白述年说："你的选择很多。"

"嗯？"

"你有足够好的成绩，还有许多艺术技能，只要你愿意，任你挑。"

许苓茵伸手到半空中，一样一样数着，最后说："我不想当一个什么都会，别人眼里完美的许苓茵了。画画、琵琶、钢琴，你替我选一样。"

白述年脱口而出："画画。"

他想起冬日湖边，那幅被他偷看的雪景图，还有夹在笔记里，画着他和她的书签。

"好，就选这个。"

高考话题戛然而止。

夜深风冷，白述年说回去了，再吹下去两人明天都得着凉。

许苓茵问他有没有带寒假作业，反正时间尚早，回去睡不着可以给他讲讲题，没带也没关系，她可以当场出题。

白述年脸一僵，吹了一晚上风没觉得冷的身体此刻却突然一颤："你真是……比教导主任还可怕。"

"谁让我签了军令状呢，为了以后，就委屈一下现在的自己吧。"许苓茴拍拍他的肩膀。

　　许苓茴说到做到，回到旅馆，知道他只带了笔记，便撕下几张纸，当场给他出了一些题目，等他做好讲完，已是凌晨两点。

　　或许是今晚的见面与那场谈话掌控了情绪，也或许是题做多了有种迷宫寻宝的振奋，两人没有半点困意，在网上翻出十年前的高考卷子来做，学校只让他们练近五年的。

　　写到最后，不知道谁先睡过去，趴在桌上睡了一晚上。第二天白述年率先醒来，发现两人手中都还握着笔，贴着本子的脸也沾着干透的墨迹。

　　他笑了笑，直起身子，朝还没睡醒的人道早："早安，苓茴。"

第九章 变故

春节过后开学，时间来至三月底。

27号是高考倒计时一百天，一中照例举办百日誓师大会。大会前，物理省赛的结果出来，岭安一中派去参赛的三人，将奖项拿了个大满贯。

白述年夺得一等奖，许苓茴二等，周曲三等。

得知获奖情况的白述年，一脸不可思议地质问许苓茴，有没有放水。毕竟以她的实力，只有没做完题，自己才有机会超过她。

许苓茴很是不满他的疑惑，虽然她确实没把题做完，但依旧觉得他过于高看她而贬低自己，当即便反驳："我成绩好是后天努力，你是天赋，别看不起自己。"

白述年半信半疑，欲开口追问。许苓茴直接一个眼神过去，加重他的双语做题量，叫他空不出时间来胡思乱想。白述年头疼地叹气，反省自己因为两人关系的转变，忘了她的性子，最后只好将这件事略过。

誓师大会上，校长专程留出五分钟时间表扬他们，称他们在高考这样紧锣密鼓的时间安排中，还能为校争光，且丝毫没有影响自己的学习。

校长讲完话，接着是年级主任，最后是学生代表。

学生代表的第一人选依旧是许苓茴，此前学校许多活动，需要学生上台致辞的，她都是不二人选。不仅因她优异的成绩，还有出众的外表，以及全校皆知的才女口碑。

许苓茴在一阵掌声的簇拥中走上台,调整好话筒高度,稍顿片刻,望着下面乌泱泱的人,视线一一掠过,最后停在他们班,男生队伍中后面的人上。

视线中出现白述年的身影,她顿觉心安,连以往觉得枯燥乏味、走形式般的致辞,也变得有趣起来。她清清嗓子,背出打好的腹稿。

"同学们,从我们踏入高中开始,老师、家长都在和我们说,高考很重要,会对我们的人生产生很大影响,确实是,但我也想说,我们才十几岁,人生才走了五分之一,高考只是这段旅程的一个经停点,需要重视,但未必要过多担忧。需要铭记的,或许不是做了多少题、最终考得什么样的成绩、上了哪所学校,而是此刻为梦想奋斗的决心和勇气,在某天灰心丧气的时候,如果能回忆起这份勇气,我想那才是高考给我们最好的礼物。最后,加油,为自己,也为身边和你并肩前进的同窗!"

说完这句,她结束致辞,退后两步,朝台下鞠躬,热烈的掌声再次响起。
誓师大会结束,是第二节课间休息。
许苓茴换掉白衬衫和领结,穿回校服,出洗手间时,见白述年在几米外等她。她先朝他挥手,又洗了把手,小跑过去,往他四周瞧:"喻初呢?"

白述年递给她纸巾和水,把她手中的袋子拎过来:"说老师找她,先走了。"

许苓茴不大开心地嘟囔:"喻初最近做什么呢,神神秘秘的。"

放假前,喻初和她约好在平清县见面,喻初陪喻青过完年就过去找她,两人待到开学前再回来。但约定时间的前一天,喻初却突然说来不了,称喻青临时要出差,自己想陪着。之后回了岭安,她们也只仓促见过几面,开学一周多,还没凑到时间好好坐下来聊一次。

她猜是喻青公司的麻烦事还没解决,但她不敢把话问得过于直白。

白述年知晓她的心事,宽慰道:"晚上找她去 KASA 吃饭吧,顺便去看看小应。"

寒假过后,他就把 KASA 的工作辞了,安心备考,等六月份考完再去,也因此许久没见过小应了。

"好,中午和她说。"
"嗯。喝点水吧,讲了那么久。"
"好。"
"去操场上吹吹风吧,好热。"

报告厅内挤着高三年级一千多名学生,空气本就沉闷,又开了暖气,长时间的讲话下来,她后背出了好多汗。现在又因牵挂喻初,胸口燥意更加,急需降温降燥。

白述年却不太乐意:"容易感冒。"
"没事的,就吹一会儿。"
操场上,高一高二年级的学生做完广播体操没多久,稀稀拉拉地离开。
两人来到跑道上,沿着最内圈散步。倒春寒,风依旧萧瑟,不多时便吹去她身上的燥热,胸口郁结也疏散一些。
她心情好一点,空出心思去逗身旁的人:"白述年,我刚刚讲得怎么样?"
白述年认真回忆一番,点评:"内容丰富,讲述流畅,台风很稳,普通话标准。"
他一股脑把每个方面都点评了,惹得许苓茴嗤笑:"白同学听得这么认真。"
"嗯,挺认真的。"
笑意加深,她踢起不太标准的正步往前走。白述年跟着她,没出声,不想扰乱她此刻的好心情。走了半圈,迎面过来两个同样在散步的女学生,挽着胳膊,低头絮絮叨叨,走近一些了,许苓茴听见她们在谈论今天的誓师大会。
"我们班早上在报告厅那边上公开课,听到今年的誓师大会了,好快,他们要毕业了。"
"今年的学生代表是谁?看到了吗?"
"还能是谁,当然是苓茴学姐了!学姐真的好棒,出口成章,文采超好,站在台上自信又大方,简直符合我看的校园小说里那种完美学霸!我好喜欢她!"
"我也好喜欢苓茴学姐!之前学校举办义卖,我还买过她的笔记,内容详细,字迹又工整,赚到了!"
"要是我能和学姐一样就好了,学习好,长得好,又会好多才艺,那么完美,无懈可击。"
"哈哈哈,我们这些普通人,就做做梦好了。"
……
两个女孩在拐弯处走远,后面的对话他们听不到。但就那几句,已够许苓茴乱七八糟想一通了。和一般人不一样,她不爱听到别人对她的评价,尤其是类似那两个女孩口中,所谓完美才女的谬赞。她不觉得那是一种荣誉,而是一把困住她的枷锁,将她禁锢得寸步难行。
但这些年她听了许多这种言辞,每听一次,都像是在给那把枷锁加固,长此以往,那个他们想象中的,认为应当就是十足完美的许苓茴,被他们的言语描摹出来。而那个打破了完美,呈现出破碎形象的、真正的许苓茴,被锁在方寸之地。一旦越出,就好似被上了孙悟空头上的紧箍咒,刺痛得无法踏出半步。
许苓茴回想着她们的话,笑得勉强。

从操场走回教室的路上，白述年察觉到她明显低落下去的情绪，开口安慰："那些话，不必在意。"

许芩茴摇摇头："我没有在意，只是好奇，如果他们知道真正的许芩茴，其实没有他们眼里那么完美，他们还会像现在这样，为我欢呼，给我一切美好的词吗？还会喜欢我吗？"

早在告知白述年那些她深藏的事，以及后来两人经历的种种，她就放下了一些事。一是因为她要反抗的只是林微和许家，其他人的看法于她而言不重要，当时会一再针对白述年，不过是因为自己怯懦，想借他人的手，让林微一步一步发现，二是和白述年的关系发展得出乎她意料，渐渐地，她无暇管太多。现下这些事重新被人提起，她竟有些恍惚，也有些唏嘘。

白述年在她的询问中停了一步，待她上前，他跨出一步行至她另一侧，为她挡住来自这面的风，片刻后回答她的问题："或许不会，可在乎别人做什么呢？还记得我和你说过的吗，这世上从没有完美的人。别人不喜欢你又怎么样呢？我喜欢不完美的你。"

这句话说得太自然，她揣度着白述年这句话背后的用意，最后发现，以他的性子，断然不会在校园这种肃穆的环境，这样随意的场景，和这样迫在眉睫的时刻，表达一些别样的心思，所以这句话安慰的成分居多。

"怎么停下了？"白述年走着发现人掉队了，折返回来找她。

许芩茴见他神色如常，笑了一下，跟着他继续走。

下午放学，两人在公交站等直达 KASA 的公交车，白述年接到徐念的电话。他接起，听了几句后，脸色明显沉下来，看得许芩茴也一阵紧张。

"好，我现在回去，你先吃药。"他撂下这一句，挂了电话，转身对许芩茴说，"我得回家，我妈心脏不舒服，今晚先不一起吃饭了。"

他面色冷峻，眉头紧紧锁着，担忧写满了脸。许芩茴也担心，当即便要取消和喻初的晚餐，和他一起回去看望徐念。

白述年笑了笑，反倒安慰起她来："没事的，她是老毛病了，有时候严重一点，吃过药休息好就没什么大碍。喻初你好久没见过了，还是先去看看她吧。"

"可是，我担心……"想起徐念吃的一把药，那股浓重的恐惧袭上心头。

白述年依旧是笑，严峻脸色不再："那这样，你先去和喻初吃饭，时间还早再过来。"

两面都担忧，她抉择不出，白述年这么说，算是变相替她做决定，她点头答应，几分钟前他的冷峻神色换到她脸上。

"好了，不用担心，到家见到人给你打电话。"

"一定要打！"

"嗯,一定打。"

两人在公交站分开,白述年看着她上公交车,自己再转身去拦出租车。

许苓茵扭头望着越来越小的出租车影子,心头的郁结久久化不开。

到 KASA,推门进去,假期大半个月没来,只觉 KASA 冷清了许多,以往这个时间点来,大堂基本是满座。走到 26 号桌坐下,正想拉一个人问喻初来了没,老欧却先跑过来,动作匆忙,神色慌张。

许苓茵连忙站起来,扶住他因惯性而前倾的身体,问:"老欧,怎么了?"

老欧大喘着气,话说得断断续续:"苓茵,喻初、喻初和小应……他们在医院。"

出事住院的是小应。听老欧说,是小应的爸爸来 KASA 找小应要钱,小应不给,被他爸爸按在巷子里打了一通,幸亏老欧觉得小应出去时间太长不对劲,留了个心眼出去找人,才找到被打得鼻青脸肿的小应。正巧喻初来了,联合 KASA 几个员工把人赶走,这才急急忙忙把小应送医院。

得知事情来龙去脉的许苓茵连忙往医院赶,快到医院时才打通喻初的电话,知道病房号。

小应睡着了,脸上青一块紫一块,病服遮不住的地方也有大大小小的瘀青。喻初坐在他边上,在他偶尔无意识痉挛时,轻拍他的胳膊安抚。

许苓茵扭过脸,小应那一身伤看得她心疼。

喻初发觉她来了,指了指门外,许苓茵点头。喻初给小应掖了掖被角,才轻手轻脚地出去。

到外面,喻初才长舒口气,一脸疲惫地往许苓茵身上倒,心有余悸:"吓死我了,我第一次看见人能被打成那样。"

十几年来,喻青将她保护得很好,在他的羽翼下,喻初肆无忌惮、无忧无虑地做自己想做的事,无须顾虑后果。就像喻青给她说的,他还在一天,她就是要上天摘星星,他也会倾其所有为她造一条摘星的天梯。

许苓茵搂紧喻初,细声安慰着:"没事了,别怕,没事的。"

发泄一通情绪后,喻初痛骂小应的父亲,直言这种人怎么配有儿子,怎么会像对待仇人一样对自己的儿子拳脚相向。她自小没有父亲,那个男人抛弃她和她妈妈跑了,因此她对这些不负责任的男人深恶痛绝。

许苓茵按了按喻初的肩安抚。上回小应被追债一事,她了解到一些他的家庭情况,但顾及隐私和男孩这个年纪的自尊,她没有过多探究,也没有越过他向白述年询问,具体情况她也不很清楚。只知道小应家中有一个赌鬼父亲,欠了巨额高利贷。

喻初听完,更是气愤,讨伐完小应的父亲,只余对他的心疼。

待喻初情绪平静下来,许苓茵才问:"小应的伤,医生怎么说?"

"大多是皮外伤,有几处比较严重,左胳膊轻微扭伤,要住几天院观察一下,没什么其他后遗症就可以出院。医生还说他疲劳过度、营养不良,再这样下去,身体早晚会垮。"

情况比许苓茴预想的好一些,光看他一身伤,她以为很严重。另外一些身体问题,她猜应该是他长时间兼职劳累造成的。

她叹声气,问喻初:"医药费缴了吗?我去缴。"

喻初拉住她:"早缴了。"

许苓茴见喻初情绪还低落着,逗着人说:"上回白述年住院就是你付的医药费,这回还是你,别把家底给掏空了。"

白述年出院后,曾和她提及医药费的事,她说是喻初给的,他便找喻初去了,后来喻初告诉她,他少拿了一个月的兼职工资,算是抵医药费。喻初后来又以奖金、节日礼物变相还回去了。

喻初笑了笑说钱不多,不至于把家底掏空。

小应的事暂时揭过,今晚她们的饭局,许苓茴原本还有别的事问她,现在这个情况,出去再找地方吃饭也不现实,她也顾不得环境不对,将这些天的担忧表达出来。

喻初知道她早晚会问,之前一直避着和她有长时间的碰面,就是怕自己躲不过她的追问。今天答应和她吃饭,也是做好把事情告诉她的准备。

喻初深呼吸几遍,做足心理准备,手却紧张地揪着衣角:"苓茴,我可能得出国了,在高考前。"

许苓茴大惊失色:"为什么?"

白述年受伤那个晚上,她们一起睡觉时,喻初虽说过出国读书,但她知道,那只是玩笑话,喻青在这儿,喻初不会愿意出去。

喻初说:"我舅舅的公司,大概率是撑不住了,我偷听过他和公司高层的谈话,如果半个月内资金没法周转,就得宣布破产。"

此前许苓茴关注过喻青的公司一段时间,但是舆论走向不一致,她也不清楚哪种言论是对的。现在听喻初说,才发觉那些推测大都浮于表面。

"喻叔叔的朋友呢,他们没一个愿意帮忙吗?"

喻初摆弄着手指,笑道:"这次公司会出事,是他身边一个心腹搞的鬼。现在墙倒众人推,过往结过仇的,恨不得再踩上一脚,合作过的,谁还敢把钱砸进这个不见底的窟窿里,真正朋友,也大概有心无力。"

这些都是她逼问喻青的助理问出来的,喻青瞒得紧,一点不让她知晓。这些年喻青给她织就的保护网有多大,她如今的无力和挫败就有多深。

许苓茴不懂商场上的弯弯绕绕,只从喻初的话里得出,喻青现在急需钱。再三斟酌过后,她问道:"那时代集团呢,能补上这个窟窿吗?"

喻初一把拍在大腿上，用力得很，声音响亮，随即抓住她的手，握得牢牢的："不许去！我就是怕你会去找你爸帮忙，才一直拖着没告诉你。苓茵，我不会让你为了我，向许家低头，再受他们摆布！"

许苓茵覆上喻初的手，笑道："喻初，我一定会帮你，可我也没那么笨。许岁和欠我一个人情，我去找她。"

喻初大概能猜到这个所谓人情，是什么时候欠下的，她不愿意许苓茵为了她向许家低头，也不愿意让许苓茵拿那不齿的"人情"作为帮她的交换条件。

"苓茵，往后你还会遇到许多事，我知道你肯定不屑于向许家任何人求助，所以这个所谓人情，是你唯一的筹码，你要给自己留着。"

许苓茵摇头："现在就遇到事了。喻初，现在除了我外公，你是我最重要的人，如果你是为了求学，心甘情愿出国，那我会很高兴送你出去，等你学成归来。但如果是为了让喻叔叔安心，不得已出去，我不愿意。"

"我倒也没那么勉强，就是外面，总归没有家里好。但如果出去能快速学到东西，回来帮我舅舅，我愿意去。"

许苓茵："起码试试，再说了，国内很好，也能学到东西。"

知道轻易说不通她，喻初换了个说法："苓茵，即便许岁和愿意帮你，她也要通过你爸，他不会蹚这混水的。而且，你不愿意让我委屈自己出国，我也不愿意让你为我低头。"

许苓茵淡声说："喻初，没办法的，怪我们年纪太小，力量太小，一遇到事情就方寸大乱，没有门路，只能向人求助。白述年说得对，只有等自己变强大了，说的话做的事都掷地有声时，我们才能做到心有余，力也足。"

听她提起白述年，喻初连忙换了话题："对，我还忘了小白！"一副揶揄的口吻，"你刚刚说我是你最重要的人，那小白呢？第二重要？"

许苓茵斜睨喻初一眼，先前的伤感情绪渐渐消失，推搡她一把，不满地说："瞎说什么呢？"

好在这时，听到病房里头有动静，她赶忙拉着人进去。

"小应醒了，快进去瞧瞧。"

进病房，小应果然醒了。先前的声响是他想找水喝，不小心打翻了杯子。

喻初忙上前止住他的动作："想做什么我来，别乱动，左胳膊还伤着呢。"

小应听话地躺回去，说只是想喝水，哪知道身上没半点力气。

喻初叹了口气，气愤又心疼道："当然没力气了！营养不足，又劳累过度，你再瘦一点，就完完全全一副骨架子了！"

在她拔高的嗓门里，小应只听到关心，他笑了笑，宽慰一句："没那么严重，年龄长了，体格也会跟着长。"瞧见立在一旁的许苓茵，笑意加深，亲热喊一句"苓茵姐"。

许岑茴到病床的另一边坐下,问他有没有哪里不舒服、饿不饿、想吃些什么。小应皆摇头,只央求她一件事,让她不要把他受伤住院的事告诉白述年。

许岑茴沉默,上回在KASA巷子被人围堵,他也是这样央求她的,但怕事情严重,她还是告诉了白述年。这次情况较上次还要严重些,她不敢应下他的请求。

小应看出她的犹豫,解释:"岑茴姐,这回和上次不一样,上回他们对我动手只是吓唬我,没动真格,毕竟欠债还钱,述年哥懂这个理。但这回是我爸,他早就不满我爸对我动手了,上次被我爸打伤手,述年哥都差点冲动要出手。所以这回千万不能让他知道,不然他们俩,少不了一番互殴。"

许岑茴轻蹙眉,反驳:"白述年不是冲动的人。"

见她一副护着白述年的样子,小应打心底高兴,说:"述年哥确实不是冲动的性子,但也分人,他对在意的人,往往不计后果。岑茴姐,算我求你了,这回真的不要告诉他,否则以我现在这个模样,拦不住他。"

许岑茴还要劝说他,被响起的手机铃声打断。

她拿出来看一眼,又抬头瞥向小应。

小应立即反应过来是谁的电话,再次央求:"岑茴姐,求你了。"

思忖良久,许岑茴还是答应了。

跑出病房,接起电话,她先开口:"阿姨怎么样?"

白述年像是知道她会先问这个,她话音落下便答:"吃过药睡着了,没什么事,过两天我带她去医院查查。你呢,和喻初碰上面了吧?"

"嗯,碰上了。"

"那好好和她聊聊。对了,小应呢,他怎么样?"

许岑茴往病房内瞥一眼,看见小应哀求的眼神,心头一堵,忘记回话。等白述年喊她几遍,她心头发虚,不自在地说:"小应……他挺好的,就是瘦了些,可能你走了,他干的活多。"

白述年低声笑:"这小子,我晚上去看看他,盯着他多吃点。"

许岑茴忙阻止:"等……等过几天吧,这两天KASA挺忙的,他要很晚才下班。"

"没事。"

"你没事,他有事呀,下班了肯定想好好休息的,哪还有时间应付你。"

"成,那找时间和他吃饭。"

"好,阿姨那儿你留心些,我明天再去看她。"

"知道,你别太晚回去。"

"好。"

挂了电话,许岑茴靠在墙上,心脏怦怦跳得厉害。

百日誓师大会结束后,照例迎来高中最后一次家长会。时间定在这周日下午,杨盈在讲台上宣布相关事宜。

许苓茜没打算让林微来参加,对杨盈说的话左耳进右耳出,只专注笔下的卷子。

白述年听了一些,觉得家长会的流程大都类似,也没再听下去,和许苓茜一样,拿了试卷写题。写完半张卷子,到下课时间,他停笔,瞥一眼身旁的人,她还在做题,笔尖唰唰不停。他轻咳一声,试图引起她注意,人依旧安坐不动,眼神也不给一个。再仔细去看,才知道她戴了耳机。

他笑了笑,没去打扰她,重新握笔写题。但一早上下来,他渐渐发觉许苓茜不对劲。

她写了四节课的卷子,期间只停下来去洗手间、喝水,除此之外,没做其他的。以往课间,他们关系还没"破冰"时,她喜欢拣各种各样的话来惹恼他,后来两人关系好转,她会就些话题和他聊天,或者给他讲题。还没出现过今天这样,一个早上不和他说话的情况。

他觉得奇怪,最后一节下课,问她要不要一起吃午饭。这些天喻初没来找她,午饭他们是一起吃的。出乎意料,她拒绝了,说和喻初约好一起吃。

没有邀他一起的意思,白述年也不好主动要求跟着去。想在喻初来之前问清楚她一早上的情况,她却眼神躲闪,没等他问出口便匆匆忙忙跑远了。

白述年看着她稍显慌乱的背影,心底越发疑惑。

下午和早上同样的情况,她依旧是全神贯注的模样,白述年终是没有打扰她,只在放学前,旁敲侧击问她要不要和他回去看徐念。

许苓茜看着他别扭的模样,好笑极了:"白同学,邀我去你家而已,至于这么害羞吗?"

白述年耳尖染红,却仍是嘴硬:"只是带一下我妈的意思。"

"哦,你不欢迎我去?"

白述年懒得和她辩驳:"去不去?"

许苓茜却支支吾吾的:"我……我明天下午,再……再去吧。"

喻初今晚要去找喻青,嘱咐她放学给小应带饭,她答应了,而且今天面对白述年没由来地心虚,也不敢和他独处太久,生怕一不小心露馅。

见他有疑惑,许苓茜随意找了个借口:"喻初说带我去个地方,我们晚上约好了。"

白述年没再问其他:"嗯,那你们去吧。"

"我先走了。"她拎起书包走出教室,知道他还看着她,她紧张得绊倒后门那一张椅子,哐当一阵响。她匆忙扶起椅子,状似无意地往回看,果真看到白述年一言难尽的表情。

两人对视几秒，白述年语气略显无奈："看路。"

许芩茴立马把椅子扶正，掩面跑出去。瞧不见她的身影了，白述年暗道一句"笨"。

第二天周六，只需上上午的课，下午白述年带徐念去医院检查。

前天她突发心慌、心绞痛，幸亏当时有邻居在，及时给她吃了药，情况才稳住。白述年不放心，硬要她来做个详细检查。

找的是之前给她看病的苏医生。开完检查单子，白述年趁徐念和护士长寒暄的几分钟，问医生她的手术最多能拖到几时。

苏医生面色沉重，压低声音道："能做还是尽快做，毕竟冠心病不好治，死亡概率也高。回去后还是和以前一样，按时吃药，保持平和心态，情绪不要有太大起伏。"

白述年心里的忧虑加重，但不敢表现出来："好，谢谢苏医生，等我高考完，带她来做。"

手术费、前后的护理费，他现在其实存了一半不到。

苏医生拍拍他的肩："你们是烈士家属，这方面，政府会有补贴的。"

"嗯，麻烦苏医生了。"

几句话说完，徐念也正巧和护士长说完话。白述年缓了缓面色，过去揽住她的肩，说："走吧，去做检查。"

检查有三项，动态心电图、动静态心肌核素显像和心脏彩超。做完要等结果，白述年让徐念先回休息区，他去给她买点东西垫肚子。

离休息区比较近的便利店在住院区一侧，从病房通道穿过去，再走个十来米就能找到。

白述年买了些米糕和两瓶矿泉水，在柜台结账时，透过便利店的透明玻璃，瞥见一道熟悉的身影。他结完账出去，人已经不见了。

在便利店门口来往的人群中，他心道自己大概是魔怔了。

重新往住院通道走回休息区，在走廊上看到那个穿着杏色针织衫的人时，他才知道不是自己魔怔。

他跑上前去，喊一声："许芩茴。"

许芩茴被这突如其来的一声和动作吓住，愣了几秒才转向声音源头。见是白述年，她心一紧，下意识地往小应的病房看一眼，随即快速收回目光，磕绊道："白……白述年，你怎么在这儿？"

对她惊讶过度的反应尤为疑惑，白述年紧盯她的脸："我带我妈来做检查。"

许芩茴恍然，是了，他说要带徐念做个细致检查的。

"阿姨呢？"

"在休息区等检查报告。你呢？怎么在医院？"

"我……我……"她"我"了半天"我"不出来。

白述年直接问："哮喘犯了？"看着不像。

许苓茴摇头："不是。"

"喻初生病了？"

"没有。"

"还是你家人？"

许苓茴脸色渐僵："也不是。"

"那是小……"

话还没问完，前头走来一个护士，和许苓茴打招呼："38床家属，待会儿记得拿一下他的检查报告，明天可以办理出院了。"

在白述年直直的目光里，许苓茴硬着头皮回答护士："好，我过会儿就去。"

护士离开后，两人陷入怪异的沉默，白述年不说话，只盯着她看。知道瞒不住了，许苓茴低头，小声说："是小应。"

病房内，小应等了许苓茴许久，正要出去找人，门口传来声响，他以为是许苓茴，张口便是一句"苓茴姐"，抬头却看见面色铁青的白述年。

他呆住片刻，瞧见白述年身后无奈摇头的许苓茴，反应过来怎么回事，结巴地喊人。

白述年没搭理两人如出一辙的反应，脸色沉沉，语气也不好："伤养好了？"

被他骇人的气场吓到，小应缩了缩脖子："快……快好了。"

白述年往前走两步，拉了张椅子坐下，稍大的声响把站着好似面壁思过的许苓茴吓一跳。她也跟着朝前走两步，停在白述年身后。

白述年："怎么伤的？"

小应把来龙去脉给他讲清楚，末了替许苓茴求情："述年哥，是我让苓茴姐瞒着你的，你不要生她的气。"

白述年没理会他的求情，只哼一声，轻斥道："行啊，翅膀硬了，事情也不用我管了。"

"不是的述年哥，我只是担心你会去找他，不值得。"

"那什么是值得的？看着你被他打死吗？"

"死"这个字眼过于沉重，一出来，两人之间的气氛明显僵住。他们才十几岁的年纪，这个字背后需要承受的东西太多，远不是他们现在所能承担的。

小应紧紧揪着被子，眼眶微红，低下头去，许久才轻道一句"对不起"。

白述年知道自己话重了,转眼望向窗外,正对小花园的景色,等火气褪去一些,他转过来,缓和一点语气:"你先休息吧,晚上给你带饭。"

"嗯,谢谢述年哥。"

"我妈还在等着,我先送她回家。"

"好。"

白述年起身,离开时还是怕自己那句话给小应留下不好的情绪,又对他说了句"别多想",这才放心些,擦着许苓茴的肩膀往外走。全程没给过她一个眼神。

许苓茴呆呆地立在原地,心里有委屈,但也不敢追上去。倒是小应在一旁道歉,说连累她了,还催促她去追白述年,别把问题留太久。

许苓茴思考几秒,留下一句"待会儿让喻初过来",匆匆跑出去追人。

在住院区门口追上人,她说:"白述年,对不起,我……"

白述年打断她的解释,神色冷淡地问:"为什么瞒着我?"

许苓茴调整一下呼吸,缓声说:"小应说,怕你冲动去找他爸,和他爸动手,他拦不住。"

"你也这么想?"

"我只是担心……"

上回他眼睛受伤那事,冲击力和后遗症太大,以至于现在一提及有危险的事,她都率先去考虑他的安危,顾不上其他。

"许苓茴,我先前那些话白和你说了。"撂下这句,他径自朝前走。

他和她说过许多话,许苓茴实在想不起是哪句,只好先追上去,保证道:"下次不会了!"

白述年顺势停住,盯着她不知是因着急还是懊悔而浮起水雾的双眸,终是不忍再说什么狠话,只说:"许苓茴,我给你十足的信任和坦诚,也希望你能给我同样的信任。但今天这事,我有点失望。"

他一句"失望",比以往林微对她多次不信任,带来的难过和无助要深许多。她原是最能体会这种不被信任、被欺瞒的感觉,而他毫无条件地给予她全然的信任,她却反倒让他尝了这种滋味。也不意外他对小应生气过后能说出"别多想"的安慰,对她却是一句"失望"。

她自我反省似的,在原地站了片刻,最后鼓足勇气跟上他,只默默跟着他走到休息区,找到徐念。顾不得还伤心着,她强迫自己扬起笑脸面对徐念,询问徐念的身体状况。

徐念看见她很高兴,说只是老毛病,是白述年小题大做,末了问她要不要去家里吃饭。

得知徐念身体没什么大碍,许苓茴放下心来。听到徐念的邀约,她悄悄去

227

看白述年。人没往她们这边看,听见徐念的提议也没什么反应。

许苓茵厚着脸皮,答应徐念的邀请。

徐念早上就买好菜了,回到家便钻进厨房,也不让两人帮忙,扬手把人赶走。

第一次在白述年家有不自在的感觉,许苓茵左右看看,坐也不是,站也不是。白述年当她空气似的,不予理会。直到他在客厅里捣鼓一会儿,起身往后院走时,她才急忙跟上。

来到他的小花圃,白述年拿了洒水壶要去装水。

许苓茵见状,把洒水壶抢过来:"我去帮你打。"

白述年也不拒绝,把洒水壶给她,转身去除花盆里的杂枝。

许苓茵打好水回来,不等他说话,先跑到他身边,举着洒水壶给他手边一盆花浇水,讨好地说:"我帮你浇。"

白述年往边上站一点。

洒水壶有些重,许苓茵两只手一起扶着,抬高了一些,哪知洒水口的盖子没有拧紧,掉下来,水也跟着哗啦流下,漫过盆沿。

白述年眼疾手快,把她的手往下压,拿下洒水壶,再把盆栽里多的水倒出来,没好气地问:"浇花还是捣蛋?"

许苓茵退后几步,手背在身后,垂着脑袋,俨然一副小学生做错事的心虚模样。

白述年哪里见过她这副失了高傲姿态的模样,神情和不安分的动作中都透着些委屈和落寞,看得他差点缴械投降,想同人"冰释前嫌",但理智告诉他,不能这么没原则。于是他一手拎起被她灌满水的盆栽,一手拎起洒水壶,故作冷漠地往外走。经过她身边时,听到她轻轻的叹息声,还是忍不住笑了笑。

许苓茵等了一会儿,没等到他回来,跑到前头去看,才发现他进厨房帮徐念做饭了。她在院子里转悠,绞尽脑汁思考怎么才能让人消气,末了发觉道歉是一门比学习还要高难度的技术活。她叹气,瘫坐在院子的台阶上,双手托着下巴,远眺天边一大片橙黄晚霞,将单调的天空泼上浓墨重彩的一笔。

忽地,她欣喜地跑出去,在附近超市买了颜料和水粉,拎着东西又急匆匆跑回花圃,对着那面灰色的水泥墙一顿泼墨撒粉。

直到晚霞隐于天际,夜晚的黑慢慢浮现,四周人家亮起门口的灯,她才结束作画,直起僵硬的身体,稍作活动,满意地看着自己的作品。

"做什么呢?待这么久?"她的沾沾自喜被一道不近人情的声音打断。

因这一幅画的顺利完成,和对画里意境与景象的喜欢,许苓茵笃定他也会喜欢,便大胆上手,丢下东西把人拉过来:"白述年,给你道歉,不要生气了好不好?"

她画的是两人浇花的场景,蹲在地上,低着头,共执一个洒水壶,壶口对着的,正好是放在矮砖墙上的迎春花。两人的左边,站着戴围裙的徐念,目光和蔼地落在他们身上。

温暖十足又诚意满满的画作。

墙上那一汪徐徐坠下的水珠,好似也沾了一些晚霞的余晖,透着斑斓的光。

一句"好,原谅你了"明明已涌到嘴边,说出口的却是另一句,掩了其他所有情绪的,再平常不过的话:"许苓茴,你弄坏我的墙了。"

许苓茴也不知道他消气没。

看到那幅画时,他脸上没有过于欢喜的表情,反倒说了这句话,让她觉得做出画画这个决定,是她鲁莽了。毕竟这个老房子,承载了他太多回忆,一砖一瓦都弥足珍贵。那幅自我感觉良好的画,或许不是锦上添花。

饭桌上,白述年坐在她对面,她没敢朝他看,只专心吃饭,时不时和徐念聊几句。

饭后,她接到许岁和的电话。小应住院那晚,她就给许岁和打去电话,一直没打通,只好留了言。许岁和今天才回过来。

许苓茴把打电话的用意说清楚,最后不忘加上一句,用上次她说的"人情"抵。

许岁和在那端笑了笑:"苓茴,看来你很久没回家了。"

许苓茴稍顿:"什么意思?"

"我已经出国了,而且公司那边,涉及这么大的决定,我也插不上手。我知道你想让我找爸爸帮忙,我会去说一下的。但苓茴,你要做好心理准备,他是我们的父亲,也是一个商人,这样一桩赔本生意,他不见得会做。"

许苓茴沉默片刻,她心里多少清楚:"我知道。"

"其实,你去说,或许比我有用。"

许苓茴却半晌不说话。

许岁和便知道她的意思了:"行,我会和他说的。"

"谢谢。"

挂了电话,她背对客厅站了好一会儿,斟酌着自己去找许怀民的可行性。利弊两面都考虑到,最终败给自己残留不多的骄傲与自尊。去找他,意味着她亲手推翻先前对许晏清的指控,意味着当初在许家闹的那一通,不过是一场自导自演的,有引人关注之嫌的戏码。

最终还是将这个想法抹掉,祈祷着许怀民足够"纵容"许岁和。

想清楚这个事,她转身想进客厅,迈出两步,就见白述年拎着一个保温盒出来。

"去找小应吗?"她还有些心虚,声音不自觉地弱下去。

"嗯。"

"那我和你一起去？"

"随你。"

好似回到他们刚认识那会儿，对她爱搭不理的样子。许苓茴撇撇嘴，跟上他。到医院，小应说喻初已经陪他吃过饭了，刚走不久。

白述年把保温盒放到桌上，让他晚上当夜宵。

这话说完，三人陷入沉默。

白述年翻着挂在他病床后的病历本，许苓茴坐在另一边，低头抠指甲。小应的目光在两人之间徘徊许久，没找到合适的话来打破这诡异的氛围。

良久，白述年翻完病历本，内容没看懂多少，他转而去问小应的伤势情况。

小应如实回答。养了几天，他身上的瘀青消去不少，人看着还是显得憔悴，纯粹是因为他那瘦小的体格和缺乏营养的身体。

问清小应的伤势，白述年的脸色微沉。他知道小应的父亲酗酒赌博，疯起来六亲不认，也出现过打伤小应的情况，但从没像这次，把他打得住院。

如果在小应被打那天得知事情，他或许会像小应担心的那样，以暴制暴，不止为小应出气，也要那人尝尝被打的滋味，以慰小应多年来的恐惧与痛苦。但被他们瞒了两天，情绪沉淀至今，气已消了大半，但还是不放心小应再回去住的。

"出院后，去我家住吧。"

小应苦笑："那他不得把你家给闹翻了。"

白述年语气狠厉："让他来。"

"我可舍不得，老房子那么珍贵。"小应笑了笑，安他的心，"放心，不会再有这样的事了。"

"上回你也是这么说。"指的是小应手腕瘀青那次。

小应信誓旦旦地保证："这回真不会了！吃一堑长一智，下回他再打我，我一定找你去。"

"别瞒我就好了。"他一语双关，余光瞥了眼许苓茴。

小应瞥了眼沉默的许苓茴，叹气道："不会了。"

又坐了会儿，时针快走到十点，白述年准备离开，让小应早点休息，明天来接他出院。小应点头，朝一晚上没说话的许苓茴投去一眼，想再解释两句，刚张口，被白述年一个眼神堵回去，只好在他转身离开时，向许苓茴使眼色。

许苓茴让小应放心，小跑着跟上白述年。

进入三月，岭安的雪渐渐停了，偶尔有，也是一场像棉絮一般的细雪，风过便吹一阵，但风依旧凌厉，沾着夜晚的寒，吹在身上，忍不住打寒战。

许苓茴今天只穿了件针织毛衫，入夜后就觉得凉意丛生，寒意越发重。借着这个由头，她想到示弱的方法。

她跑几步到白述年身边,说:"白述年,我有点冷。"

话音落下,几乎是同时,白述年抬手脱掉外套,披到她身上。行云流水似的动作完成,他也为自己下意识的反应惊诧。原想就著台阶下,但触及她颇有些"如我所料"的表情,只给她一个停留不超过三秒的眼神。

许苓茴腹诽自己没能藏住心思,只好安静同他至公交站。在一辆驶往许苓茴家的公交车到站时,白述年径自上了车。

到站下车,公交车站离小区还有段距离,白述年嘴上什么不说,身体却是很诚实,同往常一样送她到小区门口。

"早点休息。"一晚上只说了四个字。

她没哄过人,也不知道哄人该用什么语气,无头苍蝇似的,凭着感觉乱撞:"白述年,你还没消气吗?"

已经消了大半气的人正在等台阶下,此刻却又傲娇起来,好似要把之前在她面前占的下风都给夺回来。

"嗯,没消。"

"要怎么样才能消气?"

白述年反问:"知道我为什么生气吗?"

把她的歉疚勾出来,许苓茴小幅度地点头:"知道。"

白述年认真地说:"许苓茴,你需要信任,我也一样,下一次,你再对我没有半点信任,我就当从来没认识过你。"

家长会如期而至,学生和家长共同出席。

已经报上去家长来不了的许苓茴,也来了学校。白述年在搬桌子时看见她,很诧异。许苓茴笑说来给自己当家长。

白述年睨她一眼,说:"没个正形。"

许苓茴帮着把桌子摆放好,两人回到座位上。白述年拧开瓶盖,把水递给她。

许苓茴喝一口,余光瞥见他的鼻子,笑道:"白同学,你是用鼻子搬的桌子吗?"

"怎么了?"

许苓茴在自己鼻尖上点点,说:"沾灰了。"

白述年大掌一伸,随意抹掉,接过她递来的湿纸巾,刚想开口,被斜后方一声"苓茴"拦住。

他们齐齐往后看去,许苓茴的笑僵在嘴角。

林微穿着一条浅黄色连衣裙,披一件白色小西装,十分显年轻活力的装扮,却沉着一张脸,和这一身穿搭着实不符。

不知道先前和白述年的玩闹有没有被她看去,许苓茴稍显局促地离开座位,走到她身边,问:"妈,你怎么来了?"

林微弯了弯嘴角,笑得格外勉强:"打电话给你班主任询问你的情况,才知道你们今天要开家长会。苓茴,怎么没和妈妈说?"

"忘了。"

"那妈妈现在知道也不迟。"林微拉过许苓茴的手,把站在一旁的白述年当透明的,"走,去找你们班主任。"

"妈……"

林微使了劲捉住她的手,许苓茴挣不开,扭头去看白述年。白述年也看着她,无声给她安慰。被拉着走到办公室门口,杨盈正好从里面出来,旁边跟着穿着朴素的徐念,两人脸上皆是欢笑。

"苓茴。"徐念高兴地喊了许苓茴一声,随即被她身边神色严肃的林微引去注意力,"您是苓茴妈妈?"

林微不耐地点头。

徐念带着几分爱屋及乌的情绪,热情地说:"您好,我是苓茴同桌白述年的妈妈。"

听到她这话,又想起先前在教室里看到的一幕,林微火气蹿起来,语气不善:"杨老师,我们苓茴什么时候换了同桌?我记得之前和她同桌的,是个女孩吧?"

杨盈和林微接触过几次,知道她性格强势不好惹,小心措辞道:"原先是,后来述年双语成绩不太好,就换了座位,让苓茴帮他补补。"

林微冷哼一声:"杨老师,现在都什么时候了,我们苓茴自己也要学习,哪还顾得上旁人。"

"妈!"

林微扯一下许苓茴的手,以眼神谴责她。

杨盈解释:"苓茴成绩很好,帮述年补习的这段时间,也没有落下自己的。"

"落没落下,杨老师又怎么知道?"

杨盈讪讪地赔着笑脸。

许苓茴终于挣脱林微的手,往杨盈那儿站一点:"妈,我是自愿换座位的。"

"自愿?"林微拔高一点声音,目光凌厉地盯着许苓茴看,好似许苓茴朝杨盈的靠近,是对她的反叛。

"对,我是自愿的。"

林微脸色越发难看。

听了事情始末,徐念大致了解了林微生气的由头,连忙转移矛头,把责任揽到自己身上:"苓茴妈妈,真的很抱歉,因为我们家述年,耽误苓茴的时间了。这样，补习就到今天为止，剩下的时间，让他们各自努力。"

听了徐念的话，林微将目光幽幽转向身侧这个穿戴廉价，明明和她相仿年纪，却看着比她老许多的女人身上。她打心底不屑于同这样的人交谈，因此低头看她的动作，俨然一副高高在上的姿态。

"一句道歉就打发我了？身份不高，一句道歉的分量倒是蛮高的。"

话落，除林微外，几个人皆是一怔。

许苓茴重重地喝一声："妈！你过分了。"

"我过分？"被女儿当面指责，林微的火气已经达到极点，但残留的几分理智叫她意识到她还是时代集团董事长的夫人，表面功夫得做足。

"杨老师，我不知道您是出于什么心思，把苓茴和那个男孩安排为同桌，为提高班级成绩也好，实现您的职称目标也好，希望您能把座位换回去。您作为一个老师，难道不知道在这么紧要的关头，男女同桌容易发生什么事吗？那个人已经严重影响我女儿的学习和生活，请您马上让一切恢复原状！"

"还有。"林微的话向徐念说，"你身为一个母亲，应该好好教导你的儿子，别仗着一副温和的相貌，误导别人。"

许苓茴大步跨过来，一把拉住林微："妈！你瞎说什么？"

林微无视许苓茴的制止，依旧朝徐念开腔："既然给不了儿女好的生活、好的背景支撑，至少也该教教他怎么做人！"

"请您说话放尊重点。"一道压着怒火，努力做到言辞礼貌的声音，自他们后方传来。

林微循声望过去，看到朝他们走来的白述年。明明还穿着校服，十几岁的年纪，却莫名有着一股不怒自威的气势，把先前林微盛气凌人的姿态都压下去几分。

林微眯了眯眼，仔细打量他。这不是她第一回见白述年。第一次，在许苓茴回平清县那个上午，她看见他们上了同辆车。第二次，也就是昨晚，黑夜里，他给她披上衣服。

明明昨晚的怒火已达到峰值，可她硬生生忍住，为的是今天。

林微是独女，从小被娇纵惯了，但也从没做过失格调的事。但连着三次看到女儿与一个不入流的男学生玩闹，本能地将她这些日子来的变化归咎于他。

仿佛是为自己开脱，她当众对他们母子恶语相向，来逃离心里流窜的若有似无的愧疚。

白述年将徐念拉到身后，高大的体格足够挡住她："阿姨，事情是我做的，您不必对我母亲说出如此难听的话。"

林微趾高气扬："子不教，父之过，子女不学好，父母没有半点责任吗？"

白述年不卑不亢地回答："我并不觉得我做错什么事了，如果您觉得我影

233

响了许苓茴，大可以把座位换回去。但请您清楚一件事，我们没有错，包括许苓茴。"

白述年无意同她纠缠下去，偏头看一眼许苓茴，不带什么情绪，和许苓茴对视一眼便带着徐念离开。

林微被他这样下了面子，怒火中烧，当即拉着许苓茴，要杨盈给他们换座位。

杨盈看了眼失魂落魄的许苓茴，悄悄拍拍她的手臂做安抚，随后对林微说："苓茴妈妈，我可以按您的意思，给他们换座位，可希望您不要无端以成人的视角去揣度两个孩子。他们都是懂事的，有自己的分寸，请您多给他们点信任与耐心。给您添麻烦了，我很抱歉，家长会快开始了，我先去忙了。"

杨盈最后朝许苓茴点头，往班级走去。

林微被他们一个两个的话气得厉害，还没顺过气，就听身旁的许苓茴说："连我的老师都知道要信任尊重我，怎么这么多年了，你还是学不会呢？"

许苓茴拂开林微的手："家长会你自己开吧，我先回去了。"

"苓茴！"林微在身后气急败坏地喊她。

许苓茴置若罔闻，连教室也不回，径直离开学校。

出了学校，她晃到公交站，一时间不知往哪儿去。坐了好一会儿，一辆公交车驶来，熟悉的线路，她起身上车。先前在学校，她不敢进教室去找白述年，就是怕在他和徐念身上看到对她的失望与谴责。但出了学校，她又不由自主地往他家的方向走。

这种矛盾的情绪将她拉扯着，她犹豫了许久，最终还是无助地在紧闭的大门前坐下。

脚下踩着的石阶正好对着一个蚂蚁洞，几十厘米宽的石阶上不断有蚂蚁来回爬。许苓茴收回一点脚，让它们无障碍地通行。

她盯着最先爬出的一只蚂蚁，捡起一根小木棒，一只一只地数。蚂蚁外形都一样，大小也无差异，数着数着就数重了，最后嘴里呢喃着四十一只时，视线中出现一抹突兀的黑色。

她仰头望去，对上白述年俯视的目光。她丢掉木棒，急急忙忙地站起来，视线蓦地一黑，极小的眩晕袭来，她身体晃了晃。

白述年连忙伸手扶住她，声音急切："怎么了？"

许苓茴扶住他的肩站稳，眩晕过去后，摇摇头："没事，坐久了起来就会这样。"

白述年松开手，收回去时，不小心碰到她冰凉的手指："也不知道找个没风的地方等。"

话里全是关心，没有半分谴责，把许苓茴的愧疚勾得越发深。她垂眸，盯着自己的脚尖："白述年，对不起啊，我不知道我妈会去，也不知道她会说那些难听的话。"

"嗯。"

他反应冷淡,叫许苓茴惊讶:"你不骂我吗?"

白述年好笑道:"骂你做什么?"

"当初如果不是我……故意设计,杨老师也不会给我们换位子,今天你们也不会平白受我妈的气。"

白述年突然认同地点头:"这么说确实得怪你。"

许苓茴脑袋垂得更低,道歉声变小:"对不起。"

白述年瞧着她一副愧疚样,笑出声:"好了,话又不是你说的,自责什么。"

"阿姨呢?阿姨也不生气吗?"

白述年上前,解开门锁:"你觉得我妈是那么小气的人吗?她喜欢你喜欢得紧。"

有他这话,许苓茴放心不少,但依旧有一股歉疚情绪笼罩着。

白述年看出她的心思:"行了,进厨房帮我打下手,我妈买菜快回来了。小应待会儿也过来吃。"

择了一把芥兰,徐念买完菜回来。见到许苓茴,同往常一样,热情地喊她的名字,叫她来看今晚都有哪些她喜欢的菜,全然看不出两个小时前,自己才受过一场无妄指责。

许苓茴在围裙上擦干净手,走过去挽住徐念,说出对白述年讲的那番话。

大概是母子间心有灵犀,徐念安慰许苓茴的话和白述年如出一辙。

在客厅里听到他们谈话的白述年,远远朝许苓茴看了一眼,扬了扬下巴,一副"看吧,不信我"的模样。许苓茴笑出来,头往徐念肩上一靠。

徐念摸摸她的脸,语带宠溺:"好啦,我可不是小肚鸡肠的人,你帮阿姨把东西分分,我去换身衣裳,给你们做好吃的。"

"好!"

徐念走出厨房,经过客厅,让不知道在忙活什么的白述年进去帮人。待看不见他们了,徐念捂着左胸,艰难地打开房门,来不及躺到床上,便软着身子倒在地上,大口呼吸着。

等缓过这股刺痛和窒息感,她一股脑倒了一把药,一口咽下去。

周一回学校,许苓茴以为杨盈会给他们调座位,却得知杨盈出差去了,一周后才回。

班主任不在,座位自然没人调动。

许苓茴心情颇好,但也没持续多久。杨盈周六回来,让他们下周一把座位换回之前那样。

见两人皆垂眸沉默，杨盈解释：“苓茴，述年，你们别多心，老师没有怀疑你们的意思，只是安抚家长。"

还停留在不能同桌到毕业的遗憾中，两人只点点头，离开办公室去换座位。

同上回不一样，这次白述年亲自帮她把东西搬回去，顺带把她贴在桌子旁的挂钩也撕下，贴回她原先的位置。

高磊也收拾好东西，经过她身边时，冷不丁说一句："学委放心，我会帮你盯着白述年学习的。"

昨天在办公室的闹剧，班里大概传了一通，但他们统一认为，林微觉得白述年影响许苓茴学习，强制他们换座位。除此之外，没有其他风声。毕竟在这个关头，谁也没闲心思在意这些。

许苓茴浅浅笑一下："嗯，交给你了。"

白述年给她擦好桌子回来，示意她出去。

两人来到走廊外，白述年已然从那种遗憾情绪中抽身出来，见她仍苦着一张脸，好笑地问："还不高兴？行了，只是不同桌而已，又不是不见面了。"

许苓茴撇撇嘴，不说话。

"还不开心？那今晚去我家吃饭？或者下周的早餐翻倍？"

许苓茴笑出来，捶他一把，说："养猪呢你。"

白述年煞有介事地点头："你吃得也不比猪少。"

为这一句话，今天他多了一张英语卷子。

晚上去白述年家吃饭。徐念似乎早知道她要来，做了一桌她喜欢的菜。

许苓茴有些不好意思，每次她来吃饭，徐念总要琢磨好些菜式，生怕她不爱吃。她让徐念不必那么费心，却得来徐念一瞥，说正是关键时刻，身体最重要。知道劝不动徐念，她只好在饭后帮着做家务，让徐念少劳累一些。收拾好厨房，许苓茴拉着徐念出去散步消食，两人逛了会儿小花园后，挽着胳膊有说有笑地回来。

见到门前路灯下站着的人时，许苓茴一句哄徐念开心的话说了一半。

她下意识地挽紧徐念的手，好似那人会突然冲上来推她一把。她稳了稳情绪，淡声开口："妈，你怎么在这儿？"

林微死死盯着许苓茴和徐念相挽的手，半晌不眨的眼睛里，红丝和眼泪齐现。在她印象里，许苓茴从未对她这样亲密过，现在却当着她的面，和别人宛若母女。她觉得自己遭受了极大的背叛，比当年许怀民要和她离婚那种孤立无援还要严重。

林微："我怎么在这儿？我不在这儿，我还不知道我的女儿，已经快成了别人的女儿了。"

没了上周在学校故作的端庄,这回她歇斯底里的,好似在控诉许苓茴抛弃她这个母亲。

屋里的白述年听到声响,跑出来,见到林微,也是一惊:"阿姨,您怎么来了?"

林微狠睨徐念一眼,又侧头死死瞪着白述年:"我不来,怎么知道你们母子把我女儿带成这样,手段还真是高明啊。"

这话不仅骂了他,也诋毁了许苓茴,白述年听着刺耳,就要出声反驳,被徐念拦住。徐念:"苓茴妈妈,不是这样的,是我看他们学习辛苦,才让苓茴过来吃饭的,没有其他意思。"

林微冷嘲:"她是没有家吗?需要你来施舍?你给的又能是什么好东西!"

许苓茴松开徐念,以眼神示意白述年过来,等他站到徐念身边,她才上前去拉住林微:"妈,三番两次,你说的话太难听。"

"难听?你跟着这对母子鬼混的时候,怎么不怕我难做?"

"我难道不能有自己的朋友吗?"

"能,但不是和这些人!"越过她,林微的目光再次停留在徐念母子身上,"难怪这大半年来,你性格变化那么厉害,我百思不得其解,为什么从前对我百依百顺的女儿,如今学会忤逆我,和我打马虎眼,原来是和这样的市井人家混在一起。"

许苓茴侧一步,挡住林微的视线,语气郑重:"我没有变,那个对你百依百顺的许苓茴,不过是我装出来骗你的,真正的许苓茴,什么事都会做,什么事都敢做。"

盛怒的林微将她的话认作是为那对母子开脱,挣开她的同时,攥住她的手腕:"许苓茴,你现在立马和我回家,我给你办转学,不许在一中待下去了!"

徐念一直被白述年按着,掺和不得,听到林微这么说,想也没想就跑上去,以身体护着许苓茴:"苓茴妈妈,这个时间转学,会影响苓茴学习的!"

"我宁愿她再复读一年,也要她彻底和你们这种人斩断联系!"

林微把许苓茴拉到身侧,避开徐念的触碰:"我辛辛苦苦养了十几年的女儿,你们母子俩算盘打得倒好,知道以自己的身份奋斗几十年也奋斗不出什么,索性就借我们许家,当你们的跳板?你做梦!这是什么家庭,上梁不正下梁歪!"

"阿姨!"白述年面色铁青地上前,扶住徐念,"您太过分了。"

徐念在听到她最后一句时,脸色猛地泛白:"苓茴妈妈,你太过分了!我的家庭很好!我的丈夫生前是警察,他为国捐躯,是英雄,我的儿子也是好孩子。你怎么说我无所谓,但你不能诋毁他们!"

林微:"好孩子,呵……"

"妈！"许苓茴掏出手机，点开通讯录，"你再这样闹，我就打电话给外公了。"。

林微抢过许苓茴的手机，推搡一把，许苓茴被推得撞上门廊。

"苓茴！"徐念和白述年齐齐喊出声。

林微朝一直候在不远处的人招手："坤叔，把二小姐给我带回去！"

许苓茴被林微押回了许家。

在客厅看到许怀民时，林微愣怔片刻，不着痕迹地松开许苓茴的手，换上笑脸："今晚这么早下班？"

许怀民"嗯"一声，看见她身侧的许苓茴，欲言又止。自上次闹得不欢而散后，他们没再见过面。他虽然几次想同她言和，但碍着面子，始终没能成行。

他借翻报纸的动作，看她一眼："苓茴来了，吃过饭没？"

林微没让许苓茴出声，本能地将先前的事情隐瞒下来。无论她们怎么闹，她还是私心想让许苓茴在他心里留个好印象。

"我有些事要和苓茴商量一下，就带她回来了。"

"嗯，去吧，我让王嫂给你们做夜宵。"

"好。"

转回来面对许苓茴，林微冷下脸："上楼。"

许苓茴被林微推搡着上去。到房间，许苓茴径自走到窗边。

林微脱掉外套，揉着额头瘫坐在梳妆椅上。见许苓茴没过来问候她，她心里闪过一丝失落，而不久前许苓茴亲密挽着徐念的画面再次浮现，失落被嫉妒代替。她收起虚弱模样，满身冷刺，走到许苓茴身后，说："这几天不用去学校了，我去给你办理转学。"

冷风吹了许苓茴满脸，风里沾染的寒，似要在她睫毛上落成霜，她揉了把眼睛，转过身来面对林微："我不转。"

"由不得你。"

"我已经成年了，有权选择我想做和不想做的事。"

"成年又怎么样？你现在不还得靠我养着？"

"你可以不养。"

"许苓茴！"林微被许苓茴激得心口一阵刺痛，顺势捂住胸口，做痛苦状，"苓茴，你非要这么气妈妈吗？"

许苓茴冷笑，又来了，一不顺着她的意，她就示弱，好似给了她多大的委屈受。

"妈，这些年，你要做的事，我哪一件没有听你的？你要我比许岁和优秀，我答应了，没日没夜地学，许岁和学过的、没学的，我学了个遍，甚至还给自己弄出了哮喘。你懂那种窒息的滋味吗？你不懂。"

　　林微显现出几分呆滞。

　　许芩茴当没看到："你让我接受许岁和姐弟，接受许怀民，我也答应了，可换来的是什么？许晏清伤害我，许怀民说我有病。你今天凭什么那样骂徐阿姨和白述年？如果没有他们，或许我早就崩溃了。你有什么资格骂他们？你尽到一个母亲该尽的责任了吗？"

　　说这些话时，许芩茴始终保持冷静。她曾幻想过有一天亲口和林微说出这些事时，她会多义愤填膺、多委屈难忍。可是没有，她像一个局外人，分外平静地讲述压抑多年的痛苦。

　　直至此刻，她才清楚知道，白述年和徐念，治愈了她多少伤痛。

　　慈母多败儿，林微对女儿的教育，一直秉持这个理念，当然，也包含了她说的那些自私想法。但如果不是她这些年的鞭策，女儿也成不了现在别人口中的"完美才女"。

　　林微始终觉得自己没错，但她无法忽视女儿的控诉，于是说："好，妈妈退一步，不转学也可以，转班，高考之后立马出国。"

　　许芩茴对林微的失望在一点一点加深："我不会转，也不会出国，如果你非要逼我，那我只好让外公帮我。"

　　"你拿外公威胁我？"

　　"是。"

　　"芩茴，妈妈不想逼你的，但这事关你的前程和未来，我不能不插手。"林微上前，先攥住许芩茴的手，从她口袋里找出手机，"你好好在这里想清楚，什么时候想通了，我再放你出去。"

　　许芩茴并没有反抗，这里是许家，单靠她一个人，她没那个能力："你要关着我吗？"

　　林微不想触碰那个字眼，换了种说法："学校那边我会去请假，学习用品我会让坤叔送上来，这些天你就好好在这儿住着，想通了再告诉我。"

　　许芩茴被关了三天，没有心思学习，每天都站在窗前发呆。她想过从窗户跳下去逃离，但别墅外墙可以搭手或停留的地方太少，六七米的高度，跳下去多半会受伤，她不敢轻易尝试。

　　坤叔每天给她送餐，她照吃不误，有体力才有机会逃跑。林微每晚都会来看她，问她考虑好没，她始终冷脸相对，没给出答案。也不知道林微是如何同许怀民说的，她被关在房间里三天，他没过问半句。

　　今天是第四天，坤叔照例来给她送午餐。望着她魂不守舍、脸色苍白的模样，他不由得心疼，劝慰道："二小姐，有什么事和夫人好好商量，再怎么说，她也是你妈妈，总归不会害你。"

许苓茴端起碗，没回应他劝和的话，只道了句谢。

"夫人说了，如果你想通了，答应她说的事，她就立马放你出去。"

许苓茴机械地动着筷子，注意力全然在一桌饭菜上，也不知听没听进去他的开导。坤叔叹气，起身站在一旁，等她吃完。

许苓茴咽下最后一口饭，擦干净嘴，忽然问："坤叔，我答应了就能出去吗？"

坤叔喜出望外："对，夫人说只要你想通了，她立马回来，事情办好了，就能出去。"

"好，你给她打电话吧，说我答应她。"

"好好好。"

坤叔欣喜地收拾好东西出去，走之前还不忘把门锁上。

许苓茴在床上躺一会儿，听到引擎声，才慢慢坐起来，换衣裳，拿上钱包。

门外有急促的鞋跟踏地声，开了门，林微一身职业装，风尘仆仆，带着笑说："苓茴，妈妈来了。"

许苓茴穿戴整齐，头发也扎起来了，没有什么气力地说："能去楼下说吗，关在这儿三天，待得我有点难受。"

林微歉疚地揽住她，语气心疼："苓茴对不起，妈妈也不想这么做。等我们把事情确定了，过后好好补偿你。"

"嗯。"

到了楼下，许苓茴在靠近大门的沙发上坐下。

林微坐在她对面，问："苓茴，想喝什么？"

许苓茴抬眼看着林微："你榨的果汁，可以吗？"

"当然可以，妈妈现在就去给你榨。"

林微满心欢喜地进厨房，挑了好些新鲜水果，榨了几杯不一样的果汁，端出去时，客厅早已没有许苓茴的影子。

从别墅出来，跑了好久，许苓茴才看到一辆出租车。她连忙拦下坐上去，确定林微没有追出来，匆忙报上白述年家的地址。

缓过气后，她向司机借了手机，先给林天南打去电话。

听到林天南的声音，她忍不住哽咽："外公，您能回来帮帮我吗？"

林天南在那头着急，许苓茴擦掉眼泪安抚他，和他说清楚事情经过，让他不要着急，过来注意安全。挂掉电话时，她心里涌起止不住的愧疚。但没办法，只有外公能制住林微。

手机还没还给司机，她犹豫好久，想给白述年打电话，但她不敢。林微这次不止骂了他们，还连带着骂了白述年的父亲。白父是他们家的信仰，是他们的荣耀,却遭林微这么践踏。

她知道他们不会迁怒于她,但她更怕他们的宽容。

犹豫许久,司机从后视镜里不断瞧她,大约是以为她要把手机占为己有。触及司机审视的目光,许苓茴再次说抱歉,手机再借一会儿。

司机勉强答应。

又犹豫一会儿,她鼓起勇气,输入背熟的号码,响了好久没接,自动挂断。她又打一遍,还是没接。她开始猜测他是没听到手机响,还是故意不接。但很快推翻后一种猜测,他是在生她气时都担心她会不会冷的人,怎么可能不接她电话。

有了这个佐证,忐忑消去大半。她再次按起手机,这回打给喻初。很快接通,但那边有些嘈杂,喻初的声音听得很不真切。

"喻初,是我,苓茴。"

"苓茴?"喻初停顿片刻,没声,大概是去看来电号码,"你怎么用这个号码给我打电话?"

"我的手机被我妈拿走了。"

"为什么?"

"说来话长。你在KASA吗,小应在你身边吗?"

这回停顿久了些,许苓茴以为是信号不好自动挂断,拿下手机看,屏幕还亮着:"喻初?"

电波流转中,她好似听到低低的抽泣声,她又喊了几遍,喻初才回应:"苓茴,我在机场,准备飞纽约。"

许苓茴震惊万分,手机往下滑了一点,她连忙捏住:"为什么这么突然?"

说出结果,喻初语气轻松许多:"不突然,前几天就在准备了,是一直联系不上你,杨老师说你请假了,去你家也找不到,后来打探到阿姨那儿,才知道你在许家。"

"喻初,你等我。"她让司机换方向,去机场,又对着电话道,"时代集团没有帮忙吗?许岁和骗我?"

"不是,时代集团确实给了个机会,但最后我舅舅拒绝了。"

许苓茴知道,许岁和的话应验了,但她无暇再管,只记挂喻初:"那为什么一定要把你送出去?"

"我不知道,苓茴,我舅舅说只有这样他才能安心,我不想他再操心了。"

"喻初,你等我,我们再见一面好不好?"许苓茴央求。

"来不及了苓茴,我要登机了。不见面其实也好,我怕我舍不得,也怕你会哭。"

"我不会哭的,喻初,你等我,我们再见一面。"她说不哭,语气里已然带了哽咽。

"苓茴,我……"喻初笑了笑,"你记得跟紧小白,他会好好照顾你的。下一次见面,我要见到毫发无损的许苓茴。"

"好了,我要登机了,你别来了,别白跑一趟。"

说完最后一句道别,喻初利落地挂了电话。许苓茴没有再打回去,把手机还给司机,道完谢,催促他开快些。

紧赶慢赶,到机场时,工作人员告诉她,那个航班半个小时前就起飞了。

她丧气地离开机场,身体疲惫,眼睛干涩,沉重的步伐拖在地上,像枝条被抽干水分,干瘪的外皮撑不起茎叶,随意耷拉着,没有半分生气。

走到外面,见到晃眼的太阳,也补充不了能量。

她再次感受到十八岁的年纪,力量的渺小,面对家庭的逼迫无法抗争,面对残酷的现实无力挽回。独立的决定做不了,想留的人留不住。十八岁应该是初晨升起的第一抹朝阳,虽不够夺目,但一定是充满活力,充满希望,但她的十八岁,一地狼藉,一片黯淡。

她走出机场,机场外还有道别的人,拥抱、呢喃、接吻。只有她,甚至没来得及和喻初说声再见。

离开机场后,许苓茴去了趟白述年家,却家门紧闭,他的手机依旧打不通。去 KASA 找小应,他请假了。她没急着离开,在 26 号桌坐了会儿。KASA 的景象大不如前,大概是知道喻青失势了,以往来捧场的人都避之不及。

她环顾一圈,和喻初、小应还有白述年在这里吃饭玩闹的画面,恍如昨日。她往桌子左上角看,那个位置再也不会有一杯为她准备的温开水。

她朝老欧招招手,让他送几杯酒过来。这些天不如意的事太多,神志过于清醒,消极的情绪被放大,她心上像被凿出一个洞,好似沙漠中的流沙漩涡,有东西在不断往下掉,酒精或许可以让她逃避片刻。

她等了一会儿,老欧端来的却是三杯温开水。

老欧把托盘收在身侧,满脸揶揄的笑:"小白临走前交代了,你要是叫饮料喝,就给你上温开水。"

许苓茴端起一杯,刚好可以接受的温度。她垂眸笑了笑,心酸得无以复加:"人都不在了,还要管着我。"

"是呀,所以你听话,不然我不好交代。"

"好。你先去忙吧。"

她举杯小口小口地抿着,动作和眼神中流露出来的不舍,叫别人觉得她好似在喝什么琼浆佳酿。

喝完三杯温开水,离开 KASA。她没回家,在学校附近开了间房,用房间座机给林天南报平安后，卷着被子沉沉睡去。

第二天很早起床，收拾妥当后去学校。

在走廊遇见杨盈，杨盈很惊讶，说她不是请了一周假，怎么突然回来了。许苓茴三言两语应付过去，进教室就往白述年的座位走。

他的座位是空的。高磊说他和她一样，三天没来学校了。

昨天找不到他的不安，在这一刻尽数浮现且浓重起来。在杨盈那儿问不到原因后，这种不安转为恐惧。是的，恐惧。她害怕这三天里，林微会对他们做出不好的事。

她等不到下午放学，中午和杨盈请了假就往老街赶，大门依旧紧闭。

和那日一样，蹲坐在门口，期待着白述年会在一个刚好的时刻，出现在她面前，然后再轻斥她一句：怎么不找个没风的地方等。

她垂眸看着台阶，今天蚂蚁没有出来跑，视线所及只有灰色的水泥路，等待中少了些分散注意力的事物，满心念头只有一个：白述年去哪儿了？

不知道等了多久，只知道放在小腹取暖的手一直没暖过，越来越僵硬，甚至出现疼痛的感觉。

阳光越来越稀薄，风把她身上仅有的暖意偷走。她蜷着身体，有细微颤抖。

在残阳被黑夜收走之际，视线中终于出现不一样的颜色。

她抬眸望去，欣喜中带着仓皇："白述年！"

即使没有镜子，许苓茴也能知道，自己在喊出他名字的一瞬间，眼中会有光亮流溢。但那点光在看到小应后，或许暗下不少。

"小应，你知道白述年去哪儿了吗？"

小应脸上藏着疲惫，还有这个年纪藏不住的哀恸："苓茴姐，徐姨心脏病发作，送医院抢救了，述年哥一直陪着。"

和小应抵达徐念所在的病房时，许苓茴的手已经握到门把上了，但隔着门上一小块玻璃，看到白述年弯曲的背脊，她突然没有勇气按下去。之前她查过一些冠心病的资料，这种慢性病虽无法治愈，但只要按时服药，生活中保持情绪稳定，不要过于操劳，一般不会出现大问题。

林微出现之前，许苓茴从没见过徐念因这个病住院，她不敢肯定，徐念突发的病与林微无关。

她慢慢松开门把，再多看几眼白述年后，走远一些，和小应确定一些事情："阿姨的病是什么时候犯的？"

小应算了算时间："周日早上。"

周日早上，那就是林微出现在白述年家的第二天。许苓茴眸色一黯，存有的希望被浇灭大半。背在身后的手攥成拳，新长出来的指甲死死抠着掌心，理智告诉她徐念的病与她并无直接关系,她的自责毫无根据,但情感上她开始将此归咎于林微,归咎于自己。

但愧疚不是眼前最该做的事,她问:"小应,你知道阿姨的病要怎么治疗吗?"

小应把从医生那儿听来的话复述给她听:"医生说徐姨需要植入心脏支架,或做搭桥手术,之前一直拖着,但这次犯病,医生说不能拖了,要尽快手术。当然,手术有风险,徐姨也是一直顾及这个。"

许苓茴焦急道:"那为什么还不做?"

"手术费没凑齐。"

"差多少?"

小应说:"前前后后加起来要十几万,述年哥存了三分之一,但还是不够,他打算卖掉老房子了。"

"什么?"许苓茴大惊。她多少清楚老房子对白述年的意义,如果不是束手无策了,他绝不会走这一步。

小应补充道:"其实那房子现在也卖不了多少钱,但也能暂时顶一下。"

"房子对他们那么重要,卖了他们怎么办?不行,不可以。"

"不卖徐姨怎么办?现在没有谁能一下子拿出那么多钱借给述年哥。"小应撇头,抹一把眼睛,"对了,苓茴姐,喻初姐走了,你知道吗?"

"知道。"

"苓茴姐,你好好照顾自己,这段时间,述年哥可能分不了心。"

许苓茴点头:"小应,我得回家一趟,白述年有什么情况,你打电话给我。"

"好。"

出了医院大门,许苓茴招了辆出租车,直奔许家。在别墅门口,坤叔一见到她,先往里头喊两声,再跟在她身旁,好似怕她再逃跑一样。

许苓茴笑了笑,没有搭理,径直走进去。

客厅里只有林微在,半躺在沙发上,满面愁容,不知道在想什么,坤叔喊了好几声才反应过来。林微猛地从沙发上坐起来,冲过去一把抱住许苓茴:"苓茴,你去哪里了?吓死妈妈了。"

许苓茴没有反抱她,手无力地垂着,声音冷淡:"回了趟学校。"

林微松开许苓茴,敛起失态模样,盯着她疏离的神色,以秋后算账的口吻问:"外公是你叫回来的?"

"对。"

"许苓茴,你多大了,为了这点事让外公舟车劳顿,你越活越回去了!"

"被你逼的。"

"你……"

"我今天回来,不是和你吵架的。"许苓茴闭眼深呼吸几次,折下先前同她对峙的骄傲,哀求道,"妈,你能……借我点钱吗?"

林微"呵"一声,坐回沙发上,跷起二郎腿:"那对母子叫你来的?我就知道他们没安好心。"

"不是。"许苓茴拔高一点音量,触及林微嘲讽的神色,又降下来,"徐阿姨住院了,她有心脏病,现在需要手术,要马上凑到钱。"

"心脏病?"林微不屑道,"那天和我叫嚷的时候,不还好好的吗?现在就发病了?也不知道是真是假。"

许苓茴大喝一声:"妈,你能不能不要那么刻薄?徐阿姨的病需要静养,可你呢,几次三番拿那些话刺激她,现在人都在医院躺着了,你还要这么贬低她!"

"许苓茴,你什么意思?你是说是我害得她进医院?"

"是不是你心里有数。"

"许苓茴!"林微一掌重重拍在桌子上,"你就算要为那对母子说话,也别把这么大的罪名往我身上扣。我就不明白了,你和他们才认识多久,值得你一次又一次为他们来忤逆我。"

"因为他们愿意相信我,他们像家人一样。"

林微知道许苓茴的意思,但她不想把那些事也牵扯进来,于是松口:"钱我可以给你,但我有条件。"

"好。"

她毫不犹豫的回应,叫林微觉得刺耳:"第一,回许家。第二,出国。我让岁岁给你申请她读的那所学校,立马离开。"

最终还是绕回这件事上,但出国的限定词加上许岁和,让她有种不安。她试探地问:"许晏清也在那儿?"

林微躲开她的眼神,回答:"是,你一个人在外,我不放心,和岁岁、晏清在一起,有个照应,也能缓和你们的关系。"

许苓茴露出讽刺的笑,她好不容易逃离许晏清的魔掌,得来片刻喘息,如今她的亲生母亲却要亲手把她送过去。她十八年来都没经历过这么可笑的事。

她质问道:"你真的把我当你女儿吗?可是有哪个母亲,会把自己的孩子往火坑里推?"

"苓茴,妈妈没有……"

许苓茴伸出手,阻止林微的靠近:"这笔交易,我不愿意做。"

谈不拢,她没有待下去的必要。林天南在,林微也不敢再关着她。她没和林微打招呼,转身离开。

脚步迈到大门时,林微突然说:"苓茴,既然你不愿意答应妈妈的条件,也不要和你外公开口。他心疼你,你说什么他都会答应,但是他那点退休金,你好意思拿吗?"

许苓茴充耳不闻,踏步离开。

离开别墅,许苓茴又去了趟医院。徐念住的病房靠前,一进走廊,就看见病房外的白述年。

她突然停下脚步,不敢上前,又怕被他看到,便躲到墙后,扒着墙壁偷偷瞄他。

他维持躬腰低头的姿势好一会儿,才慢慢抬起来,躺倒在椅背上,手时不时揉着太阳穴,没一会儿,又弯下腰去,疲惫至极。

许苓茴看了好久,最后挨不过担忧,轻手轻脚地上前。来到他面前,她慢慢蹲下去。

走廊上调暗了的灯光落在他身上,投下一道若有似无的影子。他双手拄在膝盖上,眼睛没有聚焦,涣散地盯着地上的某一处。座位旁边是一沓纸,上面写满了他们看不懂的检查结果,散乱地占了两个位置,连几张薄薄的纸都凸显着颓丧。

许苓茴强颜欢笑着,摇摇他的肩膀,说:"白述年,我来了。"

白述年呆滞的双眸终于有点情绪起伏,他努力藏起疲倦,弯唇笑了笑:"这几天去哪儿了?"

"去……接我外公了。"

"嗯。阿姨没为难你吧?"

许苓茴强忍着泪意摇头:"没有。"

"那就好。冷不冷,怎么不多穿件衣服?"

"不冷。"

白述年往她背后关着的门看一眼,又无力地垂眸,问:"急着回家吗?不急的话陪我坐会儿?"

"好。"

白述年收起一旁的资料,让许苓茴坐在他边上,让她留下,是想和她说说话,却又不知道说什么,说多怕她自责,说少怕她担心,挣扎半晌,最后只能以疲惫来掩饰:"苓茴,我有点困,眯会儿,十分钟后叫我。"

"好,你睡吧。"

他脑袋抵着坚硬墙壁,意识不知不觉模糊,耳畔有她的安慰,小声重复着:"会好的白述年,阿姨会好起来的。"

"苓茴。"白述年喊她一声,停住,沉默几分钟,才将后一句接上,"我想把老房子卖了,我妈不肯。刚刚和小应说话,被她听到了,她又进了一次手术室。"

许苓茴别过脸,抽出一只手擦眼泪,把手上的湿润蹭干了,才重新看向他:"会好的,阿姨会好起来的。"

白述年没有回应。

良久,许苓茴感受到有一滴滚烫的泪滴落在她手背上。

许苓茴在医院陪白述年坐到天亮,小应过来了。见到她,小应还很惊讶,刚要喊人,许苓茴伸出食指贴着嘴唇,轻轻"嘘"一声。

白述年后半夜才睡深了,许苓茴不想吵醒他,便以手势示意小应过来。

小应点头,看到她眼下的青黑,劝道:"苓茴姐,你回家睡会儿吧,我在这儿看着。"

"好。"她昨晚睡了三小时不到,现在眼皮重得抬不起,"我先走了,这里交给你。"

"好。"

从医院离开,许苓茴回了家。林天南是昨天下午到的,等了她许久,见她回来,欣喜又紧张,一个劲问林微对她做什么了。

许苓茴省去其他的,只说了林微让她出国一事。

林天南重重哼了一声,没好气地骂了林微一顿,末了说:"你想去就去,不想去就不去,不用管她。"

许苓茴伸手抱住他:"谢谢外公。"

林天南拍着她的背,心疼道:"小茴不怕,有外公在。"

许苓茴无声抱着他,又说了会儿话,其间斟酌许久,终究是没敢和他开口借钱。

洗漱过后,疲惫散去一些,但她还是和杨盈请了一天假。吃过林天南准备的早饭,她借口进屋补觉,关上门就给许岁和打电话。

许苓茴开门见山,直接同许岁和说明来意,上次帮喻青说情,算是她还了之前的人情,这回开口和她借钱,是倒欠她的。

许岁和并不在意人情不人情,只是有些为难地说,她出来上学没和家里要过钱,积蓄花得七七八八,突然开口要这么一笔钱,家里会起疑,让许苓茴等几日,她去想想办法。

许苓茴自知不该把这个压力转移给许岁和,但除去林微和林天南,许岁和是她唯一能求助的人。她答应了,央求许岁和快些。

挂了电话,她查看自己的余额。林微每个月都会给她生活费,再加上一些奖金,她有一小笔存款。但之前帮小应还了五万,现在所剩的积蓄不多,全部凑在一起也只有不到三万。

没别的法子，她只能再次将希望寄托在许岁和身上。但她并不喜欢这种线在别人手里，进退全由他人掌控的滋味。可是没办法，现在的她就得这样。

大概是知道她急用，许岁和第二天便给了回复，说已经往她卡里转了五万，剩下的过两天再给她转。

许苓茴欣喜若狂，请了两节课假，拿了身份证和银行卡去取钱。

离学校最近的银行在五公里外，许苓茴打车过去，路上堵车，加上柜台排队取钱，前前后后花了一个多小时，她才取出凑到的钱。她将牛皮纸袋放在帆布包的夹层里，紧紧抱着帆布包。

她走出银行，刚过拐角，接到一个跨国电话。号码是陌生的，但她怕是许岁和借了别人的电话打来找她，于是接起。

入耳却是久违的声音，令她厌恶的声音。

"许晏清。"

那端的许晏清冷笑，语带惊讶："苓茴，没想到你还能听出我的声音。"

许苓茴当即便要挂电话，许晏清知晓她的意图，在她挂断前，极快地说出许岁和的名字。

许苓茴如他所愿停住。

好似拿捏住她的三寸，许晏清笑得得意，说话时，得意中又掺着鄙夷："许苓茴，我不知道你用了什么法子，让我姐把我弄出国，但你也不要得寸进尺，仗着我姐对你的那点愧疚，什么要求都敢提。事是我做的，你有本事，冲我来！"

年前许岁和找过他，甩给他一沓资料，不顾他的意愿，让他年后立马出国。起先他还装傻，她提及许苓茴的事，他也毫不心虚地自证，老师、同学看到的真相，不过是他刻意安排的。直到最后，她用向他同学了解的信息诈出他的话，并搬出他们去世的母亲，他才瞒不住，承认是自己做的。但他料定他的亲姐姐不会揭发他，于是退一步，同意出国。

没多久，她也出国了，骄傲使然，她没有向许怀民要一分钱。现在却突然说要把身上所有的钱转给许苓茴，还要去兼职帮许苓茴凑钱，勒令他不准透露消息。他不理解，既不想姐姐受苦，更不想让许苓茴如意。

许苓茴好转的心情被他一搅和，散去大半："许晏清，你什么意思？"

"什么意思，我姐把所有身家都掏给你了，你让她一个人在国外怎么活？"

"你说什么？"

"还装傻呢？她不是给你汇了五万？是，五万是不算什么，但她从出来到现在，没和家里要过一分钱，花的都是她这些年攒的，你以为就你有骨气，要和许家断得干净吗？她不止把她剩的钱都转给你，她还打算向她朋友借，噢，对，还准备去兼职，她那破专业，课多作业多，她还要为了给你凑钱去兼职……"

没等他说完，许芩茴挂了电话。许晏清不死心地打来，她直接把号码拉黑。

她摸着包里厚厚的一沓，突然停住脚步，那一沓钱的重量拖得她半步难行。但她又忍不住自私地想，这是他们姐弟欠她的，拿了这钱，她就算和他们两清了，许晏清做的事她都可以不计较。给自己做了几次这样的心理建设后，她拦下一辆出租车去医院。

车在洪流中疾驰一会儿，突然停靠在一边，许芩茴从后座出来，往银行跑。半个小时后，她把许岁和汇给她的钱，全部汇了回去。

周六上午，白述年同房屋中介和买家洽谈好卖房细节，约定第二天签约后，便匆匆赶回医院。刚踏入走廊，他就听到有病人说有人去世了。这段时间，白述年对这类字眼有些敏感，刻意放慢脚步听了一耳朵。在听到46号床时，他猛地愣住了。

来到病房外，路过的医生护士停下来，看他一眼，欲言又止，最后以叹息的语气，劝他节哀。

节哀什么？

白述年觉得奇怪，他已经快筹到钱了，徐念很快就能做手术了，他要节哀什么。

可当他一步步靠近病床时，他看到中间那张床上，白布下显出一副瘦弱的躯壳。徐念住院后，一天比一天瘦。他还听到小应的哭声，小应声声哀痛地喊着"徐姨"，嘶鸣的声音里藏着无尽的悲伤。

他想问小应一句"哭什么呢"，可他出不了声，甚至连张嘴都变得困难。

他在病床旁站了一会儿，手始终不敢伸出去触碰那白布，好似一伸手，就印证了什么。

小应见到他过来，扑在他身上，鼻涕眼泪糊了他半个肩膀，和那些医生护士一样，说着节哀的话。

主治医生在这时进来，见到白述年，同样表达了节哀的意思，最后告诉他："病人是在上午十点二十分去世的，没抢救过来，但她走得很安详。"

"十点二十分。"白述年呢喃着这个时间点。

十点二十分，是他和中介、买家，达成口头协议的大致时间。

他让倚在他身上的小应站好，拿出手机，给中介打了个电话，说了句"房子我不卖了"，便挂了电话。

他扶着床榻，慢慢跪下去，在白布下寻到徐念的手。手尚有余温，她还在，他握紧了，用力搓着，想把母亲叫醒，又怕弄疼她。他放松了力度，轻轻抚着："妈，房子我不卖了，我们回家，我给你弹吉他听。"

只有白布上的褶皱听见他的哀求。

十八岁的白述年，经历过两次亲人离世的悲伤。白父离世时，他是在墓地见他最后一面，那张贴在冰冷墓碑上的黑白照片。那时他悲伤心痛，但泪腺好似被墓园里地上的那些碎石堵住，眼泪流不出来。过后几天，他回家，照常喊出"爸"时，无人回应，他背着徐念，在房内大哭。

时至今日，在这个满是悲伤的屋子，白色的床铺、白色的桌椅、白色的窗帘、白色的地砖，好似一切白色都在诉说着悲伤，他要面对徐念的离去，面对来不及见她最后一面的遗憾，心像拔不开的罐头，沉闷窒息，但他似乎感受不到悲伤。

直到医生准备将她的遗体转移，他跟着出去，跟跄摔在地上，他摸到脸上、地上的濡湿，才察觉，悲伤不知何时而至，像一场雨，只下在他一个人身上。

往后的日子，他孑然一人，没有挡雨的伞，也不会有撑开伞的时候了。

白述年办完徐念的后事，再回到学校，已是半个月后。前前后后请了二十多天假，如今回来，距高考只剩两个月。

课桌上垒着好几本笔记和练习册，还有一些零零散散的小东西，占了大半张桌子。他翻开笔记，是熟悉的字迹和排版。抬头朝前望去，许苓茵的位子空着，桌子上一干二净，黄色的桌面整洁得反光。

他问高磊："许苓茵呢？"

高磊惊讶地望着他，说："你不知道吗？学委一周前就没来了，说是要出国，高考也不参加了。"

白述年有片刻愣怔，他并不知道。

从那一晚两人在医院相伴坐了一晚后，他没再见过她。徐念的葬礼，她也没出现。原先他以为是她家里阻拦，不让她出席这些白事，也就没和她联系。但她的的确确没给他留下和出国有关的只言片语。

课余时间，他找了所有她会去的地方，期望在某个地方找到她留给他的信息，可是没有。KASA、滑雪场、她家小区、他家，甚至是跨年那晚他们去过一次的江边，这些地方把她去过的痕迹全都抹干净了。像春天的风，把冬天的雪融化得一干二净。

好似许苓茵，从未出现在岭安。但他记得，在云清县那晚，他们说好要一起留在岭安。他想不通，为什么许苓茵会不告而别，一走了之。

六月已至，高考将近。考前三天放假，白述年照旧背着书包去学校学习。留在学校给学生答疑的杨盈，看到他默不作声地学习，心里止不住泛酸。

他从请假回来后就是这个状态，每天拼命地学，早上六点和下午六点的走廊上，永远有他捧着笔记背单词和古诗文的身影。

他来向自己询问过许苓茴的下落,杨盈将自己知道的一切告知,他大概也能拼凑出事情的前因后果,之后就陷入疯狂学习状态。杨盈知道,他此刻所有的努力,都是为了将来某一天的重逢。

她同他们一样,期待着这一天。

她悄声进去,在他桌子上留下几小包花茶,说:"学累了提提神。"

白述年笑着收下,和她道谢。和上次她给许苓茴的一样,同样的味道。杯口还冒着热气,他等不及了,将整杯饮尽。

他在一些被他忽略的小细节里,拿着放大镜,一点一点放大许苓茴存在的痕迹。

终于,在最后一天,在她留下来按序号排列的笔记的最后一页,看到一个平安符。

没有其他话,只有一个平安符。白述年想起自己给她求的平安符和玉佛,还放在枕头下。原本开学就想给她的,却因当时她隐瞒小应一事赌气,没有及时送出。后来徐念出事,让他分身乏术,东西也忘了送。

他摩挲着平安符,直到指腹沾上点红色,几个月来的情绪终于有了发泄之地。他后悔自己因赌气,没来得及让她知道,在她祈佑他平安的日子里,他同样也在为她求着平安。

他慢慢红了眼眶。

高考那天,白述年放好平安符。两天考完,他马不停蹄地找了份工作,每天与疲惫和汗水打交道。六月底出成绩,他歇了一天,回学校查成绩,看到双语的成绩,一个"105",一个"107"。

那天的最后,他一路走回家,在后院的小花圃里,对着那幅画,笑了笑,说:"苓茴,我双语都考到100分了。可是你在哪儿呢?"

四年后。

2018年10月,岭安市公安局刑警队,重启了一串警号。

811085。

白述年成为一名人民卫士。

守护国家,守护人民。

也守护迟迟未归来的许苓茴。

第十章 八年的空白

许苓茵这一觉睡了很久，但并不安稳。她做了梦，梦里光怪陆离的，能记清楚的，只有她在梦里重新走了一遭，她的十八岁。她已经很久没做过关于十八岁的梦了，以往有，也只是模模糊糊的画面，从没有像这次这么清晰，连经历那些事的情绪都可以感知到。

她想醒来，可梦境把她拽回去，让她陷入一个接一个的循环梦境里。睁开眼的这一刻，她感受到无尽疲惫。她揉着晕乎乎的脑袋坐起，四周环境是陌生的，但其中流动的气息和味道，却是熟悉的。

她起身掀开被子，脚还没探到地上，房门被打开，白述年端着一个托盘进来。

"醒了。"他把东西放在床头柜上，拉来一张椅子，挺直上半身坐下。

见着他，许苓茵想起昏睡前发生的事，低着头，不敢看他，重新把脚伸回被窝里，问："我睡了多久？"

"十七个小时二十三分钟。"

许苓茵笑了笑："警察的时间观念这么强的吗？"

"嗯。"他把托盘移过去一点，"吃点东西吧。"

托盘里放着两只蓝色花纹的瓷盘，一只装着两个鸡蛋，另一只装着三明治，中间一个小蘸碟里是酱油。

许苓茵扭头看旁边的窗，窗帘拉着，看不出是黑夜还是白天："现在是早上吗?"

白述年挪近一点,拿起一个鸡蛋剥壳:"谁说只有早餐才能吃这个?"他剥了一个,递给她,"吃吧。"

许苓茴捏着鸡蛋咬一口,尝到心酸的滋味,垂下的睫毛被水雾沾湿:"白述年,除了这次和几天前,我已经很久没这么吃水煮蛋了。"

白述年剥第二个鸡蛋的手一顿:"为什么不自己弄着吃?"

"不敢。"

一看到,一尝到,就会想起他和徐念,所以一直不敢碰。

她吃完一个鸡蛋,突然想起多年前的一句玩笑话,如今看来,好像真的应验了。她没多想,将这件事说给白述年听:"你还记得我们参加物理省赛那会儿吗?我和你打赌,赌约是十年吃不到你和……徐阿姨做的早餐,没想到真的八年过去了。"

关于她的点滴,白述年这些年一直会反复回想,所以她说起这个事,他下意识接道:"所以当年考试,真的让着我了?"

许苓茴才反应过来,那句话的前因后果。她偷偷去瞄他,他也看着她,似乎在等她的答案。她说:"跨年夜我许过愿的,总要让自己如愿。"

他递过来第二个鸡蛋,她自然地接过。

东西吃完,许苓茴想去洗手,脚一沾地,扯到扭伤处,一崴,往旁边倒下。白述年眼疾手快地拉住她,往怀里带,也牵扯到自己的伤口。

两人同时闷哼一声。许苓茴这才意识到,他们都带着伤。她想起覃照说的,他腰上缝了七针。

她立马将搭在他腰上的手撤回来,从他怀里出来,打量着他,焦急道:"白述年,你的伤……"

"没事。"白述年扶着椅子坐回去。

许苓茴掀起他的衣服下摆,纱布透出红色:"都出血了还说没事!怎么不好好在医院躺着?"

"要去,等你醒了一起去。"

她脚上有扭伤,手掌有划伤,也得去医院再看看。白述年在手机上叫了车,五分钟后到。许苓茴扶着他到楼下等。

到医院,白述年先送她去看脚,自己再去看腰上的伤。

许苓茴弄好过去,白述年已经在病床上躺着了。

"医生怎么说,伤口有裂开吗?"

"没有,只是扯到而已。你呢,伤严不严重?"

许苓茴把裹着纱布的右手放下:"小伤,这几天不碰水不用力就好。"

离开医院时,她一脸决绝,找到她,是在时代广场附近,白述年知道她去做什么，比起找不到她的焦灼，他现在更多的是害怕。

"你去找许晏清了？"

许苓茴点头。

白述年沉着脸，颇为严肃："许苓茴，你二十七岁了，不是十八岁，做事能不能考虑点后果？"

他话里有指责，听得许苓茴委屈，但她不后悔："你都成这样了，我还要考虑什么后果？"

白述年一怔，在她垂头下去时，瞧见她微红的眼眶。是了，她一直是这样，为了身边的人，永远不计后果。当年为了小应在小巷里和追债的人对峙是这样，现在为了他也是。

他不该责怪她的。

他前倾身体，想靠她近一些，却扯到伤口，疼得倒回去。他屏息，挨过一阵痛，声音有些无力："苓茴，我……"

"咚咚"——想说的话被几下敲门声打断。

倚在门上的喻初，饶有兴致地看着他们，半晌，才开口道："你们这个姿势，让我想起当年小白眼睛受伤那会儿，也是这样，一个躺着，一个坐着泡脚。这叫什么，历史重演？"

房内两人闻言，对视一眼，又匆匆别开。喻初笑了笑，没再打趣，问两位伤残人士要吃点什么。许苓茴说不想吃。

白述年瞄她一眼，对喻初说："两份粥，麻烦了。"

喻初眉一挑，点头："等着。"

喻初走后，前面不太愉快的气氛回笼。许苓茴因他的责怪，还暗自生着气。白述年则绞尽脑汁在想怎么打破这场沉默。还没想好话头，周旦来了，说方同明知道她受伤，过来看看她，顺便送她回去。

许苓茴下意识地去看白述年，见他神色淡淡的，好似没听见的样子，目光黯了黯，示意周旦过来扶她一下。

走到门口，许苓茴没忍住，回头交代一句："我去看看，待会儿回来。"

这是表明不会让方同明送她回去。白述年没有回应，等她转身，才不咸不淡地"嗯"一声。

方同明在住院区走廊里等着，见周旦扶着人过来了，连忙过去帮忙，把人接到椅子上坐着。上下打量一番她狼狈模样，他啧啧称奇："我的许大画家，上次见你这样，还是四年前在美国吧？"

许苓茴瞟他一眼，不接他的废话，示意他有话快说。

方同明摇摇头，坐到她身边，拎起她的右手，心疼道："这手哟，什么时候能好？"

许苓茴嫌弃地抽回来，无所谓地说："工资自己看着扣。"

方同明不乐意了："我是那么抠的人吗？"

许苓茴不说话，握着右手不让他碰。

方同明朝周旦招手，小声问："她伤了手脚，还伤了脑子？"

周旦悻悻的，摸摸鼻子。

"找我什么事？"她懒得接他的戏。

"周旦说你受伤了，来探病呀。"

许苓茴撑着扶手起来："小伤，不碍事。"

方同明给人按回去："坐着，还有事和你说。"

他上周出差，这周回来才从周旦那听到陈漫被害一事，知道许苓茴和她有些交情，怕事情波及她，又担心她那敏感的情绪，再把自己给绕进死胡同了，这才紧赶慢赶来医院瞧她一眼。哪知人这么不待见他。

这些天下来，许苓茴已经接受这个事实了，说："我没事，只是原本想给她画幅画的，现在这手，也不知道来不来得及。"

"要不你把内容、色彩和意象和我说说，我帮你画？"

许苓茴嫌弃地睨他，叫他自己反省，自从当了什么劳什子老板，有多久没拿画笔了。

方同明不服气，反驳自己可以分分钟画一张她的肖像画。许苓茴懒得和他辩，叫周旦扶她回病房。

方同明在身后叫嚷："你不是不用住院吗，回什么病房。我送你回去不要吗？"

许苓茴朝他摆摆手，把人气得在原地直跺脚。回病房的路上，周旦隔几秒就偷瞄许苓茴一眼，小心思藏在脸上，明目张胆得很，却死死抿着唇，生怕一个忍不住问出来。

怕他憋坏，许苓茴好心地说："想问什么问吧。"

周旦机关枪似的吐出来："你和白警官之前认识吗？白警官是你前男友吗？你这手伤是因为白警官吗？"

许苓茴只回了一个"哦"。

"哦？"

快到病房了，许苓茴抽出手，对他笑了笑："只让你问，又没说要回答你。回去吧，喻初在这儿，我待会儿和她走。"

周旦被无情抛下，脸黑了大半。

回到病房，喻初买完晚饭回来了，正坐在靠窗的椅子上，摆弄着手机。许苓茴坐回原来的位子，看见桌上摆着两个一次性塑料盒，都是空的。

她左右瞧瞧，没瞧见未拆的："我的粥呢？"

白述年特别坦荡地说："你不是说不想吃吗？"

"可你不是让喻初买了两份？"

"哦，我吃两份。"

"那……那我回去再吃。"他们之间还有心结没解开，也存着八年的陌生，许苓茵不敢像从前那样任性骄纵。

身后的喻初闻言，抬头朝白述年翻了个白眼。

她拎着东西回来时，人正躲在墙后，看着许苓茵和方同明谈话。看见她了，才若无其事，扶着墙回病房，躺下后额上疼出汗。

喻初骂了句"死要面子活受罪"，看着他把两份粥都喝完了。

两人待到刑警队的人下班过来看白述年，才准备回去。临走前，当着警队其他人，许苓茵也不避讳，说明天再来看他。

白述年点头，目送她和喻初离开。

人一走，覃照几个人凑上来，没过问他的伤势，反倒八卦起他和许苓茵的事。

白述年一个眼神过去，几个人安静下来，干瞪着眼不说话。

没理会他们的不满，白述年问道："案子怎么样了？"

"有点进展。"

许苓茵和喻初回了峡山。她手脚都裹着纱布，动作不方便，喻初帮她洗澡。

洗漱好，两人躺在床上。许苓茵把昨天的事一五一十告诉喻初。喻初了然，难怪白述年一整天摆着一张冰块脸。

"那后面呢？你打算怎么办？"喻初问。

许苓茵语气里藏着一股狠劲："我和许家现在彻底没关系了，许晏清要再敢来，我一定让他坐牢。"

"那你和小白呢？"久违的称呼喊出来，一股熟悉感。

先前的气势不见，许苓茵沉默好久，才无奈笑了笑："我们？不知道。"

要不是她找许晏清闹了那么一通，估计他还会装作不认识她。

喻初："重修旧好？哦，不对，你们之前也没好过。应该是，你们这次，会在一起吗？"

白述年伤在腰上，医生交代需卧床静养两周，等拆线了才能活动。局长过来探病，给了他病假，顺带把过去几年他没休的假也一并补给他，让他好好养伤，但也交代，有精力的话，帮着跟进陈漫那件案子。

从没见人把病假当休假批的，白述年从文件中抬起头，颇无语地瞥了局长一眼。

局长自知理亏，忙转移话题，八卦道："听说你谈恋爱了？"

白述年翻页的手一顿，眉一挑，问："哪儿听来的？"

"还能有谁？"

白述年"啪"一声，合上文件："那帮小子皮痒了吧？"

局长笑呵呵的："大伙儿也是关心你的感情生活嘛。要真谈了，带给我瞧瞧，多批你几天假。"

在他手下工作几年都没得到的假，居然要靠一件还没影的事得来。白述年皮笑肉不笑地把人请走。没人来打扰，他安静地看了几分钟文件，门口又传来动静。

他头也不抬，叹气道："您要真想我谈恋爱，不如给我介绍几个？"

话落，没有动静，他抬头看去，就见许苓茴拎着一袋东西站在门口，右手右脚都裹着纱布，看起来有些滑稽。

白述年见状放下文件，语气不咸不淡："怎么过来了？"

许苓茴淡着一张脸，仔细瞧便瞧出一点恼怒，她往前跨一步，盯着他问："介绍？几个？"

白述年假意咳两声，重新拿起文件，扯开话题："你怎么来了？"

许苓茴不满他生硬转移话题的方式，瞪他一眼，道："照看病人。"

白述年一脸犹疑地打量她："你照顾我还是我照顾你？"

"喻初会给我们送饭。"

涉及他的感情问题，是许苓茴最不愿触碰的话题，见他带过，她也不愿再提起，一瘸一拐地拎着东西进去。

白述年一言不发地看着她把袋子里的东西一一取出，见到画架、颜料以及好几个调色盘，他终于忍不住问："你要在病房里画画？"

"嗯。"许苓茴搬了张椅子放在画架前，嫌矮，又拿了个枕头垫上去，"给陈漫的画，得画完。"

白述年看一圈这间不算大的单人病房，她零零碎碎的东西就占去一半会客区："在家画不就好了？"

因他那句话，许苓茴虽嘴上不敢问，心里却不好受，脸色也跟着不好看，闻言更是恼，都说了是来照看他的！

她放下东西，侧头又瞪他一眼，片刻后，觉得自己现在没有立场指责他，又悻悻地把脑袋转回来，咽下难以宣之于口的委屈。她索性不理他，直接坐下开始调色。

过一会儿，他问："受伤的右手能画？"

"左手画。"许苓茴没好气道。

白述年盯着她的侧影看了一会儿，才明白过来她好像是生气了，但琢磨不

257

出自己是哪里惹她了。一时间，两人之间的气氛好似回到高中刚认识那会儿，除了剑拔弩张，就是有一方落于下风的凝滞。尽管常处下风的人是他，如今重新面对这样的情况，却觉得有几分庆幸。

他终究是把她等回来了。

安静半晌，想开口说话，却见她忙着调色，一个眼神也没分给他，他索性不打扰，重新拿起文件看。

而另一端的许苓茴，以为他是木讷到猜不出自己的情绪，越发恼火，却不能发作出来，只好把火气撒在笔刷和颜料上，弄出不小的声响。

受过训练的白述年，不为所动。

她又用力杵几下，直到碰到手上的伤口，觉得疼了才消停，压着恼火，开始画画。

应陈漫最后的要求，画的主体内容是格查尔鸟，将其置于黑夜之末，熹微之际，寓意在第一抹阳光照射大地时，格查尔鸟脱身于黑夜，飞往自由之境，从此再无束缚。

她以这幅画，敬陈漫大无畏的勇气。寓意和意象都完整了，按她以往的速度，一上午可以完成三分之一，但她用左手画，速度慢了许多，两个小时下来，一只完整的格查尔鸟还没画完。

手受伤后，她原本想等陈漫葬礼过后，独自去探望陈漫，再将画给陈漫，可后来想起陈漫第一次买她玫瑰那幅画时，说的那句"残缺不能是一种完美吗"，她就觉得，或许以左手画出来的画，陈漫会更喜欢。所以她早上才火急火燎地收拾了东西，赶到医院来，想着一面照看白述年，一面画一些。

想到白述年，许苓茴又上来一股闷气，偷偷去瞟他一眼，却见他正专心忙着自己的事，她气得差点心梗。又画了一会儿，将近十二点，喻初还没来送饭，估计是店里有事给绊住了。

她气归气，说是来照看人的，也不能把人晾着，于是放下笔，故作冷淡地问他饿不饿。

白述年比她更冷，头也不抬地回了句"不饿"。

许苓茴更气了，把画架挪远一些，直接背对着他。

白述年听到动静，忙碌中看她一眼，越发肯定她是在生气，不由得弯起嘴角，莫名挺享受她这生闷气的模样。两人的"冷战"一直持续到喻初给他们送饭。

许苓茴一动不动，使唤喻初给白述年摆桌子放食物，自己则坐在一旁沙发上，吃着自己那一份。

喻初自己做的营养餐，味道不错，可惜许苓茴没胃口，吃了一半就停筷。

喻初观察两人一会儿，琢磨出来点东西，凑到许苓茴身边小声问："你们俩吵架了？"

许苓茴愤愤地睨了白述年一眼，摇摇头。

喻初一头雾水："这叫没吵？"

"没有。"

喻初提醒她："你忘记你昨晚说什么了？"

许苓茴顿住，是了，昨晚喻初问到他们会不会在一起的时候，她信誓旦旦地说，她要把人追回来。她早就想好了，抛开对徐念的愧疚，她在外漂泊这么多年，不分昼夜地接活赚钱，为的就是有一天回来，能毫无顾虑地和他在一起。

不必受制于别人，也不用为钱担忧，他们需要的，只是好好在一起而已。

她给自己做足了心理暗示，想过白述年会有心结在，她也做好了解释的准备，但听到他那句要人给他介绍对象时，她所有防线都倾塌了。或许那只是句玩笑话，可足以让她意识到，八年过去，他并不是非她不可。这样的认知让她恼火之余，更多是害怕。害怕以后他的世界，再没她的容身之处。

情绪像是在她脸上坐了过山车，叫喻初看得一清二楚。喻初知道她在想什么，拍拍她的肩，安抚道："小白要是真有女朋友或喜欢的人，能让你一单身女人在他病房里待一早上？"

许苓茴蒙蒙地看向喻初。

喻初拍一下她的脑门："别钻牛角尖！"

不想再打扰两人，喻初把饭盒收拾好就走，晚上再来给他们送饭。

陷在自己的瞎猜测里，和多年前一些情绪上来，许苓茴心里有些乱。喻初走后，她动笔开始画画，平复那些翻腾起来的情绪，以至于忽略了白述年欲言又止的神情。

已经猜到她生气原因的白述年，原想解释两句，见她一刻不停地作画，便没再打扰，安静地等她画完。

过了一个多小时，许苓茴停下笔，蓦地转身朝向白述年，顶着一张困倦的脸，声音懒懒的："白述年，我困了。"

白述年一怔，片刻后反应过来，撑着床榻往外挪一点，拍拍身旁的位置，说："困了就过来睡觉。"

许苓茴迷蒙的眼睛里突然出现一点亮光，里面掺着惊喜和安心，好似一个极夜之地在某天突然出现了白昼，所有人和物都在为迟迟到来的光明欢呼。

她丢掉画笔，抽了张纸擦手，小步走向病床，蹬掉鞋子，侧着身体躺上去，面朝他，眉眼和嘴角微微弯着。

这几天休息不足，情绪又有很大的波动，她是很困的，可她不愿这样睡去，眼皮耷拉着，尽显迷糊。

她这副模样，让白述年忍不住用手背轻触她的脸颊。忆起她先前的反应，他低声问："刚刚为什么很惊讶？"

259

许苓茴挪近一点，蹭蹭他的袖子，说："在国外这些年，除了上课兼职，就是画画，很少有人和我说话。有一次在家待了一个月，出去买东西，突然不知道该怎么和人交流。后来我就给自己定下任务，一个人也要说话，但身边没人，我就只好对着空气喊你的名字，可是没有一次是有回应的。"她笑了笑，"刚刚你回答我，我以为是梦。"

白述年听得心里泛酸，重逢后看见她整个人的状态，他大概猜到这些年她应该过得不好，但他没想到会过得这么差，连交流都成了需要设定的任务。

"白述年，我困了。"她揪揪他的袖子，打着哈欠。

喉间像被什么堵着，白述年话说得艰难："那就睡吧，我在这儿。"

"嗯。"她闭上眼睛，没几秒又睁开，伸出左手，"能牵着手睡吗？"

"好。"

他牵住她的手，待她闭上眼，渐渐睡过去，又觉得不够，轻轻掰开她的指缝，与她十指相扣。看着她睡熟过去，发出细小的鼾声，白述年低头，嘴唇在她额上轻轻碰了一下。

他避着伤口，把人拥进怀里。过了许久，他低声说："苓茴，我好想你。"

许苓茴一觉睡到下午，睁开眼，面前是喻初弯着腰，贴在另一侧床铺上的脸。她吓一跳，猛地推一把喻初，扯起被子盖住脸。

喻初哈哈直笑："我让你别钻牛角尖，你倒好，直接钻人被窝去了。"

许苓茴装死不应声。

"行了，起来吃饭了。"

许苓茴慢悠悠地掀开被子，左右看一圈，没瞧见白述年。

喻初把饭盒打开，放到茶几上："别看了，他去做检查了，让你先吃饭。也不知道你照顾人还是人照顾你。"

许苓茴掀开被子下床，午觉睡久了有些蒙，迷迷糊糊地走过去，看到一桌菜，同中午一样，没什么胃口。

喻初不满，敲敲桌子："这一桌我花了两个小时做好，云合买菜花了一小时，吃不完你硬塞。"

"云合？"许苓茴斜眼看她，一阵揶揄，"配合得挺默契的。"

喻初留有后话，淡定接下她的打趣："那是，不像你，和人半点默契都没有，还得自己生闷气。"

许苓茴手一顿，差点想把夹好的鸡翅甩喻初脸上。她吃吃停停，等白述年做完检查回来，还没吃一半。

见到扶着白述年的覃照，她略显尴尬地打声招呼，在想睡在白述年床上那会儿，他有没有瞧见。覃照神经大条，和两人打过招呼，末了还特地和许苓茴报备,说把白述年送回来了。惹得许苓茴低下头去,脸上一阵臊。顺带得了白述年警告似的一瞥。

喻初看笑了,替两人招呼他:"覃警官吃过没,要不要一起吃点?"

覃照摆手:"我吃过了,就是来和白队汇报点事。"

许苓茴停筷,擦了擦嘴,问:"陈漫的案子有进展了吗?"

覃照看向白述年,见白述年点头,他说了句"有"。

白述年受伤的前一天,鉴证科告诉他们,从陈漫的指甲里提取出表皮组织,经过核验,与倪舰的DNA吻合,倪舰也承认,陈漫死前,他们确实起过争执。另外,刀尖五厘米左右,血迹较后端深,应该是重复沾染的。而陈漫那道致死伤口的最外层,有两次匕首刺入的痕迹。也就是说,陈漫的伤口是二次造成的,即第一次外力将匕首刺入三厘米左右,是不足以致命的外伤,第二次刺入直接穿破腹部,造成大出血死亡。

得到鉴证结果后,他们再次找上倪舰问话,倪舰依旧矢口否认,但董力在他车上的驾驶座,发现一滴干涸的血迹,检验发现,与陈漫的DNA吻合。

最后一次找倪舰问话,他们依照白述年的指示,多次在倪舰面前提及陈漫生前决定与他彻底结束关系,追求自由,并将她找许苓茴买画一事告知,让他知道陈漫的决心,果然让他露出马脚——他在审讯室大喊绝不会让陈漫离开他,情绪失控中,他承认是与陈漫争执时,误杀了她。

他说,陈漫那天的行为很反常。先是主动邀他见面,这是自他逼迫她回到他身边后,她第一次示好。她做了一桌菜,从前他们刚在一起时,时常这样,像极了一对恩爱夫妻。他恍惚许久,以为她终于心无芥蒂,再次向她承诺,过了这个冬天,等他把倪家完全抓在自己手里,就会离婚。

但结束后,陈漫却说,这是最后一次在这座屋子里见他,她要和他彻底分手,离开岭安。

起初他并不放在心上,以为她受了什么委屈闹情绪,哄几句也就好了,直到她开始收拾东西,他才反应过来她是来真的。

他当然不会轻易放她走,当初费了那么大劲儿把她逼回岭安,为的就是断掉她的后路,让她只能依靠自己。而且他努力了这么多年,就要成功,光明正大地把她迎到自己身边,怎么可能放她离开。

"你真的是为了我吗,倪舰?"陈漫严声质问他,"你如果真的爱我,就应该放我走,把你的婚姻、你的家庭处理干净再来找我,而不是做出那些伤害我的事,甚至当初就不会欺骗我。你口口声声说爱我,但你从没给过我尊重和自由,你最爱的,还是你自己,你的权势、地位,我不过是你无聊时候的调剂品。我承认我也做错了,不该一次又一次地回来,现在我要彻底结束这个错误。"

陈漫很冷静,任他把行李箱摔破也没阻拦,只坚定地对他说:"倪舰,我们好聚好散。"

"散?"倪舰骂她天方夜谭,"这辈子我们都不会散!漫漫,我只告诉你,如果真要离开我,你前脚一走,后脚你父母那儿就有人过去,不会安生。你要是舍得,只管走,越远越好。"

陈漫料定他会拿父母威胁她,于是他话落下一瞬,她拿起水果刀对准他。倪舰笑着迎上去,刀尖抵到自己左胸口,刺激她:"刺下去,你就可以走,也没人会去打扰你父母。"

倪舰笃定她狠不下心,言语刺激她至情绪崩溃,她却猛地扑上来,他掐住她的双手,刀尖只划破他的衣服,随后纠缠中,他却不小心推到她的手,刀尖一转,直直插入她的小腹。

他慌了神,扶着她要去叫救护车,她却在他耳边说,就算救回她,伤养好了她也会离开他。他在她眼底看到绝望,和对他彻底的失望,那无力的眼神,好似对什么都没了留恋,让他横生惧怕。

他怕她离开,怕自己生命里唯一的一点光会陨灭。

他暴躁地将手机丢开,抱紧她,重复一句话:"漫漫,别离开我,你不能离开我。"

可陈漫捂着小腹,忍着痛也要告诉他,她一定会离开。

只要她活着,就一定会离开,倪舰想,那要怎么样,她才会留在自己身边?这个世上没有人比他更爱她,金钱、宠爱、陪伴,他给她所有人想要的一切。从二十岁到三十岁,他花了十年时间,精心将一棵小苗灌溉成如今模样,他绝不会让这朵花枯萎,或被他人采撷。

他死死吻住她,却握住她的手,将刀往深处送。

许芩茵听完,脸色平静,但突然急促的呼吸声昭显她受波动的情绪。缓和一会儿,她问:"所以,真是他杀了陈漫?"

覃照点头:"他销毁了所有沾有他指纹的东西,所以现场才没有他的痕迹,但他一直称自己是防卫过当,并非故意杀人。"

话到这里,覃照接收到白述年的眼神,便不再继续说下去。

许芩茵也没再追问,只是心疼得厉害。她钦佩陈漫的勇气,可偏偏遇上一个偏执的恶魔。陈漫说得对,倪舰更爱他自己,即便到此境地,他仍自私地将错推到她身上。

许芩茵告诉自己要平静,起码结果是好的,倪舰会受到该有的惩罚。然而她情绪还是受了影响,一晚上心情都有些低落,不到八点,便和白述年说累了,想回去休息,还说这两天想把给陈漫的画画好,过几天再来看他。

白述年看了她一眼,沉默着。他们今天一天都没怎么说过话,或者应该说,自重逢以来，他们的话题中心一直是别人，还未落到他们两人身上。他其实想找她好好谈谈，但见她情绪实在不佳，也想着来日方长，便让覃照送她们回去。

回到喻初住处，洗漱完，许苓茴继续架上画架画画。喻初忙完回房已是凌晨两点，她还在画。

她过去给许苓茴披件衣服，劝道："明天再画吧，在医院那会儿不还说累了？"

许苓茴套上衣服，注意力仍在画作上："没事，想早点画完。"

知道劝不动她，喻初索性也陪她一起熬着，拿了纸笔在一旁给客户设计汽车改装图纸。

房间的灯亮了一晚，清晨阳光从落地窗偷溜进来，洒下一地明亮。忙碌一晚的两人这才停笔，伸个懒腰，回眸对视的瞬间皆笑了。许苓茴的画画好三分之一，喻初的设计图纸画了一半。

喻初揩掉许苓茴脸上新沾上的一点颜料，说："现在可以睡觉了吧？"

许苓茴笑了笑，挽起喻初的胳膊："嗯，去睡吧。"

因这幅画的意义不同，加上左手操作不灵活，许苓茴加班加点，画了四天才把画画好。

她联系周旦给画上框，又让他去打探一下陈漫后事的进展，做完这些才收拾好自己，去医院找白述年。在家歇了几天，她的脚好得差不多，便没让喻初送她，打包好晚餐，独自驱车去医院。

这些天没和白述年联系，借口赶着完成给陈漫的画是一方面，另一方面，是愧疚和自卑交杂，让她躲着不敢去见他。她知道那天白述年说的介绍对象只是句玩笑话，但她也清楚，他们之间，始终横亘着徐念的死，她当年的不告而别，还有分开的整整八年。

这些天画画静心的同时，她也想了不少。关于八年前，还有这八年来发生的事，她需要好好和他谈谈。她不期望得到他的谅解，只是希望，在她心有余力也足的时候，他们不要再错过。

她一路忐忑地开到医院，却扑了个空。病房内没有人，东西也全部换上新的了。经过的护士告诉她，这间病房的病人昨天就出院了。

"不是说得住两周吗？"

"原本是，但是那位病人好像有急事，主治医生同意了，就给办理出院了。"

他出院了，却没有告诉她。是觉得没必要，还是也想让她尝尝当年她带给他的被人突然丢下的滋味？如果是后者，她确实尝到了。那种失落与无力感充斥在心间，将她的心吹得鼓胀起来，但里面是空的，她抓不住什么东西来填充，所以任由那个越来越宽大的空间将她裹挟，最终让自己陷死于那桎梏中。

八年前是她无能为力，但如今，她不想再这样。她拿出手机，点开通讯录，

263

却发现她只有他八年前的联系方式,但那个号码她曾经打过,是空号。

她才意识到,原来重逢后,他们并没有记下彼此的联系方式,那些遇见,只是意外事件串成的一次又一次的偶然。就好像空中两只偶然相遇的风筝,短暂停留后,牵扯它们的线,又会将它们带去不同的地方。

手里带给他的晚餐掉在地上,她无力地往墙上靠。她想,或许是她太看得起自己了,将重逢以来白述年对她的照顾当成了从前,忘记了他原本就是那样一个人,游离于热闹的人群边缘,好似孤僻不合群,却从不对别人的困苦袖手旁观,总是去做他认为应该做的事。

八年前她就知道的,"白述年"三个字,生来就带着大义凛然,但不是仅属于她的独一份。

许芩茴失魂落魄地回到喻初的店,停车时,碰上在外面干活的向云合,她没看到,低着头穿过店面,回到喻初房间。

向云合觉得不对劲,忙跑进去告知喻初。喻初被客户拖住,好一会儿才脱身,进房间就见许芩茴呆呆地坐在飘窗上,望着窗外的梧桐树出神。这个飘窗是她当初装修房间时,应许芩茴强烈要求装设的,说这样符合自己的画家的审美。喻初嘴上骂许芩茴矫情,但还是听她的,装下这个飘窗。

喻初拿了个抱枕,坐到另一边,问她不是去找白述年了吗,怎么一副丢了魂的模样回来。

许芩茴转过身,背靠着窗壁,苦笑道:"白述年出院了。"

喻初一愣,白述年出院,许芩茴怎么会是这副表情?她转念一想便猜到了:"他没和你说?"

"我们连联系方式都没有。"

"那你去找过他了吗?"

许芩茴摇头。她不知道他的联系方式,虽手机里还有他家的定位,但她没有去找,心绪还停留在医院那会儿,对自己、对他的剖析中,叫她失了找他询问的勇气。

喻初坐过去一些,握住她的手,一针见血道:"芩茴,你在害怕什么?"

许芩茴的眼眶慢慢湿润,好似喻初再多说一句,那些眼泪就会不受控制地掉下。

喻初看得心疼。和许芩茴在国外重遇后,喻初看过无数次许芩茴这个模样,那种想回却回不了的无力,每每在这时候拉扯着她,将她折磨得痛不欲生,于是只能借酒、借玩车来消除这种怅然若失。但喻初多害怕,有一天许芩茴会撑不住,倒在赛道或吧台上。

"你是不是害怕小白会怨恨你?是不是怕蹉跎八年,小白已经不需要你了？怕自己拼了八年，如今回来，他身边却没了你的位置？"

许苓茴靠在喻初的肩上，点头的瞬间，眼泪也淌下来。

喻初轻拍着她安抚着："可是苓茴，害怕有什么用呢？当年你害怕他会把徐阿姨的死怪到你身上，害怕你妈会对他不利，所以你选择离开，连最后一面都不见他，结果就是你煎熬了八年，小白也未必好过。现在呢，因为害怕他的怨恨，怕他不喜欢你了，你又要躲着他，这回要躲多久，一辈子吗？"

许苓茴摇头："不是的，我不想躲的，我想和他谈谈这些年的事，可是每当我想开口，不是失了机会，就是他不见了。"

"那就给自己创造机会，就算你们最后以分道扬镳为结局，至少谈清楚，别给自己留下遗憾。"喻初扯了扯嘴角，露出个苦涩的笑，"别和我一样。"

当年她离开岭安，一个月后，喻家破产，背上巨额负债，喻青锒铛入狱。喻初想回来看他，被他助理死死拦住，称喻青交代过，所有事他一并扛着，不许她回去冒险。

三年后，喻青出狱，之后杳无音信。

许苓茴泪眼蒙眬地望向她："喻初……"

"你知道吗？我现在特别遗憾，当初没有回来见我舅舅一面。虽然和你们不一样，但遗憾是一样的。所以苓茴，勇敢一点，而且我的感觉很强烈，小白一直在等你。"

许苓茴按着手机上的定位，驱车来到清橡居。门口保安见她的车子陌生，将她拦住，问了好一会儿话才放她进去。

她隐约记得楼层和门牌号，但不是很确定，凭着记忆找上去，在其中一间停下。周围没有什么显眼的标记物，唯一能证明的，只有密码锁上那几个数字。上次她看见了，也记住了。

090721。

她的生日和上学时期的学号。

一个拿她生日和学号做密码，又不吝于叫她看见的人，怎么可能忘了她。她突然发觉自己蠢得可怜，一遇上白述年的事，就急得方寸大乱，细枝末节的东西全然不在意，任由自己那敏感的情绪肆意发作，占据她的清醒与理智。

低落的情绪稍有好转，想见白述年的念头前所未有的强烈。但她没去验证，先按了门铃，许久都没人来开。担心自己找错了，她尝试着在密码框内输入几个数字，"嘀"一声，门开了。她的嘴角高高咧起，下一秒却迅速将门关上。

他是警察，私闯民宅是犯法的，还是得按正规流程来。她重新去按门铃，这回依旧没人来开。想起医院护士说的，他是因为急事才出的院，这会儿兴许在局里。

离开清橡居，她径直往岭安市公安局开。记挂他的伤势，车辆涌动的路上，她将速度开到最快。然而车停在目的地时，她却生了怯意，不知道这样莽莽撞撞地来找他，会不会给他添麻烦。思虑再三，还是推门下车，在门口的花圃旁徘徊许久，有警员出来，她才跑上去，怕被人发现，做贼心虚似的，急切地询问："请问白警官在吗？"

小警员被她吓一跳，稳过后才答："找我们白队吗？他带队出任务去了。"

"出任务？"许苓茴心一紧，眉头紧锁，"可他的伤还没好。"

小警员也是一脸担忧，叹气道："局长原本也不让他去的，但白队那性子，怎么可能自己在医院躺着，让他的队员去冒险。他一定得和他们同进退的。"

"任务要出多久？"

"抱歉小姐，这是队里机密，不能和您说。"

"好，我知道了，谢谢你。"

前面的猜测都在此刻被推翻，随之而来是无尽的害怕和担忧。她见过他出任务，在海湾大桥上，透过车窗看见他反身被人勒着脖子。她不否认白述年的身手很好，能轻松将罪犯制伏，但她依旧担忧，他会为此受伤，甚至丧命。

可是和过世的徐念一样，她们都知道，白述年生来就是当警察的料，就是一身为国家、为人民鞠躬尽瘁的骨，所以只能一面担忧着，一面祈佑他能毫发无损地回来。

许苓茴等了四天，每天跟上班打卡一样，准时出现在白述年家，先按门铃，如果没人开门，便坐在门前，一坐就是一天。

隔壁的奶奶起初看见许苓茴，还有些讶异，知道许苓茴的意图后，提出给她留电话，白述年一回来，她就通知许苓茴。但许苓茴拒绝了，说想自己等，奶奶便好心借给她一个小马扎，让她不必一天都蹲着。

第五天早晨，上班的时间，岭安市迎来骤雨，路上一片湿漉漉，大雨将行人淋得半湿，气温骤降也让秋日有了萧索的感觉。

车上没有备伞，许苓茴下车时也被淋湿一些，坐在马扎上，蜷着身体微微发抖。最后她实在扛不住，想着先回去洗个热水澡，添件衣服，再回来等。

她盯着电梯跳转的数字，红色停留在"16"，电梯门打开，她和里面的人正面碰上。

四目相对，她生出冲动，想上去抱住面前这个人，她想，他可以为她带来火、光，一切能够让她温暖的东西，很多很多的温暖。

于是，在他只问出"你怎么在这儿"，电梯门即将关闭时，她一把扑向他，双手紧紧缠住他的肩膀，莽撞地、毫无章法地将自己的唇印上他的。

白述年被突如其来的投怀送抱吓住，呆愣了几秒，唇上传来刺痛，是她的牙齿磕在他唇上了，交缠之间，有血慢慢晕开。

她挂在他身上，臂力不足，身体慢慢往下滑，索性双腿也缠上他的腰，固定住，但这种方式下的亲吻实在难受。她退开一点，距离还是很近，一掀唇就可以碰到他的："白述年，你就不能抱住我吗？"

几乎是下意识的反应，她话落的瞬间，他的手便自觉地揽住她的腰，将她压向自己的胸膛。

许芩茴满意了，继续凑上去吻他。

刚碰到，她就被白述年推开。

许芩茴含着眼泪瞪他，不满他的推拒，又要迎上去，他头一偏，再次躲开。

"你……"白述年面露无奈，"这是外面。"

"我不管！"

她掰过他的脑袋，使劲固定住，再次吻上去。

白述年被她野蛮的吻法弄得哭笑不得，只好一面回吻着安抚她，一面腾出搂在她腰间的一只手，去掰她按在他脸颊上的手，好让自己有几分喘息的余地。

终于她感觉到呼吸不畅，暂停片刻，随即又要动手，白述年急忙制止住，喘着气，妥协道："回去再……"

得他承诺，许芩茴听话地从他身上下来，跟在他身后出电梯，回到他家门口。

白述年在按下密码前，先看她一眼，问："密码上次不是知道了，怎么不进去？"

许芩茴摇头："这样不好。"

"怎么不好？"

"私闯民宅犯法，你是警察，抓我怎么办？"

白述年呵笑一声，解锁开门。

进屋，白述年弯腰在玄关处换鞋，刚直起身，许芩茴便又上前来，要他践行承诺。

截住她的双手，扣在腰间，让她感受他身上的凉意："我出任务几天，没怎么洗漱，又淋了雨，现在得洗个澡。"

许芩茴揪住他的衣裳，不让他走："我刚刚也淋雨了，也要洗。"

白述年摸着她身上的衣服，紧张道："怎么淋了？"

许芩茴压根儿不在意已经被体温熨干的衣服，只在意他对她的紧张："早上出门忘记带伞了。"

"不会在车里等雨停吗？多大人了？快去洗澡。"

他轻推她一把，手指着前面，告诉她浴室的方向。

许芩茴牵住他的手，望着他的眼睛，认真地说："白述年，我要和你一起。"

白述年一愣，以为听错了："别闹，快去洗。"

许芩茴不愿意，一字一句地重复一遍。

白述年捉着她的手臂,慢慢收紧力气:"你确定?"
"我确定。"

白述年将热水器的温度调得很高,浴室里一片白茫茫的水雾缭绕。莲蓬头的把手被开到最大,圆弧形的水柱争先恐后砸到地上,像外面还扑簌下着的雨。

水雾里的两人,衣衫皆未褪,薄薄的衣物紧紧贴在身上,黏腻不舒服,但丝毫不影响他们热烈地接吻。

"苓茴,先洗澡。"声音喑哑下去,白述年把人推开。

许苓茴踮脚,脸颊贴住他的:"我说了,我和你一起。"

这句话好似封住洪水的闸门开了闸,积蓄已久的洪水倾泻而出,将堤坝冲得溃散。

良久,白述年松开她,唇来至她的脸颊和颈侧,和她说话分散她的注意力:"我听局里警员说,前几天有个女人去找我,是你吗?"

他的指尖温度高得烫人,叫她忍不住战栗:"是、是我。"

"在我家门口蹲几天了?"

"今天、今天是……第五天。"

"为什么等这么久?"

"我……我想你。白述年,我好想你。"

累积已久的思念终于得到宣泄,许苓茴泪如决堤。片刻后,她也感受到他的思念,猛烈的、毫不克制的,叫她疼痛,却也甘于承受。

浴室的水流声断断续续响了两个小时。

白述年抱着接近虚脱的许苓茴到房间,把人放床上,盖上绒被,再将她湿淋淋的头发捋至床沿。他独居多年,家里没有备置吹风机,只好拿了厚毛巾,蹲在床边,给她擦头发。

白述年看着她的侧脸,还有露出来的脖颈和肩膀,心里涌起愧疚,暗骂自己禽兽,嘴上说着克制,一碰到人,理智全无。像个毛头小子,一身蛮横劲儿全使出来了,欲念上头,竟忘了他摸爬滚打多年,与拿画笔瘦弱的她相比,不知健壮多少倍。

他放慢速度和手劲,好让她睡得舒服些。等头发干了,他才匆匆出了趟门,半个小时后回来,把买来的感冒冲剂泡上,端进屋里。

门一开,就见到原本应该熟睡的人,正半靠在床头,头发披散着。听到声音,她急急忙忙抬头,失落情绪还未掩去。

"你去哪儿了?"

先前在浴室里消耗过大,她的声音有些嘶哑,听得白述年越发愧疚,脸上不自觉地泛红。

他放下杯子,坐到她边上,把被子拉高:"买东西去了。"

"买什么?"

"感冒冲剂,今天吃的菜,吹风机……"他列举几样,有些不好意思,还买了避孕套,但今天大概是用不上,他将杯子拿至她嘴边,"喝了,别感冒了。"

"我以为你穿上衣服,拍拍屁股走人了。"

许苓茴垂眸,落在褐色的药汁上,扑面的热气勾出她隐藏的泪意,她觉得自己在白述年面前矫情极了,可她控制不了。

白述年闻言,额角一抽,忍不住敲一下她的额头:"脑袋里一天天想什么呢,快喝。"

许苓茴不反驳,就着他的手把药喝完,末了抱怨好苦。

白述年斜她一眼:"嫌苦下次长记性,别往雨里冲。"

许苓茴吸吸鼻子,裹紧被子,睁着一双带着点水雾的眸子看他:"想睡觉。"

"那躺下睡吧。"

"想你陪我睡。"

白述年盯着她,好一会儿没动作,最终在她祈求似的眼神里败下阵来,脱了衣服上床,躺到她身边。许苓茴拉过他的手臂当枕头,再拉着他另一只手放在腰上,大半个人都往他身上凑,感觉到他温热的皮肤在一点点给自己传递暖意,她才满足地停下动作。

白述年被动地半拥着她,手脚都僵硬得不知如何安放。明明先前在浴室,该看的不该看的,该碰的不该碰的,他都一一看到了也碰到了,此刻竟是害羞,更多是按捺不住的冲动。

他紧绷着身体,往外退开一点,但她又立马贴上来,身上每一处柔软都压在他极力绷紧的身体上。半晌,他忍不住,动了动肩膀想起来,被许苓茴压回去,问他去做什么。

他憋着气,又退开一点,让自己明显又炙热的冲动远离她一些:"没什么,有点热。"

许苓茴手脚并用,将他压得更严实:"淋了雨,出出汗。"

白述年忍得艰难:"许苓茴。"

许苓茴装作听不懂,直接整个人往他身上趴。

白述年深呼吸几次,转移她的注意力,声音低沉地说:"苓茴,四年前我毕业的那天,你回来过对不对?"

许苓茴手脚一顿,几分理智回笼。

白述年低头,埋在她颈窝:"我喝醉,送我去酒店的是你,对不对?照顾了我一晚的,也是你,对不对?那一晚,我们在一起了,对不对?"

他每问一句,便吻一下她的耳垂,好似在诱惑她告诉他答案。

许苓茴在他的温柔之下完全溃败,流着泪告诉他答案:"是我,我回来过。"

八年之间差点被抹去的空白,终于在此刻明晰。

在国外的前四年,许苓茴过得并不好。

当年为了给徐念凑齐手术费,她答应了林微的要求,林微当即着手她出国事宜。

而那时她无暇管太多,甚至连出国就要面对许晏清的恐惧都抛至脑后,只匆匆取了钱去医院。可在病房外,她听到小应的哭声,听到医生对他们说节哀,看到白述年追着徐念的遗体,跟跄摔在走廊上的样子。那一瞬间,她连靠近的勇气都没有。

她知道这种自责可能是多余的,但她总是控制不住去猜,如果她早些答应林微,而不是因为惧怕一个许晏清,一拖再拖,或许徐念就能顺利做完手术,也不会让白述年再次体会失去至亲的痛。

她甚至连上前去安慰他,去和徐念道别的勇气都没有,就狼狈逃离了医院,徐念的后事,她也不敢参加。她把钱原封不动地还给林微,她意识到,那一刻她对林微是有恨的。恨林微多年的强迫与禁锢,让她压抑自己多年,恨林微对许晏清的纵容,对自己的不信任,也恨林微的自私与狭隘,把白述年和她逼至那种境地。

她反悔了,不愿意出国,哪怕怀着愧疚远远守着白述年,她也不愿意到一个陌生的国度,与他长久分别。可林微利用她的愧疚和对白述年的情意,一句话便捏住了她的命门。

"他妈妈走了,会不会把责任泼到你我身上不说,他爸爸生前是警察,他也有从警的念头。那你说,一个人如果有了污点,他还能走这条路吗?"

她义正词严地说你敢,林微却是嘲讽地笑了笑。

许苓茴当即便明白了,林微是以此逼她离开。

她那时力量太小了,连反抗的呼声都发不出,提起拳头就会被人压下去。兼带着对白述年和徐念的愧疚,她妥协了,可她不会傻到把自己送到许晏清身边。

她联系许岁和,换了学校,申请油画专业,在高考前出了国。除了外公,她没有和任何人告别,只在走前回平清县为白述年再求了一个平安符,夹在给他整理的笔记的最后一页。

她希望这些能替代她,陪他走完高中剩余的时间,弥补她中途离开的遗憾。

离开岭安后,她和林微、许家断了联系和任何经济往来,学费、生活费都是她一分一毫挣来的。虽然一开始，画画并不能给她带来丰厚的报酬，但她还有其他技能，赚到的钱勉强能应付学费和日常开销。

然而日子时常过得紧巴巴，最穷的时候，她没有地方住，和许多人挤在一间青年旅馆里，吃快过期的面包，在这样拥挤似乎没有盼头的生活里，日复一日地挣钱攒钱。

直到有一天，她放在旅馆的行李被几个人偷了，她攒的所有积蓄也没了，她绝望地坐在地上号啕大哭。围观的人很多，上前劝慰她的人也很多，但是没有一个人能懂她的心情。

那种绝望、撕心裂肺后，还要靠着一点不知能不能实现的希望，把掉落的眼泪、撕下的外衣捡起来，再慢慢给自己贴回去。那种无助，没人能感同身受。

后来旅馆老板借给她一笔钱，告诉她如果撑不下去就回国吧，国内也许有人在等她。

或许是漂泊太久，觉得累到极致了，也或许是抑制不住对白述年的思念，她连夜买了机票回国。先去看了外公，但不敢叫他知道自己现在的处境，只装成外出读书短暂回来歇脚，可去岭安的路上，她看到书包里外公塞的一笔钱，泪如雨下。

到岭安，打听许久，知道白述年上了岭安一所不错的警校。找到他的那天，是个有些灰暗的雨天，但即便不明亮的环境，也不妨碍她在众多人中，一眼认出他。

那天她一路跟着他，看着他参加毕业典礼，上台致辞，看着他和师长同学合照，看着他和朋友参加毕业聚餐。她在饭店门口等了三个多小时，才等到他朋友将醉醺醺的他扶出来。

朋友将他送到附近的酒店，她不放心，跟了过去，最后在门口和其中一个人撞上。

那人好似认识她，一看见她就惊喜地喊出她的名字，还将她推进房间，让她照顾好白述年。她舍不得这样离开，于是拉住那人，请求他保密，随后才进房间看白述年。

他醉得厉害，身上有很重的酒气，她给他换衣服，喂醒酒茶，一顿折腾下来，过去两个多小时。收拾好，她蹲在一旁望着他，用手描着他的轮廓，慢慢与心里思念了四年的影子相重合。

手来至他眉骨时，他突然睁开眼，床前不太亮的灯光叫她瞧不出他是醉着的，还是酒后有几分清醒。与他对视半晌，他微眯着眼睛笑了笑，被酒精浸染过的声线有些低沉，但比平时温柔很多，他只叫了她的名字，便让她酝酿已久的眼泪滴落。

他叫她"苓茴"，而"苓茴"这两个字，已经四年没人喊过了。

也许是借着酒劲,也许是以多年的别离为幌子,思念泛滥起来,一发不可收拾。痛、快感、疲惫,都有,但更多的是高兴,是她四年里最高兴的一天。

那晚的最后,她撑着疲软的身子给白述年擦洗身体,清洗他沾满酒气的衣物。兼职四年变得粗糙的手在搓洗他略显陈旧的衣服时,她心里止不住地泛酸。

自认识白述年以来,她就觉得他和"旧"这一字挂钩。当年的老房子、旧吉他、旧自行车,可那些都比不上她看见他泛白的袖口时,那样心酸难忍。

她从酒店拿了些衣物柔顺剂,把衣服泡了好一会儿才晾上去。

做完这些,接近凌晨四点。夏天的日出来得早,隐约能看到天边透出的熹光。

她没舍得睡,躺在白述年身边,看了他两个小时,日出的时候,她悄声离开酒店,赶往机场。

她要继续学业,继续赚钱。

她不要让外公暗自担心她却还要陪她演戏,不要这样狼狈地回到白述年身边,也不希望两人的未来受物质所困。这一步,由她来完成。她坚信,她会回到他身边。如果那时他已经有了喜欢的人,那她准备的东西,就会成为送与他的祝福与贺礼。

四年其实很长,可许苓茴只讲述了不到两小时。因为后来的四年她一直在做重复的事,上课、画画、赚钱,日子每天都是一个样,如同前一天的复刻。

但白述年总能在里面寻到让他心疼的点。

他抱紧她,下巴在她发顶上轻蹭,带着笑意的语气,却是满满心疼:"傻不傻,万一我真有喜欢的人了,你还真打算把辛辛苦苦奋斗这么多年的东西,白白便宜我?"

他胸膛上都是硬邦邦的肌肉,许苓茴来回挪,找了个舒服的位置躺好,回答他的问题:"真的,把给你准备的都给你,然后背着我的画板,云游世界。"

"云游世界不要钱吗?"

"边走边画,边卖画。我签在方同明那儿,他那个守财奴,知道怎么帮我挣钱。"

白述年眉一皱:"方同明?"

熟悉的名字,男人的名字,引起白述年的警觉。

许苓茴解释:"就是上次去医院看我那个,算是我老板,我们合开了一家工作室,我负责画,他负责搞营销。当年也是遇见了他,我的生活才慢慢好起来。"

她和方同明是在唐人街上认识的,她在卖画,他在卖岭安一种小吃,叫糯米粿。那里来来往往都是华人,多少见过糯米粿,大抵是在外漂泊,思乡情切,不到一小时,方同明带来的糯米粿都卖完了。后来他叫来朋友补货,又卖了两个小时,天黑的时候在一旁数钱,手指划过钞票的声音清脆响亮。

不知是出于同情还是炫耀,他买了她一幅素描,没看一眼,卷起来扔书包里,嘲讽味十足:"同学,在这儿卖画,是卖不了的,你摆上十年都没有用。"

看在他是顾客的份上,对他不礼貌的话,许苓茴还是回了个礼貌的笑,收好钱,继续手上画画的动作。

方同明见她一副明显不信的模样,不死心地劝说起来:"艺术这种东西,要么高高在上,不近人烟,俗人不可犯,要么神秘玄乎,远观不可亵玩,你这摆地摊,算哪门子艺术?高贵的东西陨落了,人家只会嗤笑,愿意来买的也只是施舍,彰显他们的高人一等。所以听我的,回去吧,别卖了,别作践自己的心血。"

许苓茴面上虽冷淡,耳朵却不自觉地听着他说。也不知他是不是经历过,所以得出的结论才这么一针见血。她在唐人街卖了三个月的画,算上他买的,只卖出去十幅,且买画的人都如他所说,透着不加掩饰的施舍。

她笑了笑,正眼看他:"谢谢你的忠告,但我还是得卖。"

"缺钱?"

"嗯。"

"行,你卖吧,在这儿卖上十年,也顶不过我卖这玩意儿一年。"他将剩下的两个糯米粿装进袋子,"喏,剩的,给你了。不过不是施舍啊,是请客,下回见到了,请回来。"

许苓茴看着他吊儿郎当的模样,晃胳膊晃肩膀的走姿。等他走远了,她收回目光,落在两个透明状的糯米粿上。这段小插曲很快过去,许苓茴以为不过是萍水相逢的一面,不料却于一周后在学校食堂和他再次碰面。

他吹着口哨,要她请他喝杯咖啡。

许苓茴端着自己清淡的两个素菜,表情有点冷:"糯米粿的钱抵不上咖啡的,换一样。"

方同明不乐意了:"我说你这人怎么抠抠搜搜的,不知道在社会上混要多交些朋友吗?"

许苓茴懒得搭理他,指着前面的自动贩卖机问:"可乐要吗?两瓶。"

方同明被气笑,点头说要,他也是个斤斤计较的人。

第三次见面,还是在唐人街上。许苓茴依旧在卖画,方同明则换了种东西卖,依旧卖得风生水起。方同明忙碌之余还不忘观察她,见她跟没看到他似的,心如止水地画自己的画,莫名来气。照他想,她应该是露出一脸羡慕,而后来请教他,怎么把她的画卖出去。

可这人愣是没给他一个眼神,这倒是让他感兴趣了。

摆摊结束后,终是他忍不住,主动问她:"把画交给我,我帮你卖怎么样?"

许苓茴这会儿心疼起自己的心血来了:"我和你不熟,你把我的画卷走怎么办?"

方同明一脸嫌弃:"这破画都卖不出去,还怕我卷走?"

"你既然都开口要帮我卖了,那多少有点价值。"

那时方同明不得不佩服她的冷静,一个缺钱的人,在面对一个挣钱的机会,都能那样理智和存有几分警惕意识。

他甩出自己的学生证,德罗设计学院 2013 级学生。

许苓茴惊讶地看他,仍有几分怀疑,觉得这证书或许是伪造的。

方同明白她一眼,在边上随意拿了支笔,十分钟左右画了一张素描,是许苓茴的侧脸像。

他丢下笔,没好气地说:"这回信了吧,同班同学。"

许苓茴还是不怎么信,虽然她在班里不认识什么人,但是她确实没见过方同明这个人。

方同明讽刺她:"像你这种只知道读书和赚钱的人,怎么会注意到我们这种小人物的存在。"

而她的存在,即便很低调,也无法让人忽略。她的入学成绩,每次考试成绩,甚至是一些比赛,都是他们院里最好的,方同明很早就认识她了。刚入学那会儿,她还是他们院里甚至学校茶余饭后的谈资,每个人都对她充满了好奇,但每个人都不敢接近她。

他记得有位学文学的朋友曾经这样形容过她:她太空了,感觉就只剩一个躯壳,勉强在世间游走。她能见光,但阳光给不了她养分。她或许惧怕黑夜,但黑夜没能把她吞噬。她像深海不见光的礁石缝里,一颗陨落的、黯淡的明珠。也像荆棘地里,被折断的、枯竭的玫瑰。

想要靠近她,或许得变得和她一样。

但方同明不信,瞧瞧,他用最俗气的金钱,最有说服力的利益,靠近她,和她成为朋友。

"我以前说过,方同明不应该学艺术,他应该去学经管,有赚钱的脑子和手段,人又精明,天生是商人的料。"

白述年沉默着听许苓茴讲完,最后只低声回了个"嗯"。

许苓茴感觉到他明显低下来的气压,抬眸看他,见到他神色难辨的脸,不由得一怔。八年的时间,虽然有些东西没变,但有些东西终究是变了。

八年前的白述年,虽有胜过同龄人的沉稳和成熟在,但有时也克制不住自己的情绪,尤其是他们刚认识那会儿,被她惹恼后,总是一副咬牙切齿要将她扔出去的模样,她现在都记忆犹新。但八年后的他,学会隐藏自己的情绪,或许心里正翻涌着，面上却是一句不冷不淡的回应。

她苦笑一声，抬手去摸他的额，他的眉毛，还有右眼皮上那道变浅的疤痕："白述年，你知道吗，我还是喜欢你像以前一样，生气的时候，一脸严肃，连名带姓地叫我。"

白述年放松了面部表情，回笑道："我没生气。"

他并不生气她这些年与他的断联，却和方同明相互扶持走过来，他只是有些遗憾，也有些不甘，明明他都成为一名警察了，这些年保护和帮助了很多人，却没能在她最艰难的日子里保护她。或许也有几分嫉妒，嫉妒方同明在国外与她相处那么多年。

许苓茵抱紧他，得寸进尺地要他也揽紧自己："白述年，方同明只是朋友，也算对我有知遇之恩，但他和你，是不一样的。"

白述年闻言无奈地笑了笑："我又没说什么，解释那么清楚做什么？"

"我只是想说，我……"

正想给上午那场突如其来又几近疯狂的事做个仪式性总结时，白述年放在床头的手机响起。

是同事打来的，让他回去开个会。

他说好，但要先去趟医院。

听到"医院"两字的许苓茵条件反射地坐起来，掀开被子，手在他赤裸的身体上下摸索，语无伦次："受伤了？哪儿？伤哪儿了？昨天怎么不说？严重吗？"

白述年按住她的手，让她放心，只是上次的刀伤在出任务时被押到，以及一点外伤。

许苓茵有些自责，昨天疯过头了，竟没先检查他的身体，就拉着他胡闹了那么久。

"白述年，对不起，我忘了。"

白述年捋起她散乱的头发："没事，起来收拾一下，先去医院。"

"好。"

许苓茵先收拾好，坐在床边等他，顺便梳理自己昨天和今天给他讲的事，还有没有遗漏。

半晌，她终于想起来，还有件事，重逢至今她都没问过。

她措辞许久，最后在白述年换好衣服，过来喊她出发时，拉住他宽大的手掌，小心翼翼地问："白述年，你没有生气，那为什么……在海湾大桥上和之后的几次见面，都装作不认识我？"

白述年沉默一会儿，抽出手，丢下一句"自己想"。

许苓茴想了一路,都没能想明白白述年装不认识她的原因。或许里面是掺着一些对她不告而别的生气,但她觉得这不是主要原因。她扭头去看专心开车的人,到医院了,也没敢再问他一句。

停好车,白述年解开安全带,说:"你在车上等我吧,我自己去。"

"不。"许苓茴也跟着把安全带解掉,"我陪你去。"

"那下车。"

在诊室外等人的时候,许苓茴依旧在想。高三那年的记忆于她而言,珍贵而深刻,但毕竟时间长了,具体的细节多少有些遗忘。

门诊大楼嘈杂的环境加大她回忆的难度,白述年换好药出来,她还是没能想清楚。她迎上去,上下将他打量一番:"怎么样?伤口有裂开吗?"

"一点,不严重,这几天不要有大动作就没事。"

许苓茴这才放下心,仰头却看见他脸上也贴着张创可贴,她没敢摸上去,指尖悬浮在上面:"脸怎么了?"

"破了点皮,没事。"

"昨……昨天弄的?"

"不是。"

许苓茴尴尬地低下头去,羞愧又自责,她是有多急,才能忽略脸上那么明显的伤口。

白述年知道她在想什么,无声笑了笑,正想伸手摸摸她的脑袋,想到什么,又克制着把手退回去,视线也落向别处:"走吧,先送你回去。"

他率先往停车场走,留给许苓茴一个背影。

这回她明白过来了,他要延续海湾大桥上他们的重逢,来算另一笔账,可这笔她还没想明白要如何"销账"。她匆匆跟上去,路上依旧是没敢和他要点线索。

半个小时的路程,越野车开到三杏里小区外。白述年打开车门锁,让她先上楼。

许苓茴磨磨蹭蹭地解安全带,开车门,伸下右脚,又猛地退回来,以期待的口吻问他,最近还用不用出任务。

瞥见她患得患失的模样,白述年有些心疼,但他强忍着,装出一副冷淡的样子:"应该不用。"

"那……你几点下班?"

"不一定,忙就晚点,不忙就早点。"

这姿态和口吻,活像一个穿上衣服谁也不认的渣男,白述年暗暗在心里唾骂自己,但仍要忍着演下去。

"那我去等你下班?"许苓茴打着商量。

白述年故意委婉地拒绝:"我有车,而且太晚了,开车不安全。"
　　"我车技很好的,没事。"
　　她这么一说,白述年倒想起来海湾大桥上她开车那股不要命的猛劲。
　　后来看见车上的人是她,震惊、喜悦、恼怒、后怕,所有情绪杂糅在一起,他不知该作何反应,想上去怒骂她一顿,可最终只是按捺不发,以陌生人的姿态,和她完成一场猝不及防的重逢。
　　现在回想,那股情绪又上来了。
　　他沉下脸去,情绪散露得很明显,以回应几个小时前她说的话,拈来一句不知是责怪还是夸奖的话,回道:"是,车技是不错,比我们这些受过训练的人还要好。"
　　许苓茵反应过来自己把事捅出去了,喻初每次看见她那样开车都会劈头盖脸把她骂一顿,白述年估计只会骂得更狠。
　　她紧张慌乱地解释:"不是,我……我平时也不是那样开车。"但她每月总有几次是疯了似的开盘山道,解释有误,"也不是,就是,我……"
　　白述年打断她颠三倒四的话,觉得需要给她点警告,并不是觉得赛车有什么,只是每每想起她开车那股狠劲,异常后怕。于是他冷冰冰地赶人:"好了,先回去吧,我赶着去队里。"
　　许苓茵怕耽误他的事,也知道关于自己跑车和醉酒这种"不良嗜好",一时间也说不清楚,只好仓促地说晚上等他吃夜宵,也不管他答不答应,推开车门跑进去。
　　人走远了,白述年才破功,以拳头抵着嘴笑出来。
　　先前她说他会藏着自己的情绪,他变了,现在看来,她也变了。当初的许苓茵,在他面前傲气得很,一张嘴永远让他处于下风,气得抓心挠肝,何曾有过像现在这样,小心谨慎又犯怂的模样。虽然觉得有趣,但他还是希望,她能够是多年前张扬骄傲,又有些狡猾和小心机的许苓茵。

　　白述年回队里是开会,汇报这次任务的结果。
　　他们这次协助特警追查一件走私案,警力充足,所以只用了四天就完成任务。会议结束,局长笑眯眯地说,早上特警队那边来人了,特地过来感谢他们的援助,尤其是白述年,最后如果不是他拼死拦住那个头目,也不能将这个团伙一网打尽。
　　白述年笑了笑,说应该的。
　　覃照上来搂住他的肩膀,对局长说:"那可不多亏了我们白队,带伤上阵呢,还拼死拦住他们那车,新伤加旧伤,现在估计是三分之一的废人了。"
　　白述年给他一拐:"怎么着?来试试我废没废?"

覃照举起双手做投降状。

局长要他撩起衣服看看伤,白述年后退几步,拽紧裤腰带拒绝:"没什么大事,养几天就好了。"

许克揶揄:"顾局,我们队长现在可是有家室的人,怎么可以让你这样随随便便上手。"

他们其实没见过白述年和许苓茴在一起,都是听覃照添油加醋讲的,好奇心藏不住,早就想见见真人了。

话落,却得来白述年的死亡凝视,他躲到局长身后。

局长脑门一拍,恍然道:"瞧瞧我给忘了,你这一身回去,小姑娘不得着急死了。"

白述年任他们打趣着,不承认也不拒绝,让他们探不到一点消息。一群人精只好从别处下手。许克杵杵董力的胳膊,给他使个眼色,董力会意,挨上前去要顾局晚上请客吃饭,给他们庆功。

顾局二话不说答应了,让他们自己挑地方。

许克和董力拿出手机找地方,覃照笑得跟狐狸似的,先远离了白述年,才提议道:"顾局,这顿饭,可以带家属吗?"

顾局大方得很:"当然可以。怎么,你小子,也有情况了?"

覃照朝白述年看一眼,故作惆怅:"我是没有,别人有没有就不知道了。我人好,替他们开这个口嘛,免得他们不好意思。是吧,白队?"

白述年好脾气地笑,再看向他,让覃照一怵:"怎么,觉得我带着伤,打不过你?"

覃照摆手,往门口逃,还不忘拿手机出来摇一摇:"白队,你可别轻举妄动,我可是有咱未来嫂子的电话,会告状的哦。"

白述年眉一蹙,手摸向裤袋的手机,他还没有许苓茴的联系方式,莫名有些不爽。他脚步一动,覃照看见了,迅速拉开门跑出去,生怕他追上来。

顾局笑呵呵的,让他把人带过来,一起吃个饭。

他现在可还装作对她生气,怎么可能把她带过来吃饭。白述年说:"下次吧,有机会的。"

顾局也不勉强:"行,你自己安排。身上有伤多注意点,这两天队里不忙就好好在家养着,也陪陪人小姑娘。对了,那群人供出人来没,袭警可不是小罪。"

负责这件事的许克接过话:"供出来了,等您开张逮捕令,就上门抓人去了。"

"好,明天一早过来拿。"

董力捏着拳头,咬牙道:"敢伤我们白队,不要命了!"

白述年没有搭话,好像被袭击的不是自己。他望向窗外,阴天,天色灰蒙蒙的,昨天那场暴雨过后,今天小雨不断。他们明天去抓人,以袭警罪。但他想那人认的,可不止这个。

白述年身上有伤,原本不能喝酒。

覃照一时忘了,给他递了一杯过去,等他接过喝下后,才反应过来他不能喝:"老白,你的伤?"

白述年放下杯子,似乎也刚反应过来:"嗯,我忘了。"

但他开了这个头,就没有停下去的意思。覃照不给他倒,他就自己开。

许克看见了,忙阻止:"白队,你有伤呢,别喝酒。"

"小伤而已,不碍事。你们吃着,不用管我。"

与他四年同学兼五年同事的覃照猜到点什么,在桌下朝许克摆摆手,示意他不用管。

饭桌上,几个人谈了一晚上,白述年只偶尔回一两句,大多时候在吃菜喝酒,最后散席时,他双颊酡红,神态微醉。

几人中就董力没喝酒,他负责送顾局回去,覃照和许克则等代驾过来,一起送白述年。

两人扶着白述年在路边等代驾,顺便散酒气。

许克闻了闻白述年身上的味道,酒气倒不重,人却半睡着,倒在覃照肩上:"这白队受个伤酒量也退了?今晚没喝多少啊。"

覃照神神秘秘地说:"有些人醉的不是酒。"

"什么意思?"

"等你谈了女朋友你就知道了。"

"嘿,你自己都没有,凭啥歧视我?"

"行了,别废话,赶紧给人送回去吧。"

代驾到了,三人挤上白述年越野车的后座。代驾问地址时,覃照让他往三杏里开。

许克疑惑:"白队搬家了吗?怎么搬到三杏里了?那边的房子好贵的。"

覃照无语地瞥他一眼,不打算和他解释。

快到地方时,覃照给许苓茴发去信息,让她下来帮忙接一下喝醉的白述年。发过去五分钟,车开到小区门口,就见到一道白色身影。

覃照叫醒许克,两人把白述年扶下车。到许苓茴面前了,原本还醉着的人突然有意识地倒向许苓茴,整个人扑在她身上。

一旁的许克见状,惊讶地张大了嘴。

覃照撞一下他的腰侧,让他把那副傻里傻气的模样收起来,随后笑呵呵地和许苓茴解释:"我们今晚聚餐,白队不小心喝多了,我怕送他回去没人照顾,我们明天还要上班,他休假,所以就送到你这来了。许小姐,你这……方便吗?"

许芩茴吃力地扶着白述年,也不知是不是喝醉了的人体温高,她被他身上发散出来的热气熏红了脸,说:"方便,可是他身上还有伤,怎么喝酒了呢?"

"这办完案子高兴嘛,就没忍住。那我们帮你扶上去,今晚就麻烦你了。"

"好。"

两人合力把白述年架到许芩茴家,就匆匆离开了。

许芩茴从柜子里翻出下午才找喻初去买的男士衣服,又打来温水给他擦洗身体。昨天意识一直处于昏沉状态,没有仔细看过他的身体,现在从肩膀往下擦,才发现他身上有许多伤疤。有旧有新的,腰上还有缠着纱布的刀伤。饶是她知道做警察会受伤,但现在看见这些大大小小的疤痕,她不可避免地还是会有害怕和心疼。

她不敢仔细去看,不敢去数过去几年他受过多少次伤,她别开眼,小心擦过,再给他换上干净衣服。收拾好,她正想去给他煮醒酒茶,就被他拽住手坐回去。

他眯着眼,和四年前那晚一样,依旧辨不出是酒醒了还是醉着的。他拉着她的手,盯着她看,一句话不说。

许芩茴摸摸他的脸,笑着说:"我去给你煮醒酒茶。"

白述年摇头,把她拉下来抱住:"不用,别走。我怕你一走,明天我又找不到你了。"

许芩茴眼睛泛酸,轻抚着他的脖子保证:"不会的,我回来了,哪儿也不去,以后只陪着你。"

白述年却突然委屈了:"可是我还没有你的联系方式,我联系不上你。"

上次匆匆出院去执行任务,他原本想给她留个信,临要打电话了,才想起自己没有她的号码。

"你先松开我,我给你记在手机里好不好?"

"好。"白述年松开她,把手机递给她。

许芩茴把手机拿到他眼前,让他也看着,点开通讯录输入她的手机号,又点开微信,添加她的微信。

"看,都有了。"

白述年心满意足地把手机拿回来,放到枕头底下,像是怕她会抢回去删掉似的。

许芩茴见着他那样子,着实不像喝醉了的。她伸出两根手指,晃了晃:"你真的喝醉了吗?这是几?"

白述年捏住她的两根手指,攥在掌心里,拉过去盖在眼上:"醉了。"

许芩茴踢掉鞋子,爬上床,躺到他身上,攀着他的肩膀,礼貌地发问:"我能这样睡吗?"

白述年将另一只手搭在她腰上,说:"可以,就是有点热。"

他喝了酒,体温高,她身上虽是正常体温,也架不住他这个燃烧的大锅炉似的,把两人都熨得格外烫。

许苓茴拿过床头柜上的空调遥控,将温度调低,再把绒被往上一扯,裹紧两人。

"不热了,睡吧。"

"嗯。"白述年松开她的两根手指,手藏进被窝里,放在她背上。

两人以这样相叠的方式入睡,第二天许苓茴先醒来,发现姿势换了。身后的人抱着她翻了个身,现在半侧躺着,她也被他压在左肩膀下,手脚被他缠着,动弹不了。

她没去吵他,想等他自然醒来。

约莫过了半小时,她把接下来准备画的主题定好,白述年才悠悠转醒。

他松开箍紧她的双手,平躺过去。许苓茴深深吐了口气,一早上的憋闷感终于消失。

她翻个身,面对他,他正揉着额头,应该是醉酒后头晕。

"难不难受,想吃什么?"

听到她声音的白述年有片刻愣怔。

她期期艾艾地解释:"昨天你喝醉了,覃警官送你过来的,担心没人照顾你。"

白述年掀开被子坐起来,"嗯"一声,低头一看,身上不是自己的衣服。他问:"我昨天……没耍酒疯吧?"

喝了多少他自己有数,但对昨晚的记忆确实只到他要她的联系方式。

"没有,送来没多久就睡着了。"

"嗯,辛苦你了。"

他的客套让许苓茴觉得他们的关系有些疏离,那是他们刚认识那会儿才会出现的感觉。早起见到他,她还很高涨的情绪突然低落下来,声音也小了:"早餐想吃什么?我去给你弄。"

语气转化得太快,白述年意识到自己的冷淡或许伤到她了,他下意识地挪动脚步,想转回去看她,可想起昨天,他逼自己忍住,只把声调换温柔些:"都行,你决定。浴室在哪儿,我想冲个澡。"

许苓茴指着右后方:"在卧室的浴室洗吧,我去给你拿换洗衣服。"

她昨天买了许多男装,居家的和外出的都有。她找了套烟灰色的家居服,递给他:"干净的,我昨天才买的。"好似怕他误会,她额外解释一句。

白述年勾唇笑了笑。他是当警察的,洞察力强,看一圈就知道她这里有没有过其他人,虽然有没有他并不在意,但她这一句解释实在叫他舒心,所以顺带提了个要求:"帮我冲杯咖啡吧。"

许苓茴高兴地应下。

白述年洗漱好下楼,许苓茴正好把早餐端上桌,咖啡浓郁的香气盈满整个餐桌。

他坐到她对面,看着一桌丰盛的早餐,突然有几分恍惚,以往都是他给她准备早餐,她做的早餐,他还是第一次吃。

他先喝了口咖啡,在她满怀期待的眼神里说了句"不错",才拿起她剥好的鸡蛋。

吃完一个鸡蛋,他看了眼腕表,快九点,时间差不多了。他把剩下的咖啡喝完,和许苓茴要喻初的电话。

许苓茴一愣,将嘴里的蛋黄咽下去:"你找喻初有事啊?"

"嗯,以后找她修车。"

许苓茴呛了一下,喝了半杯牛奶缓过来,才把喻初的联系方式发给他。这是微信上他们第一条聊天记录。

"好了,发过去了。"

"嗯。"

见他低头摆弄手机,应该是在存,她立马切出和他的聊天界面,给喻初发去消息,让喻初兜住她赛车喝酒那些事,不要让白述年知道。

喻初发过来一个"你也有今天"的表情包。许苓茴回了个"拜托"的表情。

白述年捣鼓了好一会儿手机才放下,专心吃早餐。

等许苓茴也吃完,他主动收拾桌子,把碗筷放进水槽,打开水龙头,水流出来时,他漫不经心地问:"我这几天休假,想回老房子住,你要和我一起去吗?"

一直跟在他身后,听他说出这句话的许苓茴,脸上一晃而过的惊讶,随即而来的是庆幸,庆幸当年他没有把老房子卖掉。

"我……可以去吗?"

她想去,但她也怕去。

白述年的轻笑没有被细小的水流声掩盖:"你去得还少吗?去收拾东西吧,可能要住个四五天。"

"好。"

身后很快响起一阵拖鞋踢踏的声音,白述年嘴角的笑意加深许多。洗好碗,他到客厅等她,顺便观察起她这套房子。宽敞的复式,应该是两层楼打通,一楼是起居室,没见到卧房,房间应该都在二楼。

房子装修偏法式风格,色调以米色为主,家具的配色也和主色调相得益彰,整个布局给人很舒服的感觉。他从左边看到右边,最后目光落在那摆满酒的壁橱上。一面墙的面积，显眼到难以忽略，他第一次因为案子过来的时候就看见了，这回看见的讶异程度不比第一次小。

他没去管品类，只在意数量。从最下面一层往上数，数到中间时，二楼有声音。

许芩茴趴在栏杆上，问他能不能带上画板和工具过去，她这几天有画稿要画。

白述年点头。

许芩茴转身，朝画室方向刚迈出一步，又转回去问："白述年，你要不要看看我的画室？"

白述年迟疑片刻，放过还没数完的酒瓶数，点头。

许芩茴先走一步，将画室的灯打开，她的画室有一整面落地窗，但她挂了好几层窗帘，日常不透光，黑暗又阴森，她怕吓着白述年。而亮起灯，画室则呈一种油画风格的装修，肃穆又让人不敢轻易接近。因此白述年的脚步停在门外，没敢踏进去。

许芩茴等了好一会儿，没听到动静，转过身去，看见他木愣愣地站在门口，不知道在想什么。她环顾一圈，都开了灯的，他还被吓住了吗？

等了一会儿，见他还不进来，她过去牵他的手，一面拉着他往里走，一面给他解释："那边是落地窗，有时候没有灵感，我需要在那边看看这座城市。投入画画时，我受不得一点吵，所以需要把窗帘拉上，把灯调暗。"

白述年点头，表示知道了。

许芩茴牵着他到另一面墙，一面挂满了不同风格，但内容相同的画。她暗中观察着白述年的表情，如愿在他脸上看到震惊夹带着欢喜的表情。

她松开他的手，踱步回去拿起颜料盘和刷子。白述年和覃照来找她问话那个早上，她因惊吓毁掉一幅画，过后她重新补上，但依旧没有完成。和那天一样，她在画的右上角填上最后一笔，这次很成功，收笔时，她露出满意的笑。

她转身，指着最后填上去的一笔对他说："看，这道疤应该和你现在的比较像。"

被时间冲淡，和周遭肤色相似，但细看之下，又有一点凹凸不平。

白述年走近一些，从左下角的那一幅先看起，是一张素描肖像，底下落款是2014年1月，是周围其他画里落款时间最早的一幅。

许芩茴跟在他身旁，适时地说："这是出国第一年的元旦画，那时想起2013年我们一起过的元旦了。"

白述年伸手摸了摸画中人的右眼，那道伤疤这个时候还很明显。他一幅一幅看过去，画的主体都是他，只是背景稍有不同，每幅画的落款都是HUI和时间。相隔时间有长有短，最短的只隔了一天。

他的视线如果在其中一幅面前停留太久，许苓茴就会给他解释画那幅画发生的事以及那时她的心情。有他过生日的，有高考时的，还有过年的。

　　他看到最后一幅，画上那道疤是她刚刚补上去的，很淡的颜色，几乎要隐没在其他颜色之中。几十幅画，他从墙的一边走到另一边时，好像把她的十八岁到二十七岁，也走了一次。那些分别，在这一刻好似并不存在。

　　这时，许苓茴自后面拥抱他，脸贴在他背上："白述年，我把这些画送给你好不好？"

　　白述年久久不动，眼睛却快速将这些画又看了一遍，最后叹声气，无奈道："许苓茴，就事论事，你不能这么耍无赖。"

　　许苓茴也承认自己的卑劣，明知他重情心软，还偏要用这种方式让他妥协，要他揭过旧事，她愧疚却并不后悔："刚认识你那会儿，我就是这样。"

　　停顿片刻，她补充一句："我一直是这样。"

　　她决定更无赖一些。

　　她松手，走到他面前，踮脚搂住他的脖子，在他的注视中吻上他的唇。她吻得缓慢又顽劣，要探不探、要入不入的，好似这只是请求，要得他应允，才能往下。

　　良久，白述年如她愿，勾住她的腰，将她抵在满是他的墙上。

第十一章 未完待续

抵达老街是当天中午，秋季阴雨连绵，正午的光线稍显暗淡。早前下过雨，路上还淌着未干的雨水。风吹过来，空气中都带着潮湿的感觉。

他们开的许苓茴的车，白述年从驾驶座上下来，取出后备厢里的行李。

临进门前，白述年朝许苓茴伸出手："想住几天清净日子，这几天不用手机了？"

正如许苓茴的愿，她将手机关机，交给他。退回手时，被白述年连着手机一起牵住。

他一手提着行李箱，一手牵着她，目视前方："回家了。"

时隔八年多，许苓茴回到这座老房子。其实也不是，四年前回来的时候，她也来过，只是站在很远的地方望了许久，始终没敢靠近。仿佛是给自己下了诅咒，一靠近，那些自我加注的愧疚就沉重到要把她压垮，寸步难行。所以那次，她只待了短短半个小时，离开这条街，却花了近一个小时。

这次直接站在门外，被白述年牵着手，但扑面而来的自责，依旧将她钉在原地。

她和白述年之间的距离由相靠变成相隔一条手臂，泪慢慢涌出，视线变得模糊。

白述年停下来，摇摇她的手臂："反悔了？"

许苓茴木木地点头。但白述年明白,她不是反悔,是害怕。

白述年走回来,轻轻抱她一下,然后松开,上前去开门,边开边说:"我妈走的前一天,精神很好,和我聊了很久。她说她很喜欢你,虽然知道你妈妈不喜欢我,但是让我努努力。"说到这儿,他有些害羞,还没定论的事,却早早做起打算,"她还说她房间的柜子里放着给你的见面礼,原本之前就想给你的,但怕心思太明显,你年纪小,把你吓跑,所以嘱咐我如果有一天带你回家了,记得交给你。"

话说到这儿,他开了门,跨过门槛,站在屋内,将手伸出门槛外,对着她:"她一直很惦记你,住院那会儿还念叨着没能给你做早餐。明天我带你去看她。"

他这一伸手,好像要把她从过去那跌宕的生活,沼泽一样黑暗、瞧不见方向的地方拉出来,给她辟出一条明亮的、坦荡的大道。就像多年前那个雪夜,他紧紧拉着她跑一样。

许苓茴还是没能忍住,在他说第一句话时就掉了眼泪,最后顶着一张还淌着泪的脸,上前去握住他的手。之后她被他另一只手拦腰抱起。

抱到院子就放下,他也不管她还没收拾好心情,给她布置任务。

他大半年没回来,之前走得急,没把屋内的家具铺上遮尘布,现在覆了层灰。他让许苓茴把客厅和这几天他们要住的房间收拾一下,自己则清理院子、厨房和他快废弃的花圃。

许苓茴抹一把鼻子,点头,刚要走,被白述年拉住,用袖子擦去她脸上未干的眼泪。

"我们家的家具不喜欢沾眼泪。"

许苓茴吸吸鼻子,模样怪可怜的:"知道了。"

两人花了一下午,把老房子打扫干净。许苓茴先弄完,找了一圈,最后在后院花圃里找到他。小花圃变化很大,之前矮墙边摆满了各式各样的花,现在只剩下花盆,只有角落里一盆虽然蔫了但依稀能辨认得出的迎春。

唯一不变的,是她当年为给白述年道歉,画的那幅画,画像清晰,颜色鲜艳,一点不像经过风吹日晒的。

白述年在扫矮墙边的沙子,许苓茴过去,蹲在他边上,问:"这里的花呢?"

白述年用手挡着刷子清扫的方向,避免飞尘迷她的眼,说:"被我挪去现在住的房子了。"

"那为什么还放着一盆迎春?"

"清明休假回来带的,后来走得匆忙,忘记拿走了。"

也亏得是他放在角落里,这盆迎春才能在大半年的无人问津中,存活到现在,还能辨出几分模样。

许苓茴把视线转移到墙上的画:"画呢,你补过色了?"

白述年点头。

先前那些情绪被这个小惊喜抵去一些,许苓茴细细看了几遍,发现他补得很好,几乎和她原来画上去的一样,于是调侃一句:"白警官,手艺不错嘛。"

白述年扫完最后一点沙,拍掉手上的尘土,曲起两指夹住她的脸,晃了晃:"近朱者赤。"

这句话他之前也说过,不过是后半句。这回总算是夸了她,许苓茴贪恋地蹭蹭他的手。

白述年把人架起来,看了眼逐渐西落的太阳,问:"晚上想吃什么?"

"都行,不过家里没吃的,得去趟超市。"

被她话里的"家里"取悦,白述年低头亲她一口。

换了身干净衣服,两人牵着手去超市,买了菜、水果、零食和这几天要用的洗漱用品。

买完回家的途中,白述年想起来没买调料,准备折返回去,被许苓茴拉住,说她去买,让他先回去收拾。

白述年让她快去快回。说完,许苓茴还站在原地不动,白述年疑惑地望着她。

许苓茴摊开手举到他眼前:"钱呀,我手机被你收着,又没带现金。"

白述年低声笑,把兜里的黑色皮夹掏出来,放在她掌心:"有现金有卡,自己拿。"

许苓茴笑眯眯的:"好。"

话落,迎面撞来一个人,把她还没收好的钱夹撞落,她也被撞得趔趄一步,往白述年身上倒去。

白述年空着的一只手连忙搂住她,确定她没事后,探头去看撞上来的人,半是无奈半是笑:"满满,走路不看路,横冲直撞的。"

被叫满满的是个七岁的小女孩,八年前过年和他同辆车去买菜的哥哥的女儿,穿着一条粉白色的连衣裙,梳着两根麻花辫,捂着被撞到的额头,笑嘻嘻地喊人:"阿年叔叔,真的是你呀。"

白述年扶许苓茴站好,放下手中的东西,随后蹲下,和满满视线齐平:"是啊,你呢,什么时候回来的?"

满满很喜欢白述年,见他蹲下了,立马上前去要他抱:"爸爸妈妈休假,带我回来看奶奶。"

这些年老街上的房子几乎都只住着念旧不愿搬离的老人,年轻一辈都到市区那边上班,节假日才会回来。

白述年把满满抱起来,举过头顶又放下,来回几次,惹得满满咯咯笑。

笑完,满满搂着白述年的脖子,不太好意思地去瞄许苓茴:"阿年叔叔,这位漂亮姐姐是谁呀?"

二十七岁还被一个小孩喊姐姐的许苓茴笑了笑，上前一步，把她散乱的刘海拨好，纠正道："是阿姨哦，不是姐姐。"
　　叔叔和姐姐，一听就差了辈分。
　　白述年听懂许苓茴话里的意思，红了红脸，给她介绍："这是一位哥哥的女儿，叫满满。"
　　许苓茴和小朋友打招呼："满满好！"
　　满满害羞得往白述年肩膀上躲，边躲边夸："阿姨好漂亮。"
　　把许苓茴夸得心花怒放。
　　白述年抱着满满，弯腰下去捡皮夹，扯到一点伤口，暗吸一口气，没给许苓茴看见。他直起身，若无其事地把钱夹给她，让她快去买，他送满满回家。
　　许苓茴拿了皮夹，和满满说再见，朝超市小跑。
　　买完调料，又买了些散装的糖果和巧克力，出超市拆了一颗含着，一路上左右看着街景，晃悠着回去。路过白述年家前面一座房子，看见几个小女孩在玩闹，其中一个是满满，眼尖瞧见她了，小碎步朝她跑来。怕孩子摔着，她走快几步去接住，被满满抱住腿。
　　小女孩不怕生，见到她和见到白述年一样，露出喜悦，问她要不要和她们玩游戏。
　　许苓茴牵着她回到几个女孩身边，问："玩什么游戏呀？"
　　满满指着地上用粉笔画出来的方格："跳房子。"
　　许苓茴眉一挑，这也是她的童年游戏。
　　满满揪一下她的衣摆："阿姨，你会玩吗？"
　　"会啊。"
　　小时候陪林天南住的两年，不用上学的时候，就和同龄的孩子到处画着玩。
　　满满递给她一颗小石头："阿姨，给你！"
　　许苓茴接过小石头，站到画好的线前。身体也有记忆似的，站到线上就自发动作，扔石头，单脚跳过去，再返回，捡石头。
　　她顺利从第一个房子玩到第七个房子，伴着石头落下的，还有几个小孩子清脆的嬉笑声。
　　白述年出来找人时就看到这样的场景。橙黄色的夕阳斜笼在青灰色的老街上，几个蹦蹦跳跳的影子被勾勒在那面落了灰、长了青苔的墙上，跳动的影子，像在墙上做了一场皮影戏。
　　他没出声，静静地站在电线杆旁，看着一大几小玩得入神。最后一抹残阳被天空收入囊中时，那几个影子变成小黑点，定格在巴掌大的青苔上。
　　他看到许苓茴蹲在几个孩子面前，轮流帮她们擦汗，最后打开手中一个装零食的袋子，把里面的所有东西都分给几人。收到糖果和巧克力的孩子开心得很，连声说着谢谢阿姨。

许苓茴也笑着回不客气，纠结许久，最终还是告诉她们："是婶婶哦，不是阿姨。"

她害羞似的，说完便让她们早些回家。

等几人走远了，她才准备回去。刚转身就瞧见了不远处站着的白述年，她的脸轰地变热，那句婶婶不知道他听没听去。

她跑几步过去，压住自己飘起来的发尾，问他来多久了。

知道她还害羞，白述年没回答，只拎过她手里的袋子，牵住她的手："我还以为你回来找不着路了。"

原来是和小孩子一样，被差使一趟总会被路上其他事吸引去注意力，然后玩得不知天昏地暗，等家长出来寻。

许苓茴嚼碎口中的糖："我又不傻。"

白述年哼笑："嗯，不傻，知道天晚要回家了。"

许苓茴笑了笑，两手缠住他的胳膊。

身后有老房子烟囱升起的炊烟，他们在一片白茫茫中，手挽手回家。

晚上睡觉，许苓茴跟着白述年，进了同一间房，白述年的卧室。

住了这么多年的房间，突然闯入柔软的、带着好闻气息的女性味道，突兀中也莫名有些契合。

白述年呆呆望着许苓茴，虽然他们不是第一天睡同一张床了，但是现在这样貌似有些仪式性的入睡时刻，他还是有些手足无措。

许苓茴回望他，解释道："我只收拾了一间房。"

"嗯。"

掀开被子，两人一前一后上床。瞪着天花板平躺一会儿，两人都觉得有些不对劲。良久，许苓茴率先转过身，面朝白述年，片刻后，他也转过来。黑暗中对视一眼，许苓茴扬唇笑了笑，白述年伸手把她揽过来。

这种感觉对了。

许苓茴埋在白述年胸前，手从他衣服下摆钻进去，贴着他紧实的后背，微凉的手暖意十足。贴了一会儿，白述年把她另一只手也塞进去。

许苓茴咯咯地笑。

手被熨暖了，许苓茴才想起些事来，仰头问："我下午打扫房间的时候，在你书柜里看到一些学画画的书和一整套工具，你什么时候学的？"

白述年并不隐瞒："假期回家，有空的时候学。"

"学得怎么样？"

"只能乱画一通，墙上那幅画，我补了好久。"

"那我教你吧,和以前教你双语一样。"

"要学费吗?"

"要。"

"要什么?"

"上一次课,你要给我弹唱一首歌。"

"好。"

教学协议达成,两人调整一下位置,更贴合地抱着对方。

聊到这里,白述年试探地问:"下午看到墙上的画,有没有想起什么?"

许芩茴被他抱得昏昏欲睡,没反应过来:"要想起什么?"

白述年眉一皱,没说话。要想起什么?想起这幅画为什么会出现在墙上,想想当年他为什么会因为小应的事生她的气,想想他说过一次又一次,但她至今没有记住的话。

他在心底计算着时间,打算给她挽回的机会。可五分钟过去,十分钟过去,人没有半点动静,甚至发出细小的鼾声。

白述年气极,一狠心,翻身把即将入睡的人压在身下,等人睁着一双迷蒙的眼睛看着他,他也不停,解开衣服扣子。

吻下来前,他面色沉沉,语气一点也不温柔:"许芩茴,你的记性,真的很差。"

第二天醒来,才翻个身,一股由骨头至肌肉的酸软蔓延至全身,她像被当作沙包打了一顿一样,浑身没一处舒坦的。她不知道他昨晚是怎么了,也不是很清楚他最后说"她记性很差"的潜台词是什么,于是大胆地靠过去,钩住他的手。

白述年依旧是淡淡看她一眼,没说什么,抽出手,掀开被子,一脸冷漠地下床,穿衣服,全程只留给许芩茴一个背影。

许芩茴呆滞了几秒,才裹着被子坐起来,盯着他,看他动作迅速地穿衬衣、裤子、系皮带。她再低头看看自己这一身,和穿戴整齐的他相比,狼狈极了。

她有些暴躁地抓一把头发,明明昨天在画室,还有后来回来,他们都相处得很好,重逢最初那种酸涩和距离感渐渐消失,八年前的默契和温情也渐渐回来了。但是昨晚那出,还有刚刚他刻意的冷淡,这种转变让她又摸不着头脑了。

可现在,她满身狼狈,而他清俊淡然,这种落差,让她的恼羞大于茫然。尤其是他穿好后转过来那不经意的一瞥,像极了多年前处于上风,骄傲又高高在上的她。

有一瞬间,许芩茴理解了他最初一直对自己爱搭不理,又时不时被气得跳脚的原因了。但她也恼火了,于是拖过他的枕头扔过去,手上没力气,枕头还没碰到他就落地了。

"白述年！"许苓茴咬牙切齿，"你欺人太甚！"

白述年捡起脚边的枕头，拍了拍，放回床上，似乎笑了一声，随后几分轻浮地挑起她的下巴，气息喷在她唇边："和你学的。"

多年前，她以威胁者的姿态，站在几步台阶上，以保守他在KASA兼职的秘密，交换他对她所谓完美的揭露，他也是隐忍着对她说出这四个字。

许苓茴更气了，一把推开他的脸，狠狠瞪他一眼，卷起被子，软着腿下床。

等她出了房间，白述年顺势躺到床上，举起胳膊盖住半张脸，也盖住他压不住的笑。

真好，那个会对他发脾气、喜欢捉弄他的许苓茴，渐渐回来了。

因身上的不爽快，和对他早上那冷漠举动的不满，许苓茴一个上午都没给他好脸色。

早饭也没吃，就摆了画架在院子里，准备工作。似乎是不想打扰她，白述年一直没出来，也不过问她为什么不吃早餐。许苓茴气极了，又心不在焉的，一面拿画笔在纸上勾出没有规律的线条，一面假装放松脖子，往屋里瞄他有没有往外看。

瞄了半晌，都没点动静，他应该是回房间了。

许苓茴暴躁地丢下画笔，想到什么，怒气冲冲地找了块干净的小画板、剪刀和胶水，往后院走。在小花圃里蹲了一会儿，她闻到厨房散出来的食物香味，疲劳过度又没吃早餐，肚子开始作响。她在昨天的衣服口袋里摸出颗糖，剥了糖纸含住，抵抗一点饥饿。委屈淡一些，她手上越发用力，把那干枯的枝叶当作白述年。

后院对的那面墙是厨房，白述年在里面做饭，时不时扒着窗缝，看一眼人在做什么。

见她哼哧哼哧地和一盆枯萎的迎春花较劲，暗自好笑。但见她苦着一张脸剥糖吃时，他心上又隐隐作痛。他举着锅铲，出神想了好一会儿，最后笑了笑，无奈地摇摇头，心想：算了吧，想不起来就想不起来，以后人总归是在自己身边，慢慢教。

自我疏导后，这些年来的郁结才算解开。但他心里清楚，从再见到她的那一刻，那些东西其实都不重要了，信任也好，不信任也罢，他们还喜欢彼此，一直等着对方，这就足够了。

而且现在，他是半点看不得她委屈失落。既然终究是要服软的，早点也无所谓。

他把最后一个菜炒完，站到窗边想叫她进来吃饭，但花圃里没人，客厅里倒是传来脚步声。他解下围裙，走出去看，就见许苓茴不知道拿着什么进了房间。他跟进去，看到正对床的墙上，挂着一个画板。他以为是画，走近了才知道是一个标本，用那盆干枯的迎春花做的。

许苓茴瞥他一眼，重重地哼一声，像是小学生吵架，比谁的气势足，幼稚极了。

白述年直接被气笑，暗想自己这待遇跌价了，好歹以前这人把他惹生气了，还知道画幅画，说说软话来哄他。现在倒好，竟把他养的花做成标本，还一副理直气壮的样子。

白述年单手叉腰，垂眸睨她："许苓茴，你胆子越来越大了。"

许苓茴眉心一跳，这话他说过一次，下场是她被收拾了一番。她心有余悸，往后挪了几步，确定自己回嘴之后能够快速逃跑，才敢不怕死地回应："就大，怎么了？"

白述年作势要捋袖子，吓得许苓茴拖着两条不太灵活的腿往外跑。

看着她慌不择路的样子，白述年乐不可支，跟在后面出去。

饭桌上没人，白述年无奈一笑，转了方向朝院子走。瞧见他过去了，人也一言不发，假装专心地画画。

"吃饭了。"

许苓茴愤愤地别过脸，不答话，也没有起身的动作。

白述年走到另一边，对着她的脸，放柔了声音："早饭就没吃，现在还不饿吗？"

许苓茴没好气地一哼：现在才来关心我吃没吃早饭！

"听话，先吃饭，下午……明天带你去露营。"

许苓茴眼睛一亮，但拼命隐藏，苦着脸，示意他，她身上还痛着呢。

白述年不自然地咳一声，目光飘向远处又飘回来："早上是我不对，别生气了。"

许苓茴这才罢休，停笔朝他伸出手："下次轻点，好疼的。"

白述年握住她的手，举到嘴边亲一口，语带歉疚："不会了，不会弄疼你了。"

"嗯，去吃饭吧！"

怒气来得快去得也快，只消他几句话，她便自己把那团火给灭了。

白述年中午煲了汤，知道她早餐没吃，先给她盛一碗暖暖肚子，再给她剥虾剔鱼刺，等她吃得差不多了，他才开始动筷，顺口提一句："再吃一点，下午去墓园要走一段路。"

许苓茴愣了片刻，才反应过来他昨天说过，今天要带她去见徐念。

想起院子里他那句"下午"后面没说完的话，应该是这个。但明明只要他说了,她就一定会听话,也不会装作非要计较那些事。可他却迂回地说了其他,顺她的意服软道歉。

这两天隐匿起来的愧疚与酸涩再次出现,许苓茴在心里斥责自己气性高。当初一声不吭离开的人是她,现在又一声不吭回来的人也是她,她哪儿有资格要求他事事顺她的意。

她明白他的用心,可这用心却不经意加重她的愧疚。她需要做点什么来转移,好不叫他看出来。于是拉近椅子坐到他身边去,也给他剥虾剔鱼刺。

白述年没有阻止,她夹什么吃什么,最后桌上几个盘子都空了。

许苓茴看了眼只剩汤汁的盘子,又去瞥他的肚子:"是不是撑着了?"

白述年打了个小嗝:"有点。我去洗碗消消食,你去街口买束花,昨天回来忘带了。钱包在房间桌子上。"

"好。"许苓茴拿了钱包准备出门,想起来自己并不知道徐念喜欢什么花,折返回去问白述年。

"什么花都行,不过她喜欢白色。"

街口的花店不大,花的品种也不多,许苓茴选了白百合、白玫瑰和小雏菊,让老板包一束。抱着花回去,白述年已经准备好了,手里提着她的包和一件外套,站在车旁等她。

"走吧,时间差不多了。"

"好。"

墓园也在老街这片区域,车开过去要半个多小时,往里走到徐念的墓地,还要十多分钟。

这十几分钟,许苓茴走得很慢,白述年配合着她,也走得慢。来到徐念墓地前,已经过去大半个小时。

墓碑上的照片是他们熟悉的徐念的微笑。许苓茴盯着那张照片看,看着看着觉得她好像从照片里走出来了,见到他们,叫着"苓茴"和"阿年",温柔地朝他们笑。

几乎不用多想,许苓茴顺畅地叫了声"阿姨"。

许苓茴把花放到墓碑旁,靠着墓碑蹲下,把这些年对她的愧疚和思念都说与她听。许苓茴没有哭,只和她道歉,当年林微做得太过分,至今都没和她说过一句对不起。许苓茴也代表自己向她表达歉意,如果当时钱凑得及时,或许她现在还在世。还说了遗憾,没能见她最后一面,连她的葬礼也没有出席。

没有起点和终点的一串话最后,是一句"徐姨,我好想你"。

想阿姨给自己做了那么久的早餐,想阿姨对自己的嘘寒问暖,想阿姨像对待亲生孩子那样对待自己……那是她在林微身上感受不到的,属于母亲的爱。

那天的最后,白述年拿出徐念留给她的见面礼,是一只铂金镯子,款式很老,设计简单,亮色在时间的腐蚀中变得黯淡。

白述年说,这是很早之前买的,还是徐念和白父亲手打的。当时他们已经有了儿子,就想着把镯子送给未来儿媳。

白述年把这镯子的意义告诉她,问她愿不愿意收。

许苓茵这时有些想哭,她吸着鼻子,强行压住:"我不愿意,你还不打算送了?"

白述年笑了笑,牵起她的手,把镯子戴进去,调好宽松度,说:"送是要送的。"

他手一转,牵住她的手。藏了二十几年,冰冷的镯子,在这一刻,有了他们的体温。

回去的路上不像来时那么沉重,许苓茵趴在窗边看外面倒退的街景,右手片刻不离左手的镯子。白述年在开车的空隙瞄了她几眼,见她一直摸着那只镯子,不由得笑了笑。

车开到离他们家两条街时,许苓茵突然喊停,看着窗外略显熟悉的景物问:"这是不是 KASA 在的那条街?"

八年多没来过,老街变化不小,店铺几乎是新开一轮,但当年她带小应去吃面的那家面馆还在。白述年将车停在路边,见她眼底有雀跃,点头说"是"。

"那我们下去看看吧,我很久没去 KASA 了。"

"好。"

停车的地方距 KASA 还有一段距离,他们牵手散步过去。

入秋许久,傍晚的秋风已有几分早冬的气息,透着略微刺人的凉。白述年低头看她身上单薄的外套,把人拉近一些,问她冷不冷。

许苓茵摇头,她从下午到现在,一直是暖的。白述年还是走在风口处,给她挡了一些风。

"我听喻初说,KASA 后来被喻叔叔的朋友买了,现在怎么样,你来过吗?小应和老欧他们还在吗?"

"老欧还在,现在是经理,管着 KASA 大小事,去年还入股了。小应……"白述年停顿一会儿,再开口时,语气有羡慕有欣慰,"小应去了乌崇市,已经结婚了。"

"真的?"

"嗯,我已经告诉他你回来了,他很开心,说忙完这阵就回来看你,这两天估计也会联系你。"

"真好,之前喻初还和我提到他呢。"

"嗯,小应也算苦尽甘来了。"

说话间，两人已行至KASA。时间还早，白述年说先进去看看，晚上再过来。

他也许久没来KASA了，老欧见到他时，激动得摔碎了一个杯子，踩着碎片上来拥抱他。

寒暄一阵后，老欧才看到他身后站着、微笑着看着他们的许苓茴。

老欧不可置信地瞪大眼，看向白述年，似乎在等他的肯定答复，白述年淡笑着点头。

老欧："苓茴，你回来了！"

许苓茴脸上的笑意渐大："老欧，好久不见。"

老欧一把推开白述年，上前给了许苓茴一个拥抱："太好了，你终于回来了。"

许苓茴回抱他："嗯，回来了。"

旁边还有一个活人站着，老欧戏谑地瞥向白述年："我们小白这块望妻石等了这么久，终于把人给等回来了。"

他没有半分惊讶，笃定地认为他们就是会在一起的。

老欧问他们留不留下来吃饭，他还留着26号桌，那边酒柜里也装着他收藏来的稀奇饮料和好酒，这点习惯和当初的喻老板一样。许苓茴望过去，KASA的布局没什么改动，26号桌还在原来的位置，立在上面标明专属位的牌子也没有拿下，一切恍如昨日。

白述年看出她的留恋，但顾及她穿着单薄和夜晚的低温，还是说回去吃，晚上再过来。

许苓茴附和道："晚上来。"

老欧又是一句打趣："夫唱妇随啊，苓茴你可不要被小白吃得死死的。"

许苓茴笑着摇头。

白述年砸他一拳，骂他话多。准备离开时，白述年让许苓茴先出去等他，他和老欧再说点事。许苓茴点头，往外走。

KASA里面的装修没什么变化，外面倒是变了不少，比起之前的朴素，现在高调一些，引流手段多出许多，连一旁的巷子也囊括进来，改成了客满供人等候的休息区。

她记得，之前这条巷子是破败的泥路，她还在这条巷子里与几个魁梧大汉对峙，救下小应，后来还被白述年骂了一顿。

想到这儿，许苓茴笑了笑，暗道他生起气来好吓人，会骂人，而且怎么也哄不好。可下一秒，笑容却僵在嘴角。

白述年出来找她时，就见她靠在墙上，低着头，头发遮住她的脸，瞧不见她的神情。

怕吓到她，他先开口了才过去，撩开她的头发，弯腰下去对着她的眼睛问：

"在想什么?"

许苓茴搭住他的手腕,拇指在他的手筋上来回摩挲,见他想开口再问,她先开口:"白述年,我好像知道,你为什么会装作不认识我了。"

——"许苓茴,你需要信任,我也一样,下一次,你再对我没有半点信任,我就当从来没认识过你。"

等待他的几分钟里,这句话不断在耳边盘旋。他不怪她的不告而别,也不怪她当年的袖手旁观,甚至没有因林微迁怒她,他只是怪她当初的不信任,怪她自以为他会因为那些事责怪她,从而一走了之,八年未见。

许苓茴心酸难忍。

白述年折腾这些天,为的就是这个事,但她想起来了,他却觉得不重要了:"嗯。"

"白述年。"她松开他的手腕,上前一步去抱住他,"不是不信任,就是因为知道你不会怪我,才会更加自责,才不敢见你。除了我外公和喻初,你就是我最信任的人,我怎么会不信你?"

白述年揽着她,将她的头发都捋到背上,用手指梳顺畅,说:"以后还会信我吗?"

"一直都信。"

这就够了,白述年想。

许苓茴有种感觉,他们之间的芥蒂在这一刻才完全消弭:"所以你对我忽冷忽热的,还有昨天晚上……是因为我没想起来这个事?"

白述年皱了皱眉,把他形容得和一个渣男似的,底气不足地问:"也没有忽冷忽热吧?"

"我现在腿还酸着,身上还疼着呢。"

"那……那怎么办?"

昨晚给她清洗的时候,他就后悔了,明知道她经事不久,承受力不足,却仍是放开手脚,以他的节奏去掌控。现下听她抱怨着,他更是无地自容。

许苓茴从他胸前探出头来,转着眼珠想半天,最后说:"你背我回家吧?"

"车在前面。"

"晚上再来开。"

"晚上你不喝酒?"白述年想起她那一墙的酒。

许苓茴信誓旦旦的:"不喝不喝,喝饮料。"

白述年不太相信,但还是蹲下去,让她上背。

许苓茴高兴地想爬上去,快碰到他的背时,想起他腰上还有伤,连忙缩回来:"不背了,你还有伤呢。"

白述年还是蹲着:"已经没事了。"

"不要,待会儿抻着。"

"真不要?"白述年仰头看她。

许苓茴把人拉起来,让他一条手臂搭在自己肩上,整个人往他怀里缩:"以后背我的机会多的是,不急这一时半会儿。这样走回去也挺好的。"

白述年笑着把人揽紧:"听你的。"

也没回去开车,两人相拥着走回家。

晚上如约来到KASA。

老欧早给他们准备好了,见人来了,推掉工作,把两人带到26号桌,让人上酒。

服务员端来三杯特调酒,颜色不一样,老欧全放在许苓茴面前,问她要哪杯。

许苓茴心动,瞟了白述年一眼,不作声。

白述年还没搭话,老欧先不满了:"苓茴,你可不能当夫管严啊,主动权得牢牢握在自己手里。"

许苓茴尴尬地笑了笑。

白述年在桌子下踢他一脚,没好气道:"尽教些坏的。"随后看向许苓茴,"药带了吗?"

"什么药?"

"哮喘的。"

许苓茴摇头:"已经很久没犯过了。"

白述年睨着她,不说话。

许苓茴才想起来,他们第二回见面,他上门来查陈漫的案子时,她才犯过。于是她小声嘀咕:"也没有很严重。"

见她低眉顺眼的模样,白述年还是心软了:"喝吧,就一杯。"

许苓茴开心了,挑了杯淡青色的。

吃了一会儿狗粮装死的老欧这才活过来,举起酒和他们碰杯:"苓茴,欢迎回家。"

这句欢迎实在盛大,许苓茴一口气喝了整杯酒。

老欧陪他们聊了一会儿,被一个服务员叫走。

剩下他们两人,许苓茴将椅子拉近他一些,靠在他身上,去看台上的演出。她听话得很,喝了那杯之后没再点,只是表演看得心不在焉,总去瞄他喝剩的那杯海蓝色的。实在忍不住了,见他专心看着台上,她便偷偷端起杯子,抿了一口,味道还不错,她没忍住又喝了一口。

放回去时,被他抓个正着。

许苓茴躲避着他戏谑的眼神,随意找了个借口掩饰:"他们都没你唱得好听，我才分神的。"

白述年将剩下的喝掉，轻飘飘地瞥了她一眼："借口还挺多。"

许苓茵顺势把话题扯开："你去唱我肯定不会。"

小心思都写脸上了，白述年哪能看不出："想听什么？"

许苓茵喜笑颜开，掏出口袋里的纸递给他。一整张纸，大多是英文歌，熟悉感扑面而来。

"在这儿等着我呢？"

许苓茵笑嘻嘻地点头。

白述年匆匆扫一眼，都是自己会唱的，他敲着桌子问："许老师，课还没上。"

许苓茵脑袋一歪："还不许我预收学费了？"

"等着。"

白述年脱下外套递给她，里面是一件白衬衫。许苓茵看眯了眼，他也是有备而来呢。

他上去先找了老欧，说了句什么，只见老欧远远朝许苓茵挑了挑眉，随后跑开，不一会儿带回来把吉他。

两人上台，原先的主唱歌手退到他们身后，换了架子鼓。

老欧很高兴，上场前喝了杯酒，这会儿捏着笛子对着话筒说："今天很开心，我的两位老朋友都回来了，这一首送给他们。今天酒水五折，大家尽情享用。"

台下一阵欢呼，片刻后归于宁静。

老欧走到一旁，把主位交给白述年。

白述年拨了拨琴弦，和他第一次上台一样，没有自我介绍，没有报名字，开始后就盯着许苓茵看。他们都知道，这一首是为她弹的。他最终还是成为她的不二臣属，为她哭为她沉浮。

一曲终毕，老欧和另外一个歌手下了台，把场子交给白述年。

除了第一首，后面全是舒缓的英文歌。白述年一首接一首耐心地唱着，还是只盯着许苓茵看，眸中的温柔之色，让台下的许苓茵沉溺。自他唱第一首开始，许苓茵的目光便不离他，两人在哄闹的、昏黄的环境里对视，旁若无人地、安静地宣泄他们的爱意。

他连唱了五首，许苓茵正想让他下来休息会儿，老欧走到她身边，放下一杯日落晚霞般颜色的酒。

他竖起手指抵在唇上："小白不知道，我偷偷拿来给你的。"

这杯酒的颜色实在好看，许苓茵没有拒绝。

两人坐着，安静听完一首。

KASA

26号桌特供歌单

吉他手：白述年
Guitarist

架子鼓：老欧
Drum kit

主唱：白述年
Lead singer

歌曲：Rolling In The Deep
Song

　　　A Hundred Miles

　　《沉浮谱》

仅限26号桌客人使用

趁台上白述年喝水的空档,老欧出声:"去年小白把吉他放我这儿了,你们今天要不要拿走?"

许苓茵问:"那把旧吉他吗?"

"对。"

"我说在家里怎么没看到呢。"

老欧举杯,碰了碰她的,说:"他去年出任务前拿给我的,说如果你以后回来了,就把它给你,哦,对,还有他们家的房产证。"

许苓茵一愣,心头突然窜起一阵灼热感:"为什么要把这些东西给我?"

"一开始我也不知道,后来他们来这儿庆功,听他那个同事说,他那次出任务去了,挺危险的,差点回不来,估计是在交代后事。"老欧一口闷完杯里的酒,突然笑了笑,"去他的,我才不给他传这个。"

见许苓茵惊诧,老欧拍了拍她的肩:"现在你回来了,他好歹有个牵挂,会惜命。"

老欧说完这句就去忙了,许苓茵却还沉浸在他那句话中,木然地望着台上。周遭的吵闹好似被她阻隔在外,一切都变得安静,唯有舞台中央,白述年一句一句的低吟。

舞台上的灯亮起,照亮一些昏暗的环境。白述年把吉他交给服务员,朝许苓茵走去。

也许是觉得燥热,他解开了衬衫最上面的两颗扣子,挽起了袖子,噙着淡笑朝她走来时,许苓茵只觉得,当初那个张扬又带着野性的男孩回来了。

她站起来,朝他伸出手。

白述年握住,先给她道歉:"歌还没唱完,我下来休息会儿再唱。"

许苓茵摇摇头:"不唱了。"

"嗯?"

许苓茵拉着他坐下,凑到他解开扣子,露出的锁骨间,嘴唇有意无意地扫着:"回家再唱。"

"好。"

白述年见到桌上多出的一杯酒,没说什么,自己拿过来喝了解渴。他举着杯子,没被衬衫挡住的半截手臂精壮有力,再往上看,是他喝酒时滚动的喉结。

许苓茵想,画白述年应该很难。二十七岁的他,举手投足都是魅力。

她攀过去,手摸上他衬衣领子,衬衫下是他疤痕累累的身体,那是他功勋的见证。

他们为他的功勋欢呼歌舞,而她只想亲吻他的伤疤。

露营之行最终没有去成,一早起来准备东西的白述年接到顾局的电话,假期提前结束。

　　他叫醒熟睡中的人，告知她原委，末了和她道歉，把这一事项往后延一延。

　　许芩茴有些失落，但她借着蒙眬的睡意掩盖过去，点头说好，攀着他的手臂起床洗漱。

　　她还没睡够，连着两个晚上睡眠不足，现在是随时可以躺下睡着的状态。白述年给她拿衣服进来，就见到她闭着眼，牙膏沫子蹭到鼻子上的模样。

　　有些歉疚，又觉得好笑。白述年把衣服放到一边，抽了张洗脸巾沾水，过去擦掉她鼻子上的牙膏沫，说："车上再睡。"

　　许芩茴费力睁开眼，迷迷糊糊地点头。

　　白述年觉得她大有磨蹭到中午的架势，就上手给她刷牙洗脸换衣服。

　　从浴室出来，许芩茴清醒一些，吃过早饭准备出门，她还记得让白述年把旧吉他和房产证带上。这是昨晚从老欧那儿拿回来的。

　　这回走，白述年要给家具套上防尘布，却被许芩茴拦住了。她喜欢回来清扫家里的感觉，而且以后他们也会常回来。

　　锁好门窗准备走，在大门口碰上满满和一个中年男人。

　　满满还记得上次许芩茴的话，见着她开口就是一句"婶婶"，把她叫得脸一阵红，但也应下了。

　　中年男人是满满的爸爸，见状打趣："阿年，你这得给改口费啊。"

　　白述年笑了笑，点头道："给，年底来给。"揽过许芩茴，给两人介绍，"北院表哥，白汀。我女朋友，许芩茴。"

　　许芩茴跟着叫人："表哥好。"

　　白汀连忙点头，笑得眼角溢出细纹："年底回来吃饭吧？"

　　"回来的。"

　　"那你们现在是要走了吗？"

　　"嗯，局里有点事，得回去。"

　　"成，本来还想找你聚聚，这回得等年底了。"白汀抱起女儿，"来，满满，和你阿年叔叔、婶婶说再见。"

　　满满朝他们挥着小手。许芩茴喜欢得紧，摸了摸她的辫子，和她说再见。

　　和白汀耽搁了一会儿，白述年路上开快了些。许芩茴靠着椅背，担心他回去要忙个天昏地暗，本想和他说说话，却挨不过袭来的睡意，车驶到行程的三分之一便睡过去了。

　　迷迷糊糊醒来，已经在喻初店外。

　　"怎么到喻初这儿来了？"她拿下身上白述年的外套，降下车窗往外环顾一圈。

　　白述年解开安全带，倾身过去，揩掉她眼角一点湿润："这几天要在局里，可能回不去，你和喻初住几天吧，我放心一点。"

"放心什么？"

白述年不答，摸了摸她的脸，从车上的置物台里拿出她的手机："去吧。车我先开走，你要用去开我那辆，钥匙在你包里。"

许苓茴乖乖点头："好。那你出任务的时候小心点。"

"好。"

许苓茴在他脸上轻碰一下，推门下车。

白述年摸着她亲过的地方，看着她进喻初店里了，才调转车头离开。

喻初店里很安静，往常这个时候陆续会有客人来，今天只剩一个向云合在工作台上收拾零件。许苓茴找了一圈，没看见喻初，拍了拍向云合的肩问："你们今天不做生意吗？"

向云合这才发觉她来了，沾了灰的手往边上的抹布一擦："今天不开。"

"喻初呢？"

话音刚落，喻初推开后门进来，见她在，还很惊讶，瞪大眼捂住嘴。

许苓茴没理会喻初做作的表情，注意力全被她手上的纱布吸引去。许苓茴扔下包，皱着眉朝她走去："手怎么了？"

喻初一脸云淡风轻："没什么，被机器压了一下。"

"严重吗？"

"不严重，就一点小伤口。"

"缝了五针。"一旁静静站着的向云合突然开口，脸色阴沉。

许苓茴第一次见到他这样的神情，平时他也经常以冷淡示人，但像今天这样，好似动怒又在努力隐忍的样子，她着实没见过。于是她偷偷问喻初："你惹人家生气了？"

喻初底气不足："没有。"

向云合解开外面套着的工作服，扔在一旁，一言不发地离开。

"这叫没有？"许苓茴问。

喻初伸出半个指头："惹了一下。"

许苓茴扑哧笑出来，她好久没见到这样的喻初，惹毛了人，事后又故作冷漠，实则心里早就认怂，想着如何找台阶。

她笑了许久，笑声听得喻初不爽："心情这么好，这几天和小白过得不错？"

许苓茴更加刺激喻初："是不错，刚刚他送我过来的。"

喻初白了她一眼，换了个坐姿，把刺痛的手搭在沙发扶手上："不是说去一周，怎么这么快回来了？"

"局里有事找他。"

喻初一愣："没和你说什么事？"

"案子什么的,不能说吧?"

喻初了然,心底生出羡慕:"差不多也该和你说了。"

"说什么?"

"这两天没看手机吧?"

"被他收着,没看。"

喻初轻笑一声,让她把手机拿来:"许晏清进去了,许家和微姨这两天快把我手机打爆了。"

这个消息来得过于震惊,许苓茴按着开机键的手指久久不动,半晌才反问:"你说,许晏清进去了?"

喻初点头,没再兜弯子,直接告诉她:"小白做的,以袭警、恐吓、故意伤人等罪名起诉他。"

手机开机音乐响起,屏幕一亮,照出许苓茴略显惨白的脸。

"许岁和做的证。"喻初补充道,"后面可能需要你这个当事人出面。"

许苓茴讶然,满眼不可置信:"许岁和,她怎么会……"

掌心的手机不停传来响动声,许苓茴解锁,点进去,全是许怀民和林微给她打来的电话和发来的短信。每个软件的右上角都挂着"99+"的标识。许苓茴注视着那些红点,直到屏幕暗下去,自动锁屏。她笑了笑,把手机丢到桌上,说:"难怪这几天他不让我看手机。"

喻初也摇头感慨:"小白真是用心良苦啊。"

许苓茴靠在沙发上,笑着笑着,眼睛酸涩:"喻初,怎么办,我觉得我欠他的,越来越多了。"

"你人都送上门给他了,还什么欠不欠的。"

许苓茴伸脚踢了喻初一下,瞪她一眼:"你说话,真是越来越直白了。"

喻初把这句话当夸奖。

两人又说了会儿话,店门被拉开,阴沉着脸出去的向云合又阴沉着脸,提着一袋东西回来。进屋后,他只和许苓茴打招呼,略过喻初,径直往厨房走。

喻初的笑僵在嘴角。

许苓茴总结:"你这个,可能要多哄一会儿了。"

喻初无奈。

向云合脸上看着生气,却还是给人做出一桌菜,碗都摆好了才叫两人吃饭。喻初别扭又不开窍,这份上也不知道该怎么找个台阶下,自顾自坐下来盛汤喝。许苓茴想替两人解围,刚出声就被向云合截住,说他先回学校。

"不吃饭吗?"许苓茴问。

向云合看一眼喻初,后者完全没留他下来的意思:"不了,你们吃吧,我先走了。"

人一走，喻初放下勺子，朝紧闭的大门看一眼，又落寞地低头喝汤。

许苓茴给她夹菜，苦口婆心地劝："动动嘴皮子的事，就不能服个软？"

虽然不知道他们具体因为什么事冷战，但许苓茴猜，多半和喻初的手有关。

喻初哼笑一声："你就是这么哄小白的？"

许苓茴手一顿，耳垂和双颊慢慢泛红。

喻初心知肚明，又哼一声："许苓茴，没出息！"

吃过午饭，午睡半个小时，起床准备画稿的许苓茴，接到白述年的电话。

许苓茴猜到是什么事，但他语气正常地问她午饭吃了什么、有没有睡午觉，都是些稀松平常的事。她一一回答，把喻初在向云合那儿吃瘪的事也拿出来说，惹得一旁的喻初直瞪她。

说完这些，白述年沉默一阵，许苓茴也没催他，两人各在一端，透过手机听彼此的呼吸声。

良久，白述年才重新开口："苓茴，待会儿来趟警局可以吗？"

许苓茴很快答应："好。"

白述年又沉默一会儿："喻初和你说了？"

"嗯，都知道了。"

白述年的心提到嗓子眼："没事的，有我在。"

许苓茴笑着："我知道，我不怕。"

"好，开车过来小心些。"

"好。"

她挂了电话，正想叫喻初陪她去，就见喻初已经换好衣服，在等着她了。

"真的可以吗？"喻初也确认一遍。

重新将自己置身于那些黑暗的时刻，将那些已经被时间缝上的往事再亲手扒开，当着她至亲至爱的人的面。

真的可以吗？许苓茴在心里问自己。

她原以为自己会永堕黑暗，所以当初遇上白述年，她自私地把他也拉入黑暗，而她那丑陋的灵魂在黑夜中无所遁形，那个连她自己都唾弃的许苓茴，她全叫白述年看了个遍。可她没想到，那个被她硬生生拉进来的人，即便没有带着光，但他托着她，给了她力量与温暖，让她在黑暗中见到了光。

她还怕吗？她不怕。

她有最大的底气。

她的底气叫白述年。

事情的时间跨度有些长，这份口供录了两个多小时，覃照录的，白述年全程站在审讯室外，隔着一片厚玻璃，一动不动地看着她。

口供录完，他立马走到门前，见到人了，就把手上的水递过去："喝点水，润润喉。"

许苓茴喝了几口水，握了握他的手，安慰道："我没事。"嘴上说着没事，嗓音却有不自觉的颤意，脸也失了红润，泛着青白。

覃照倚在门框上，揶揄一句："白队你这可偏心啊，我也说了好久呢。"

他嘴上说笑，心里却沉重得像压了块石头。两个小时，他说话的时间并不多，大多是听许苓茴讲述。这种事其实并不少见，事发之后，选择息事宁人的人很多，选择大声呼救的人很少，多年后再将事情翻出来重历一遍的人更少。许苓茴是后两者，她的呼救不该被隐没。

许苓茴左右看一眼，没找到新的矿泉水，只好干巴巴地给他道谢："覃警官辛苦了。"

白述年理所当然道："应该的。"

覃照憨笑，附和着："是啊，嫂子，应该的。"

许苓茴被他们的一唱一和逗笑，也大方应下。

喻初还在外面等着，白述年让她先和喻初回去，他晚上还要留在局里干活。许苓茴点头，和他说了两句便出去找喻初，却在走廊转角碰上人。

隔着她，喻初远远朝白述年使个眼色，又拦住她："待会儿再出去吧。"

和喻初多年默契，许苓茴看她的脸色就猜出来了："他们在外面？"

喻初点头。

"走吧，我可不想他们把我手机打爆。"许苓茴挽着喻初出去。

来的人是林微和许怀民，和上次在林微生日会上的精神焕发不同，不知是不是因为许晏清的事，两人看上去老了许多。

看见她，许怀民率先走上来，没了当初的质疑与盛怒，只低声下气地问她能不能原谅许晏清。

林微没先开口，倒叫许苓茴意外，但这意外只持续了几秒，她也上前来，即便脸上现着几抹愧疚与心疼，仍是表达了和许怀民同样的意思。这些许苓茴八年前就见识过了，所以现在心里也没有任何波澜。

她像面对陌生人一样，冷淡地问："如果这次不是许岁和，你们大概也不会相信吧？"

两人原本就难看的脸色更添窘迫。

"既然不相信，就不相信到底好了，又何必来让我原谅他？"

许怀民将自己放得更低，央求道："苓茴，是我对不起你，晏清……晏清他也有错，但他才三十岁，他的人生不能有污点，他的错我来替他扛。"

许苓茴嘲讽道："他的人生不能有污点，我就能有？你要替他扛，那不如来替我扛扛？"

"苓茴……"

许苓茴打断他:"我的户口,你们离婚的时候就已经迁出来了,后来你们复婚,也没有迁回去。你给我的时代集团的股份,我也转还给许岁和了。我不欠你什么,以后,我和你们,就当是陌生人吧。许晏清的罪,该怎么判是法院的事,请你们不要再来烦我,也不要来烦我的朋友。"

没有单独对林微说,许苓茴在林微眼底看到希冀,但她没什么好说,拉过喻初就走。

许怀民追上来,喻初退一步,隔在他们中间,冷声说:"许董事长,这是公共场合,您不要脸了,时代集团还要呢。"

出了警局,喻初没敢让她在这个状态下开车,拉着人先在附近的公园逛一圈。

公园里栽种了许多树,秋风里唰唰掉落许多叶子。有些干黄的零零散散铺满整条路,踩上去咯吱响。

在这样的声音里,许苓茴对喻初说:"喻初,我以后不会再做噩梦了。"

她沉浸在以后每个夜晚都安然入睡的期待里,没有发现,压在包底的手机,收到来自林微的短信。

没有多余的话,只有简单的对不起。

但那已经不重要了。

和白述年交代过后,许苓茴和喻初回了峡山。没回喻初店里,许苓茴先带喻初上山跑了一圈。这回与以往的发泄不同,掺着喜悦和解脱,但她的码速飙到前所未有的高。

喻初空腹陪她跑这么一圈,回到山下,她跌跌撞撞从车里出来,扶着门前的树干呕。

许苓茴跟过去,拍着她的背给她顺气,嘴上还不忘嫌弃她:"你是多久没坐我车了,居然吐了!"

喻初干呕一阵,呕不出什么来,捂着胸口,手一颤一颤地指着她,声音有气无力的:"许苓茴,我要和白述年告状。"

许苓茴干笑着摸摸鼻子,扶着喻初往店里走:"我今晚不走了,请你吃饭,陪你喝酒,你上次不还没喝过瘾吗,这次补上。"

"没用,我要告状!"

许苓茴把喻初的嘴捂住。

店里灯火通明,许苓茴打开门,向云合从店的另一端走过来,模样像是等她们等急了。

许苓茴松开捂着喻初的手,讪讪地问:"在等我们?"

向云合脸色比下午那会儿好看些,回答完许苓茴的话,就盯着喻初看。

喻初被他看得发毛，下意识地躲避他的目光，拿许苓茴当借口："你不是要喝酒，喝什么，我去拿。"

许苓茴说啤酒，喻初点头，离开向云合的视线，躲进厨房拿啤酒。

厨房的饭桌上摆着几道菜，还冒着热气，喻初把酒放上去，对着几道她喜欢的菜，低声叹气。

许苓茴跟进来，也看到了桌上的菜，坐到喻初身边，碰碰她的胳膊示意她说话。

喻初依旧沉默，单手开了罐酒，递给许苓茴，又拿过一罐开，还没喝，被向云合一声喝住。

"手伤着，不能喝。"

他声音其实不大，是一贯的冷淡和严肃，偏偏让喻初觉得，她要是喝一口，他大有辞职走人的架势。心里涌起一股莫名的情绪，她听话地放下酒，移到许苓茴手边："我不喝，她喝。"

向云合面色稍霁。

许苓茴默默喝了半罐，在心里把上午喻初说她的那句话还回去：喻初，没出息！

和中午一样，向云合做完饭就离开，临走前嘱咐许苓茴，不要让喻初喝酒。

许苓茴让他放心。

等人走了，许苓茴把那句话说出来："没出息！"

喻初拿起筷子夹菜，斜眼睨她："你有？"

许苓茴坐直身体，把喝完的啤酒罐捏瘪。

喻初微笑着把一边响了许久的手机递给她："接吧。"

看到来电显示，许苓茴脸上得意的笑淡去，清清嗓子，这才接过手机，按下接听键："白述年。"

白述年语气有担忧："怎么没接电话？"

"放包里了，没拿出来。"

"嗯。吃饭了吗？"

"在吃。"

白述年嘱咐："别喝酒。"

刚喝了一罐的许苓茴立马挺直腰板，心虚地重复："不喝，不喝了。"

白述年笑声里夹着叹息："算了，少喝点。"

知道瞒不过他，许苓茴也笑了："嗯，不多喝。"

喻初掐着嗓子，故意使坏："苓茴，你的车我帮你改好了，明天要跑的话可以跑。"

许苓茴紧张地捂住话筒，狠狠瞪一眼喻初。喻初耸耸肩，朝她做个鬼脸。

白述年耳尖，没有忽略这句话："明天要去跑车？"

"没有！"

声音大得不正常，把白述年逗笑："明天应该是不行，陈漫的后事办好了，你要看她的话，明天可以去。"

他们回老街前，陈漫的案子已经进入收尾阶段，这些天，后事也该办完了。

"好，我明天去看她。"

"嗯，晚上别太晚睡，别喝太多酒。"

许苓茵让他放心："你什么时候回来？"

"明晚应该可以回一趟。"

"那我在家等你。"

"哪个……家？"

"三杏里。"

那是她给他们准备的房子，她希望他能早点住进去。

"好，下班就回去。"

许苓茵挂了电话，把手机还给喻初。

喻初哼了哼，轻嘲一句："没出息！"

第二天一早，许苓茵给周旦发信息，让他带上陈漫的画去清橡居等她。周旦照做，甚至自作主张在上次许苓茵发给他地址的单元楼下等，人一直往里面电梯口张望。许苓茵到的时候，就看见他这副好似做贼的样子，拍了拍他的肩，问他鬼鬼祟祟地做什么。

周旦疑惑道："你怎么从外面过来？"

许苓茵想把鼻梁上的眼镜摔向他后脑勺，但舍不得，有些贵："一天天想什么呢。"

周旦不怕死地八卦："你不是和白警官同居了？"

许苓茵威胁道："想换份工作了？"

周旦忙不迭摇头。

找到白述年的车，许苓茵解锁上去。

周旦停在外面端详了一会儿，在许苓茵不耐烦地按喇叭提醒时，他兴冲冲地上去，和她分享自己的发现："我之前看过这辆车跟过你，还在你家楼下停过！"

许苓茵踩下油门的同时，挑眉看他，让他接着说。

"就是你肠胃炎住院前一晚，还有你让我过来接你那次，我们往峡山走，我回来的时候，这辆车就跟在我后面。"他恍然大悟，"原来是白警官的车！"

许苓茵一愣，她也没想到，一开始装作不认识自己的人，竟在背后暗暗做这些。

她心情颇好，抬手打开了车载音乐。

一旁的周旦被她的愉悦感染，也不由自主地笑出来。他在她身边工作了三年，看到她做得最多的三件事就是赚钱、赛车、喝酒，但做这些事时，她都是冷漠的，没有半点情绪。他从没见过，她笑得这么放松开怀。

也许那个在海湾大桥上，露出连他都能感受到悲伤的许芩茴，她的旧伤已经痊愈了。

陈漫的墓地在岭安郊区一处墓园里，周遭风景秀丽，依山傍水，价格适中。许芩茴登记好进去，拿过周旦裱好的画，让他在外面等着，她自己去。

在一排墓碑上，陈漫那块很好认，干净新亮。

许芩茴把画放在她墓前，揭下上面的白布。放的位置恰好对着墓碑上她的照片，她好似在看着那两只格查尔鸟。

没有了初听她死讯时的震惊与悲伤，这些天缓和下来，许芩茴变得平静，只是有时想起，心头总会萦着一股淡淡的遗憾。

"陈漫，画我给你画好了，和以前一样，多画了一笔，但它不是残缺的，它比我画过的任何一幅画，都要美。倪舰也被判刑了。"

许芩茴屈膝蹲下去，将画框挪近一些："格查尔鸟陪着你，你自由了。"

许芩茴待了一个小时，话不多，只安静地在陈漫的照片和画之间来回看，临走前和陈漫说，如果以后有时间，每年都会给她画一幅格查尔鸟送过来。

从墓园回来，许芩茴带着周旦直奔超市。

她许多天没回三杏里，家里除了一橱柜的酒，没有其他东西。白述年晚上回来，她需要营造出她有好好生活的假象。

于是她和周旦一人一辆推车，买了满满两车东西。差使周旦把东西搬上楼，她便把人打发了，换来周旦一句"万恶资本家"的怨骂。许芩茴当没听到，把东西分类放好，换了身家居服准备打扫一下。

她先去画室，拉开几层厚重的窗帘，阳光争先恐后地从落地窗溜进来，铺满了窗前一整片地板。她站在阳光中间，晒得身上发暖，心里在想，或许以后拉开窗帘画画，应该也能画得很好。

她把画室等分为两半，挂着白述年画像的那一半是她的，另一半，她将画纸颜料清理过去，空出来，准备给白述年，放他的吉他和曲谱。

收拾好画室，她下楼到阳台，这是当时装修时，让工人特意空出来的，十几平方米，一大半被她摆着置放盆栽的各式架子，剩一小半，她放了一套圆形的休闲桌椅和一只秋千。

等白述年休假了，就把他养的花都搬过来。最后收拾的是她那一面墙似

308

的酒。

她有些犯难,白述年严禁她喝酒。但这些年,她已经习惯依靠酒精来放松,甚至入睡,它们是她许多个睡不着的黑夜里,唯一可以慰藉的东西。或许以后不用,但她并不想舍弃它们。所以她觉得需要和白述年商量商量,可以小酌,但不会放纵。

做完这些,已是下午五点。她稍作休息,又钻进厨房准备晚餐。

她一个人生活多年,厨房技能基本都会,但技术不精,做出来的东西用喻初的话来说,就是吃不死。她不服气,上网找了菜谱,一步一步照着上面操作。

花了将近三个小时,做出四菜一汤。卖相不错,味道她也尝过,比喻初"吃不死"的评价好一些。

菜端上桌,她瘫坐在椅子上,忙忙碌碌几个小时,喘口气都觉得费劲。她拿过手机,没有白述年的消息,正想问他什么时候回来,他先打来电话。

几句后,许苓茴面色凝重地挂断,脱掉围裙就往外跑,到玄关了又想起来什么,急匆匆跑上楼,拿了东西又跑下来。

晚上九点,路上一定会堵车,许苓茴抄小路,在七拐八转的小道上,开出了盘山路的感觉。到了警局门口,离十点还差十五分钟,许苓茴连忙下车,在门口清一色穿着警服来回行走的人中寻找白述年。

她不敢大声喊他的名字,怕影响不好,只能一个一个辨过去。

忽而,有人喊她。

是覃照,在警局右手边空地上朝她招手:"嫂子,白队在这儿。"

许苓茴立马跑过去,脚下没来得及换的拖鞋在中途掉落,她也浑然不觉。直到看见穿着警服的白述年,她一路过来的紧张和担忧才淡去一些。

看着她慌张失措的样子,白述年心疼地碰了碰她的手背,果然,一片冰凉,他拧紧眉头,关心道:"怎么不多穿件衣服?"目光往下移,见到她光着的左脚,"鞋子呢?"他弯腰下去要看她的脚,被她拦住。

"我知道我现在肯定很糟糕,但白述年,我有话和你说。"

她身上的家居服,沾满了灰尘和油烟,掺着忙碌时出的汗,味道一定很难闻。她没有梳头发,只随意用一根发绳绾着,也没有换鞋,脚上的拖鞋还掉了一只。她不用看都知道现在的自己很狼狈,与一身警服,正气昂扬的他相比,简直是云泥之别。

但时间紧迫,她无暇管太多,有些话现在就得说。

白述年侧一下身体,挡住她,握住她的左腿抬起,让她的左脚踩在自己脚上:"你说,我听着。"

许苓茴深呼吸一口气,把路上想好的话一股脑说出来:"白述年,我下午把家里收拾了一遍,画室我腾出一半,当你的音乐室。阳台也收拾好了,等你回来，我们去把花挪过来。我还做了晚餐，但你要出任务去了，我回去得自己吃，等你回来再给你做。"

她停下来，白述年笑着给她回应："好，还有吗？"

"有。白述年，我现在住的房子，是两年前用我攒的所有钱买的，我希望它能成为我们以后的家。我知道，男人自尊心强，觉得让女方买房可能不太好，但是白述年，我不想我们再因为这些事情浪费时间了。"

她又停顿一会儿，后面说的话格外郑重："白述年，我有钱，我们也可以一起挣钱。我不要你的钱，我只要人，我只要你。"

她红了眼眶，从衣服口袋里拿出一枚方形校徽："这是当年你掉的，被我捡到了。现在还给你，你给我戴上，等你任务结束，回来娶我好不好？"

白述年与她对视好一会儿，眼底翻涌的情绪被黑夜遮掩去大半，掉出零星的，只有因这番话的感动和对她的不舍。

他拿过校徽，上面"白述年"三个字因褪色而有些模糊，将它收在掌心，转而从警服口袋里拿出一个红色的平安袋，打开，拿出里面的玉佛："当年去云清县找你之前，我给你求了这两样东西，后来发生很多事，一直忘记给你。本来是打算这次任务结束了，挑个合适的时间再给你，可你好像等不及了。"

他嘴角漾开笑，给她戴上玉佛，又将校徽夹在她左胸口的衣服上。他开口时，和当年在小旅馆里，问她愿不愿意留在岭安一样，诚挚而郑重："苓茴，等我回来，嫁给我好不好？"

许苓茴眼泪流了满脸，喉间哽咽到说不出话，只拼命点头。

白述年伸手擦去她的眼泪："不哭了，我差不多要出发了，身上是警服，没办法脱给你，也……"白述年扒扒后脑勺，"也不好抱你，你快回家，别着凉。我一定平安回来。"

许苓茴抹掉眼里的眼泪，让视线里的他清晰起来："好，白述年，你一定要平安回来。"

时间已到，白述年不得不归队。他放下她的脚，挺直身体给她敬了个礼："苓茴，等我回来。"

三辆警车疾驰而去，汇入车流，消失在夜色里。

许苓茴捏着颈间的玉佛，在原地站了许久，看着载着白述年的车像电影放映的最后，缩成一个小小的黑点。

她爱的人，披上盔甲，或许于光明之下，或许于暗夜之中，无声地守护人民和国家。她相信，无论身处何处，他都能在黑暗之中，凿出光亮来，为那些绝望的人，带去生和希望。

而她庆幸，她比他们都要早认识这个人。

她知道，穿上警服，白述年属于国家，脱下警服，他只属于许苓茴。

番外一 初雪的夜和迁徙的旅人

<1>

白述年这次出任务的时间有些长,音信全无。许苓茴由期待变为担忧,几次三番去警局探信,得来的都是未归、安好的回应,但这样的回应并不能缓解她的担忧。

颓丧地过了一个多月,睡不着觉,画不出稿,被方同明抓着一阵骂,她才收拾好心情,重新投入工作。

白述年在为他的事业奋斗,她也不能落后。

大半个月,她画完手头的三幅画稿,方同明又觉得她不正常了,趁她来工作室,逮着她一阵问。

许苓茴不耐烦地白他几眼:"我不工作你觉得有问题,工作了你也觉得有问题,你要闹哪样?"

方同明无辜道:"我这不担心你又进什么死胡同了嘛。"

许苓茴拎包走人:"放心,我好得很。"

方同明在她身后叫嚷:"月底有画展,记得来啊。"

许苓茴挥挥手,示意她知道了。出了工作室,她裹紧身上的外套,走到停车场,在车旁站一会儿,仰头望天空,一片白茫茫。

白述年走了两个月,岭安都进入初冬了。还没迎来初雪,她有时会私心祷告,希望今年的雪来晚一些，她想等白述年一起看。

忙碌的时间过去，突然闲下来，有种要恢复到之前颓丧状态的预兆。她上车，往峡山方向开，她现在迫切需要一场刺激的赛车，来清扫那些颓废情绪。

喻初店里这会儿没人，许苓茴到时，她正和向云合趴在工作桌上研究图纸，凑得很近，脑袋都要贴一起去了。两人自上次和好到现在，相处得越发默契，颇有些情侣的模样。问了喻初，她却说不是，许苓茴啧啧摇头，骂了句渣女。

许苓茴咳两声，提醒专注的两人。待人抬起头了，她故作抱歉地说："我来拿我的车。"

喻初丢掉笔起身："现在去跑？"

"嗯。"许苓茴把包放下，挂在她身上，"有点累，需要放松一下。"

喻初让向云合把车开出来，还不忘提醒："开吧，等小白回来治你。"

许苓茴现在听不得旁人提白述年的名字，一听到，埋藏了两个月的思念就像藤蔓一样疯狂生长，将她紧紧缠住，什么也做不了。

"准备好酒，待会儿喝。"

喻初嗤笑一声，盯着许苓茴离开的背影，笑骂："小白会打死你的。"

许久没来玩，握着方向盘，许苓茴觉得有些陌生，脚一踩上去，车子疾驰而去，环绕到盘山路时，那股熟悉感又回来了。一圈跑完，觉得不过瘾，又绕上去跑了两圈。重新回喻初店里时，只觉一身畅快，那些恹恹的情绪消失大半。

洗好澡出来，喻初已经准备好酒和小菜。

两个月没什么食欲的人现在馋虫大作，头发都没得及擦干，一手啤酒一手鸡骨架开始吃。

喻初把她的湿发用干发帽绑好，嫌弃道："不知道的以为你饿了多久。"

许苓茴啃着鸡骨架，含混不清地说："是饿了好久，都吃不太下。"

"别吃太猛，伤胃。"

许苓茴点点头。

两人从晚上八点吃到十一点，喻初酒没喝多少，但她最近才囤的酒全叫许苓茴喝光了，中间掺了别的酒，人现在已经醉了，抱着喻初说醉话。

"白述年怎么还不回来，岭安都要下雪了，他怎么还不回来。"

"他有没有受伤？我好担心他。"

"白述年，你快回来，我好想你。"

喻初没有法子，只好哄着她，折腾到凌晨，人才迷迷糊糊睡过去。正准备躺下，床边的手机响了。喻初侧头瞄一眼，看到来电显示，接起的同时看一眼许苓茴，不由得摇摇头。

宿醉醒来，许苓茴头痛欲裂，伸手往旁边拍，床榻是空的。

"喻初，几点了？"开口才觉得喉间像被什么堵住了，干涩又疼。

"下午两点。"

喉咙不舒服，她不想开口，闭着眼点头，片刻后意识到不对劲，猛地睁开眼。

"你……"被呛到，她捂着胸口坐起来，靠在床头剧烈咳嗽。

旁边的人倾身过来扶她，拍她的背给她顺气。

等缓过来了，她眼眶红着，眼里还蓄着因咳嗽逼出来的泪。她惊讶地看着抱着她的男人，激动到只有一个"你"字。

白述年笑了笑，把她睡得散乱的刘海梳好，在她额上落下一吻，玩笑道："覃照说我这样子回来，你可能认不出我，不会真的没认出来吧？"

他黑了许多，面部轮廓因瘦下去变得更加有棱角，脸上还有几处细小的伤口，结了痂，被变黑的肤色遮掩着，看得不真切。头发也长了，洗漱过后细软地垂在额前。这样子，背上他的吉他，倒有一股流浪歌手的气质。

许苓茴摸着他的脸，不敢触碰那些伤口，将他自上而下打量一番，询问："除了脸，还有没有哪儿受伤？"

白述年握着她的手去摸自己的身体，只有紧贴的衣物："一点小伤，不严重。"

许苓茴盯着他，眼眶越来越红，见他要说话，她连忙掀开被子，坐到他腿上，揽着他的脖子，眼泪一颗一颗落在他脖子上："我担心你。"

白述年调整一下坐姿，把她整个抱进怀里："放心，我小心着，不会有事的。"

为转移她的情绪，白述年问："不想我吗？"

"想。"

两人相拥着在床上坐了一会儿，见她情绪稳定，白述年抚着她的头发问："有没有哪里不舒服？"

"喉咙痛，头痛。"

白述年伸手去探她的额头，有些热："家里有医药箱吗？看看是不是发烧了。"

许苓茴才反应过来这是她家："我们什么时候回来的？"

"凌晨三点，我去喻初那儿接的你。"白述年让人坐直，脸上显出几分严肃，颇有秋后算账的意思，"昨晚喝了多少？"

许苓茴垂下脑袋，哪有人用这么温柔的语气，还抱着人秋后算账的！犯规！

她抵挡不住，乖乖交代："很多，具体多少不记得了。"

"跑车了吗？"

"跑了。"

白述年不说话了，但气场压下来，情绪变得很明显。半晌，他才开口道：

"许苓茴,你还有哮喘,不知道吗?"

他一反问,许苓茴就觉得他是生气了:"我知道,但是很久没犯过了,医生也说没什么大问题。"

白述年沉默。

许苓茴讨好似的钩住他的小指:"白述年,对不起,让你担心了,但是我……"

白述年抱住她,一看到她委屈朝他道歉的模样,他就受不住:"别道歉,我也没生气。苓茴,我不是干涉你的兴趣爱好,只是希望你能确保你的生命健康。玩车、喝酒,可以,以后我陪你。"

许苓茴下巴杵在他颈窝上,忙不迭点头。

"好了,起来收拾一下,吃点东西再吃药,如果身体没有不舒服,陪我去理个发,然后……"他将人推开,低头吻在她唇上,"拿上户口本,我们去登记。"

"现在就去!"许苓茴说着就要下床穿衣服。

白述年把人拉住:"不急,民政局五点半下班,我们还有三个小时。"

三个小时,他们吃了顿迟到的午餐,许苓茴打扮一番,白述年剪短头发。五点多的时候,他们从民政局出来,手里多了两本结婚证。

走出大厅,才发现外面下了雪。岭安的初雪,雪花一片一片,沾手即化。

"白述年,下雪了。"

白述年牵住她的手:"嗯,下雪了。"

白述年没有说,或许她也记得,岭安今年的初雪,与八年前是同一天下的。

那个下雪的黑夜,这个在外面迁徙多年的旅人,像两帧交替的电影画面,会在按下暂停键的瞬间,完美地嵌合在同一个屏幕上。

<2>

婚后第一个周末,白述年回警队述职,许苓茴和喻初过。

周日傍晚,他过去接她,许苓茴带他,开着自己的跑车,绕峡山跑了一圈。

下来正好碰上来给许苓茴送东西的周旦,见到白述年从副驾驶上下来,笑说:"我们许画家当初说了,能上她副驾驶的人,要么是她男人,要么是不怕死的人。"他碰了碰喻初的胳膊,望着白述年,"白警官是哪种?"

喻初笑了笑,不作声。

白述年主动回答:"两种都是。"

吃了一嘴狗粮的周旦默默去和许苓茴汇报公事。方同明办了个画展,展出的是工作室签约画家的画。许苓茴是画室的"头牌",展出那天有一处空间是她自己的,因此方同明让她这两周再交一幅新画。

许苓茴心情很好，当即答应下来。

过后一周，一直在忙新画。结束任务的白述年清闲下来，每晚按时回家。许苓茴虽忙着，也会赶在他回家前做好三菜一汤。

白述年说他下班回来可以做，让她安心画画，她嘴上应着好，第二天回家，桌上又是新的三菜一汤。白述年就以夜宵补偿她。

难得清闲，饭后白述年会陪着人在画室里忙会儿，她画画，他在一旁弹吉他。

吉他是新的，结婚当天她送的，是她找人定制，纯手工做的。如果她画得入神，他便翻着曲谱，不打扰她，如果没思路了，他便将先前翻过的几首不错的歌唱给她听。

这样下来，许苓茴的效率很高，一周就完成了三分之二。但她一直不让白述年看，说等画完再看。于是白述年等到画展当天才看到那幅画。

许苓茴在和熟识的客户攀谈，白述年就静静站在画前观赏。

虽然许苓茴一直捂着不给他看，但这幅画他其实见过。是她画在老房子墙上那幅，做了些微修改，以油画的方式呈现，但画的主体还是他们三人。

画的名字叫《老房子》。

白述年看了许久，身边的人来了一拨又换一拨，只有他，从头到尾站着没动。

方同明端酒过来时，就见白述年一副宛如禅定的模样。他将香槟移至白述年眼前，打断白述年的入神："喝一杯？"

白述年接过，晃了晃杯身，婉谢道："谢谢，但是待会儿还要开车。"

"许苓茴会开。"

白述年寻过去，她手里也端着酒杯："她也喝了。"

"早换了，她那是果汁。"方同明注意着白述年的反应，却见白述年只是朝他举举杯，喝完那杯酒。

方同明觉得没意思了："她自己换的。"

白述年笑了笑："嗯，谢谢你。"

没有说清道谢原因，但两人都心知肚明。

"我说，你见到她那一屋子画没？"方同明补充道，"画的你。"

"看见了。"

方同明一阵抱怨："好家伙，当成宝似的，有一回我不小心撕掉一张，还是她没画完的，差点和我散伙。"

白述年斟酌片刻，不知道该说什么，最后说抱歉，她有时比较较真。

方同明呵笑一声，站直身体，也把视线投向墙上的画："当年我不明白她为什么那么拼命赚钱，后来知道她是为自己，也为了一个人，但我打心里瞧不起那个人，哪有人让自己女人受苦的。"

可他看到她短短几个月的变化，他就明白了，有些人，值得她拼命。

画展的最后,方同明送走观展的客人,让许苓茴先离开,他来收尾。

他举着酒杯站在窗前,看着两人牵手离开的背影,把酒杯举高:"许苓茴,新婚快乐。"

<3>

婚后过的第一个年,白述年带许苓茴回了老街。

除夕当天,同往年一样,白述年早起和同辈几个哥哥去农贸市场买菜。因前一天晚上闹得太晚,他没来得及告诉许苓茴,怕她醒来找不到他,只好把人喊醒,说完之后躺了十几分钟,把人哄睡过去再出门。

白述年这些年孤家寡人,没有分到做菜的任务。今年新婚回来,老一辈得他同意,将其中一个场所定在他家。

许苓茴不太懂这边的习俗,白述年又被其他人叫去干活,她只好跟着几位婶婶和同龄的嫂子,按她们的吩咐做事。几位婶婶、嫂子人很和善,没有什么架子,知道许苓茴嫁过来第一年,就着以往的趣事给她讲一些习俗。

许苓茴手上忙碌,也竖着耳朵听得很认真。她乖巧模样,几个人看得格外欢喜。

讲完习俗,一位婶婶感慨:"这些啊,原本该是徐念和你说,可惜了。不过她要是知道,咱们阿年,娶了个这么好的媳妇,她也会欣慰的。"

许苓茴向她们道谢:"我妈知道几位婶婶这么耐心教我,也会很高兴的。"

时过境迁,悲伤的情绪早已不再那么刻意,只是在这个万家团聚的日子,她还是会想起给她做了许多次家常便饭的人。

晚上上了桌,白述年带着许苓茴坐到有两对新婚夫妻那桌,他扫一眼桌上的菜,低头问旁边的人:"你做的是哪道?"

许苓茴指了指最前面的主桌:"在叔公那一桌,婶婶说了,第一年做的要给长辈尝尝。"

"那我去讨点过来。"

许苓茴红了脸,把人拦住:"别去,又不是没吃过。"

"那不一样。"

"有什么不一样?"

白述年拍拍她的手:"没事,叔公他们不介意这些。"

他拿着碗上去,不知说了什么,其中最年长的一位突然笑得爽朗,说一句"你小子忒小气,好不容易吃一次你媳妇儿做的菜,你还要跟我们抢",惹得其他人纷纷往这儿瞧。

许苓茴不好意思地低下头。

白述年端着碗回来，把碗里的虾分给他们桌的几人："来，尝尝我老婆做的蒜蓉虾。"

显摆和骄傲的神情，少见的孩子气。

白述年把最后一只剥了放进她碗里："累不累今天？"

"不累。"许苓茴把虾夹回去，筷子点着碗里的饺子，"我吃这个。"

是他做的茴香饺子。

年轻人的桌，喝酒聊天总是比吃饭多，桌上的菜都冷了，人还在举着酒瓶聊近况。

白述年参与了半局，毕竟他的工作许多都不能与旁人透露，和几位过来敬酒的表哥喝完，就带着许苓茴溜出去。

两人在街上走了好一会儿消食，最后停在一个四角亭下。

白述年问："想不想放烟花？"

许苓茴眼睛一亮："想！"

白述年亲亲她："等我一会儿。"

他沿路跑回去，不一会儿就抱着一箱子东西出来。这回他没有蒙着她的眼睛，让她看到他摆放的全过程。和当年一样，依旧是"苓茴平安"四个字，焰火亮起的瞬间，倒映在雪地上的影子也在说着苓茴平安。而白述年就站在齐绽的焰火后面，举着两根仙女棒。

东西燃完，火光消失，许苓茴跨过四个字，抱住白述年。

白述年拥紧她，在她耳边低语："苓茴，新年快乐。"

隔着厚实的衣服抱，触摸感不真实，许苓茴缩进他大衣里，把刚刚饭桌上听来的话说给他听："白述年，刚刚在桌上，嫂子和我说，白氏有一个习俗，年轻男女如果把另一半带来吃年夜饭，就意味着来年两个人准备结婚。当年我给你打电话的时候，你说等有机会带我来尝尝。那个时候，你是认真的吗？"

吃饭之前，白述年就想过她会问这个，当下也没有隐瞒，如实答道："嗯，认真的。"

许苓茴抬头，鼻子抵着他的下巴，眼睛看着他："白述年，原来你那么早就想娶我啊？"

"是啊，很早。"

在那个还不能将心意宣之于口的时候，他却暗自期待着他们的未来。

许苓茴踮脚，吻住他，蹭在他唇边说："白述年，新年快乐。我爱你。"

"我也爱你，苓茴。"

与新的一年一起到来的，还有迟到八年的告白。

·番外二
婚后二三事

<1>

  白述年是和许苓茴领完证后,才见到林天南的。他途中一直紧张,懊悔没有考虑周全,偷摸就将人拐了去,不知长辈能否安心将许苓茴交给他。
  许苓茴一路安慰,称林天南是明事理的人,多半只会骂他们没有事先告知他,便擅自领了证,其他东西,没什么可挑的。
  白述年依旧心惊胆战。果然,一进家门,林天南正襟危坐,瞧见白述年,哼一声,装看不到,视线不离手中报纸。
  许苓茴没法,只好丢下孤立无援地站在边上的白述年,先去哄外公,争取宽大处理。
  林天南"啪"的一声拍下报纸,中气十足:"我怪的是你吗?我看着你长大,能不知道你什么脾气?"
  这话明显就是在指他,白述年不敢再杵下去,连忙上前去接住老爷子的火气:"外公,是我的错,是我考虑不周,委屈了苓茴,您要罚要骂,我都接受。也请您放心,该有的礼数一样都不会少,我是真心想娶苓茴的。"
  林天南的面色缓和许多:"把我这儿当你们警局呢,还罚还骂。"
  许苓茴适时调节气氛:"外公,他就这样,又呆又轴的。"
  "那你不还是喜欢得紧,瞒着我把自己嫁了?"

许苓茴心虚，站到他身后，不敢再帮白述年说话。

林天南顺顺气，示意白述年先坐下，开炉烧水，冲了一泡功夫茶，才不紧不慢地询问："你刚刚说礼数一样不会少，倒是说说你准备了什么礼数？"

白述年知道自己的背景算不得好，和许苓茴更是无法相比，但他没有隐瞒："外公，我没什么背景，家里也只剩我一个人，条件确实比苓茴差许多。我目前在岭安有一套老房子，那边房子这些年升值了，我们家那套市场估价一百多两百万。我现在在刑警队任职，工资不算高，但这些年攒下来也有二三十万，这些是我的全部，也是我的彩礼。"

许苓茴："白述年……"

林天南拦住许苓茴，继续道："你说的这些，我也能给她，只是我这孙女俩，前些年在外面那么辛苦，回到家也是报喜不报忧。既然这样，你给的这些，又算什么呢？"

白述年清楚，饶是许苓茴和他说过几次，心中还是不免生出自卑："这些确实不算什么，能做到的人也不止我。现在唯一能让您放心的，就是把我有的都给她。但外公，我以警察的身份向您保证，我会给苓茴无条件的信任，守护她，支持她，即便我们结婚，她也是自由的，她想去哪儿，我都会跟随她，好好保护她，跟不了我就在原地等待她。我会给她往前的勇气，也会给她后退的底气。"

白述年站得笔挺，双手交握，掌心出汗，鼓足勇气道出请求："外公，请您给我一个机会。"

林天南并没有对他的承诺做出什么反应，也没再为难他，让他喝了茶，和自己上街买菜。

两人格外默契地，各自挑选许苓茴爱吃的食物，买重了也只是大眼瞪小眼。

回去路上，林天南终于开口："你说的那些，当初苓茴爸妈结婚时，她爸也和我这么说过，后来呢，闹得家不成家，还把苓茴逼成那样。所以啊，男人这套嘴上功夫没用。"

"外公，我……"

林天南打断他："前些个月，小茴的妈妈来找我哭诉，说女儿不认她，我原先以为是她这些年做得太过，没想到，我养了几十年的女儿，居然这么丧心病狂，如果不是她自己说漏嘴，我都不知道小茴受了这些苦。不认她是应该的。"

白述年沉默，不清楚他知道得多仔细，只告诉他，人已经得到该有的惩罚，末了解释："外公，结婚的事我也没经阿姨同意，因苓茴无法释怀，我也不想劝她，请您原谅。"

林天南摆摆手："原谅什么？要小茴怎么原谅她？这样也好，就当小茴只有我这个外公。好在现在你们有个家了,小茴把你们上学的事都告诉我了,你是个不错的人,适合当警察,也适合我们小茴。"

白述年意外,原以为要费好一番功夫,才能得他认可。

"但我先前说的话也是认真的,你得履行你的诺言,否则我拼着这把老骨头,也不会放过你。"

白述年扶住他:"外公,您放心,我和苓茴一起孝敬您。"

林天南爽朗大笑,拍拍白述年的肩,两人一道回家去。

在平清县住了一周,其间林天南带他们上山去祭拜妻子,许苓茴顺道给他和白述年求了平安符。

林天南恍然大悟:"原来这丫头当年是赶着去见你啊。"

<2>

回岭安后,许苓茴着手准备两人的婚礼。

原本不打算办,想着空出时间去旅行,但林天南不同意,说得看看孙女穿婚纱的幸福模样。加之与一干朋友许久没聚,还是决定小办一场。

许苓茴提议找个海岛,气候舒适,也能玩得酣畅些。

白述年清点准备办婚礼的钱,可能超出了之前的预算,预备再拿出些来。

许苓茴笑话他:"又不是包下整个岛,而且只请我们的朋友。"

他们各自深交的朋友并不多,一张便利贴足以记满。

"原来小应全名叫应景。"许苓茴发觉这么多年了,才知道小应的本名。

白述年擦着头发,坐到她身边看她写请柬:"叫小应都叫习惯了。"

"他会把他老婆带上吧?"

"会的,来见你,夫妻俩肯定一起。"

"那我就放心了。"许苓茴把请柬放好,晚饭后散步顺便寄出去。

婚礼时间定在八月中旬,朋友们各自抵达海岛,约在下榻酒店会面。

小应和许苓茴、喻初两人分别多年,一见面,三人齐齐红了眼眶,抱作一团。

当初瘦弱的男孩如今长得强壮硬朗,比她们高出许多,被负债压垮的脊梁现在骄傲挺起,有着体面稳定的工作,也有了幸福美满的家庭,一切都变了,但对二人的真诚和感激,不减反增。喻初问起他这些年过得如何,小应只说他后来去了乌崇市,认识了妻子顾晴,最后在顾晴的帮助下,考上崇大,成了一名建筑师。

结局三言两语道尽,但过程却是艰辛无比。

当初他们相继离开岭安后,他卖掉老房子替他爸还债,之后断绝与他爸的联系，独自去了乌崇市。起先在工地干活，边上租个小房间，每天除了挣钱就是学习，攒了两年钱，才敢去报班补薄弱科目，机缘巧合认识了在辅导机构兼职的顾晴。

顾晴人如其名，像晴天一样给他带去阳光和生机，慢慢减轻了他在异乡漂泊的孤独感。小应知道，他喜欢这个有生命力的女孩，但他那时孑然一身，一穷二白，喜欢只能缄默。再后来，他爸又欠了赌债，债主找上门威胁，高额的债款让他差点走了歪路，好在顾晴及时将他拉回来。他还不起债，也担忧连累身边人，于是狠了心，把那些非法放债的人和他爸一起送进了警局。

再之后，他学成毕业，不分昼夜赚钱，买房，和顾晴结婚，有了一个完整的家。

过去这些年太难熬，每每想起小应都唏嘘，他语气有些哽咽，拉来妻子给他们介绍："苓茴姐，喻初姐，这位是我妻子顾晴，你们可以叫她'晴天'。"

顾晴很早就从丈夫那儿听到从前两人对他的照顾，当下也是感激地问候二人。

许苓茴和喻初欣喜地应下。

没聊多久，白述年的同事和朋友也上岛了，两人一块儿去接。

其中一人，许苓茴有些眼熟，而对方一见她，也是一阵惊呼："是你，我就说阿年如果结婚，肯定是和你。"

其他人面面相觑，不知他为何如此笃定。

朋友们七嘴八舌地说着。白述年大学期间没有谈恋爱，对异性的示好也是视若无睹，他们询问过，但白述年一问三不答，大家对他的感情状况一无所知。只有一次跨年聚餐，他罕见地喝醉了，才得知他心里有个放不下的人。

人是谁，只有毕业当晚，送醉酒的白述年去酒店的那人知道。

最后散场时，那人偷偷告诉许苓茴，当时他能准确认出她来，是因为他曾在白述年钱包里看过她的照片，应该是证件照，红底的。

婚礼前，新郎和新娘按俗不能见面，许苓茴被喻初和顾晴拉走，三人喝酒玩牌，唱歌跳舞，闹得有些晚。第二天许苓茴昏昏欲睡，喻初和顾晴却精神得很，早早把她叫起来化妆。

喻初见她一副没精打采的样子，捏住她的脸看向镜子："精神点，你今天可是要嫁给你十八岁就喜欢的人。"

"十八岁"这几个字让许苓茴清醒，这份喜欢从十八岁走到二十八岁，终于修成正果。

婚礼摒除一切烦琐，随性而自由。

婚纱是许苓茴和白述年一起选的一条一字肩白纱裙，轻盈飘逸，没有多余装饰。婚礼的红地毯是从酒店走到海滩的路,沙滩松软,高跟鞋容易陷下去,走出一段,白述年便帮她换成舒适的休闲鞋。一路上游客很多,他们热情地打招呼,有游客被他们的喜悦感染,冲上来想合影,许苓茵没有拒绝,于是收到来自世界各地的祝福。

证婚人是沙、海、礁石、蓝天、白云,被浪花涌上来的小生物,还有他们的至亲好友。海浪声是现场伴奏,日照群山是灯光荧幕。他们在这个海岛上,在朋友们的歌舞拥簇里,自由而热烈地相爱。

唯一特别的,是摆在现场的一幅幅画,都是许苓茵亲手画的,画中有她,有与她血浓于水的外公,有喻初、小应、老欧一干挚友,还有要与她共度一生的人。

她的自画像,和喻初、小应、老欧、白述年在KASA玩闹的画面,外公忙碌制香的画,老房子那幅画,当初画在书签上,她和白述年在小巷的画,白述年唱歌的画……发生在过去的一件件事,她用笔一一记录。

这不仅是她的婚礼,十八岁的愿望成真,也是她这些年苦尽甘来的见证。她庆幸十八岁前的许苓茵没有被黑暗击溃,也感谢这些人给予的力量,让她足以扛过二十七岁前的颠簸。

今天9月7日,她的生日,她的婚礼,而从今起,二十八岁的许苓茵,会开始新的人生,新的幸福。

<3>

海岛之旅结束后,回到岭安。某天许苓茵想起婚礼上白述年同学说的事,在他回来后,装作不经意地翻起他的钱包。

放的是她的照片,不过是婚礼上喻初用拍立得给她拍的单人照。

"在找什么?"她难得翻自己的东西,白述年格外好奇。

许苓茵指着照片问他:"以前放在这里的照片是什么?"

白述年眉一挑:"于栗告诉你的?"

许苓茵点头。

"你的证件照,从高考报名表上撕下来的。"

当时他去办公室交东西,她的报名表被杨盈单拎出来,搁在一边。离开时,他将表带走,撕下证件照,放在钱包中,一放就是十年。

读警校,早出晚归,训练辛苦,睡前看看她的照片,觉得什么都值了。毕业后到刑警队,每次出任务却不敢把照片带在身边,怕出意外,照片被敌人或其他人看见,给她带去不好影响,只能结束后,躺在床上看一晚上,告诉她,他平安回来了。

后来有一次任务，危难重重，他不知道能不能活着回来，于是将房子和吉他交由老欧，若许苓茴回去 KASA，请老欧转交，照片则交给上级，要是回不来，就帮他把照片销毁了，让那段往事随他的离去结束，而那时许苓茴或许有了新生活，他不愿去打扰。

这段心路历程白述年并没有告诉她，只说他们当时没留下一张照片，甚至连毕业照都没法一起拍，很遗憾。

许苓茴也是遗憾的。于是找了个周末，两人重回趟母校，白述年提议买两件校服外套，许苓茴欣然同意。

一中变化不算大，一路逛过去，旧时记忆缓慢苏醒。白述年说，他们当年毕业照是在图书馆门口拍的，甚至连他站的位置都记得清楚。

白述年架好相机，跑回台阶上，帮许苓茴调整站姿，让她站在他下面一步台阶。许苓茴疑惑，白述年却神秘地说过几天就知道了。

几天后，许苓茴收到一张崭新的毕业大合照。照片第四排中央站着她，而她身后，站着白述年。

"当年拍照的时候，我让同学把这里空了点位置，刚刚好，能把你的照片加上。"

原来他早就想好，知道遗憾的不止她一个人。

白述年揪揪她的马尾，笑道："毕业快乐，苓茴。"

许苓茴破涕为笑："毕业快乐，白述年！"

<4>

春天的时候，许岁和去看许晏清。霸凌、故意伤人、教唆他人袭警，多罪并罚，许晏清被判处六年有期徒刑。

许岁和问他过得好不好，话落，觉得自己问得多余了，他瘦了许多，头发剃短，露出头皮，更显瘦削，周身笼罩着颓丧，怎么可能好？但这是他应得的，许岁和狠心地想。

"怪姐姐吗？"她问。

许晏清摇头，事是他做的，没人拿刀架着他，他怪不了谁。

许岁和掩面哭泣："是姐姐没有教好你，小时候也没能好好保护你，是姐姐没用。"

许晏清一言不发。

探视时间结束，许晏清最后看姐姐一眼，说："如果能选择，我希望我不是许怀民的儿子，但我还是想让你做我姐。姐，对不起啊，让你失望了。许苓茴……顺便也帮我说一声对不起吧。算了，一句话对不起没什么用，她也不愿

323

意听到和我有关的消息。

"回去吧,下次别来了。"

许岁和还是和许苓茴见了一面,把许晏清的歉意转达。

许苓茴并不接受,牢狱是法律上的处罚,但并不能抵消曾经的伤害。

看着许岁和憔悴的模样,许苓茴有些不忍:"岁和姐,我很感激你愿意帮我做证,也很谢谢你这些年来对我的帮助,但我不会原谅许晏清。"

"我知道,我也没有理由这样做。但苓茴,我还是要向你道歉,当年因为我的自私,让你受了这么多苦。"

许苓茴释怀道:"最后你也帮我了,就抵消了吧。"

见过许岁和的这一晚,许苓茴失眠了。

不是做噩梦,只是突然想起当年和他们的初次见面,许岁和温柔随和,许晏清开朗阳光,想起他们一起过的第一个年,那晚盛烂的烟花。如果没有许晏清后来做的那些事,或许他们也能成为彼此的家人。

她披着外套在窗口站了一会儿,料峭春寒,不一会儿,浑身都凉了。她忙钻回被窝,躲进白述年怀里。

熟睡的人被她身上的寒意冷醒,抱紧她给她取暖,问她去哪儿了。

许苓茴双手双脚往他腰上贴,打着哈欠回:"做了个梦,突然醒了,起来站了会儿。好冷。"

白述年拍着她,问她做了什么梦。

"想到当年第一次见许岁和姐弟。"

白述年抵上她的脑袋,亲吻安抚:"没事的,我在。"

许苓茴笑了笑:"不是,没有做噩梦。"

"那就好,不过没事,我会保护你的,还记得当年在云清县说的愿望吗?你的专属警察在这儿,没人敢欺负你。"

"是啊,有白警官在呢。"

许苓茴抱着他,安睡到天亮。

第二天是周五,白述年周末休息,许苓茴驱车去接他。她在警局外面等了好一会儿,白述年才出来。

"来多久了?累不累?"白述年扣紧她的外套。

"不累,接你过周末,还想来警局附近的水果店买些酸葡萄。"

她最近嗜酸口。

白述年轻轻抚摸她肚子,眼底一片温柔:"打电话给我,我带回去就好了。"

"我在家待腻了,想出来走走。"

"想去哪里?"

"先去买葡萄。"
"好。"
初春已至,再过八月,又会迎来一场初雪。

番外三 雪一定会下

立秋那天,许苓茴和方同明一道去了西南一个小山村做公益活动。

这是他们工作室开辟的新事项,每个月会将签约画家的一部分收益作为公益基金,山区留守儿童援助、自然灾害支援、遭受家庭迫害的法律援助,只要有需求,他们都会帮。

工作室不仅出钱,还出力。方同明每个月都会带他们去资助的地方做义工,一个是让他们清楚自己的钱都用到哪儿去,另一个是秉持艺术来源于生活,生活需要感受多种多样的环境。

众人无异议,只有许苓茴私下开玩笑问他,是不是为了掩盖现在满身的铜臭味,差点被他一顿暴揍。

山村的生活条件很差,但村长给他们安排了村里最好的屋子。每天去探视村民,要爬山蹚河。给孩子上课,下雨了,学生们熟练地拿出盆碗接水。课余时间,会去帮村民采收庄稼。有些辛苦,但许苓茴过得很自在,比当初在国外前几年穷困潦倒的时候要开心许多。

方同明问她为什么。

她说因为知道有这么个地方,有这么些人,他们愿意努力生活,那她有能力的时候,也愿意努力地帮。

方同明骂她天真,这么多人,怎么帮都帮不完。

许苓茴笑着说:"是啊,帮不完,但白述年说,我们只能帮他们如何活下去,帮他们怎么跳出困境,授人以鱼不如授人以渔,真正的公益,绝不仅仅是解决当前的问题。"

方同明挺长时间没听她提起白述年了,一般只有白述年出任务,她才会将人挂在嘴边。

"你老公出任务去了?"

"嗯,快一个月啦。"

她语气很轻松,但方同明深知,她惯常以这种不在意的态度掩饰担忧,宽慰道:"放心,他会平安的。"

"我知道,他说尽量赶在七夕前回来,陪我过节。"

方同明让她沉浸在自己的幻想里好一会儿,才煞风景地问:"你们结婚快三年了,白述年就没想过从一线退下来?"

许芩茴不解,已经不止一个人这样问她了,说:"为什么要退?他娶了我就不能当警察了吗?"

"不是,这一线不是危险嘛。"

"那照你这么说,所有警察结婚后都退下来,一线岂不是没人了。"

方同明赞她想得开,问:"你就不怕他有个什么意外?"

许芩茴沉默许久,长叹一声:"怕,他每次出任务我都睡不好,做噩梦,梦到他血淋淋地躺在我面前。但我能因为怕就自私地要求他放弃自己的职业和信仰吗?你知道吗?"许芩茴凑过去一点,骄傲地炫耀:"白述年当警察也有我的原因,他说他要保护我,保护每一个被欺负、不被信任的人。"

"那挺好。"方同明笑了,"你这么支持,他应该没什么顾虑。"

"也是有的,每次受伤,他怕被我训。"

方同明大笑。

他们在山村要待两个月,许芩茴打算如果七夕前白述年能回来,她就请个假先回去。但直到七夕前一天,她都没有收到白述年的消息。

晚上吃饭她有些郁闷,饭后,撑着精神教孩子们作一幅画,下课后独自到村口的小河边散步。

方同明不放心地跟过去,也不说什么安慰的话,就安静陪她走着。

大概半小时,村长打电话给他,说有人找他们,城里来的。

方同明一头雾水,和许芩茴说一声就过去。看到来人,他一惊。那人大约是回来后一路赶过来的,蓬头垢面,衣服上满是褶皱。

他带人过去找许芩茴,路上忍不住提醒道:"许芩茴在等你回来过七夕,你一直没消息,小心她会训你。"

"没事,我带了礼物,可以哄。"

"带了什么？"方同明就没瞧见他揣着什么像样的礼物。

白述年弯起嘴角："秘密。"

到河边，许苓茴瞧见人果然很震惊。方同明把空间留给他们，往回走时听见许苓茴停不下来的数落声，乐得不行。

许苓茴开心归开心，但想到他一连几天没消息，就有些生气，忍不住数落他。还没说过瘾，就见白述年从兜里掏出来一张皱巴巴的纸，张开，是一幅素描。

"许老师，我来交作业了。"他像村里小孩画好画，举在胸前，羞赧地唤她过去检查。

许苓茴扑哧笑出来，拿过来仔细端详，和她学了挺久，像模像样的。一张A4纸隔成两半，一半画的是午后她在沙发上睡觉，一半画的是她在阳台照料他的花。

她珍视地捧着画，语气却故作嫌弃："白述年，你不要告诉我，这是给我的七夕礼物？"

白述年挠挠后脑勺，也觉准备得太过潦草了，说："家里有幅油画，我偷偷画了小半年，再加一束花，就是七夕礼物。回来太赶了，只能先在车上画一幅。"

许苓茴故意道："是有些潦草。"

白述年愧疚："生气吗？"

"不生气。"

许苓茴终于拥抱出完任务又千里迢迢跑来和她过七夕的丈夫。

"你平安回来，就是最好的礼物。"

白述年放下心，牵住她的手，在流水潺潺的小河边，被乌云遮去半边身子，不太明亮的月下，一个绵长的吻。

……

后来许苓茴时常想，如果当年没有遇上白述年，自己会怎么样。

会不堪林微的逼迫，对她、对许家妥协吗？

不会，她依旧会为了挣脱那个不像样的家庭、癫狂的母亲，隐忍反抗，可能会以更极端的方式，也可能和那时候一样，逃到他们找不到的地方，努力打拼，让自己变得强大，惩治许晏清，彻底脱离许家。

只是这样，自己大概率变成一台冰冷麻木的机器，像输入程序一样清楚自己要做什么，却没了生活的盼望，等程序输入完毕，按下回车键，使命完成，功成身退。

白述年、喻初、外公、徐念，他们的存在，是往脚踩悬崖边上的她，丢出的一根坚韧的绳索。他们没办法彻底将她拉上来,却能让她不掉下去,如一簇篝火,安静陪伴,供她取暖,给予力量,等她把峭壁踩平,把凌峰折断,他们一同使力,她也上了岸。

她庆幸,那段糟糕的时光里,还能有他们出现。

感受到温柔的触碰,许芩茴从睡梦中醒来。

"怎么哭了?做噩梦了?"最近局里没什么事情,白述年难得正常下班,只是这两天回来,她都睡在沙发上,眼角挂着泪,他问起,她便说是梦到从前了。

许芩茴擦掉眼角几滴湿润,点头。

白述年皱眉:"是不是最近身体太累了,吃过晚饭,我带你去林老那里看看。"

许芩茴说"好",陪着他一起进厨房做饭。

"女儿呢?"白述年系上围裙,才发现家里静悄悄的。

婚后第三年,他们有了一个女儿。

"说想找伽聿玩,被喻初给接走了。"

这已经是这周第三次了,白述年摇摇头:"女大不中留,待会儿顺便把她接回来。"

许芩茴一乐:"留得住人留不住心。"

白述年惆怅,决定晚上得和喻初好好掰扯掰扯。

晚饭只有两个人吃,白述年也没敷衍,三菜一汤吃得许芩茴胃撑,便建议散步前往老中医家。

今早雪化了些,外头不难行走,白述年答应,牵紧她的手放入口袋。

许芩茴年龄渐长,心性却越像小孩子,走着走着就在雪地里蹦蹦跳跳,撒欢找乐,要是女儿在,两人肯定开始互砸雪球了。

"她能砸赢我?"许芩茴眉一挑,十分自信,丝毫不觉赢了一个七岁女孩不光彩。

"她最近跟着我运动,体力很不错了。"

白述年话中有话,许芩茴扑上去,夹住他的腰,说:"我可是警察家属,体力怎么能差,明天开始,我和你们一起运动。"

白述年低头咬她一口:"说话算话。"

天冷雪厚,行人不少反增,许芩茴挽着白述年的手臂,看两旁的少年少女在雪中玩乐,心生感慨,忽而想起上午做的梦。

"白述年,如果当年那个客人没有找我和喻初的麻烦,我们是不是就不会认识了?"

白述年说："不会。我那时候有好几份兼职，需要钱，KASA 给的最多，我选了 KASA。那晚在公交站帮你之前，在 26 号桌旁的柱子缝，我就看到你了。我们同班，我文科成绩不好，物理好，杨老师很喜欢给学生组学习小组，取长补短，迟早也会让你辅导我。虽然后面我们闹了些不愉快，但是苓茵，我们认识，是必然。"

就像岭安每一年的雪，不知道具体会在哪一分哪一秒落下，但雪一定会下。

那个雪夜，白述年也一定会遇到许苓茵。

—全文完—